Ullstein

James Ellroy

Browns Grabgesang

Aus dem Amerikanischen
von Martin Dieckmann

Mit einem Interview
des Autors

Ullstein

Kriminalroman
Ullstein Buch Nr. 22987
im Verlag Ullstein GmbH,
Frankfurt/M – Berlin
Titel der amerikanischen
Originalausgabe:
Brown's Requiem

Ungekürzte Ausgabe

Umschlaggestaltung:
Hansbernd Lindemann
Illustration:
Nikolai Punin/
Agentur Irmeli Holmberg
Alle Rechte vorbehalten
© 1981 by James Ellroy
Übersetzung © 1986 by
Verlag Ullstein GmbH,
Frankfurt/M – Berlin
Printed in Germany 1992
Druck und Verarbeitung:
Ebner Ulm
ISBN 3 548 22987 5

2. Auflage November 1992
Gedruckt auf Papier
mit chlorfrei
gebleichtem Zellstoff

Vom selben Autor
in der Reihe
der Ullstein Bücher:

Hügel der Selbstmörder (10485)
Der stille Schrecken (22057)
Blutschatten (22654)
Die Schwarze Dahlie (22834)
Blut auf dem Mond (22979)
In der Tiefe der Nacht (22980)
Heimlich (22988)

Die Deutsche Bibliothek –
CIP-Einheitsaufnahme

Ellroy, James:
Browns Grabgesang: mit einem Interview
des Autors / James Ellroy. Aus dem
Amerikan. von Martin Dieckmann. –
Ungekürzte Ausg., 2. Aufl. – Frankfurt/M;
Berlin: Ullstein, 1992
    (Ullstein-Buch; Nr. 22987:
    Kriminalroman)
    Frühere Aufl. als: Ullstein-Buch;
    Nr. 10359: Ullstein-Krimi
    ISBN 3-548-22987-5
NE: GT

Für Randy Rice

INHALT

1

Das Geschäft ging gut. Es war jeden Sommer das gleiche. Smog und Hitze rollten herein und legten sich über die Stadtsenke. Die Menschen ergaben sich in Betäubung und Übelkeit. Neue Vorsätze verblaßten, alte Verpflichtungen wurden verdrängt. Ich profitierte davon: Auf meinem Schreibtisch stapelten sich die Pfändungsaufträge, die sich auf sämtliche Marken und Modelle, von der Datsun Limousine bis zum Eldorado mit Faltdach, und auf ein Gebiet bezogen, das von Watts bis Pacoima reichte. Während ich an meinem Schreibtisch saß, ein Violinkonzert von Beethoven hörte und meine dritte Tasse Kaffee trank, überschlug ich meine Einnahmen und zog die Spesen ab. Ich seufzte und pries Cal Myers, seine Paranoia und seine Gier. Unsere Verbindung reicht bis in jene Tage zurück, als ich bei der Sitte von Hollywood arbeitete, wir beide in der Klemme steckten und ich ihm einen großen Gefallen tat. Jetzt, Jahre danach, verhilft mir seine von Schuldgefühlen getragene Mischung aus Großzügigkeit und Pflichtbewußtsein zu einer Art mittelprächtigem Wohlstand. Steuerfrei, versteht sich.

Unsere Abmachung ist simpel und zugleich ein prima Schutz gegen Inflation: Cal verlangt die niedrigsten Anzahlungen in ganz L. A.; und die höchsten Monatsraten. Mein Honorar für die Rückholaktion entspricht der Summe der monatlichen Rückstände des Eigentümers. Dafür wird Cal die zweifelhafte Befriedigung zuteil, einen offiziell zugelassenen Privatdetektiv zu haben, der für ihn die Raubzüge erledigt und gleichzeitig Stillschweigen über all seine früheren Aktivitäten wahrt. Er braucht sich nicht zu sorgen. Unter keinen Umständen würde ich ihn wegen irgend etwas verpfeifen. Dennoch sorgt er sich. Wir sprechen nie über solche Dinge, sondern halten sie weitgehend aus unserer Beziehung heraus. Als ich noch dem Suff ergeben war, meinte er, er hätte die Oberhand, aber seit ich trocken bin, unterstellt er mir mehr Verstand und Gerissenheit, als ich besitze.

Ich musterte die Zahlen auf meinem Notizblock: 11 Autos, insgesamt 1881 Dollar an Monatsraten, abzüglich 20 Prozent oder 376,20 Dollar für meinen Fahrer. Blieben 1504,80 Dollar für mich. Die Sache sah gut aus. Ich nahm die Platte vom Teller, staubte sie sorgfältig ab und schob sie zurück in die Hülle. Ich schaute auf die Graphik von

Joseph Karl Stieler an der Wand meines Wohnzimmers: Beethoven, der größte Musiker aller Zeiten, komponiert mit finsterer Miene, die Feder in der Hand, die *Missa solemnis,* während sein Gesicht vor innerer Größe strahlt.

Ich rief Irwin an, meinen Fahrer, und sagte ihm, er solle in einer Stunde zu meiner Wohnung kommen und Kaffee mitbringen – es gebe Arbeit. Er war brummig, bis ich das Geld erwähnte. Ich legte auf und schaute aus dem Fenster. Es wurde hell. Unter mir begann sich Hollywood in diesigen Sonnenschein zu hüllen. Ich spürte ein leichtes Zittern: teils vom Koffein, teils von Beethoven, teils von der letzten Brise Nachtluft. Ich hatte das Gefühl, daß sich mein Leben ändern würde.

Irwin brauchte vierzig Minuten für die Fahrt vom Kosher Canyon zu mir. Irwin ist Jude, ich bin Deutsch-Amerikaner der zweiten Generation, und wir kommen glänzend miteinander aus! In wesentlichen Dingen sind wir einer Meinung: Die Christenheit ist vulgär, Kapitalismus für die Ewigkeit gemacht, Rock & Roll von Übel, und Deutschland und die Juden haben, so gegensätzlich sie auch sein mögen, die größten Musiker der Geschichte hervorgebracht. Er drückte auf die Hupe, ich legte das Pistolenhalfter an und ging hinaus.

Irwin gab mir eine große Tasse schwarzen Kaffee und eine Tüte Donuts, während ich mich zu ihm in den Wagen setzte. Ich dankte ihm und hielt mich ran. »Zuerst das Geschäft«, sagte ich. »Wir haben elf Kandidaten. Hauptsächlich im südlichen Zentrum von L. A. und im East Valley. Ich habe Einkommensnachweise von allen, und alle haben feste Arbeit. Ich meine, wir können jeden Tag einen schaffen. Am besten frühmorgens, wenn sie daheim sind. Das heißt, daß du dich rechtzeitig ranhalten mußt. Was wir dort nicht kriegen, erledige ich auf eigene Faust. Dein Anteil macht dreihundertsechsundsiebzig Dollar und zwanzig Cents, zahlbar, sobald ich Cal sehe. Heute suchen wir Leotis McCarver an der South Mariposa 6318 auf.«

Als Irwin seinen alten Blick auf den Hollywood Freeway in Richtung Süden lenkte, ertappte ich ihn dabei, wie er mich aus dem Augenwinkel musterte, und wußte, daß er etwas Ernsthaftes sagen würde. Ich hatte recht. »Geht's dir gut, Fritz?« fragte er. »Kannst du schlafen? Ißt du ordentlich?«

Ich antwortete etwas barsch: »Das Allgemeinbefinden ist besser, der Schlaf kommt und geht, und ich fresse entweder wie ein Pferd oder überhaupt nicht.«

»Wie lange ist das jetzt her? Acht, neun Monate?«

»Genau neun Monate und sechs Tage, und ich fühle mich blendend. Jetzt laß uns das Thema wechseln.« Ich fiel Irwin nicht gerne ins Wort, aber ich fühle mich wohler mit Leuten, die es weniger aufrichtig meinen.

In der Gegend von Vermont und Manchester verließen wir den Freeway und steuerten gen Westen zur Mariposa. Ich checkte die Pfändungsorder: ein 1978er Chrysler Cordoba Turbo. 185 Dollar im Monat. Kennzeichen CTL 412. Irwin bog nach Norden auf die Mariposa ab, und nach ein paar Minuten waren wir vor Block 6300. Ich schnappte mir die Generalschlüssel und löste den Typ Chrysler, Baujahr '78, vom Bund. Nummer 6318 war ein zweistöckiger, aus rosa Stuck und etlichen Einzelapartments bestehender Schuppen mit Seiteneingängen und einem häßlichen, stilisierten Flamingo aus schwarzem Metall auf der der Straße zugewandten Mauer, wie es zwanzig Jahre früher ultramodern gewesen war. Die Garage war unterirdisch und erstreckte sich über die ganze Länge bis zur Gebäuderückseite.

Irwin parkte davor. Ich reichte ihm das Original der Pfändungsorder und schob die Kopie in meine Gesäßtasche. »Du kennst ja den Dreh, Irwin. Bleib beim Auto, pfeif einmal, falls jemand die Garage betritt, zweimal, falls die Bullen aufkreuzen. Halte dich bereit, falls du erklären mußt, was ich mache. Beruf dich auf die Pfändungsorder.«

Irwin kennt den Vorgang ebensogut wie ich, doch selbst nach fünf legalisierten Diebstählen macht mich die Geschichte immer noch nervös, und aus reinem Aberglauben wiederhole ich die Instruktionen. Seltsame Sachen können passieren, sind schon passiert, und die Polizei von L. A. ist notorisch schießwütig. Da ich selber einer von ihnen war, weiß ich das.

Ich stahl mich in die Garage hinab. Ich hatte erwartet, daß es dunkel sein würde, aber die Morgensonne, die sich in den Fenstern der benachbarten Apartments spiegelte, spendete reichlich Licht. Sobald ich Nummer CTL 412, den drittletzten Wagen in der Reihe, erspähte, mußte ich lachen. Cal Myers würde der Schlag treffen. Leotis McCarver war zweifellos schwarz, aber seinen Wagen hatte er aufgemotzt wie ein mexikanisches Taco: aufgeschnitten, vollgestopft, zusammengedrückt und Sirup drüber. Zitronengrüne Lackierung überzog die Motorhaube, dazwischen loderten orange und gelbe Flammen nach hinten über die halbe Seite des Gefährts. Über den hinteren Kotflügeln verkündete schwarze Emailleschrift, daß dies der »Drachenwagen« sei. Ich zog den Generalschlüssel heraus und öffnete das Ding.

Das Innere war nicht weniger esoterisch: flauschige, schwarzweiße Polster im Zebralook, am Rückspiegel baumelte ein rosa Plüschwürfel, und das Gaspedal war mit orangem Pelz in der Form eines nackten Fußes bezogen. Das Umrüsten mußte den guten Leotis ein Vermögen gekostet haben.

Ich lachte immer noch, als ich links von mir, nahe der Rückwand der Garage, Schritte scharren hörte. Ich drehte mich um und sah einen Schwarzen auf mich zukommen, der fast so groß wie ich war. Ich hatte nicht mehr die Zeit, dem Zusammenstoß auszuweichen. Als er etwa drei Meter von mir weg war, schrie er »Dreckskerl« und griff mich an. Im Nu war ich im Durchgang, und bevor er mich erwischte, brachte ich ihn mit einem Tritt ans Knie ins Straucheln. Während er krampfhaft auf die Beine zu kommen versuchte, trat ich ihm einmal ins Gesicht, einmal gegen den Hals und einmal in die Leiste. Er grunzte und spuckte Zähne aus.

Ich zog ihn zwischen zwei Autos nahe der Rückwand der Garage und tastete ihn nach Waffen ab. Nichts. Ich ließ ihn liegen, stieg in seine Prunkkarosse und stieß hinaus auf die Mariposa.

Irwin stand noch immer bei seinem Wagen, als ob nichts passiert wäre. »Er wollte mich fertigmachen, und ich hab' ihn eingeseift. Hau jetzt ab von hier. Bis morgen dann, selbe Zeit, meine Wohnung.« Irwin wurde blaß. Es war das erste Mal, daß etwas Derartiges passiert war. »Hast du nichts gehört?« fauchte ich. Ich drückte aufs Gas, daß sich der Gummi von den Reifen schälte.

Ich schaute in den pelzverbrämten Rückspiegel. Irwin stieg gerade in seinen Wagen. Er sah aus, als ob er zitterte. Ich hoffte, er würde mich nicht sitzenlassen.

Ich bog nach links in die Slauson und eine halbe Meile später nach rechts in die Western. Ich war runde fünf Minuten gefahren, als ich merkte, daß *ich* zitterte. Es wurde schlimmer, so schlimm, daß ich kaum das Lenkrad ruhig halten konnte. Dann spürte ich, wie mir der Magen hochkam und sich umdrehte. Ich stieß auf den Parkplatz eines Schnapsladens, stieg aus und kotzte auf den Gehsteig, bis mir Bauch und Lungen schmerzten. Meine Kotze schmeckte nach Kaffee und Zucker und Angst. Ein paar Minuten danach wurde ich langsam wieder ruhig. Eine Rotte schwarzer Jugendlicher, die sich an der Wand des Schnapsladens herumdrückten und eine Flasche billigen Weines kreisen ließen, hatte das Ganze beobachtet. Sie lachten mich aus, als wäre ich eine seltene, fremde Spezies aus dem Weltall. Ich atmete ein paarmal tief durch, setzte mich wieder ins Auto und steuerte in Richtung Valley, um Cal Myers zu treffen.

Als ich auf den Freeway stieß, hatte mein Adrenalinstoß nachgelassen. Nach fünf Jahren als Repo-Mann* hatte ich Dutzende solcher Begegnungen, war zweimal angeschossen und einmal übel verdroschen worden. Aber dies war mein erster Zusammenstoß, seitdem ich trocken war, und ich freute mich, daß die alten Instinkte und Tricks noch immer funktionierten. Ich tue den Leuten nicht gerne weh, kein vernünftiger Mensch tut das, aber diesmal hatte es keine Alternative gegeben. Sechs Jahre bei den Bullen hatten mich gelehrt, Menschen die Gewalttätigkeit am Gesicht abzulesen, und dieser Mann hatte mich fertigmachen wollen.

Ich dachte an eine andere, zirka drei Jahre zurückliegende Rückholaktion: Von der Bank war ein Schreiben mit der Feststellung gekommen, daß eine Frau Cal mit einem getürkten Scheck über zwei fällige Raten und drei monatliche Vorauszahlungen gelinkt hatte. Ich besorgte mir ihre Anschrift und erfuhr von den Nachbarn, daß es sich bei ihr um eine Schwester vom örtlichen Scientology-Center handelte, eine Lesbe und Sozialhilfeempfängerin. Seit einigen Wochen hatte sie niemand am Scientologen-Treff oder in ihrem Appartmenthaus gesehen. Also brach ich spätnachts bei ihr ein und entdeckte, daß sie mit all ihren Sachen ausgezogen war. Als ich Cal erzählte, was passiert war und wie die Frau lebte, drehte er durch. Cal ist politisch entschieden rechts eingestellt, und er empfand das Verduften als eine persönliche Beleidigung. Er befahl mir, die Frau zu finden und den VW-Bus zurückzubringen, egal, wie lange es dauern oder wieviel es kosten würde. Für den Fall des Erfolgs versprach er mir einen fetten Bonus.

Mit etwas Druck und Bestechung brachte ich die Scientologen dazu, mir die neue Adresse der Frau in Berkeley zu überlassen. Ich flog hin und betrank mich schon in der Maschine. Nachdem ich den Rausch in einem Hotelzimmer ausgeschlafen hatte, nahm ich mir ein Taxi zu besagter Adresse. Kein VW-Bus, niemand zu Hause. Der Taxifahrer brachte mich zum Prominenten-Center der Scientologen. XLB841 stand weder auf dem Parkplatz noch vor einem der Blocks in der Umgebung. Ich sagte ihm, wir müßten ein

---

* Repo-Mann: von amer. *to repossess;* ein Repo-Mann »stiehlt« säumigen Schuldnern die auf Abzahlung gekauften Autos (Fernseher, Möbel etc.) und führt sie dem Händler wieder zu.

bißchen warten, versprach ihm fünfzig Dollar zusätzlich zu den Fahrtkosten, falls er in meiner Nähe bliebe. Er war einverstanden.

Berkeley brachte mich auf die Palme: Die Passanten wirkten gelackt und ärgerlich, in die Verinnerlichung getrieben von Kräften, die sie nicht fassen konnten, und chronisch abgelascht, weil sie sich weigerten, Fleisch zu essen. Eine Menge Leute kamen auf ihrem Weg zum Center vorbei, aber ich entdeckte keinerlei Prominenz.

Schließlich tauchte der VW-Bus auf. Mit einem Mal wurde ich sauer. Für diesen Abend hatte ich Karten für die Philharmonie in L. A., und da stand ich nun, vierhundert Meilen weg, weil ich mir wegen eines Busses eine Schlampe aus der Subkultur schnappen mußte. Statt zu warten, bis sie das Gebäude betreten würde, und dann die simple Tour abzuziehen, rannte ich über die Straße und fing sie ab. Ich wedelte ihr mit der Pfändungsorder vor dem Gesicht herum und brüllte: »Ich bin Privatdetektiv und habe einen Rückstellungsauftrag für dieses Fahrzeug. Sie haben genau fünf Minuten, um Ihre Sachen herauszuholen, dann ist es weg.«

Die hübsche junge Frau nickte zustimmend, aber als ich zur Fahrerseite ging, griff sie an. Ich hatte den Schlüssel im Schloß stecken, als ich einen festen Tritt gegen mein Bein spürte. Ich drehte mich bei halbgeöffneter Tür um und bekam ihre Handtasche mitten ins Gesicht. Ich hatte nie zuvor eine Frau geschlagen; dennoch schwang ich herum und hob den rechten Arm. Dann zögerte ich. Die schwere Ledertasche schoß wieder auf mich zu, und ich packte sie mit beiden Händen, entwand sie ihr und schleuderte sie quer über den Parkplatz. Sie stand genau vor mir, kreischte und krallte nach meinem Gesicht. Ihr Kreischen alarmierte die Scientologen im Gebäude, und ich konnte sie durch die Fensterscheiben stieren sehen. Ich packte die Frau und warf sie zu Boden.

Glücklicherweise sprang der Bus sofort an. Menschen strömten auf den Parkplatz. Ich stieß auf die Zufahrt dahinter. Die Frau kniete am Boden und schleuderte mir Flüche nach. Der treffendste lautete »Großstadt-Barrakuda«. Der Taxifahrer war nirgends zu sehen. Im Telefonbuch fand ich die Adresse des Taxiunternehmens, fuhr vorbei und gab dem Diensthabenden einen Umschlag mit fünfzig Mäusen. Er versicherte mir, daß ihn Manny, mein Kutscher, bekommen würde, sobald seine Schicht vorbei sei.

Ich fuhr zurück nach Berkeley, um meine Sachen abzuholen. Ich ordnete meine Eindrücke von der Frau, ihrer Lebensweise und ihrer Reaktion darauf, als ich ihr die Quittung ihrer Schuld verpaßt hatte.

Ich kam zu einem einzigen Schluß: Wenn das Leben schon ein Wechselspiel von Geben und Nehmen war, bei dem eine vernünftige Moral darüber entscheidet, wer gibt und wer nimmt, würde ich zwar auf meine persönliche Moral achten müssen, aber auf der Seite der Nehmenden bleiben. Ich fuhr über die Bay Bridge, nahm mir in Fairmont ein Zimmer und besorgte mir eine große Flasche Mumms und ein Callgirl. Tags darauf sah L. A. gut aus.

Ich verließ den Freeway und bog auf den Ventura Boulevard ein, wo man alles kaufen kann, ob man es braucht oder nicht. In den Schaufenstern entlang dieser stinkigen Schnellstraße offenbart sich jeder Schaum, Traum und Schwindel, den sich Amerikas übersättigter Geist nur ausdenken kann. Das Ganze ist jenseits von Tragödie, Vulgarität oder Satire. Es ist von einer einzigartigen Arglosigkeit. Es gibt annähernd acht Milliarden solcher Schaufensterfronten – und drei Millionen Neu- und Gebrauchtwagenmärkte. Cal Myers hat drei: Cal's Casa de Carro, Myer's Ford und Cal's Import. Er macht große Kohle. Er könnte wegen der Rückholaktionen einen Vertrag mit einer Kreditagentur unterschreiben und Geld sparen, aber wir kennen uns schon lange, und er mag mich ebensosehr, wie er mich fürchtet.

Ich stellte die Mexenkarre auf dem Ford-Hof ab und ließ Schlüssel und Pfändungsorder beim Verkaufsleiter. Er sagte mir, Cal sei auf der anderen Seite im Casa de Carro und drehe einen Werbespot.

Cal stammt vom gleichen Einwandererschlag ab wie ich. Wir haben beide derbe, rötliche Gesichter, dunkles Haar und braune Augen. Deutsche Neger. Damit enden die Gemeinsamkeiten: Er ist viel kleiner und wirkt weit dynamischer. Die Fernsehkameras folgten ihm, während Cal eine Reihe geparkter Wagen abschritt, vor jedem einzelnen stehenblieb und dessen Vorzüge anpries. Sobald er beim letzten angekommen war, stellte er dem Fernsehpublikum seinen Hund Barko vor, einen senilen deutschen Schäferhund. Barko ist ein ziemlich netter Hund, auch wenn er stinkt. Er gehörte Cal schon, bevor er groß rauskam. Als er noch jünger war, machte Barko vor laufender Kamera aus vollem Anlauf Sprünge auf die Motorhauben der Wagen, drehte sich um und bellte ein paarmal in die Kamera, während unten auf dem Bildschirm Untertitel all die wunderbaren Vorzüge des Wagens auflisteten, auf dem er saß. Genial. Jetzt, da er altersschwach ist, wurde er zum Nebendarsteller befördert: ein Dreisekundenauftritt und ein Klaps von Cal auf den Kopf.

Statt herumzustehen und mir die ewigen Wiederholungen von Cals

Marktschreierei anzuschauen, ging ich hinüber zu Cals Büro und verschaffte mir Zutritt. Der große Raum schien aus einer anderen Zeit zu stammen; ich mochte ihn: knorrige Pinienwände und schwere, dunkelgrüne Perserteppiche auf dem Eichenboden, Bücherregale, vollgestopft mit Text- und Bildbänden über den Zweiten Weltkrieg, knorrige Pinienbalken, besetzt mit schmückenden Hufeisen. Der größte Balken, direkt über Cals riesigem Eichenschreibtisch, trug das Wappenzeichen der Myers; eine geschmacklose Anordnung von Kreuzen, Blumen und Trompeten um den Kopf eines verwundeten Keilers. Die Wände hingen voller gerahmter Fotografien, die Cal in den Armen diverser Politiker zeigen, die sich für seine Wahlkampf-spenden bedanken. Cal mit Ronnie Reagan, Cal mit Sam Yorty, Cal, der Tricky Dick Nixon vor dessen Fall feierlich die Hände schüttelt.

Cal kam herein und grinste. »Jesses, Fritz«, sagte er, »was für eine Scheißkunst! Dieser Kerl, wie heißt er doch? McCoover? Wir sollten diesen Scheißer heuern, damit er uns sämtliche Kundenräume und Verkaufsbüros aufmöbelt, er könnte sogar unsere Zeitungsreklame gestalten. Drachenwagen! Ha! Ha! Ha! Du weißt doch, was das ist, nicht wahr, Fritz? Das kommt von dieser gottverfluchten Ricardo-Montalban-Cordoba-Anzeige, ›Ich bin ein Mann und weiß, was ich will. Ich will Cordoba!‹ Der gute Ricardo ist Mexikaner, dieser McCoover ist bekanntlich ein Nigger; er sieht die Reklame im Fernsehen, beschließt, daß er lieber Mexikaner ist, und versaut ein schönes, für weiße Menschen gestaltetes Auto! Jesses! Von den verdammten Werbefritzen wirst du immer beschissen.« Cal schüttelte den Kopf. »Zwei gute Dinge hat die Sache trotzdem. Erstens: Wir haben das Drachenbaby wieder; und zweitens: Larry hat im Hand-schuhfach einen Beutel Gras gefunden. Ich hab' ihm gesagt, er soll's zu Reuben und den Jungs in der Waschanlage bringen. Wird ihnen den Tag versüßen.«

Ich vergaß zu erwähnen, daß Cal auch Besitzer von Cal's Car Wash ist, einem Abschreibungsladen, den er mit Verlust betreibt, um »meinen Kunden das Beste ... den *totalen* Service für ihre Wagen zu bieten«. Er stellt nur Illegale ein und zahlt ihnen natürlich den Mindestlohn. Kleine Geschenke, wie das Gras oder gelegentlich ein paar Kisten Bier, die er ihnen hinüberschickt, halten sie davon ab, sich einträglichere Arbeit zu suchen; Tellerwaschen zum Beispiel. Ich entschloß mich, ihm nicht von meinem Kampf mit McCarver zu berichten. Darauf würde nur eine weitere rassistische Tirade folgen, nicht halb so amüsant.

»Wir haben einen abgehakt, bleiben noch zehn. Ich werde sie alle kriegen, vorausgesetzt, sie haben nicht spurlos die Kurve gekratzt«, sagte ich. »Ich schätze, einen pro Tag. Die Leute gehen alle zur Arbeit.«

»Gut, gut. Ich setz' auf dich. Du machst wie immer gute Arbeit.« Cal schaute mich ernsthaft an. »Schon Pläne für die Zukunft? Es ist schon eine Weile her; ich glaube, du wirst es packen.«

»Nicht wirklich Pläne, noch nicht. Doch, im Herbst nach Europa. Die Arbeit hier wird weniger, und ich kann die großen deutschen und österreichischen Orchester zu Beginn ihrer Konzertsaison erwischen.«

»Du sprichst ja auch die Sprache.«

»Genug, um klarzukommen. Ich möchte große Musik am Ort ihrer Entstehung hören. Darum geht's vor allem. Das Beethoven-Haus in Bonn sehen, die Wiener Oper, Salzburg. Mit dem Boot den Rhein aufwärts. Ich glaube, dort gibt es all die unbekannten Kammerensembles, die überall in Deutschland in kleinen Hallen auf dem Lande spielen. Ich hab' das Geld, das Wetter im Herbst ist gut, und ich werde, glaub' ich, fahren.«

»Wir reden, bevor du fährst. Ich gebe dir eine Liste mit guten Hotels und Restaurants. Das Essen da drüben kann großartig sein – oder lausig. Trotzdem, ich muß wieder weiter. Ich soll in einer halben Stunde zum Golf antreten. Brauchst du Geld?«

»Nicht für mich, aber ich brauche dreihundertsechsundsiebzig Dollar und zwanzig Cents für meinen Fahrer.« Cal ging zum Wandsafe, entnahm ihm den Betrag und gab ihn mir.

»Paß auf dich auf, Fritz«, sagte er, brachte mich zur Tür und griff sich, während er die Tür hinter sich abschloß, eine Zwanzigpfundtüte mit getrocknetem Hundefutter. Er rief seiner Sekretärin zu: »Fütterst du bitte Barko, Schätzchen? Ich glaube, er hat Hunger.« Die attraktive, bebrillte Blondine lächelte und holte Barkos Napf.

Ich schaute Cal an und schüttelte den Kopf. »Der Hund hat dir soviel Geld eingebracht, du geiziger Scheißer, und du verfütterst ihm immer noch den getrockneten Scheiß?«

»Er mag es. Es ist gut für seine Zähne.«

»Er hat überhaupt keine Zähne mehr.«

»Dann muß ich ein geiziger Scheißer sein. Bis später, Fritz.«

»Mach's gut, Cal.«

Larry, der Verkaufsmanager vom Casa, drängte mir einen Cutlass Turbo auf, einen alten Vorführwagen. Ich sagte ihm, ich würde ihn etwa eine Woche lang brauchen und ihn vollgetankt zurückbringen. Statt die Arbeitsplätze meiner Klientel aufzusuchen, entschloß ich mich, einen Tag freizunehmen und eventuell meinen Freund Walter zu treffen. Ich fuhr den Ventura hinunter in Richtung Coldwater. Es war halb elf und bereits heiß und stickig. Als ich über die Berge fuhr, fühlte ich mich gut, entspannt und sogar ein bißchen hungrig. Als ich nach Beverly Hills hinabkam, hatte ich wieder das Gefühl, daß sich mein Leben ändern würde.

2

Ich habe mein eigenes Steuerparadies, die Detektei Brown. Es ist nur dem Namen nach ein Detektivbüro. Nach dem zu urteilen, was das Finanzamt von mir weiß, bin ich ein verarmter Hungerleider, der neun Tausender Jahreseinkommen angibt und $ 275 Einkommensteuer zahlt. Dadurch, daß ich mich selbst von der Steuer absetzen kann, spare ich zirka achtzig Dollar pro Jahr. Früher, bevor das Beschlagnahmegewerbe lukrativ wurde, setzte ich noch Annoncen in die Gelben Seiten und übernahm auch tatsächlich ein paar Fälle, bei denen es sich meist um von zu Hause weggelaufene Kinder handelte, die in der Drogenszene untergetaucht waren. Aber das ist schon Jahre her, damals hatte ich mich noch der Illusion hingegeben, ein Manipulator der Großstadt werden zu können. Ich unterhalte noch immer mein Büro, eine $ 85-Abschreibung, in einem heruntergekommenen Bürohaus an der Pico in Rancho Park. Ich habe dort meine Bücher, und wenn ich lesen will, fahre ich dorthin. Es ist eine ziemlich dreckige Bude, aber sie hat eine Klimaanlage.

Ich beschloß, ins Büro zu fahren, da Walter aller Wahrscheinlichkeit nach noch vom Suff der vergangenen Nacht, mit Billigwein vorm Fernseher, bewußtlos herumlag. Ich fuhr auf den Parkplatz, ging über die Straße zu MacDonalds und kam mit drei Cheeseburgern und zwei Plastikbechern Kaffee zurück. Als ich die Tür zu meinem Büro aufschloß, hatte ich bereits zwei Burger hinuntergeschlungen. Drinnen war es muffig. Ich schaltete sofort die Klimaanlage ein und machte es mir im Sessel bequem.

Das Büro ist nichts Besonderes; es ist ein kleiner quadratischer Raum mit Jalousien vor einem rückwärtigen Fenster, das zur Straße geht; es gibt noch einen großen Schreibtisch aus Walnußimitation und einen mit Kunstleder bezogenen drehbaren Lehnstuhl sowie einen vergilbten Rattanstuhl für Klienten und einen professionell aussehenden Aktenschrank, der jedoch keine Akten enthält. An den Wänden hängen zwei Fotografien von mir, die Vertrauen wecken sollen: Fritz Brown, ungefähr 1968, bei der Abschlußfeier der Polizeiakademie; und ein Bild von mir in Uniform, das drei Jahre später geschossen wurde. Als es aufgenommen wurde, war ich völlig betrunken gewesen, und wenn man genauer hinsieht, kann man es auch erkennen.

Ich nahm mir den letzten Cheeseburger, schaltete den Radiosender KUSC an und lehnte mich zurück. Die Musik war früher Barock, ein Cembalo-Trio; es klang nett, aber irgendwie leidenschaftslos. Ich hörte weg. Die Barockmusik kann dich auf einer kleinen weißen Wolke schweben lassen, was das ruhige Nachdenken fördert, und genau auf einer solchen Wolke schwebte ich gerade, als die Türklingel ging. Der Vermieter konnte es nicht sein, da ich die Miete jährlich zahlte. Es war wahrscheinlich ein Vertreter. Ich stand auf und öffnete.

Der Mann, der vor mir stand, sah nicht gerade wie ein Vertreter aus, sondern eher wie ein soeben aus der Trinkerheilanstalt in Lincoln Heights Entflohener. »Kann ich Ihnen helfen?« fragte ich ihn.

»Höchstwahrscheinlich«, entgegnete der Mann, »wenn Sie Privatdetektiv sind und das Ihr Büro ist.«

»So ist es.« Ich zeigte auf den Besucherstuhl. »Warum setzen Sie sich nicht einfach und erzählen mir, wie ich Ihnen behilflich sein kann.«

Widerwillig setzte er sich, nachdem er das Mobiliar begutachtet hatte. Er war um die Vierzig, sehr dick, vielleicht ein Meter siebzig oder fünfundsiebzig groß und wog um die 200 Pfund. Er trug eine merkwürdig geschnittene Karohose, die an den Beinen zehn Zentimeter zu kurz war, ein enges Golfhemd mit einem Alligator darauf, das seinen speckigen Oberkörper wie eine Wurstpelle umhüllte, und schwarzweiße Golfschuhe, an denen die Spikes entfernt worden waren. Er sah aus wie ein alkoholabhängiger Golfspieler, der aus der Hölle kam.

»Ich hatte immer geglaubt, Privatdetektive wären ältere Kerle, die nach dem Polizeidienst in Rente geschickt würden«, meinte er.

»Ich bin früh in Rente gegangen«, entgegnete ich. »Sie wollten mich mit fünfundzwanzig nicht zum Polizeichef ernennen, also sagte ich ihnen, sie könnten mich mal.« Er fand das wohl irgendwie witzig und fing an zu lachen, allerdings ein wenig hysterisch. »Ich heiße übrigens Fritz Brown. Und wie heißen Sie?«

»Freddy Baker. Sie haben übrigens dieselben Initialen wie ich. Sie

17

können mich auch Fat Dog nennen. Das ist keine Beleidigung, jeder nennt mich so. Mir gefällt der Name.«

Fat Dog. Du meine Güte! »Okay, Fat Dog. Du kannst mich Fritz nennen oder Mr. Brown oder Daddy-O. Also, wozu brauchst du einen privaten Ermittler? Übrigens beläuft sich das Honorar für meine Dienste auf einhundertfünfundzwanzig Dollar pro Tag, plus Spesen. Kannst du dir das überhaupt leisten?«

»Das kann ich mir schon leisten, und sogar noch viel mehr. Ich mag zwar nicht wie ein Millionär aussehen, aber ich bin ganz gut betucht. Ich werd' dir schon die Kohle geben, nachdem ich dir erzählt habe, was ich von dir will.« Fat Dog Baker sah mich mit durchbohrendem Blick aus seinen gefährlichen blauen Augen an und berichtete: »Es ist so: Ich habe da diese Schwester, meine jüngere Schwester Jane. Sie ist die einzige Familienangehörige, die ich noch habe. Unsere Eltern sind tot. Sie ist jetzt schon seit ewigen Zeiten mit diesem reichen Typen zusammen. Einem Juden. Er ist schon ziemlich alt: Der macht mit ihr keinen Sex oder so – so ist das nicht –, er unterstützt sie einfach, und ich bekomme sie nicht mehr zu Gesicht. Dieser Kerl sagt ihr nicht einmal, daß sie mit mir nichts mehr zu tun haben sollte. Er bezahlt ihr ihre Musikstunde, und Janey, meine eigene Schwester, geht mit mir um, als wäre ich ein Stück Scheiße!« Seine Stimme hatte sich zu einem lauten Geschimpfe erhoben. Er schwitzte trotz des klimatisierten Zimmers, und seine Hände klammerten sich fest um die Oberschenkel, bis seine Fingerknöchel weiß anliefen.

»Was soll ich deiner Meinung nach tun? Ist deine Schwester über achtzehn?«

»Ja, sie ist achtundzwanzig. Ich dachte eigentlich nicht daran, diesem Kerl eine Moralpredigt zu verpassen, ich weiß nur, daß er irgendwie nicht ganz sauber ist. Irgendwo und irgendwie benutzt er meine Schwester für irgend etwas. Sie würde mir das niemals glauben, sie redet ja nicht einmal mit mir! Du könntest sie doch beschatten, nicht wahr? Beschatte ihn auch, verfolge ihn durch die ganze Stadt, finde heraus, was er alles macht. Irgendwie nutzt er sie aus, und ich will wissen, was da los ist.«

Ich beschloß, mir die Sache nicht durch die Lappen gehen zu lassen. Ich würde daran arbeiten können, wenn die Beschlagnahmungen abgeschlossen wären. Mir gefiel der Gedanke an einen Überwachungsjob. Es schien mir eine interessante Abwechslung zu sein.

»Okay, Fat Dog, ich übernehme den Fall. Ich beschatte deine Schwester und diesen üblen Burschen. Laß mir eine Woche Zeit. Ich werde versuchen, herauszufinden, was möglich ist. Aber zunächst brauche ich noch weitere Informationen.« Ich nahm einen Stift und einen Notizblock zur Hand. »Der Name deiner Schwester lautet Jane Baker, und sie ist achtundzwanzig Jahre alt, richtig?«

»Richtig!«

»Hast du ein Foto von ihr?« Fat Dog holte eine alte handgearbeitete Brieftasche hervor und reichte mir ein Bild. Jane Baker war eine gutaussehende Frau. An ihrem Mund konnte man Humor und in ihren Augen Intelligenz erkennen. Sie sah wie das genaue Gegenteil von ihrem fetten Bruder aus. Als ich das Foto in meine Schreibtischschublade legte, sah mich Fat Dog mißtrauisch an, so als hätte er mir soeben eine Ikone überreicht und befürchte, ich würde sie kaputtmachen. »Kein Grund zur Beunruhigung«, sagte ich, »ich werde gut auf das Bild aufpassen und es dir zurückgeben.«

»Das mußt du auch. Es ist das einzige, das ich besitze.«

»Dann erzähl mir mal etwas über diesen Kerl. Alles Wichtige und Nebensächliche, was du über ihn weißt.«

»Sein Name ist Sol Kupferman. Er ist der Besitzer von Solly K.'s Pelzgeschäft. Seine Adresse ist Elevado Nr. 8914. Das ist in Beverly Hills, den Sunset in Richtung Norden hinauf, in der Nähe des Beverly Hills Hotels.«

»Beschreib ihn mir.«

»Er ist zirka einsachtzig groß, mager und hat lockiges graues Haar. Große Nase. Ein typischer Jude.«

Ich schrieb die Informationen auf, so wie sie mir gegeben wurden. »Was kannst du mir sonst noch über Kupferman berichten? Ich nehme an, daß dein Plan darauf hinausläuft, deine Schwester mit allen Gemeinheiten, die ich ausfindig machen kann, zu konfrontieren.«

»Genauso hab' ich mir das vorgestellt. Das war mein Plan. Ich habe viele Dinge über Solly K. gehört. Nur Schlechtes, aber lauter Gerüchte. Alles Sachen aus der Caddieszene, man muß die Quelle dabei schon berücksichtigen. Es ist in erster Linie ein *Gefühl,* das ich von ihm habe. So etwas wie *Intuition,* verstehst du, was ich meine?«

»Ja, ja. Wie hat deine Schwester Kupferman denn kennengelernt?«

»Ich war Caddie im Hillcrest, so vor zirka zehn, zwölf Jahren. Das ist da, wo die ganzen Juden Golf spielen. Sie hat mich immer in der Baracke der Caddies besucht; manchmal hat sie auch in der Imbißstube gearbeitet. Ich wollte nicht, daß sie das tat, Caddies haben nämlich ein loses Mundwerk. Jedenfalls hat sie dort Solly K. kennengelernt. Er ist dort Mitglied. Er hat sie draußen auf dem Golfplatz getroffen. Sie hat dort immer ihre Spaziergänge gemacht. Durch ihn begann sie, sich für Musik zu interessieren und Musikunterricht zu nehmen. Seitdem wohnt sie mit ihm zusammen. Sie sagt, er sei ihr bester Freund und ihr Wohltäter. Jetzt haßt sie mich. Dieses Judenschwein brachte sie dazu, mich zu hassen!«

Fat Dog war kurz davor, die Kontrolle über sich zu verlieren; er war den Tränen nahe oder kurz vor einem ähnlichen Gefühlsausbruch. Sein Antisemitismus war abstoßend, aber ich wollte mehr über ihn in Erfahrung bringen. Irgendwie war ich von seiner irrsinnigen Rage ergriffen, und sie fesselte mich immer mehr.

Ich versuchte, ihn zu beruhigen. »Ich werde in dieser Angelegenheit mein Möglichstes tun, Fat Dog. Ich werde mich dicht an die beiden dranhängen und alles über Kupferman in Erfahrung bringen, was möglich ist. Du kannst dich ausruhen und brauchst dir keine Sorgen darüber zu machen.«

»Okay. Brauchst du jetzt die Kohle?«

Der Ikonoklast in mir vertraute darauf, daß es bei seinem Wahn irgendeinen logischen Zusammenhang geben mußte. »Nein, wenn du so zahlungskräftig bist, wie du sagst, brauche ich mir ja keine Sorgen zu machen. Ich werde mich ungefähr eine Woche lang mit der Sache beschäftigen. Du kannst mir dann das Geld geben.«

Fat Dog holte noch einmal seine alte schmierige Brieftasche aus Mexiko hervor und zog ein Bündel Scheine heraus. Er wedelte damit vor mir hin und her. Das müssen mindestens sechzig oder siebzig Hunderter gewesen sein. Aber ich war irgendwie nicht sonderlich überrascht. Das Leben in Los Angeles hatte mich gelehrt, niemals Äußerlichkeiten Bedeutung beizumessen, außer dem Geld. Fat Dog wollte, daß ich mich beeindruckt zeigte. Ich enttäuschte ihn höchst ungern, also zeigte ich keine Skrupel. Außerdem hatte er ja auch keine. »He! He!« rief ich. »Ich glaube, ich sollte meinen Beruf aufgeben und Caddie werden. Besorg mir eine scharf aussehende Biene mit einem guten Schlag, die dazu noch gern fickt. Und ich geb's ihr mit einem alten Neuner-Eisen auf dem Platz und auch sonstwo. Ha! Ha!« Fat Dog lachte wie eine Hyäne und drohte vom Stuhl zu fallen. Ich hatte ihm meine Einstellung übermittelt. Ich hoffte, daß er nicht noch mehr hören wollte. Sich wie ein Trottel zu benehmen geht mir ziemlich schnell auf den Wecker.

Nach einer Minute oder so erlangte er die Fassung wieder und wurde ernst. »Ich weiß, daß du mir wohlgesonnen bist, Mann. Fat Dog kann Leute einschätzen, und du bist in Ordnung.«

»Danke. Wie lautet deine Telefonnummer und Anschrift? Ich werde mit dir in Verbindung bleiben müssen.«

»Ich ziehe viel herum, und im Sommer schlafe ich draußen. Es ist schwer, mich zu finden. L. A. ist voll von Irren, und man kann nie wissen, ob einer von denen nicht deine Nummer hat. Du kannst Nachrichten für mich im Tap and Cap hinterlassen – das ist eine Bierbar an der Santa Monica Ecke Sawtelle. Ich werde sie schon bekommen.«

»Okay, eine letzte Sache. Du sagtest, deine Schwester sei Musikerin. Was für ein Instrument spielt sie denn?«

»Eins von diesen großen Holzdingern, die auf einem Stab stehen.«

Cello also. Das war ja interessant. Als Fat Dog mir zuwinkte und zur Tür hinausging, fragte ich mich bereits, ob sie wohl gut spielen könne.

Ich rief einen alten Freund an, der in der Datenerfassungszentrale der Polizei von L. A. arbeitete, und gab ihm drei Namen, Beschreibungen und ungefähre Geburtsdaten durch: Solomon Kupferman, genannt Solly K., Frederick Baker alias Fat Dog und Jane Baker. Ich sagte ihm, daß ich ihn später anrufen würde, um mich nach den Informationen, die er herausbekommen würde, zu erkundigen.

Ich fuhr mit dem Cutlass-Vorführwagen vom Parkplatz. Für eine Beschattung in Beverly Hills sah er vornehm genug aus. Ich fuhr auf der Pico in Richtung Osten, und bog links in den Beverly Drive, mitten durch das Geschäftsviertel von Beverly Hills, vorbei an Geschäften, die Modeartikel, Schmuck und sämtliche Mittel gegen Wohlstandslangeweile nach jedermanns Geschmack anpriesen. Nördlich der Santa Monica wichen die stinkvornehmen Geschäftsfronten den angeberischen Privathäusern: riesige, gutgepflegte Rasenflächen vor Herrenhäusern im Tudorstil, spanische Villen und pseudo-moderne Schlösser. Als ich den Sunset Boulevard überquerte, wurden die Anwesen noch riesiger. Nun befand ich mich im »Fasan-im-Glashaus«-Bezirk.

Sol Kupfermans Haus lag zwei Straßenzüge nördlich des Sunset an der Coldwater. Es war ein bemerkenswertes Domizil: ein maurisches Landhaus in makellosem Weiß mit Zwillingstürmchen, auf denen die Flagge Kaliforniens wehte. Das Haus war mindestens 40 Meter von der Straße entfernt. Eine Bärenfamilie aus Stein suchte auf dem breiten Rasen vor dem Haus nach Nahrung, und zwei Cadillacs standen in der halbkreisförmigen Zufahrtsstraße: ein ein Jahr alter Eldorado mit offenem Verdeck und ein vier oder fünf Jahre alter Coupé de Ville.

Ich parkte auf der gegenüberliegenden Straßenseite und beschloß, nicht länger als eine Stunde dort zu warten, da ich eine Konfrontation mit der allgegenwärtigen Polizei von Beverly Hills vermeiden wollte. Ich holte mein Fernglas hervor und kontrollierte die Nummernschilder der beiden Cadillacs. Der Eldorado hatte ein personenbezogenes Kennzeichen: SOL K. Der Coupé de Ville auch: CELLO-1. Bis hierher war die Sache klar und eindeutig. Ich schaltete das Radio ein und erwischte gerade noch den Beginn von *Lunch im Herzen der Musik* auf dem Sender KFAC. Thomas Cassidy interviewte soeben irgendeinen Franzosen über den derzeitigen Stand der Oper in Frankreich. Dieser Kerl hatte furchtbare Manieren. Man konnte sogar hören, wie er seine Gabel fallen ließ.

Ich stellte das Radio aus und nahm noch einmal das Fernglas. Ich hatte es auf Kupfermans Haustür gerichtet, als sie geöffnet wurde und ein Mann im Anzug und mit einem Aktenkoffer in der Hand die Treppe hinabstieg. Ich hatte ihn schon mal vorher gesehen, das wußte ich sofort, aber mein ausgezeichnetes Erinnerungsvermögen benötigte einige Zeit, Ort und Zeit zu bestimmen. Es war im Club Utopia Ende 1968 gewesen, kurz bevor das Lokal niederbrannte und dadurch in die Geschichte einging. Der Mann – der Fat Dogs Beschreibung von Kupferman genau entsprach – stieg in den Eldorado, fuhr rückwärts aus der Einfahrt auf die Straße und brauste in entgegengesetzter Richtung an mir vorüber.

Ich fuhr in die Einfahrt, wendete und folgte ihm. Ich holte ihn an der nächsten Kreuzung ein, bevor er nach rechts in die Coldwater abbog. Als er von der Coldwater in den Beverly Drive einbog, ließ ich einen anderen Wagen zwischen uns, und wir fuhren nach Süden, Richtung Beverly Hills. Die Fahrt war sehr kurz. Er bog nach rechts auf die Little Santa Monica ab und hielt nach ein paar hundert Metern an. Ich fuhr weiter. Er hatte vor Solly K.'s Pelzgeschäft angehalten. Im Rückspiegel sah ich, wie er das Gebäude betrat. Er mußte also Kupferman sein.

Im Dezember 1968 wurde auf den Club Utopia, eine miese Trinkerkneipe des Viertels an der Normandy, nahe der Slauson, ein Brandanschlag verübt. Sechs Bargäste waren damals verbrannt. Augenzeugen, die den Anschlag überlebt hatten, hatten berichtet, wie drei Männer, die zuvor aus der Kneipe hinausgeworfen worden waren, kurz vor Schließung zurückkehrten und einen Molotowcocktail in die belebte Ein-Raum-Bar schleuderten und sie in ein flammendes Inferno verwandelten. Einige Stunden später waren die drei Männer bereits von Detectives der Polizei von L. A. festgenommen worden. Sie hatten die Tat gestanden, stritten jedoch ab, daß es »ihre Idee« gewesen wäre. Sie hatten auf der Behauptung beharrt, daß es einen »vierten Mann« gegeben hätte, der sie vor der Bar ansprach, nachdem sie hinausgeworfen worden waren, und der »die ganze Sache angestiftet« hätte. Niemand hatte ihnen geglaubt. Die Männer, die als Anstreicher arbeiteten und lange Vorstrafenregister aufzuweisen hatten, wurden vor Gericht gestellt und wegen Mordes verurteilt. Sie waren unter den letzten, die in der Gaskammer von San Quentin sterben mußten.

Ich kann mich an den Fall noch sehr gut erinnern, obwohl ich nie etwas damit zu tun gehabt habe. Zu jener Zeit war ich ein zweiundzwanzigjähriger Anfänger beim Streifendienst in Wilshire. Da ich mich nach Dienstschluß austoben mußte, zog ich öfters mit befreundeten Streifenpolizisten durch die Kneipen, um mich zu betrinken und Geschichten aus dem Krieg auszutauschen. Eines Abends nach Thanksgiving 1968 war ich mit einem anderen Anfänger namens Milner unterwegs. Irgendwie landeten wir im schon bald bekannten Club Utopia. Wir saßen an der Theke, und der Mann, der neben mir saß, stand plötzlich auf und goß Whisky über meinen neugekauften, schneeweißen Kaschmirpullover. Es war ein hagerer, jüdisch aussehender Mann um die Fünfzig, und er entschuldigte sich überschwenglich und bot mir sogar an, mir einen neuen Pullover zu kaufen. Ich lehnte das Angebot wohlwollend ab, obwohl ich verärgert war. Nach weiteren Entschuldigungen verließ der Mann das Lokal.

Ich kann mich an bestimmte Dinge oft ganz genau erinnern. Ich vergesse niemals ein Gesicht. Es war mehr als zehn Jahre her, aber ich war mir ganz sicher: Der Mann an der Theke an jenem Abend war Sol Kupferman gewesen. Er war seither kaum älter geworden. Ein merkwürdiger Zufall, der wahrscheinlich nicht von großer Bedeutung war. Falls ich jemals die Gelegenheit haben sollte, mit Solly K. zu sprechen, würde ich ihn fragen: »Was haben Sie im Herbst '68 in dieser dreckigen Bar im Süden der Stadt zu suchen gehabt?« Und er würde mich mit einem berechtigten Blick anschauen, so als sei ich verrückt, und antworten: »Ich weiß es nicht« oder »War ich tatsächlich dort?« oder »Ich kann mich nicht mehr daran erinnern.«

Ich dachte über meine Möglichkeiten nach. Ich könnte abwarten und Kupferman weiterverfolgen, wenn er das Büro verließe, oder ich könnte verschwinden und die Beschattung am kommenden Tag wiederaufnehmen. Ich entschloß mich, in die Alte Nachbarschaft zu fahren und meinen Freund Walter zu besuchen.

3

Der Bereich der Western Avenue zwischen Beverly und Wilshire sowie die umliegenden Wohnblocks bilden die Alte Nachbarschaft. Das Gebiet liegt zirka drei Kilometer westlich von Downtown Los Angeles und einen Kilometer südlich von Hollywood, und eigentlich gibt es dort nichts Besonderes. Der prosaische Druck, dem die einfachen Menschen dort unterliegen, führte während meiner Entwicklungsjahre in erster Linie zu männlichen Nachkommen, von denen eine Menge die ihnen zugewiesenen Rollen der verkorksten 60er Jahre übernahmen: Vietnamveteranen gab es dort, Drogenabhängige, Aktivisten von den Colleges und verwahrloste Existenzen. Topographisch gesehen hatte sich die Alte Nachbarschaft leicht verändert: In Ralphs Supermarkt befindet sich jetzt eine koreanische Glaubensgemeinschaft, frühere Tankstellen und Parkplätze sind durch häßliche Selbstbedienungssupermärkte ersetzt worden. Der Großteil der Bewohner der Alten Nachbarschaft, die Leute, die in ihren mittleren Jahren waren, als ich noch ein Kind war, sind jetzt alt und beherrscht von Resignation und Furcht, die sich in den vergangenen zwanzig Jahren durch unbegreifliche Entwicklungen breitgemacht haben.

Und das macht sehr viel aus. Die Bibliothek an der Council und St. Andrews hat noch immer denselben Bibliothekar, und die Bars auf der Western liefern dem Wilshire-Polizeirevier weiterhin eine ganze Menge betrunkener Autofahrer. Aber etwas ist anders geworden: Für mich ist es inzwischen ein mittelamerikanischer Friedhof, bei dem ich ein Gefühl des Unbehagens bekomme, und es läuft mir jedesmal kalt den Rücken hinunter, wenn ich durch das Viertel fahre, und das tue ich oft.

Ich bin aus der Gegend weggezogen, kurz nachdem meine Eltern gestorben waren; das hatten die meisten meiner Freunde getan, mit denen ich aufgewachsen bin. Aber mein alter Freund Walter wohnt noch immer dort. Er hat sich in dem alten Haus an der Fünften und Serrano niedergelassen, zusammen mit seiner Mutter, einer etwas durchgedrehten Anhängerin der Christlichen Wissenschaft, seinem Fernsehapparat, seinen Science-fiction-Büchern, seinen Schallplatten und seinem Thunderbird-Wein. Er ist zweiunddreißig, und wir sind seit fünfundzwanzig Jahren Freunde. Er ist der einzige Mensch in meinem Leben, den ich immer aufrichtig gemocht habe. Ich kritisiere weder seine Trägheit noch seinen Selbstzerstörungssinn, noch sein schwieriges Verhältnis zu seiner Mutter oder seine beginnenden Psychosen. Ich akzeptiere seine versteckte Zuneigung, den Haß auf sich selbst und die Wutausbrüche. Unser Verhältnis beruht auf fünfundzwanzig Jahren gemeinsamer Erfahrungen, die wir gemeinsam oder voneinander getrennt mit Hilfe von Büchern, Musik, Filmen, Frauen, meiner Arbeit und seiner Phantasiewelt gesammelt hatten. Auf diesem Gebiet besitzt Walter die Oberhand: Er ist bei weitem intelligenter als ich, denn in den fünfzehn Jahren seit dem High-School-Abschluß hat ihm sein seßhafter Lebensstil ermöglicht, Tausende von Büchern, von tiefgehender Thematik bis zur Trivialliteratur, zu lesen, großartige Musik in der Tiefe seines Bewußtseins aufzunehmen und sich jeden Film anzuschauen, der jemals im Fernsehen gelaufen ist.

Das Ganze läßt auf ein ungewöhnliches Wissen, ein Nachschlagewerk mit einem agilen Geist schließen, und seine Phantasiegebilde könnte man schon mit denen eines Genies vergleichen. Seine Phantasie ist jedoch rein verbal: Walter hat noch niemals irgend etwas geschrieben, gefilmt oder komponiert. Dennoch kann er seine vom Alkohol verschleierten Hirngespinste in Einsichten und Parabeln umwandeln, die den Kern des Lebens treffen. Das kommt allerdings nur an seinen guten Tagen vor. An seinen schlechten Tagen hört er sich manchmal so an wie ein Bengel von der High-School, der schlechtes Speed geschluckt hat. Ich hoffte, daß er heute gut drauf sein würde, da ich selbst recht vergnügt war, und ich verspürte ein Bedürfnis nach Ansporn: Die Wirkung eines Epigramms von Walter kann den merkwürdigsten Tag in die richtige Bahn lenken.

Ich hielt vor einem Supermarkt in Mayfair und holte drei kleine, gutgekühlte Flaschen Wein. Walter geht es am besten, wenn er von der richtigen Menge T-Bird-Wein angeregt ist. Zuwenig von dem Zeug ruft bei ihm Gereiztheit hervor, zuviel führt zu zusammenhanglosem Geplapper. T-Bird-Wein ist Walters auserwähltes Getränk, weil er billig und einfach zu bekommen ist; das Geld dafür verschafft er sich, indem er entweder seine Mutter bedroht, ihre Geldbörse stiehlt oder für ein paar Dollar den Rasen mäht.

Ich ging um das Haus in den Garten, wo sich Walters Zimmer mit Blick auf den vertrockneten, braunen Rasen befand. Walter ist ein furchtbar schlechter Gärtner. Ich hörte, daß drinnen ein Fernseher lief. Ich kratzte über die Scheibe.

»Hey, Walt, altes Saufloch!« rief ich. »Ich bin's. Ich hab' dir was mitgebracht. Komm raus!« Ich ging wieder in den Garten zurück, holte mir einen Liegestuhl, öffnete eine Dose Ginger Ale für mich und stellte die drei Flaschen in einer Reihe auf den alten Metalltisch neben mir.

Fünf Minuten später kam Walter herausgeschlurft, bekleidet mit abgeschnittenen Jeans und einem Mahler-Sweatshirt. Er ist zirka ein Meter siebzig groß, hat lockiges, hellbraunes Haar und bemerkenswert hellblaue Augen. Obwohl er eigentlich nicht fett ist, tendiert er eher zum Dicksein.

»Willkommen, Fritz. Du hast mir also was mitgebracht? Das ist aber nett von dir.«

Er setzte sich neben mich, nahm eine kleine Flasche und leerte sie in einem Zug. Sofort bekam er Farbe im Gesicht, seine Augen schienen sich zu weiten, und sein ganzer Körper zuckte kurz. Er war auf dem besten Wege. Er holte eine Schachtel Marlboro hervor, zündete sich eine an und inhalierte tief den Rauch. Ich fragte mich, in welche Richtung unsere Unterhaltung wohl verlaufen würde. »Du siehst so nachdenklich aus, Fritz. Auch irgendwie bekümmert. Denkst du wieder über deine Zukunft nach? Du siehst so aus, als könntest du auch einen Drink gebrauchen. Ich weiß ja, daß du keinen anrühren würdest, nur ein bestimmter Teil deines Körpers wünscht ihn sich. Ob dieser oder der andere Teil deine bessere Hälfte ist, kann ich leider nicht beurteilen. Ich weiß nur, daß ich dich besser kenne als sonst irgend jemand auf der Welt, besser noch als du dich selbst.«

»Leck mich doch. Aber du hattest recht, ich habe mir gerade über die Zukunft Gedanken gemacht. Dieser Tag verlief bisher sehr eigenartig. Ein verrückter Caddie zahlt mir hundertfünfundzwanzig Dollar am Tag dafür, daß ich irgendwelche Gemeinheiten über einen reichen Kerl ausgrabe, der mit seiner Schwester zusammenlebt. Er sieht aus wie ein Taugenichts, aber er hat ein Sechstausenddollarbündel bei sich. Ganz schön wahnsinnig, Daddy-O!«

»Du wirst deine Arbeit schon machen. Du bist doch ein geborener Dreckwühler. Du hast doch überhaupt keine Moralvorstellungen. Ein Hai, der wie ein kleiner Junge aussieht. Wir sind gleichaltrig, aber du siehst wie fünfundzwanzig und ich wie vierzig aus. Das führe ich auf deine Weigerung zurück, billigen Wein zu trinken. Fritz, wer, glaubst du, hat die Schwarze Dahlie wirklich umgebracht?«

Ich begann zu stöhnen, als er diese fixe Idee aus unseren jugendlichen Saufzeiten wieder ins Gespräch brachte. »Ich weiß es nicht. Und soll ich dir was sagen? Es ist mir auch ziemlich egal. Laß uns das Thema wechseln, ja?«

»Okay, diesmal ja. Reich mir mal noch 'ne Flasche rüber, ja? Ich hab' Durst.« Für diese Flasche brauchte er zwei Ansätze. Sein Gesicht war jetzt so richtig rot geworden. Der Blick seiner Augen wurde immer leidenschaftlicher, und ich wußte, daß er entweder über Science-fiction oder über seine Mutter zu reden beginnen würde. Diese beiden Themen sind mehr oder weniger bedeutungsgleich.

»Das alte Mädel hat endlich ihren Zenit erreicht, Fritz. Sie ist senil, aber gerissen, und sie meistert ihr Leben als Sieger. Sie beabsichtigt, ewig zu leben, und ist auf der Suche nach neuen Opfern. Mein Vater, Gott möge seine arme Seele beschützen, und ich waren erst der Anfang. Seit einiger Zeit treibt sie sich auf diesen Tanzveranstaltungen für ältere Mitbürger herum, und dabei hat sie diesen Obstverkäufer abgeschleppt, einen Welschen, ich glaub' ziemlich reich – er besitzt ungefähr ein Dutzend Stände unten im Tal. Und ich glaube, die alte Dame will ihn heiraten! Siebzig Jahre alt, ist nicht mehr gefickt worden, seitdem ich gezeugt wurde, und nun so was. Ich kann es einfach nicht fassen. Er kann kaum noch sprechen, grunzt einfach nur vor sich hin. Er hat ein Emphysem, und er trägt so ein kleines Sauerstoffgerät mit sich herum – es sieht aus wie eine Strahlenpistole. Du meine Güte! Finanziell hat sie ausgesorgt, sie hat sein Geld nicht nötig. Ich habe ihr doch erzählt, daß es innerhalb der nächsten fünf Jahre eine Kreditkarte aus Antimaterie geben würde, daß sie mit ihr nur noch zu irgendeiner Bank gehen braucht, den Geldbetrag ins Mikrofon spricht, ihre Karte einführt und soviel Moneten bekommt, wie sie braucht. Innerhalb von acht Jahren werden wir alle in eine irdische Leere befördert worden sein, in der die gesteuerte Umgebung uns ermöglichen wird, jahrhundertelang bei bester Gesundheit weiterzuleben. Die dumme Kuh kann das einfach nicht einsehen und wirft wegen eines dämlichen Obstverkäufers alles weg. Sie hat Angst, allein zu sein. Du weißt das doch auch, nicht wahr, Fritz? Wenn sie diesen Dummkopf erst einmal umgarnt hat, wird sie mich in den Arsch treten, genauso wie sie es mit meinem Alten gemacht hat, und ich muß mir einen Job suchen. Ich kann es immer noch nicht fassen.« Seine Hand langte zur letzten Flasche hinüber, aber ich schnappte sie mir vor ihm.

»Noch nicht. Du kannst sofort zu deinem Geschwätz über Erde-

Mond, Mond-Erde zurückkommen. Ich muß gleich wieder los. Ich habe da einen Fall, an dem ich arbeite, und eine ganze Reihe von Pfändungen, daher werde ich dich wohl eine Woche lang nicht sehen. Ich möchte jetzt lieber nach Hause fahren und ein wenig Musik hören. Denk daran, daß die Saison der Hollywood Bowl nächste Woche anfängt, und ich hab' uns ja eine Loge besorgt. Laß dir wegen diesem Welschen keine grauen Haare wachsen – wenn er dich zu sehr in Bedrängnis bringt, dann nimm ihm doch einfach sein Sauerstoffgerät ab. Ich muß jetzt los.«

»Okay. Wenn du irgend etwas Dringendes hast, was ich für dich in Ordnung bringen kann, dann ruf mich an.«

»Okay, Walter. Mach's gut. Bis bald.«

Auf der Fahrt nach Hause versuchte ich, mir über Walter keine Sorgen mehr zu machen. Die Zusammenkunft heute war ziemlich mies verlaufen. Er hatte mir nicht das geben können, was ich gebraucht hätte, und ich hatte ihm nicht das zukommen lassen, was er benötigte. Es schmerzte mich, seinem immer näherrückenden Selbstmord zuzusehen. Ich hielt an einer Telefonzelle und rief Irwin auf der Arbeit an.

Er war von den gestrigen Gewalttätigkeiten gar nicht so sehr aufgebracht, wie ich vermutet hatte. Er war einverstanden, mit mir weiterzuarbeiten. Seine Loyalität berührte mich so sehr, daß ich ihm zusätzlich 5 Prozent von meinem Anteil anbot, ohne daß er Mehrarbeit leisten müsse. Dann ließ ich die Bombe platzen: Ich teilte ihm mit, daß ich einen Fall hätte und daß er die zehn Zahlungsunwilligen allein bearbeiten könne. Er glaubte mir zuerst gar nicht, aber schließlich fiel dann der Groschen. Ich meinte zu ihm, er solle seinen cleveren Neffen aus Israel die eigentlichen Rückholaktionen durchführen lassen. Nachdem er sich bei mir überschwenglich bedankt hatte, hängte er ein.

Als ich nach Hause kam, legte ich Schubert auf den Plattenteller und versuchte, mir Walter aus dem Kopf zu vertreiben. Eine Zeitlang funktionierte es, bis ich mich daran erinnerte, daß Schubert ungefähr in Walters Alter gewesen war, als er starb.

4

Am nächsten Tag begann ich mit der Überwachung von Jane Baker. Es wäre eigentlich logischer gewesen, mit Sol Kupferman anzufangen, da er ja vermutlich der Bösewicht des Ganzen war, aber ich hatte so ein Gefühl, daß ich ihm doch nur morgens ins Büro, mittags in ein Eßlokal in Beverly Hills und gegen Ende des Tages zurück nach Hause folgen würde. Das wäre ja langweilig. Jane Baker war bestimmt sehr viel mobiler. Und sie sah sicherlich auch sehr viel besser aus.

Ich kam an der Stelle auf der gegenüberliegenden Straßenseite der Kupfermans gegen acht Uhr morgens an. In Beverly Hills steht vor dieser Uhrzeit wohl niemand auf, außer Butlern und Dienstmädchen. Ich hatte meinen eigenen Wagen dabei, einen 69er Camaro, und ich war für einen Tag Schnüffelei gut ausgerüstet, trug eine Sportjacke und Krawatte, frisch polierte Schuhe und hatte ein Sortiment offiziell aussehender Abzeichen dabei, von »Sonderbeauftragter« bis »Internationaler Ermittler«. Ich hatte sie mal in einem Kramladen am Hollywood Boulevard erstanden. Kein Repo-Mann sollte ohne sie losgehen.

Um Viertel vor neun verließ Jane Baker das Haus. Sie sah wirklich so gut aus wie auf dem Foto von Fat Dog. Sie trug einen rotgelben Hosenanzug aus Baumwolle, ihr Haar war zu einem Knoten zusammengebunden, und sie sah insgesamt wie der Prototyp einer vertrauenerweckenden Karrierefrau aus. Als sie an Kupfermans Eldorado vorbei zu ihrem etwas älteren de Ville ging, stellte ich mein Fernglas schärfer auf ihr Gesicht ein. Es war schwer, sich diese schlanke, gewandt aussehende junge Frau als Schwester des verwahrlosten Fat Dog vorzustellen, doch eine Ähnlichkeit war einwandfrei vorhanden: die vollen Backen, die geweiteten Augen und ein gewisser entschlossener Ausdruck um den Mund, der bei ihr sinnlich und bei ihrem Bruder eher häßlich wirkte.

Es herrschte durchschnittlicher Verkehr in Richtung Süden, wo sich die Einkaufszentren von Beverly Hills befinden – Frauen in Cadillacs und Mercedes-Benz-Limousinen waren sich auf dem Weg zum morgendlichen Einkaufsbummel in den Boutiquen von Fat City –, aber es war kein Problem, Jane zu folgen. Wir fuhren nach Süden auf dem Beverly Drive zur Big Santa Monica, dann nach Osten bis nach Hollywood. Es war eine recht angenehme Fahrt. Der Himmel war smogfrei, und die Hügel von Hollywood wirkten durch ihr grünes Laub sehr lebendig. Jane Baker bog links auf die Highland ab und fuhr auf den Parkplatz einer Zweigstelle der Bank of America.

Ich parkte drei Plätze weiter, wartete zwei Minuten und folgte ihr dann in die Bank. Es war recht geschäftig dort, der Höhepunkt des morgendlichen Ansturms, daher dauerte es einige Minuten, bis sie an den Schalter kam. In entgegengesetzter Richtung der Warteseile aus Baumwollsamt ging ich an ihr vorbei und beobachtete die Transaktion. Der Bankangestellte zählte eine große Anzahl Fünfziger ab. Es war mindestens ein Tausender, den er ihr in kleinen Scheinen gab. Jane stopfte die Scheine in ihre Handtasche.

Ich eilte schleunigst zurück nach draußen zu meinem Wagen und stellte mir die Frage, warum eine Frau aus Beverly Hills die ganze Strecke bis nach Hollywood zurücklegt, um ihre Bankgeschäfte zu erledigen. Und wohin würde Jane Baker mit dem Tausender in ihrer Handtasche wohl fahren?

Sie ließ mich nicht lange warten. Eine Minute später saß sie bereits wieder hinterm Steuer und fuhr auf der Highland nach Norden. Diesmal war es schwieriger, an ihr dranzubleiben, da sie sich gewandt durch den lebhaften Vormittagsverkehr schlängelte. Nördlich von Hollywood Bowl stieß sie auf den Hollywood Freeway. Schon bald befanden wir uns oberhalb des Tals, dessen Horizont sich mit Smog verdichtete.

Ein paarmal hätte ich sie beinahe verloren, aber als sie die Ausfahrt am Victory Boulevard nahm, war ich direkt hinter ihr. Ich folgte ihr in die ärmeren Wohngebiete von Van Nuys. Es gab dort keine Bürgersteige. Dreckige Apartmenthäuser mit acht oder zehn Wohnungen und kleine Häuser mit deprimierenden pastellfarbenen Anstrichen waren Kennzeichen für diese Gegend. In dieser Gegend hatte ich schon zahlreiche Pfändungsorder ausgeführt: Leute, die auf aussichtslose Jobs hereingefallen waren, vernachlässigten oft ihre Ratenzahlungen fürs Auto. Jane fuhr plötzlich auf den Randstreifen aus Schotter in einer besonders schäbigen Straße. Ich überholte sie und hielt an der nächsten Ecke. In meinem Rückspiegel beobachtete ich, wie sie eine Schottereinfahrt hinaufging und ein sehr kleines Holzhaus betrat.

Fünf Minuten später tauchte Jane wieder auf, und innerhalb kürzester Zeit waren wir wieder auf dem Ventura Freeway, diesmal in Richtung Süden. Sie fuhr nun ganz gemächlich, und ich blieb mit mehreren Wagenlängen Abstand hinter ihr, wobei meine Augen halb auf die Straße und halb auf ihre lange Autoantenne gerichtet waren. Ich folgte ihr auf dem Hollywood Freeway nach Osten. Zehn Minuten später zeigte sie an, daß sie den Freeway verlassen wollte, und ich verfolgte sie in nördlicher Richtung auf der Vermont und dann nach Osten auf der Normal Avenue, einer heruntergekommenen Straße mit Apartmenthäusern, in denen vorwiegend Studenten des nahegelegenen L. A. City College wohnten. Als sie ihren Wagen parkte, war ich direkt hinter ihr.

Mein Magen knurrte, und ich verlor allmählich die Geduld. Es kam mir der Gedanke, daß Fat Dog versuchen könnte, mich bei Begleichung der Rechnung übers Ohr zu hauen. Er hatte es zur Zeit vielleicht ziemlich dicke, aber mir kam er wie ein Spieler von Pferdewetten vor, der hoch einsteigt, und er hatte mir vielleicht ein Bündel Scheine präsentiert, von dem er sicher war, daß er sie verspielen würde. Der Gedanke, von einem billigen Karrenschieber vom Golfplatz gelinkt zu werden, bereitete mir zunehmend Unbehagen.

Jane war über die Straße gelaufen und hatte ein altes vierstöckiges Gebäude betreten. Diesmal konnte ich sehen, wie sie ein älterer Mann in seine Wohnung bat. Ich schrieb mir die Adresse auf. Sekunden später kam sie zurück und rannte praktisch zu ihrem Cadillac. Sie fuhr los, und ich war bereit für eine heiße Verfolgungsjagd, aber mein Wagen wollte nicht anspringen. Scheiße! Das war die Krönung dieses frustrierenden Vormittags. Ich sah noch, wie Jane Baker nach rechts abbog und davonbrauste.

Ich stieg aus dem Wagen, mein Magen drehte sich dabei wie der eines hungrigen Hundes, und öffnete die Motorhaube. Obwohl ich kein Mechaniker bin, machte ich sofort die Ursache aus: Ein Verteilerkabel hatte sich gelöst. Die Reparatur nahm nur eine Sekunde in Anspruch, aber Jane Baker war inzwischen schon zu weit weg. Ich ging um die Ecke zur Vermont und entdeckte einen Mom and Pop Supermarkt, der mit Studenten, die Mittagspause machten, bevölkert war. Ich kaufte mir einen halben Liter Milch und zwei Salamisandwiches. Ich entdeckte einen Durchgang in der Nähe und schiffte erstmal ausgiebig hinter einige Mülleimer. Ein schwarzes Ehepaar ging Hand in Hand an mir vorbei und machte blöde Bemerkungen. In letzter Zeit waren die Schwarzen nicht sehr gut auf mich zu sprechen gewesen, wahrscheinlich war es stillschweigende Rache für meine Jahre bei der Polizei von L. A.

Ich aß mein Mittagessen beim Wagen und rekapitulierte noch mal meine Möglichkeiten. Ich beschloß, mich auf Sol Kupferman zu konzentrieren. Er war wahrscheinlich ein netter alter Knacker mit einer Schwäche für junge, gutaussehende Cellistinnen, aber für ihn legte Fat Dog immerhin eineinviertel Hunderter pro Tag auf den Tisch.

Als ich losfuhr, erinnerte ich mich an den Anruf bei der Datenzentrale. Ich sah eine Telefonzelle an der Ecke Dritte und Vermont und klingelte meinen alten Kumpel Jensen an. Es dauerte ein paar Minuten, bis er den Hörer abnahm. »Hallo, Jensen«, sagte ich zu ihm, »hier ist Fritz Brown. Hast du die Infos für mich?«

»Warte mal, Brownie. Hast du 'nen Stift?«

»Ja, schieß los.«

»Okay, von Jane Baker gibt es kein Strafregister. Wir haben zwar eine ganze Menge Jane Bakers gespeichert, aber nach Alter und Beschreibung zu urteilen, die du mir durchgegeben hattest, kann es keine von ihnen sein. Ich zapfte den Zentralcomputer an, und der spuckte folgendes aus: Jane Margaret Baker, geboren am 11. 3. 52 in L. A., braun-blaue Augen, Größe 168 cm, Gewicht 55 Kilogramm. Die übliche Anzahl von Vorladungen, außer zweien wegen rücksichtslosen Fahrens, aber Drogen oder Alkohol waren dabei nicht im Spiel. Könnte sie das sein?«

»Das ist sie. Was ist mit den andern beiden?«

»Okay. Über Frederick Baker alias ›Fat Dog‹ haben wir ganz interessantes Zeug. Dreimal als Jugendlicher wegen Vandalismus verurteilt, in allen drei Fällen riet der Richter zu einem ständigen Bewährungshelfer. Das heißt schon was. Zwei Verurteilungen wegen groben Unfugs als Erwachsener: 14. 8. 59 und 9. 2. 64. Kein Vermerk, daß er als Sexualtriebtäter geführt wird, war wahrscheinlich betrunken, hatte wohl einfach mal Lust, seinen Schwanz rauszuholen und zu pinkeln. Als Beruf haben wir eine Eintragung als Caddie, und glaub mir, für einen Caddie ist damit die Zahl der Schläge schon festgelegt, ohne Scherz. Das sind doch die miserabelsten Typen auf der Welt. Gib dem Arschloch, was es verdient, obwohl... er hat seit sechzehn Jahren nichts mehr ausgefressen. Er...«

Ich unterbrach ihn. Jensen war ein Schwätzer, und das hätte den ganzen Tag so weitergehen können. »Wir müssen uns ein wenig beeilen, Daddy-O, ich hab' nichts in die Parkuhr geworfen, und eine Politesse schaut sich gerade argwöhnisch mein ›Arzt-im-Einsatz‹-Schild an. Ich habe keine Lust, ein Ticket zu bekommen, denn ich habe keine Möglichkeit mehr, es jemand anders zuzuschieben.«

»Du bist also immer noch so ein verdammter Idiot. Na gut, Sol Kupferman. Geburtsdatum 13. 5. 15. Keine Vorstrafen im eigentlichen Sinn. Zweimal wurde er vor die Grand Jury geladen. Beide Male wurde gegen ihn wegen Buchmacherei ermittelt. Das war in den Jahren '52 und '55. Das war's.«

Das reichte auch. Ich bedankte mich bei Jensen und legte auf. Nichts hatte mich eigentlich wirklich überrascht, ausgenommen der Bericht über Kupferman. Die beiden Verwarnungen Jane Bakers wegen rücksichtslosen Verhaltens im Straßenverkehr deuteten eigentlich auf nichts anderes als jugendlichen Leichtsinn hin. Daß Fat Dog ein Exhibitionist war, war keine schockierende Erkenntnis. Er war eben ein ziemlich verstörter Kerl. Aber daß Solly K. vor zwanzig Jahren mit Glücksspiel zu tun hatte und vielleicht davon lebte, war höchst interessant, und es wurde noch interessanter, wenn man berücksichtigt, daß ich von seiner Anwesenheit im Club Utopia im Jahre '68 wußte. Unscheinbare Bars wie diese waren oft eine Fassade für Wettbüros.

Es wurde Zeit, daß ich mich auf den Weg machte, um mit der einzigen Person zu sprechen, die ich kannte, die tiefschürfende Kenntnisse der dunklen Geheimnisse von L. A. hatte. Ich fuhr in Richtung Sunset Strip, um Jack Skolnick aufzusuchen. Zu Ehren von Jane Baker hörte ich mir unterwegs das »Cello Concerto« *in h-Moll* von Dvořák an.

Jack Skolnick hatte eine bunte Vergangenheit. Seit über vierzig Jahren bewegte er sich an den Randzonen der High Society, der Vergnügungsstätten und der Unterwelt L. A.s hin und her, und zwar mit dem Feingefühl und dem Scharfblick eines seltenen Tieres. Genauso wie ein Schwein Trüffeln riechen kann, so wußte auch er genau, wo er nachhaken und graben mußte. Unter der euphemistischen Bezeichnung »Agent« agierte er als Zuhälter, organisierte manipulierte Wettkämpfe mit echten »Gegnern«, fungierte als Stadtführer für Würdenträger, die der Stadt einen Besuch abstatteten (wobei er ihnen das »echte« L. A. vorführte), verkaufte Geheimtips an die Cops, machte betrügerische Nachnahmegeschäfte, bemühte sich um Parteispenden für Kandidaten aller politischen Schattierungen, handelte mit feinsten Marihuanaplätzchen und leitete eine Dressurschule für Kaninchen. Seine Kenntnisse über L. A. und die Marotten seiner begüterten Einwohner sind bemerkenswert. Ich hatte so ein Gefühl, daß er mir etwas über Sol Kupferman erzählen könnte.

Jacks Büro lag im sechsten Stock eines großen Wohnkomplexes am

Sunset Boulevard, einen Block östlich der Fairfax. Seine Wohnung war das Apartment nebenan. In dem Gebäude war die Einrichtung von Geschäftsadressen eigentlich nicht gestattet, aber »Jack Skolnick Enterprises« war so undefinierbar, daß kein Anstoß daran genommen wurde.

Ich nannte der jungen, cleveren Sekretärin meinen Namen, und sie schickte mich direkt in Jacks Büro. Jack saß hinter seinem Schreibtisch und las Zeitung. Er sah gut aus. Das sagte ich ihm auch.

Er war ziemlich überrascht, mich zu sehen. Er legte die Zeitung weg und streckte mir die Hand entgegen. »Fritz, alter Junge, du siehst auch gut aus! Du hast wohl ein wenig zugenommen? Machst du noch immer diese Pfändungsgeschichte? Als Träger des Kriegsbeils von Cal Myers?«

So war es ja nun doch nicht, darum ging ich nicht näher darauf ein. »Mehr oder weniger. Aber ich hab' ja noch meine Privatdetektivlizenz, und die Detektei läuft nebenbei. Im Augenblick arbeite ich an einem Fall. Wie steht's mit dir? Was waren deine letzten Schandtaten?«

»Gegenwärtig mache ich Geschäfte mit Begleitungen. Ich besorge Geschäftsleuten attraktive, intelligente Frauen, mit denen man sich bei den unterschiedlichsten Veranstaltungen sehen lassen kann.«

»Mit anderen Worten, du bist Zuhälter.«

Jack schüttelte empört den Kopf. »Fritz, altes Haus! Glaubst du, daß ich jemals so etwas machen würde?«

»Nur, wenn es Geld bringt.«

»Ich protestiere, Fritzie! Meine Mädchen sind alle auf dem College!«

»Ja, ja, und machen da ihren Abschluß im Bumsen. Genug gealbert. Ich habe da einen Klienten, der sich für einen Mann interessiert, über den du etwas wissen könntest. Sol Kupferman. Hast du schon mal was von ihm gehört?«

Jack schaute mich mit einem gerissenen Blick an und nickte. »Ich habe ihn nur oberflächlich gekannt, vor so etwa zwanzig Jahren, als ich meine Chauffeurvermittlung hatte. Ich habe ihm immer eine Limousine mit Fahrer besorgt. Wir haben uns des öfteren unterhalten.«

»Worüber?«

»Nur so. Übers Wetter und so'n Zeug. Über nichts Schwerwiegendes. Aber ich hörte Gerüchte über ihn.«

»Welcher Art?«

»Wonach angelst du, Fritzie?«

»Kupferman wurde in den 50er Jahren als Hauptbelastungszeuge vor die Grand Jury geladen. Sie ermittelten damals wegen Buchmacherei. Was weißt du darüber?«

»Ich weiß, daß damals in den 50ern jedesmal die Grand Jury einberufen wurde, wenn jemand einen Furz gelassen hatte. Es war die McCarthy-Ära. Wenn die Grand Jury Kupferman vorgeladen hat, dann wahrscheinlich deshalb, weil er jemanden kannte, der jemand anders kannte. Irgendwie aus diesem Grund.«

»Was kannst du mir sonst noch über ihn erzählen?«

Jack grinste wieder. »Daß er sehr viel Herz und sehr viel Stil hat. Ein wirklicher Mensch. Vor ein paar Jahren kaufte ich bei ihm für meine Tochter eine Nerzstola. Er erinnerte sich an mich und machte mir einen guten Preis. Er ist ein echter Mensch.«

»Erinnerst du dich an den Brandanschlag auf den Club Utopia?«

»Ja, ein paar Leute wurden dabei geröstet, und dann hat der Staat die Röster geröstet. Was ist damit?«

»Ich habe gehört, daß Kupferman dieses Lokal oft aufgesucht hatte. Ich meine nur, daß das schon ein komischer Zufall ist. Kannst du darüber wohl Näheres herausfinden?«

»Ja, kann ich. Das Leben ist voller komischer Zufälle.« Ich überlegte mir gerade weitere Fragen, als das Telefon auf Jacks Schreibtisch klingelte. Er nahm den Hörer ab und sprach laut hinein: »Liz, Baby! Wie ist es gelaufen?« Ich stand auf, und wir gaben uns über dem Schreibtisch die Hand. Er legte seine freie Hand über die Sprechmuschel. »Laß uns bald mal zusammenkommen, Fritz. Vielleicht zum Dinner?«

»Hört sich gut an, Jack. Ich ruf’ dich an.«

Er hob zum Abschied die Hand. Als ich aus der Tür ging, hörte ich ihn schadenfroh aufschreien: »Ein Kongreßmitglied? Und er wollte mit dir schlafen?«

Als ich auf die Straße kam, spürte ich, daß sich die Stadt abkühlte. Ich beschloß, nach Hause zu fahren und danach mit der Suche nach Fat Dog zu beginnen. Der Fall schien sich in eine sinnlose Pflichterfüllung zu verwandeln, und ich hätte mich sehr viel besser gefühlt, wenn ich einen Teil von Fat Dogs Geld in meiner Brieftasche gehabt hätte. Ich öffnete das Verdeck meines Wagens und fuhr den Sunset Boulevard nach Osten hinunter. Knäuel junger Nutten erschienen langsam am Straßenrand, saßen auf den Wartebänken der Bushaltestellen und blinzelten männlichen Autofahrern zu. Ich spielte kurz mit dem Gedanken, eine mitzunehmen, aber wirklich nur ganz kurz: Sie sahen alle zu miserabel aus.

Zu Hause sah ich mir vom Balkon aus den Sonnenuntergang an. Das Schönste an der Nacht ist die Klarheit, und für L. A. bedeutete es Schatten und Neonlichter. Jetzt war die Nacht lebendig. Ich machte mich also auf den Weg, um nach meinem Klienten Ausschau zu halten.

Der Santa Monica Boulevard und die Sawtelle Avenue, einen Kilometer südlich des Verwaltungskomplexes für ehemalige Kriegsteilnehmer, bilden das Sumpfloch von West Los Angeles. Es ist eine heikle Gegend, so gefährlich allerdings auch wieder nicht, wenn man den Massen der Wetbacks* gegenüber, die in den Hotels voller Flöhe wohnen, nicht zu frech wird. Gekühlte Halbliterflaschen beherrschen die Kühlfächer von rund einem halben Dutzend Schnapsläden in dieser Puffgegend, und die armseligen alten Männer vom Veteranenkomplex, die dort ständig angemacht werden, sind das tragischste Bild, das ich jemals gesehen habe. Aber dieser »Friedhof des Westens« hat auch seine positive Seite: Das Nuart Theater ist ein hervorragendes Haus für Neuinszenierungen und der Buchladen von Papa Back ein Mekka für Literaten der Subkultur. Alles in allem setzt sich Verzweiflung hier auf Pump durch, und dieses Viertel ist der ideale Ort für einen fünfunddreißigjährigen Hippie im Suff.

Ich parkte meinen Wagen bei einer Tankstelle auf der anderen Straßenseite des Nuart Theaters und hielt Ausschau nach einer Bar mit dem Namen Tap & Cap. Ich fand sie neben dem Theater auf der Sawtelle. Es war eine plumpe Bierbar mit Neonröhren, die die Öffnungszeiten bekanntgaben: von sechs Uhr morgens bis zwei Uhr nachts; das Maximum, das vom Gesetzgeber erlaubt war. Als ich hineinging, wurde ich von tausend Déjà-vu-Erlebnissen überrascht. Fat Dog hatte das Lokal als Absteige für Caddies beschrieben, und die etwa zwei Dutzend Männer, die an der Theke saßen und um die Billardtische herumlungerten, mußten auch tatsächlich Caddies sein. Sie waren allesamt mehr oder weniger gleich angezogen: zerschlissene golfmäßige lange Hosen, die wohl mal viel Geld gekostet hatten, Strickhemden – von denen die meisten Maskottchen oder andere Symbole auf der Brusttasche hatten – und Kopfbedeckungen in allen möglichen Formen, von Sonnenblenden über Baseballkappen bis hin zu Tirolerhüten. Ich hatte in den vielen Jahren schon eine Menge Männer gesehen, die so gekleidet, sonnenverbrannt und mittleren

* illegale Einwanderer aus Mexiko, Anmerk. d. Übers.

Alters waren und die einerseits zu charakteristisch angezogen waren, um als Halunken eingestuft zu werden, andererseits aber auch nicht wie normale Bürger aussahen. Es waren eben Caddies.

Ich nahm auf einem Barhocker am Ende der Theke Platz. Hinterm Tresen, über Regalen mit Biergläsern, hing eine riesige Collage mit vergrößerten Fotos von Jockeys auf ihren Pferden, durchsetzt mit Polaroidaufnahmen von Stammgästen der Bar beim Softballspiel oder beim Biersaufen. Fat Dog konnte ich darauf nicht erkennen. Der Barmixer wurde langsam auf mich aufmerksam. »Ich bin auf der Suche nach Fat Dog«, meinte ich zu ihm. »Er hat mir gesagt, ich könnte ihn hier erreichen.«

»Ich hab' Fat Dog seit einer Woche oder so nicht mehr gesehen«, entgegnete der Mann hinterm Tresen. »Aber wenn Sie eine Nachricht für ihn hinterlassen wollen, werd' ich dafür sorgen, daß er sie bekommt, sobald er wieder auftaucht.«

»Nein, ich muß ihn heute abend noch treffen.« Ich nahm einen Fünfer aus meiner Brieftasche und legte ihn vor ihm auf den Tresen. Ich zeigte auf die Männer, die hinter mir Billard spielten. »Kennt vielleicht einer von diesen Burschen Fat Dog? Wissen die nicht vielleicht, wo ich ihn finden kann?«

Er schnappte sich schnell den Fünfer und zeigte auf einen älteren Typen, der wie eine Vogelscheuche aussah und an der Musikbox herumspielte. »Da drüben, das ist Augie Dougall«, erläuterte er. »Er arbeitet so halbwegs regelmäßig mit Fat Dog als Caddie zusammen. Fragen Sie ihn, er könnte wissen, wo er steckt. Geben Sie ihm eine Karaffe Bier aus. Am liebsten trinkt er Coors.«

Ich bedankte mich bei dem Mann hinter der Theke, belohnte ihn mit meinem seltenen Augenzwinkern und nahm eine eisgekühlte Karaffe Bier sowie ein Glas mit hinüber zur Musikbox. Ich tippte der Vogelscheuche auf die Schulter. Sie drehte sich um und schlug mir dabei beinahe das Bier aus der Hand. »Das ist für dich«, sagte ich und deutete auf einen kleinen Tisch, der ein Stück weiter weg stand. »Ich bin ein Freund von Fat Dog Baker. Ich würde ganz gerne mal mit dir 'ne Minute reden.«

Wir setzten uns, und er kippte erst mal ein paar Gläser von dem Gesöff hinunter. Er war zirka 55 Jahre alt, stabil gebaut und vielleicht ein Meter neunzig groß. Er wog bestimmt nicht mehr als 55 Kilo und machte auf mich einen ehrlichen und harmlosen Eindruck, also legte ich auch meine Karten auf den Tisch. »Ich führe für Fat Dog einen Job aus«, fing ich an. »Ich weiß, daß du ein alter Caddiekollege von ihm bist, darum dachte ich, du könntest mir vielleicht einen Tip geben, wie ich ihn finden kann.«

»Okay. Du bist doch kein Cop, oder?«

»Nein.«

»Du siehst nämlich wie einer aus.«

»Ich tauschte meine Dienstmarke gegen ein paar Golfplätze ein. Fat Dog soll mir das Spielen beibringen.« Augie lachte nicht, er änderte nicht einmal den Gesichtsausdruck. Seine Augen blieben weiterhin in meine gebohrt. Dann nahm er noch ein paar Schlücke Bier zu sich. Mir fiel auf, daß er verschlossen oder zurückgeblieben sein mußte, aber mit der Antenne eines kauzigen Weisen für brisante Situationen ausgestattet war.

»Da hast du dir aber einen guten Lehrer ausgesucht, Mann. Niemand kennt Golf so gut wie Fat Dog. Kein anderer kann so gut die Spuren auf den Rasenflächen lesen. Du puttest den Ball so ein, wie er es dir sagt, und – whamm! – ist der Ball im Loch.«

»Faszinierend, aber was mich viel mehr interessieren würde, ist, wo ich ihn wohl heute abend noch finden kann.«

Augie Dougall fuhr fort: »Fat Dog schläft nicht gern drinnen. Er meint, es sei nicht gut für ihn. Er hätte dann immer Alpträume. Er arbeitete in letzter Zeit auf dem Platz in Bel-Air und schläft dort auch, und zwar auf dem kleinen Hügel in der Nähe des achten Lochs, bei dem kleinen Teich, den es dort gibt. Er . . .«

Ich unterbrach ihn. »Du meinst, er schläft auf dem Rasen vom Bel-Air Country Club?«

»Na klar. Es gibt da doch dieses Tor beim Sunset nahe der Mädchenschule. Da ist doch auch die große Statue von Jesus. Fat Dog klettert immer über den Zaun. Er hat dort eine hübsche kleine Stelle ganz für sich allein . . .«

Ich ließ ihn erst gar nicht zu Ende reden. Ich bedankte mich hastig bei ihm und verließ die Kneipe. Als ich zur Tür hinausging, konnte ich noch den Anfang einer Auseinandersetzung mitbekommen. Es ging um die Verdienste von Arnold Palmer und seinen Schwinger gegen Ben Hogan. Der Streit wurde immer heftiger, als ich die Sawtelle entlang auf meinen Wagen zuging, die Stimmen der Caddies verbreiteten Heldenepos und Zorn in dieser klaren Nacht.

Ich kannte den Eingang, von dem Augie Dougall gesprochen hatte. Jesus wachte dort über den Parkplatz für Schülerinnen der Marymount-Mädchenschule. Ich parkte neben dem Tor, über das Fat Dog klettern mußte, wenn er zu seiner Zuflucht gelangen wollte, und legte ein bißchen Musik ein, die der Aufstellung von Plänen in einer warmen Sommernacht dienlich war: die Vierzehnte Symphonie von Mozart, leicht und anmutig, die Antithese einer nervigen Langeweile, in die sich der Fall allmählich verwandelte.

Nachdem die Musik aufgehört hatte, wartete ich eine Stunde oder so in der Stille, bis ich schließlich die lauten Schritte von Fat Dog hörte, die in der Einfahrt auf mich zukamen. Er murmelte irgend etwas Unverständliches. Ich rief leise zu ihm hinüber, um ihn nicht aufzuschrecken. »Hey, Fat Dog. Du hast Besuch.«

»Wer ist da?« rief er aufgebracht zurück. »Freund oder Feind?«

»Hier ist Fritz Brown, Fat Dog. Ich muß mit dir reden.«

»Fritz, alter Junge! Mein Kumpel! Der Privatschnüffler! Hast du irgend etwas Gutes für Fat Dog?«

Ich öffnete die Beifahrertür. »Ich hab' ein paar Informationen für dich. Ich kann noch nicht beurteilen, ob sie etwas taugen.«

Er setzte sich neben mich auf den vorderen Sitz und gab mir einen warmen Händedruck. Seine Hand war schmierig, und er roch nach getrockneten Blättern und Schweiß: Das war nun mal der Preis für sein Leben im Freien. »Schieß mal los, Kerl«, meinte er zu mir.

»Es sieht so aus«, sagte ich. »Ich hatte mich an deine Schwester und an Kupferman drangehängt. Allerdings nicht lange genug, um irgendeine Routine aufzustellen, aber es genügte, um sagen zu können, daß es kein Tête-à-tête gibt.« Das war gelogen, aber immerhin auf freundliche Weise. »Was noch wichtiger ist, ich habe mit einem früheren Bekannten von Kupferman gesprochen und Auskünfte über ihn bei der Polizei eingeholt. Das eine kann ich dir sagen: Vor langer Zeit war Kupferman ein großer Geldmacher beim organisierten Verbrechen. Eigentlich ein Buchhalter. Er war zweimal Hauptzeuge vor der Grand Jury, als man auch gegen ihn wegen Buchmacherei ermittelte. Das war in den 50er Jahren. Ich komme immer mehr zu der festen Überzeugung, daß er schon seit langem sauber ist.«

»So, und wie wirst du jetzt weiter vorgehen? Was gedenkst du noch zu tun?«

»Das hängt von dir ab. Ich könnte mir die Unterlagen der Grand Jury vorlegen lassen. Das verschlingt Zeit, plus Geld für einen Anwalt. Ich kann meine Beschattung fortsetzen, was wahrscheinlich kaum Staub aufwirbeln wird. Ich kann mit anderen Leuten sprechen, die Kupferman kennen, und sehen, was die zu sagen haben. Das wäre wohl alles.«

»Du machst weiter, Mann. Das ist sehr wichtig für mich.«

»Da wäre noch die Geldfrage zu lösen, wenn du willst, daß ich weitermache. Ich biete dir einen glatten Betrag an. Eine Woche von meiner Zeit für einen Tausender. Die Spesen sind darin enthalten. Das ist ein gutes Angebot. Ich werde dir über alle Dinge, die ich herausgefunden habe, einen schriftlichen Bericht anfertigen. Unter einer Bedingung allerdings: Ich brauch' das Geld noch heute abend. Und noch eine Sache, Ende der Woche werde ich in Urlaub fahren. Keine Geschäftszeit dann, okay? Hast du das Geld?«

»Ja, aber ich hab's nicht bei mir. Das habe ich nachts nie. Es laufen doch viel zu viele Irre herum. Man ist vor nichts sicher, auch nicht, wenn man draußen schläft. Wir müßten wegen des Zasters schon eine kleine Spritztour machen. Einverstanden?«

»Einverstanden. Du hast es doch in bar, oder?«

»Klar.«

»Wohin fahren wir?«

»Nach Venice.«

Venice; die Stadt, wo sich Schutt und Meer begegnen. Es sah ganz so aus, als würde mein Hundefreund seine Bankgeschäfte dort erledigen.

Ich fuhr über Landstraßen, um Zeit zu haben, mich mit meinem Klienten unterhalten zu können. Er war eine weitaus interessantere Figur als irgendeiner der Leute, über die ich Nachforschungen anstellen sollte. An Günstlinge von Verbrecherbanden, die so zum Film gekommen waren, und an Amateurmusiker war man ja schon gewöhnt, aber Caddies, die auf Golfplätzen schliefen und sechs- oder siebentausend Dollar mit sich herumschleppten, waren selten und wahrscheinlich nur in L. A. heimisch. Ich beschloß, ihn mit Hilfe eines Smalltalks vorsichtig und höflich auszufragen. »Wie stehen die Geschäfte beim Schleppen der Schlägertaschen, Fat Dog? Springt dabei eigentlich viel Geld heraus?«

»Bei mir läuft's ganz gut. Ich hab' meine Stammkunden«, entgegnete er.

»Als ich noch ein Kind war, hat mein Daddy uns immer samstags ins Kino gefahren, und wir kamen immer beim Wilshire Country Club vorbei. Ich sah oft diese Kerle, die die Golftaschen über ihren Schultern trugen. Ich hatte immer den Eindruck, daß das eine ganze Menge Arbeit sei. Sind diese Schlägertaschen nicht furchtbar schwer?«

»Eigentlich nicht. Man gewöhnt sich dran. Wenn man allerdings auf dem Platz in Hillcrest oder Brentwood arbeitet, bricht man sich beinahe das Rückgrat. Diese Juden haben Zement in ihren Taschen. Und keiner von denen kann Golf spielen. Die quälen am liebsten ihren Caddie. Sie geben uns ein paar Mäuse mehr, aber das machen sie nur, um sich dir überlegen zu fühlen, wenn sie dich quälen.«

»Das ist ja ein interessanter Gedanke, Fat Dog. Sadismus auf dem Golfplatz. Jüdische Golfspieler als Sadisten. Warum kannst du die Juden nicht leiden?«

»Nicht leiden können ist nicht ganz der richtige Ausdruck. Ich bin noch niemals einem begegnet, der sein Wort gehalten hat oder der Golf spielen konnte. Sie beherrschen das Land, und dann beschweren sie sich darüber, daß sie nicht in so gute Clubs wie den von L. A. oder Bel-Air aufgenommen werden. Wenn ich aber einmal reich bin, dann werde ich mir eine ganze Baracke voller Judenlümmel als Caddies zulegen. Ich werde mir einen dicken fetten Schrankkoffer anschaffen und ihn mit Regenschirmen, Golfbällen und Zusatzschlägern vollpakken. Das Ding wird dann mindestens fünfundsechzig Pfund wiegen. Bei den ersten neun Löchern werde ich ihn von einem Niggercaddie tragen lassen und bei den anderen neun von einem Itzig. Ich habe einen Freund, einen reichen Typen, der genauso denkt wie ich. Er wird auch genauso eine Tasche haben wie ich. Wir werden diese Scheißjuden und Scheißneger schon dazu bringen, daß sie das Doppelte tragen. Ha! Ha! Ha!« Fat Dogs Lachen wurde lauter und löste sich bald in einen Hustenanfall auf. Die Tränen liefen ihm dabei über die Wangen. Er steckte seinen Kopf aus dem Fenster, um nach Luft zu schnappen.

Ich stocherte weiter herum. »Warst du schon mal Caddie für Kupferman?«

Nachdem er Luft geholt hatte, warf Fat Dog mir einen spöttischen Blick zu. »Du hast sie wohl nicht alle beisammen? Er läßt sich seine Tasche immer von einem Bimbo packen. Juden und Neger sind geistige Brüder.«

Wir befanden uns jetzt auf der Lincoln in südlicher Richtung. Vom Venice Boulevard bogen wir nach Westen ab, in Richtung Strand. Nach ein paar Minuten gelangten wir zu den Vorläufern des Ghettos von Venice, das bei den Einwohnern als »Geisterstadt« bekannt ist. In einer Straße mit Namen Horizont hieß mich Fat Dog anhalten. Ein Horizont war hier allerdings nicht in Sicht, sondern nur dreckige holzverkleidete Behausungen ohne Vorgärten für jeweils vier oder acht Parteien. Es war die Nacht, bevor die Müllabfuhr kam, und

Abfalleimer säumten die Bürgersteige. Stimmen auf spanisch und Fernseher kämpften um akustische Überlegenheit. Es waren keine Parklücken vorhanden, deshalb wies mich Fat Dog an, ihn aussteigen zu lassen und in zehn Minuten zurückzukommen. Ich hatte aber eine bessere Idee.

Er sprang aus dem Wagen, und im Rückspiegel konnte ich beobachten, wie er links von mir um die Straßenecke trottete. Sobald er aus dem Blickfeld war, stieg ich aus dem Wagen und hetzte hinter ihm her, den Wagen ließ ich einfach in zweiter Reihe stehen. Fat Dog war nirgends zu sehen. Ich ging bis zum Ende des Blocks, schaute dabei in Fenster hinein und durchsuchte Einfahrten. Nichts zu machen. Ich stieg wieder ins Auto und durchstreifte die Straßen, die den Horizont einkreisten. Als ich zu der Stelle zurückkehrte, wo ich Fat Dog rausgelassen hatte, stand er schon da. Er überreichte mir ein Bündel Banknoten, als er einstieg.

Ich zählte das Geld. Es waren zwanzig Fünfzig-Dollar-Noten. Ganz frische, ungeknitterte Scheine. »Eine Woche, Fat Dog. Nicht mehr und nicht weniger. Danach heißt es Goodbye.«

»Abgemacht. Fritz ist ein deutscher Name, richtig?«

»Richtig.«

»Bist du Deutscher? Brown ist kein deutscher Name.«

»Ich bin deutscher Abstammung. Meine Großeltern wurden dort geboren. Ihr Name war Braunmüller. Als sie nach Amerika kamen, verkürzten sie ihn zu Brown. Es war ganz gut, daß sie das getan haben. Während des Ersten Weltkriegs gab es hier sehr viel Diskriminierung gegenüber den Deutschen.«

»Saubrut!« rief Fat Dog. Ich konnte spüren, daß er wieder überschnappte. »Das waren die Juden, weißt du das. Die Deutschen wollten mit ihnen eigentlich gar nichts zu tun haben. Aber ihnen gehörten ja sämtliche Pfandhäuser in Amerika und Deutschland, und sie ließen die weißen Christen ausbluten! Sie sind . . .«

Ich ließ den Wagen an, fuhr los und versuchte gar nicht zuzuhören. Ich bog nach rechts auf die Main Street ab und fuhr nach Norden. Es wurde mir allmählich zuviel, ich bekam bereits Kopfschmerzen von dem Gequatsche. Ich wandte mich Fat Dog zu. »Jetzt hör mal mit dem Scheißgelaber auf, und zwar sofort«, sagte ich zu ihm, wobei ich versuchte, meine Stimme leise zu halten. »Du hast mich angeheuert, um dir Informationen zu besorgen und nicht deinem rassistischen Gesabbel zuzuhören. Ich mag nämlich Juden. Es gibt großartige Geiger unter ihnen, und einige machen leider auch furchtbare Salamisandwiches. Ich mag auch Schwarze. Die können gut tanzen. Ich seh mir jede Woche *Soul Train* an. Also halt jetzt bitte dein Maul.«

Fat Dog starrte aus dem Fenster. Als er zu reden begann, war er bemerkenswert gefaßt. »Tut mir leid, Mann. Du bist doch mein Kumpel. Mein Freund sagt mir immer, ich soll nicht soviel über Politik reden, nicht alle Leute würden so empfinden wie wir. Er hat wohl recht. Wenn du herumläufst und alles breitredest, dann weiß ja jedermann, was du im Schilde führst. Du hast für niemanden mehr eine Überraschung auf Lager. Ich bin zwar jemand, der Pläne hat, aber ich muß mich jetzt wohl mal zusammenreißen.«

Ich war neugierig, was das wohl für »Pläne« waren, vielleicht eine utopische Vision von gewerkschaftlich organisierten Caddiearbeitsgruppen, von denen Schwarze und Juden ausgeschlossen waren, aber ich entschloß mich, nicht weiter nachzufragen. Meine Kopfschmerzen ließen schon wieder nach. »Erzähl mir etwas über dich, Fat Dog. Ich war sechs Jahre lang Cop und habe noch nie jemanden wie dich getroffen.«

»Da gibt's nicht viel zu erzählen. Ich bin der König der Caddies, der absolut größte Golftaschenträger, den es jemals gegeben hat. Ich bin ein reiner Clubcaddie, und darauf bin ich stolz. Diese herumziehenden Caddies sind für mich der letzte Dreck. Einzelne Taschen für einen guten Spieler herumzutragen ist Mist. Zwei auf dem Rücken und zwei weitere auf einem Handwagen, das ist das einzig Wahre. Ich kenne jeden Golfplatz in dieser Stadt wie meine Westentasche. Ich bin schon zu Lebzeiten zur Legende geworden.«

»Ich glaube dir das. Das war ein ganz schön dickes Bündel, das du mir gestern vor die Nase gehalten hast. Wenn du soviel Knete hast, warum schläfst du dann eigentlich im Freien?«

»Das ist 'ne persönliche Angelegenheit, Mann, aber ich erzähl's dir, wenn du mir eine Frage beantwortest. Okay?«

»Okay.«

»Warum bist du aus dem Polizeidienst ausgeschieden?«

»Sie waren kurz davor, mich einzulochen. Ich war ein starker Trinker, und meine Fitnessuntersuchungen gingen alle in die Hose. Ich war zu sensibel, um Cop sein zu können.« Das war ungefähr ein Drittel der Wahrheit, denn die Bemerkung über meine Sensibilität war eine ausgekochte Lüge.

»Ich kauf' dir das ab, Mann«, meinte Fat Dog. »Du machst so einen nervösen Eindruck, wie ein Trinker auf Entzug. Bei dem vielen Kaffee, den du neulich getrunken hast, habe ich mir schon gedacht, daß du ein Alki bist. Säufer auf Entzug sind fanatische Kaffeetrinker.«

»Zurück zu dir, Fat Dog«, sagte ich. »Warum ein Leben im Freien?«

Eine Minute lang oder so sagte er keinen Ton. Er schien seine Gedanken in Worte zu fassen. Wir waren mittlerweile am Sunset Boulevard angelangt, und ich steuerte den Wagen durch den dichten Verkehr, um enge Kurven und plötzliche Abzweigungen herum. Als er zu sprechen begann, war seine Stimme bestimmter, weniger geräuschvoll, wie jemand, der versucht, etwas Wesentliches und Heiliges zu erklären. »Treibst du's mit Frauen?« fragte er mich.

»Sicher«, entgegnete ich.

»Hast du jemals den Wunsch gehabt, eine Braut zu haben, die dir alles geben kann, was du dir immer gewünscht hast? Bei der du dir keine Sorgen zu machen brauchst? Ich meine, bei der du nicht befürchten mußt, daß sie mit anderen Kerlen vögelt, du *weißt* einfach, daß sie loyal ist. Und so eine Braut ist einfach *perfekt*. Ihr Körper hat genau die Form, von der du immer geträumt hast. Und du hast sie sogar noch gern um dich herum, nachdem du sie gefickt hast. Genauso ein Gefühl habe ich auf Golfplätzen. Sie sind wunderschön und geheimnisvoll. Ich kann in geschlossenen Räumen nicht gut schlafen. Alpträume. Manchmal, wenn es regnet, schlafe ich unter diesem Überdach neben der Caddiebaracke in Bel-Air. Dort ist es trocken, und ich bin trotzdem draußen. Auf den Golfplätzen ist es so friedlich. Neben den meisten Plätzen von L. A. stehen schöne große Häuser. Große altmodische Prachtvillen. Die Leute lassen oft ihr Licht brennen, weil sie denken, daß ihnen niemand zuschaut. Auf diese Weise habe ich schon allen möglichen merkwürdigen Scheiß gesehen. Einmal, als ich auf dem Platz in Wilshire kampierte, sah ich, wie eine Lady ihren Hund verprügelte, einen kleinen Schoßhund, und danach prügelte sie sich mit einer anderen Dame, mitten auf dem Fußboden. Diese stinkreichen Drecksäcke, die den Clubs angehören, glauben doch, daß ihnen die Golfplätze gehören, aber sie spielen auf ihnen nur Golf, ich aber lebe auf ihnen, auf sämtlichen Plätzen! Die Plätze in dieser Gegend sind der beste Boden von L. A., Milliarden Dollar wert, und mir stehen sie als persönliches Schlafzimmer zur Verfügung. Also packe ich Taschen, und ich bin der Beste, und ich weiß Dinge, die keines dieser reichen Arschlöcher jemals erfahren wird.«

»Was hast du denn für Alpträume?«

Fat Dog zögerte ein wenig bei der Antwort. »Nur so einen angsteinflößenden Mist«, sagte er. »Monster, Drachen und Tiere, die unterwegs sind, um mich zu fassen. Und daß ich meine Schwester nie wieder zu sehen bekomme.«

»Ich bin deiner Schwester heute nachgefahren. Sie hat von einer Bank Geld abgehoben, dann hat sie einige Leute im Valley und im Bereich der Vermont und Melrose aufgesucht. Hast du eine Ahnung, wer diese Leute sein könnten?«

»Nein!« schrie Fat Dog. »Du bist der Detektiv, du mußt das herausfinden! Ich zahl' dir immerhin 'nen Tausender, um das herauszukriegen! Und du mußt auch etwas über diesen jüdischen Blutsauger Kupferman herauskriegen! Ich bezahl' dich schließlich dafür! Krieg es gefälligst raus!«

Ich bog in die Zufahrtsstraße zum Golfplatz ein, stoppte den Wagen und sah Fat Dog an. Er war völlig rot im Gesicht und zitterte am ganzen Leib, seine Augen hatten sich zu Nadelspitzen verengt, die nur noch Angst und Haß ausstrahlten. Mein Klient war eindeutig geistesgestört. Ich begann zu reden, irgend etwas Tröstendes, aber er fing wieder an zu schreien. »Finde gefälligst etwas raus, du Schwanzlutscher! Du arbeitest für Fat Dog, vergiß das bloß nicht!« Er stieg aus dem Wagen und ging zum Zaun. Er machte einen Ansatz, um über ihn drüberzuklettern, drehte sich dann jedoch um und bescherte mich mit einem Redeschwall zum Abschied. »Du bist kein Deutscher, du Arschloch. Negerfreund! Judenfreund! Du konntest ja nicht mal deinen Job bei den Bullen behalten, du . . .«

Meine Kopfschmerzen kamen mit voller Wucht zurück, und ich stieg aus dem Wagen. Ich lief zum Zaun hinüber und zog Fat Dog den Gürtel aus der Hose. Nachdem er auf dem Boden gelandet war, drehte ich ihn zu mir und versetzte ihm einen kräftigen Schlag in den Magen. Er krümmte sich, keuchte laut dabei, und ich sagte leise zu ihm: »Hör mir mal gut zu, du elender Nichtsnutz. Ich hab' mir heute deine Vorstrafen angesehen, und ich weiß, daß du ein ganz schöner Schlappschwanz bist. Ich gebe dir zwei Möglichkeiten zur Auswahl. Du kannst dich für das, was du eben zu mir gesagt hast, entschuldigen, und ich werde weiterhin für dich arbeiten. Wenn du dich nicht entschuldigst, werde ich Anzeige gegen dich erstatten wegen Erregung öffentlichen Ärgernisses durch unsittliches Entblößen. Bei deinen beiden Vorstrafen würde das polizeiliche Erfassung als Sexualstraftäter zur Folge haben, was nicht sehr angenehm ist. Also, wofür entscheidest du dich?«

Fat Dog bekam wieder Luft und stammelte: »Ich entschuldige mich.«

»Gut«, sagte ich zu ihm. »Dir gehört eine Woche meiner Zeit. Ich werde in der Bar eine Nachricht für dich hinterlassen, wenn ich mit dir Verbindung aufnehmen muß. Ich werde mein Bestes tun. Am Ende dieser Woche werde ich dir einen schriftlichen Bericht anfertigen.« Ich gab ihm Hilfestellung, und es gelang ihm, über den Zaun zu klettern. Ich beobachtete noch, wie er in der Dunkelheit in seinem Heiligtum verschwand, dann fuhr ich weg, wobei sich meine heftige Reaktion in ein merkwürdiges und krankhaftes Gefühl von Faszination verwandelte.

Ich konnte eigentlich nur zu Walter fahren. Ich fuhr die Wilshire entlang und fühlte mich dabei körperlich gelähmt und von einem geistigen Dilemma überwältigt: Ich war von einem rachsüchtigen Irren angeheuert worden, um das Leben zweier anständiger Leute auseinanderzureißen. Ich hatte die Chance gehabt, den Fall wieder abzugeben, hatte sie jedoch nicht genutzt. Ich *konnte* es *nicht:* Ich fühlte mich von diesem Verrückten wie gebannt. Ich schien vor einem unlösbaren Problem zu stehen, darum zwang ich mich, nicht mehr darüber nachzudenken, wodurch sich mein ungutes Gefühl nur noch verstärkte.

Ich konnte in der Straße, in der Walter wohnt, keine Parklücke finden, deshalb parkte ich auf dem Rasen vorm Haus. Wenn seine Mutter die Reifenspuren sehen würde, würde sie mich bestimmt in die Hölle der Christlichen Wissenschaft verdammen, aber ich beschloß, es zu riskieren. Ich ging nach hinten in den Garten. Das Licht in Walters Schlafzimmer brannte, und durchs Fenster konnte ich sehen, wie er bewußtlos im Sessel vorm Fernseher hing. Auf dem Bildschirm griff gerade ein riesiges Reptil eine japanische Metropole an, dabei brachte es Wolkenkratzer mit dem Schwanz zum Einsturz. Ich spielte mit dem Gedanken, Godzilla zu erschießen und dabei die Implosion des Fernsehers zu beobachten, aber das würde mir Walter niemals verzeihen. Neben seinem Sessel lagen zwei leere Halbliterflaschen Scotch auf dem Boden. Walter war doch Weinsäufer, und wenn er seiner Mutter durch Drohungen oder Flehen kein Geld abknöpfen konnte, dann klaute er gewöhnlich flache Halbliterflaschen im Thrifty Drugstore an der Ecke Wilshire und Western. Hochprozentiger Schnaps führte bei meinem lieben Freund meistens zum Filmriß, und außerdem war er ein sehr ungeschickter Ladendieb. Ich hatte Angst, daß, wenn sie ihn schnappen würden, die Officers seine geistige Unzurechnungsfähigkeit bei der Verhaftung erkennen und ihn zunächst zum Department 95 und dann nach Camarillo verfrachten würden.

Ich drückte das Fliegengitter vom Fenster auf und stieg in das Zimmer. Ich legte Walter aufs Bett und steckte ihm zwei Fünfziger in die Hemdtasche. Als ich den Fernseher abschaltete, wurde Godzilla gerade von einer Art atomarem Todesstrahl zerfetzt. »Ich mag dich, du verrückter Bastard, aber du brichst mir das Herz«, sagte ich zu ihm, schaltete das Licht aus und stieg wieder aus dem Fenster. Es wurde kühl draußen. Ich fuhr nach Hause und schlief angezogen auf der Couch ein.

5

Eine unausweichliche moralische Verpflichtung hinsichtlich des Falls beschäftigte mich, als ich am nächsten Morgen aufwachte. War Fat Dog Baker gemeingefährlich? Stellte er für Sol Kupferman und Jane Baker eine physische Bedrohung dar? Exhibitionisten sind von den sexuell Andershandelnden stets die Harmlosesten, Fat Dog hatte jedoch einen Streifen am Horizont hinterlassen. Sollte er planen, seine Schwester oder Kupferman umzubringen, war es meine Pflicht, ihn daran zu hindern. Die Tatsache, daß ich Nachforschungen über Fat Dog mit seinem eigenen Geld anstellte, kam mir wie absurdes Theater in L. A. vor. Ich entschloß mich, in Venice den Anfang zu machen.

Ich fuhr die LaBrea hinunter und nahm den Santa Monica Freeway in Richtung Westen. Es war zehn Uhr vormittags, und der Smog machte sich langsam über der Stadt breit. Vielleicht würden die Umweltschutzbewegungen Privatwagen bald für ungesetzlich erklären, und ich müßte mir dann einen Job als Repo-Mann für Pferde suchen. Mein Vorteil war, daß Cal Myers so etwas kommen sehen und den Markt mit Lasttieren überschwemmen würde. Ich konnte es mir schon so richtig vorstellen: Cal's Casa de Caballo, Cal's Importe (natürlich von Pferden aus Arabien) und Cal's Zuchtpferde. Cal würde dann seine Fernsehwerbespots drehen, während er bis zu den Knien in Pferdescheiße stand.

Als ich nach Venice kam, parkte ich genau an der Stelle, wo Fat Dog letzte Nacht ausgestiegen war. Ich hatte mir den ganz einfachen Plan zurechtgelegt, jedes leerstehende Haus, Grundstück oder Schuppen der vier südlich gelegenen Straßenzüge zu überprüfen und jede Person, der ich begegnen würde, auszufragen. Fat Dog war unschwer zu beschreiben, und irgendwer in dieser Gegend mußte mir doch einen Hinweis über ihn geben können. Ich ging also los. Es wurde immer heißer, und Jacke und Krawatte, die ich an diesem Tag anhatte, machten alles nur noch schlimmer. Argwöhnische Blicke von Leuten, die beim Frische-Luft-Schnappen auf ihrer Veranda saßen, trafen mich ständig. Ich sah eben aus wie ein Cop. In Venice trägt nur die Polente Anzug und Krawatte.

Die beiden ersten Straßenzüge waren fruchtlos. In der dritten

Straße sah ich einen Säufer die Straße entlanggehen und aus einer braunen Papiertüte Schlucke nehmen. Er hatte einen klaren, gerissenen Gesichtsausdruck, also machte ich einen Versuch. Indem ich ihm meine gefälschte Polizeimarke vor die Nase hielt, beging ich bereits eine Straftat: »Police Officer«, meinte ich zu ihm. »Vielleicht können Sie mir weiterhelfen.«

Der Säufer reagierte mit angsterfülltem Nicken. Nachdem ich mit der Beschreibung von Fat Dog fertig war, schrie er mich regelrecht an: »Ich hab' diesen Scheißkerl gesehen! Er trägt doch so ein Hemd mit einem kleinen Krokodil drauf? Und eine Baseballkappe?«

»Genau das ist der Kerl.«

»Weshalb sind Sie hinter ihm her?«

Ich ließ mir etwas einfallen: »Weil er kleine Jungs belästigt hat.«

»So etwas hab' ich mir schon gedacht! Einmal saß ich vor dieser Einfahrt, und dieses Arschloch kommt auf mich zu und meint, ich solle von hier verschwinden. Er meinte, es wäre sein Grundstück. Er hat wie ein Verrückter ausgesehen, deshalb machte ich mich aus dem Staub. Dieser Hundesohn.«

»Können Sie sich noch erinnern, wo das ungefähr war?« fragte ich ihn.

»Klar. Das war hier um die Ecke.«

»Führen Sie mich dorthin. Sofort.« Wir gingen um die Ecke, und der Trunkenbold geleitete mich zu einem kleinen Holzhaus. Daneben befand sich eine ungepflegte Zufahrt, die bis hinter das Haus führte, wo alles mit Unkraut und hohem Gras zugewachsen war. Am Ende dieses Gartens stand eine Hütte aus Teerpappe, ohne Fenster, ganz schief auf einem Flecken Unkraut. Es war die perfekte visuelle Veranschaulichung von Fat Dogs Paranoia. Ich bedankte mich bei dem Säufer und sagte ihm, er solle jetzt besser verschwinden. Als er sich davonmachte, warf er mir noch einen schelmischen Blick über die Schulter hinweg zu.

Ich beschloß, einen kleinen Einbruch zu begehen. Ich überprüfte zunächst das Vorderhaus, indem ich an der Eingangstür klopfte, dann tat ich das gleiche an der Hintertür. Es war niemand zu Hause. Danach ging ich in den hinteren Teil des Gartens. Kaputtes Spielzeug lag hier und da unter dem Unkraut. Glücklicherweise konnte man die Tür zur Hütte von der Straße aus nicht einsehen, und das Schloß war ein schlechter Witz: Es bestand aus einem Scharnier, das mit zwei Schrauben am Türpfosten befestigt war, und einem Metallbügel, der zu einem billigen Vorhängeschloß gehörte. Unter dem kaputten

49

Spielzeug im Garten fand ich eine Gardinenstange. Sie hatte gebogene Enden, die dünn genug aussahen, um sie als Schraubenzieher benutzen zu können. Ich probierte es damit. Es funktionierte aber nicht. Meine Ungeduld wurde einfach zu groß, und ich schlug mit der Stange auf den Metallbügel ein, bis sich der ganze Mechanismus löste. Das Holz splitterte und hinterließ an der Stelle, wo die Schrauben waren, kleine Krater. Ich hatte nun keine Möglichkeit mehr, meine Spuren zu verwischen.

Ich öffnete die Tür und suchte nach einem Lichtschalter. Ich fand einen, knipste ihn an, und eine an einem Kabel von der Decke herabhängende Glühbirne beleuchtete die dunklen Winkel in der Seele eines Mannes. Ich brauchte einige Minuten, um die ganze Bedeutung des Raumes zu verstehen, denn die Fotos, die an allen vier Wänden hingen, waren einfach zu überwältigend: Frauen, meist Mexikanerinnen, waren darauf in jeglicher erdenklichen entwürdigenden Pose mit Eseln, Pferden, Hunden und Schweinen abgebildet. Dazwischen hingen Fotos von Hitler und seinen Henkersknechten mit streng wirkenden Mienen. Göring, Goebbels, Eichmann, Himmler, das gesamte kranke Pack war dort vertreten. Im hinteren Teil der Hütte war eine Arbeitsplatte über die ganze Breite der Wand angebracht, und darüber hingen Collagen aus Fotografien, die den Schrekken in Konzentrationslagern darstellten: Berge von Leichen, die vor den Öfen lagen, und Haufen von Skeletten in einem Massengrab.

Als ich die Schubladen der Arbeitsplatte durchsuchte, begann ich allmählich zu zittern. Dort lagen nämlich ein halbes Dutzend Benzinkanister, leere Flaschen, Stapel von Asbestfüllungen und ein Haufen Sicherheitshandschuhe, alles sorgfältig übereinandergestapelt. In einem Pappkarton unter der Platte befanden sich Dutzende von Zelluloidstreifen und Kerzendochte, alle der Größe nach geordnet. Es war die Werkstatt eines Brandstifters, und als mir der ganze Zusammenhang klarwurde, fing ich sogar noch heftiger an zu zittern: Kupferman, das Utopia, Fat Dogs wahnsinniger Haß auf Solly K. Jesses. In meinem Kopf bebte es, und es begann weh zu tun, deshalb durchwühlte ich die Hütte nach Strich und Faden. In der Erwartung, Geld zu finden, stieß ich nur auf Pornohefte, Dosen mit weißer Farbe und Geschichtsbände über Nazideutschland. Auf der Suche nach Stellen, wo man kleinere Gegenstände verstecken könnte, holte ich alles von den rauhen Holzwänden herunter. Nichts zu finden. Auf Händen und Knien suchte ich den Fußboden ab. Auch da nichts. Ich sah mir die Fotos an den Wänden ein zweites Mal an. Die Horrorbilder waren aus

Geschichtsbüchern herausgerissen worden, die unter der Arbeitsplatte lagen. Die Pornos schienen recht neu und kürzlich in Mexiko aufgenommen worden zu sein: Die Darstellerinnen waren Lateinamerikanerinnen und hatten Frisuren aus den 70er Jahren, das Mobiliar des Apartments, das als Studio diente, war jedoch auf dem neuesten Stand. Auf über der Hälfte der Fotos spielte eine schwarze Kunstledercouch eine Rolle, und sie war mit billigen Souvenirs aus den Grenzstädten überzogen: mit Stierkampftüchern, Piñatas, Handtaschen und Decken.

Die Frauen auf den Aufnahmen waren durchweg häßlich und machten einen pathetischen Eindruck, mit einer Ausnahme. Sie war Angloamerikanerin, zirka siebzehn oder achtzehn Jahre alt, und hatte aufrechte, feste Brüste und natürliches rotes Haar. Sie machte es mit Männern, nicht mit Tieren, was auf einen höheren Status hinzudeuten schien.

Ich riß ein paar von den Bildern von der Wand und stopfte sie mir in die Jackentasche. Es brodelte in dem Raum, und mir wurde plötzlich klar, daß ich schweißgebadet war. Bevor ich ging, unternahm ich eine Aktion zur Irreführung. Da ich keine Möglichkeit hatte, meine Spuren zu verwischen, versuchte ich die Verantwortung für den Einbruch auf irgendwelche Strolche aus der Gegend zu lenken. Fat Dog würde vielleicht darauf hereinfallen. Ich hebelte eine Dose Farbe auf, suchte einen Pinsel und malte »Tod den Eseln«, »Krüppelregierung« und »Venice voller Idioten« auf die Außenwand neben der Tür. Dann riß ich noch mehr Bilder von der Wand, warf sie auf den Boden und leerte eine Dose Farbe über sie aus. Ich ließ die Tür einfach offen und ging zurück zu meinem Wagen, in der Hoffnung, daß mich niemand beobachtet hatte. Jetzt hatte ich also einen echten Fall.

Ich machte mich auf die Suche nach einem Telefon. In Venice ist es nicht leicht, eins zu finden. Telefonzellen sind eine leichte Beute für lokale Junkies, und die ersten drei, die ich ausprobierte, waren bereits ausgenommen worden. Schließlich fand ich eine, die funktionierte, und rief das Büro von Mark Swirkal an. Swirkal hat einen Zulieferbetrieb für Anwälte, er stellt gerichtliche Verfügungen und Vorladungen aus und führt Kartei über Gerichtsbeschlüsse. Er kennt das Gerichtssystem von L. A. wie kein zweiter und kann jedes offizielle Schreiben innerhalb von wenigen Stunden besorgen. Er hatte mich ein paarmal angeheuert, irgendwelchen Härtetypen Vorladungen zuzustellen, und jetzt sollte er mir einen Gefallen zum Ausgleich erweisen.

Ich sagte ihm, was ich von ihm wollte. Einzelheiten über den

Brandanschlag auf den Club Utopia: die Namen der Opfer, den Namen des Besitzers und seine zuletzt angegebene Adresse, die Namen der Cops, die die Verhaftungen vorgenommen hatten, den Namen der Versicherungsgesellschaft und des Agenten, der die Forderung bearbeitet hatte, und, was am allerwichtigsten war, Aufzeichnungen sämtlicher Zeugenaussagen, die auf einen angeblichen »vierten Mann« hinwiesen. Ich sicherte ihm einen Hunderter zu und sagte, ich würde in vier Stunden wieder bei ihm anrufen. Zähneknirschend legte er den Hörer daraufhin auf.

Ich überquerte die Straße und ging in einen Burrito-Imbiß, wo ich einen Enchilada-Teller und Kaffee zu mir nahm. In meinem Kopf wirbelten die Zusammenhänge herum, die ich zuvor in Erfahrung gebracht hatte. Ich hatte Kopfschmerzen davon bekommen, deshalb nahm ich ein paar Excedrin-Tabletten aus dem Handschuhfach und spülte vier davon mit Kaffee hinunter. Irgendwie beruhigte es sich dann in meinem Kopf. Meine Spekulationen waren nutzlos, solange ich nicht mit Mark Swirkal gesprochen hatte. Ein Grundgedanke hatte sich allerdings schon gefestigt: Ich wollte, daß Fat Dog der Schuldige war, ganz einfach aus eigenen Rachegefühlen. Die viel zu gut eingeschätzte Polizei von L. A. verpatzt einen einzigartigen, von der Presse groß aufgemachten Mordfall, damit er Jahre später von einem ehemaligen Cop, den sie zur Kündigung gezwungen hatten, aufgeklärt wird. Beinahe schon aus Reflex betrachtete ich mich in einem Wandspiegel im hinteren Teil des Schnellrestaurants. Meine äußere Erscheinung war nicht sehr aufschlußreich: ein überproportionierter dreiunddreißigjähriger Mann, weder hübsch noch häßlich. Persönliche Qualitäten und Moralvorstellungen konnten frei interpretiert werden.

Ich mußte noch dreieinhalb Stunden rumkriegen, bevor ich Swirkal anrufen konnte, also stieg ich in den Wagen und fuhr durch die Gegend. Ich fuhr an Kupfermans Pelzgeschäft vorbei und sah, daß sein Wagen noch vor der Tür stand. Erleichtert fuhr ich zu seiner Villa nördlich des Sunset Boulevards. Der Wagen mit dem CELLO-1-Nummernschild stand in der Einfahrt, und kaum hörbare Celloklänge kamen quer über den Rasen auf mich zu. Ich hielt an, um zu lauschen, und machte Jane Baker ein stilles Gelöbnis: Solange ich in der Nähe war, sollte niemand ihr oder ihrem Wohltäter etwas antun. Ich beschloß schließlich, Mark Swirkal persönlich aufzusuchen.

Marks Büro befand sich auf einem schmutzigen Flur im Century Building an der 6th Street und Union, gerade außerhalb des eigentlichen Stadtzentrums von L. A. und in der Nähe aller Gerichte der Stadt. Das Gebäude wurde nach dem großen Erdbeben von '71 für unsicher erklärt, aber es war nie für unbewohnbar gehalten worden. Mark hat schon immer ganz gern ein paar Dollar gespart, und den Anwälten, für die er arbeitet, ist es gleichgültig, wo er seine Jacke aufhängt: Er war immerhin der schnellste Infolieferant bei Prozessen und der flinkste Schnüffler der Gerichte in ganz Los Angeles.

Ich fuhr mit einem wackeligen Fahrstuhl in den dritten Stock hinauf. Die Tür zu seinem Wartezimmer, in dem kaum Möbel waren, stand offen – es bestand aus zwei Metallklappstühlen, auf denen hinten »Allgemeines Krankenhaus Harbor« stand, und ein Stapel *Playboy*-Hefte und *Die gute Hausfrau* lagen auf dem Boden. Ich entschied mich für einen *Playboy*.

Swirkal tauchte fünf Minuten später auf und führte mich in sein Büro, das noch kleiner und noch unordentlicher als meins war, und leider keine Klimaanlage hatte. Wir gaben uns die Hand, dann machte er das Fenster und seinen Mund auf. Mark spricht immer sehr schnell. »Ich hab' gefunden, was du haben wolltest, Fritz. Zumindest mehr oder weniger. Die Verhandlung hatte nicht lange gedauert, also ist das Protokoll auch kurz, um zum ersten Punkt . . .« Mark wartete, bis ich Notizbuch und Stift zur Hand genommen hatte. »Um zum ersten Punkt zu kommen«, fuhr er fort, »der Klub Utopia war versichert. Der Versicherungsagent, der die Police verkauft hatte, stellte auch Nachforschungen für die Gesellschaft, die Prudential, an. Sein Name ist James McNamara. Die Namen der Opfer waren Philip Crenshaw, Henry Hadwell, Jaqueline Gaffany, Anthony Gonzales, William Eastero und Margot Jackson. Hast du das, Brownie?«

Ich schrieb mir alles auf. »Erzähl weiter«, meinte ich zu ihm.

»Okay. Der Officer, der die Verhaftungen durchgeführt hat, war Detective Lieutenant Haywood Cathcart vom Revier in der 77th Street. Was den sogenannten vierten Mann anbetrifft, er wurde beschrieben als ›kleiner, dicker Kerl, irgendwie schmuddelig . . . ein Mann Ende Zwanzig mit rötlichem Gesicht . . . fett und gemein aussehend . . . aber kein Zimperling. Er hatte eins von diesen kurzen Tennishemden mit dem Krokodil auf der Brusttasche an.‹« Das war Fat Dog. Hurra! Die Erlösung. Mark redete weiter, aber ich verstand kein Wort mehr von dem, was er sagte. Schließlich hörte er auf zu reden. »Was ist los mit dir, Brownie? Ich habe noch viel mehr Zeugenaussagen über den vierten Mann.«

»Laß es weg. Ich hab' genug gehört.«

»Ist alles in Ordnung mit dir? Du siehst so blaß aus.«

»Mir geht's gut. Erzähl mir etwas über den Besitzer des Utopia.«

»Okay. Sein Name ist Wilson Edwards. Seine Anschrift wurde in dem Protokoll nirgendwo erwähnt.«

Ich schaute Mark Swirkal mit einem breiten, nervösen Grinsen an und gab ihm zwei von Fat Dogs Fünfzigern. »Das war gute Arbeit, Daddy-O«, sagte ich zu ihm.

Mark steckte sich das Geld in die Brusttasche. »Willst du mir nicht erzählen, was es mit der ganzen Sache auf sich hat?« fragte er mich. »Der Anschlag auf das Utopia ist doch ein abgeschlossener Fall.«

»Ich kann es dir jetzt noch nicht erzählen, aber eines Tages werde ich es nachholen. Ich würde jetzt gern mal dein Telefon benutzen.«

»Na klar, bedien dich. Ich muß sowieso los. Mach die Tür hinter dir zu, wenn du gehst.«

»Mach ich.«

Wir gaben uns die Hand, dann bedankte sich Mark bei mir und blickte mich verstört an, als er zur Tür hinausging. Als ich ihn in den Fahrstuhl steigen hörte, stieß ich einen gewaltigen Freudenschrei aus und griff nach dem Telefon.

Ich rief die Prudential Versicherungsgesellschaft in ihrer Hauptagentur an der Wilshire an. Ja, ein gewisser James McNamara arbeitete noch immer für sie. Nein, im Augenblick war er nicht im Hause. Ich überredete seine Sekretärin, mir seine Privatnummer zu geben. Er nahm bereits beim zweiten Klingeln den Hörer ab. Ich erzählte ihm, daß ich ein Schriftsteller sei, der gerade an einem Buch über berühmte Verbrechen in Los Angeles arbeite. Ob er sich wohl zu einem Interview über den Fall Utopia bereit erklären würde? Er war tatsächlich einverstanden. Es hörte sich sogar so an, als sei er ganz versessen auf ein Gespräch. Wir verabredeten uns am gleichen Abend um halb neun in einem Restaurant in der Nähe seiner Wohnung in Westchester. Als ich auflegte, stieß ich einen weiteren Freudenschrei aus, und dieser war noch lauter.

Um genau fünf vor halb neun fuhr ich auf den Parkplatz des Steakhauses an der Sepulveda. Ich fragte den Geschäftsführer nach einem Mann namens McNamara, und er deutete auf einen recht stabilen Mann, der allein an der Theke saß. Ich ging auf ihn zu und stellte mich ihm vor. McNamara gab mir einen warmen Händedruck. Er hatte das einsame und verzweifelte Aussehen eines Trinkers, der sich nach Gesellschaft sehnt. Ich schätzte ihn auf Ende Vierzig und erst ein Viertel betrunken. Wir setzten uns an einen Tisch, wo ich ihm ein Lügenmärchen über ein Buch, das ich gerade schreiben würde, auftischte. Als die Kellnerin kam, bestellte er sich einen doppelten Martini und legte los.

»Der Brandanschlag auf den Club Utopia war das Gräßlichste, das ich jemals gesehen habe«, begann McNamara zu erzählen. »Ich bin mit einer Infanterieeinheit durch ganz Korea gezogen, aber selbst dort ist mir nichts Vergleichbares begegnet. Das Feuer selbst war gar nicht mal das Schlimmste. Das war bereits gelöscht, als ich dort ankam. Die Leichen waren das Furchtbare. Sie waren dermaßen geröstet, daß man sie nicht wiedererkennen konnte, und aufgequollen wie Schweinswürste. Ein Stück die Straße hinunter war ein Schnapsladen, der noch geöffnet war, und eine ganze Menge Neugieriger hatte sich angesammelt, hing herum und nahm Schlucke aus Papiertüten. Als die Leichen herausgebracht wurden und sich der Gestank ausbreitete, kam es zu einer regelrechten Kotzepidemie. Erbrochener Schnaps war überall auf der Straße und dazu noch der Geruch dieser Leichen. Du meine Güte!«

»Wie sind Sie so schnell dorthin gekommen?« fragte ich ihn.

»Das war schon komisch«, berichtete er, »zu jener Zeit war ich Prüfer von Schadensforderungen, aber nebenbei vermittelte ich auch Policen. Ich hatte Edwards, dem Eigentümer, eine alles umfassende Police verkauft, gegen Beschädigungen, Vandalismus, Feuer, Diebstahl, alles inklusive – schon merkwürdig für eine so heruntergekommene kleine Kneipe, aber was soll's? Ich saß vorm Fernseher, als die Nachrichtensendung kam. ›Kneipe ausgebombt! Sechs Tote!‹ Ich habe mich natürlich sofort auf den Weg dorthin gemacht, weil mir klar war, daß ich den Fall würde bearbeiten müssen.«

»Und Edwards überlebte den Anschlag und kassierte eine Ausgleichszahlung, richtig?«

»Richtig. Er war an diesem Abend nicht dort gewesen. Er bekam fünfunddreißigtausend als Deckungssumme. Da es ein eindeutiger Fall war und die Cops die Bombenleger so schnell erwischt hatten, haben wir auch schnell bezahlt.«

»Was ist aus Edwards geworden?« fragte ich ihn.

»Wenn ich das wüßte«, antwortete McNamara. »Er hat das Geld genommen und ist verschwunden. Würden Sie das nicht auch tun? Er war ein Typ, der mal in und mal außerhalb der Scheiße steckte. Nachdem ich ihm die Police verkauft hatte, legte ich der Akte eine

Bemerkung bei, in der ich gründliche Nachforschung aller Forderungen, die er stellen sollte, empfahl. Natürlich war der Brandanschlag die *einzige* Forderung, die er je stellte, und die hatte es in sich.«

Mein Steak kam, und ich begann zu essen. McNamara bestellte sich einen weiteren doppelten Martini. Er war auf dem besten Wege.

»Können Sie mir eine vollständige Beschreibung von Edwards geben?« fragte ich ihn. »Den vollständigen Namen, Geburtsdatum und letzte bekannte Adresse?«

»Kann ich machen«, meinte er. »Nachdem Sie angerufen hatten, bin ich noch schnell im Büro vorbeigefahren und habe die Akte geholt. Woran ich mich nicht erinnern kann, steht dort bestimmt drin.« Er wühlte auf seinem Schoß in einigen Papieren. »Hier ist es. Wilson Edwards. Geboren in Lincoln, Nebraska, am 29. 12. 33. Ein männlicher Weißer, braun-blaue Augen, 1,70 m groß, Gewicht ca. 90 kg. Ein paar Dutzend Festnahmen in den sechziger Jahren. Bagatellsachen: Betrügereien, leichter Diebstahl, Besitz von Marihuana, Ladendiebstahl. Als ich ihm 1966 die Police verkaufte, lautete seine Anschrift Bonnie Brae Street No. 341 in Los Angeles.«

Ich schrieb mir alles auf. »Waren Sie mit den Polizeiermittlungen zufrieden gewesen?« fragte ich ihn. »Was war mit dem ›vierten Mann‹?«

»Das mit dem ›vierten Mann‹ war absoluter Quatsch. Die Mörder, Magruder, Smith und Sanchez, waren Kumpels gewesen – allesamt Anstreicher von Beruf. Sie waren an jenem Abend schon vorher im Utopia gewesen. Betrunken. Sie hatten ein paar Frauen angemacht und wurden vom Wirt hinausgeworfen. Magruder hatte dann später die Eingangstür geöffnet und einen Zehn-Liter-Kanister Benzin in den Thekenraum geschleudert. Sechs Leute verbrannten daraufhin. Smith war draußen im Wagen und schlief. Mehrere Überlebende des Anschlags hatten gesehen, daß es Magruder und Sanchez gewesen waren. Zwei der Männer, die überlebt haben, hatten mal mit Magruder zusammen gearbeitet und kannten seine Adresse. Er und Sanchez wurden noch am gleichen Abend in der Einfahrt zu seinem Wohnhaus festgenommen. Sie waren dort völlig betrunken eingeschlafen. Smith hatte man am nächsten Morgen zu Hause geschnappt. Das Geschwätz vom ›vierten Mann‹ war nur ein Trick gewesen, um der Todesstrafe zu entgehen. Aber es hat nicht funktioniert. Sie mußten alle in die Gaskammer.«

Ich stocherte weiter herum. »Der Officer, der sie festnahm, hieß Cathcart, nicht wahr?«

»Genau. Haywood Cathcart. Ein klassisches Arschloch. Als ich inmitten des ganzen Tumults mit Feuerwehr, Polizei und Reportern auf dem Schauplatz erschien, sah ich, wie sich eine Gruppe von Cops in Zivil unterhielt. Ich sagte ihnen, daß ich für die Prudential als Ermittler tätig sei, und fragte, ob sie wohl mit mir über die Ereignisse reden würden. Cathcart hat mich nicht einmal ausreden lassen. Er schrie mich an, meinte, daß das Sache der Polizei sei und daß er keinen Versicherungsschnüffler gebrauchen könne, der alles durcheinanderbringt. Daraufhin ließ er mich von Uniformierten zu meinem Wagen eskortieren. Ein echtes Arschloch.«

»Sprechen wir über die Opfer«, meinte ich zu ihm. »Habt ihr irgendwelche Gelder an deren Familien gezahlt?« Ich versuchte jetzt, einen Angelpunkt zu finden, in der Hoffnung, so auf etwas zu stoßen, das mich weiterbringen würde. McNamara befragte sein Erinnerungsvermögen mit einem Blick auf seinen Martini.

»Ja, haben wir«, erwiderte er. »Jeweils zehntausend an die nächsten Verwandten von vieren der Opfer. Die beiden anderen Opfer waren ältere Männer auf der Durchreise, deren Verwandte man nicht ausfindig machen konnte.«

»Hat irgendein Verwandter oder Freund der Opfer Klage auf Schadenersatz erhoben? Oder sonst irgendwie Ärger gemacht?«

McNamara fing an zu lachen. »Geklagt hat niemand, aber so 'n Typ hat eine Menge Unruhe gestiftet. Anthony Gonzales' jüngerer Bruder Omar. Tony Gonzales war in den Fünfzigern Mitglied der Golden Glovers gewesen. Omar bewunderte ihn sehr. Er war ungefähr sechzehn, als sein Bruder vergast wurde, und es wäre eine glatte Untertreibung, zu behaupten, es hätte ihn schwer getroffen. Er war wahrscheinlich der einzige in L. A., der an die Existenz des vierten Mannes fest glaubte, und, du meine Güte, hat der einen Wirbel um die Sache gemacht. Er fiel den Cops auf den Wecker, fand heraus, daß ich in dem Fall für die Versicherungsgesellschaft ermittelte, und fiel dann mir auf den Wecker. Er behelligte die Zeitungsagenturen. Es war völlig verrückt. Erinnern Sie sich an die *Joe Pyne Show?* Jede Woche war er im Publikum. Da gab es diese Sache, die sie Beef Box nannten, wo Leute aus dem Publikum hervortreten und ihre Anliegen vorbringen konnten. Jede Woche stand Omar auf dem Rednerpodest, redete sich den Mund über die Utopiasache fusselig und behauptete, daß die Bullen das Genie entkommen ließen. Er sprach immer von dem Genie, so nannte er ihn, und daß das Genie einen Groll auf eines der Opfer gehegt hätte und deshalb die ganze Kneipe in die Luft fliegen ließ, um diese eine Person umzubringen. Deshalb würden die Cops auch nicht die Feinde dieser einen Person überprüfen. Sechs wurden umgebracht, um einen zu töten. Er meinte, daß Sanchez, Magruder und Smith ganz einfache Trottel gewesen seien. Nachdem sie hingerichtet worden waren, gab er eine schwarzumrandete Anzeige in der L. A. *Times* auf. Ganzseitig. ›Wann wird das Genie, das für den Tod meines Bruders verantwortlich ist, seiner gerechten Strafe zugeführt?‹ Und so weiter. Er trieb sich immer in der 77th Street herum und löcherte Cathcart, machte ihm das Leben schwer und entwickelte ihm seine neueste Theorie. Mich hat er auch ganz schön genervt, aber ich habe es ihm nie übelgenommen. Omar ist ein cleverer Bursche, aber sein Bruder war einfach nur ein Idiot. Ein Kneipenstammgast, der gern seinen verflossenen Ruhm wiederaufleben ließ. Erinnern Sie sich an das Buch – es wurde auch verfilmt – *Magnificent Obsession?* Das ist es, was es für Omar war – Besessenheit.« McNamaras Augen benebelten sich langsam vor Schnaps und Nostalgie.

»Was ist aus ihm geworden?« fragte ich ihn.

»Oh, der ist noch in der Gegend. Er mochte mich. Ich hatte ja Geduld mit ihm. Er kam immer mal wieder zu mir ins Büro, um über seine Besessenheit zu reden, und darüber, was er mit seinem Leben anfangen wolle. Er verabscheute Cathcart und sagte immer wieder, daß er Polizist in L. A. werden wolle, um solche Arschlöcher wie Cathcart abservieren zu können. Jedes Jahr zu Weihnachten schickt er mir eine Karte. Er macht seit Jahren denselben Job, mal mehr, mal weniger, Automechaniker bei einer Tankstelle in Hollywood. Er arbeitet auch ab und zu als Helfer in einer Drogenberatungsstelle im Barrio. Ein großartiger Junge. Hat viel Herz.«

»Wo ist die Tankstelle, bei der Omar beschäftigt ist?« fragte ich ihn.

»Es ist die Texaco an der Ecke Franklin und Argyle. Falls Sie mit ihm sprechen sollten, richten Sie ihm einen Gruß von mir aus. Wünschen Sie ihm alles Gute von mir.«

Ich versicherte ihm, daß ich das tun würde, und bezahlte die Rechnung. Schließlich bedankte ich mich bei McNamara und überließ ihn seinen Erinnerungen. Ich war nach dieser Begegnung heilfroh, daß ich wieder trocken war.

Als ich das Restaurant verließ, verspürte ich eine eigenartige Zuneigung zu Fat Dog Baker. Meine Bewunderung ihm gegenüber war gewachsen, und zwar sah ich ihn nicht mehr als menschenfeindlichen Hanswurst, sondern als brillanten, wagemutigen Killer. Was noch merkwürdiger war: Ich spürte, daß er geheime Kenntnisse besaß, die mir wichtig erschienen, eine Art neues Epigramm über die Wunder der Stadt. Ich war auf einen Killer gestoßen, und jetzt war es an der Zeit, Dinge wiedergutzumachen und sein Vertrauen zurückzugewinnen, bevor sich die Dinge zu rasch entwickelten.

Ich blickte auf die Uhr. Halb zehn. Fat Dog müßte sich eigentlich schon auf dem Gebiet des Bel-Air Country Clubs einen Platz zum Schlafen gesucht haben. Aber Golfplätze sind groß, und vielleicht würde ich die halbe Nacht herumlaufen und ihn suchen, und ihm dadurch nur Angst einjagen. Es hätte keinen Zweck gehabt, meine sichere Position zu erschüttern, also fuhr ich ins Tap & Cap, um mich nach einem Begleiter umzuschauen.

Der Begleiter, an den ich gedacht hatte, war Augie Dougall, aber er war nicht dort. Der Lärm in der Kneipe war ohrenbetäubend, Country-&-Western-Gedudel vermischt mit lautem Stimmenwirrwarr. Im Tap & Cap war an diesem Abend die Hölle los, und die Golfkleidung und die sonnenverbrannten Gesichter verrieten mir, daß die Bar voll mit Caddies war. Derselbe Barmixer, mit dem ich schon am vorangegangenen Abend geredet hatte, hatte Dienst, folglich wandte ich mich an ihn. Er meinte, jeder Caddie in dem Laden würde Fat Dog kennen, aber keiner von ihnen könne ihn ausstehen. Als ich ihn fragte, wer ihn wohl am wenigsten leiden könne und bereit sein würde, mir bei der Suche nach ihm behilflich zu sein, zeigte er auf einen blonden Typen Anfang Vierzig, der Stan The Man hieß.

Stan The Man war der Verursacher des Country-&-Western-Getöses, er stand neben der Jukebox und warf Münzen hinein. Von sämtlichen Caddies in dem Laden schien er mir der einzige zu sein, der mich fertigmachen könnte. Er hatte wachsame Augen und den finsteren Ausdruck im Gesicht von einem, der gesessen hatte, also beschloß ich, den Dreh mit der falschen Polizeimarke wieder zu versuchen.

Nach weiteren zehn Minuten Cowboygejammer bekam ich meine Chance. Stan The Man verließ seine Stellung neben der Jukebox und ging zum Klo. Ich wartete eine Minute, dann ging ich ihm nach. Er ging gerade vom Urinbecken weg und zog den Reißverschluß zu, als ich ihn stellte. Ich zeigte ihm schnell meine Marke. »Police Officer«, sagte ich. »Ich würde gern mal mit Ihnen reden.«

Stan The Man wich ein Stück von mir zurück und sagte dann: »Okay.«

»Wir gehen besser nach draußen«, meinte ich zu ihm, »in der Kneipe ist es zu laut.«

Er stammelte wiederum »Okay«. Er fing an, mir leid zu tun. Offensichtlich gab es eine lange Geschichte, in der er von den Bullen an allen möglichen Orten behelligt worden war.

Ich versuchte, seine Furcht zu mildern. »Du steckst in keiner Sache drin. Ich wollte mit dir eigentlich nur über einen Caddie reden, den du kennst.« Stan The Man nickte bloß. Wir gingen hinaus auf die Straße. Nach der verräucherten Kneipe war die Nachtluft richtig wohltuend. »Laß uns einen Spaziergang machen«, sagte ich zu ihm. »Mein Wagen steht ein Stück weiter.«

Während wir so dahergingen, erfuhr ich, daß Stan The Man ein gewisser Stanley Gaither war, ehemaliger Angehöriger des Brentwood Country Club, des Los Angeles Country Club, des Bel-Air Country Club und der Strafvollzugsanstalt von L. A. Seine Marotte war Autodiebstahl. Er erzählte, es wäre eine Zwangsvorstellung von ihm, daß er auf Bewährung draußen sei, den rechten Weg zu finden versuche und regelmäßig einen Psychiater aufsuche. Das Ganze kam wie ein Wortschwall aus ihm heraus, völlig zusammenhanglos. Er war sehr einsam, und ich fing an, ihn zu mögen. Ich stellte mich ihm als Sergeant Brown vor. Als wir schließlich im Wagen saßen, sagte ich zu ihm: »Es ist so, Stan. Ich interessiere mich für Fat Dog Baker, und ich habe gehört, daß du wie kaum ein anderer mit ihm klargekommen bist. Stimmt das?«

»So ungefähr. Wir kennen uns schon seit Jahren. Haben in denselben Clubs die Taschen getragen. Ich hasse ihn nicht so sehr wie die meisten anderen Kerle. Steckt er sehr tief drin?«

»Nein, ich möchte nur mit ihm reden. Heute abend noch.«

»Bist du von der Sitte?«

»Nein. Warum fragst du mich das?«

»Ich weiß auch nicht. Ein verrückter Kerl, dieser Fat Dog, schläft immer draußen und wechselt nie seine Kleidung. Ich hatte immer irgendwie das Gefühl, daß Fat Dog so eine Art Perverser sei. Ich meine, verdammt noch mal, er war einmal der Golfballkönig von L. A. Er hatte drei Hotelzimmer gemietet, in denen er nur Golfbälle aufbewahrte, fünfzigtausend Golfbälle. Er versorgte jeden Golfkurs der Stadt mit Bällen und hielt sich eine Reserve von fünfzigtausend Stück. Fünfzigtausend Golfbälle bei zehn Cent pro Stück sind fünf Riesen! Fat Dog zahlte Miete für drei Hotelzimmer, um sie sicher aufzubewahren, während er beim fünften Tee auf dem Kurs von Wilshire schlief. Ein Mensch, der so etwas tut, muß einfach pervers sein. Meinst du nicht auch?«

»Vielleicht. Was macht Fat Dog mit seinem ganzen Geld? Ich habe gehört, daß er noch immer eine ganze Menge hat.«

Stan dachte über die Frage nach. »Ich habe keine Ahnung«, antwortete er. »Ich glaube, er sieht es sich einfach nur gern an. Das, und er fährt unheimlich gern nach Tijuana. Er liebt T. J., wie er es nennt. Er fährt andauernd dahin. Er ist völlig verrückt auf die Hunderennen. Er mag diese Stadt des Abschaums. Den Eselsakt, den Chicago Club, die ganze Szene. Er sagt immer wieder, daß er sich dort unten zur Ruhe setzen und Hunderennen veranstalten wolle. Er haßt Juden und Nigger, aber er liebt die Mexikaner. Er muß einfach pervers sein.«

Stan The Man sah mich erwartungsvoll an, in der Hoffnung, daß seine Informationen ausreichend gewesen seien und er jetzt gehen könne. Sie reichten mir aber nicht, und an diesem Abend brauchte ich nun mal einen Führer. »Du hast in fast allen Clubs von L. A. als Caddie gearbeitet, nicht wahr, Stan?«

»In allen. Ich bin ein As unter den Caddies.«

»Hervorragend. Du mußt mich heute nacht herumführen. Ich möchte mit Fat Dog sprechen. Den Anfang machen wir mit Bel-Air. Okay?«

Das »Okay« von Stan The Man klang resigniert und besorgt, wie das Klagen eines Mannes, der es gewohnt war, Lasten zu tragen und Befehlen zu gehorchen. Ich ließ den Wagen an, und wir fuhren los.

Der Golfkurs von Bel-Air brachte nichts, aber er war wunderschön. Der zurückhaltende Stan The Man und ich suchten, mit Taschenlampen bewaffnet, eineinhalb Stunden lang das Gelände ab. Bei der Jesusstatue sprangen wir über den Zaun und gingen nach Norden. Stan behauptete, sämtliche Lagerstätten von Fat Dog zu kennen, und daß es nicht nötig sein würde, den ganzen Golfplatz abzusuchen. Stan erläuterte mir, daß Bel-Air ein enger Stadtkurs sei, der in und um kleine Hügelketten gebaut sei. Das sei auch der Grund, warum die großen Häuser zu unserer Rechten so nah aussahen: sie *waren* nahe.

Wir gingen einen steilen Hügel hinauf, der zum ersten Tee führte. Es war stockdunkel, aber das Gras roch herrlich. Als wir die Anhöhe erreichten, empfand ich den Ausblick als so schön, daß ich für eine Minute den Zweck meiner Mission völlig vergaß. Die Golfanlage streckte sich vor mir aus, es waren tiefschwarze Hügel, die Frieden und Freundschaft zu versprechen schienen. Es war sehr ruhig und kühl dort oben – gut acht Grad kühler als in der Stadt selbst –, und es war klar, die Lichter von Los Angeles zeichneten sich deutlich in Pastelltönen ab. Ich war hierhergekommen, um mit einem Mörder zu sprechen, einem Geistesgestörten, dessen Lebensstil mir unbegreiflich war, und doch beneidete ich ihn eine Sekunde lang um die Abgeschiedenheit seiner Zuflucht in dieser Stadt. Daß er hier lebte, zeugte von ausgezeichnetem Geschmack, und es war die allerbeste zweier Welten: in den Armen der Großstadt angesiedelt, aber während der nächtlichen Ruhestunden dennoch frei von ihren Spannungen.

Wir überquerten die »Schwingende Brücke«, eine Hängebrücke über einen tiefen Cañon, die die Golfspieler vom zehnten Tee zum zehnten Grün führte. Ihr Name war gerechtfertigt, denn der Nachtwind und das Gewicht von zwei Leuten brachte sie schon leicht zum Schwingen. Stan unterbrach die Stille und berichtete mir, daß man bei klarem Wetter bis nach Downtown L. A. und den Bergen von San Bernardino sehen könne.

Während unsere Taschenlampen die Sandhindernisse beleuchteten, gingen wir von einem Grün in einen Tunnel. Stan meinte, dies sei das Ende der in Frage kommenden Stellen.

Fat Dog würde auf gar keinen Fall jenseits des neunten Lochs kampieren. Er verabscheue die weiteren neun Löcher zu Recht, und Stan bezeichnete sie als die härtesten, die er jemals gepackt habe. Ich glaube ihm das. Die stille Schönheit der Nacht, die an diesem Ort vorherrschte, schien uns mit stillschweigendem gegenseitigem Vertrauen versehen zu haben. Wir gingen den gleichen Weg zurück, den wir gekommen waren.

Als wir schließlich wieder im Wagen saßen, seufzte Stan laut. »Nun«, sagte er, »wir müssen wohl eine Wahl treffen. An der West Side gibt es noch vier Country Clubs: Riviera, Brentwood, Hillcrest und L. A. Riviera kann man vergessen. Die haben keine Caddies, und Fat Dog schläft nur auf Plätzen, von denen er den Meister der Caddies kennt. Brentwood und Hillcrest sind Clubs, die in jüdischer Hand sind, und Fat Dog hat auf diesen Golfkursen schon seit Jahren nicht mehr übernachtet. Bleibt nur noch L. A., und der ist riesengroß. Der hat zwei Kurse, sechsunddreißig Löcher. Wenn Fat Dog überhaupt in der Stadt ist, dann wird er wahrscheinlich dort sein.«

»Dann laß uns dorthin fahren«, schlug ich vor. Wir fuhren in südlicher Richtung zur Wilshire, an den Ausläufern des Campus der U.C.L.A. entlang, und dann nach Osten. Es war kurz nach Mitternacht, und ich wurde langsam müde.

»Das Wahrscheinlichste ist der südliche Kurs«, meinte Stan. »An der Wilshire gibt es ein Tor, das Tag und Nacht geöffnet ist. Ein ganzer Haufen Mexikaner, die mit der Instandhaltung beauftragt sind, lebt dort. Die haben ihre eigenen Baracken. Wir können auf ihrem Parkplatz parken. Das Tor kommt jetzt gleich. Fahr etwas langsamer.« Ich fuhr langsamer. Das Tor führte in ein bewaldetes Nichts hinunter. Ich konnte kaum etwas erkennen. Stan gab mir haarscharf die Richtung an. »Ganz langsam jetzt, noch einmal scharf rechts und dann halt an.«

Ich hielt an, und mexikanische Musik drang in meine Ohren. Dann hörte ich Gelächter. Nachdem sich meine Augen an die Dunkelheit gewöhnt hatten, machte ich eine große Arbeiterbaracke zu meiner Linken aus. Einige Männer saßen auf den Treppenstufen und tranken Bier. Sie unterbrachen ihre Unterhaltung, als sie uns hörten. Ich nahm die Taschenlampe und die Thermoskanne mit Kaffee, dann zeigte ich Stan an, mir zu folgen. Wir gingen direkt auf die Leute zu. »*Hola!*« sagte ich laut. »Wir sind auf der Suche nach *El Perro, Perro grande y blanco?*«

Damit war das Eis gebrochen. Die fünf oder sechs Stimmen, die mir auf meine Frage antworten wollten, waren durchaus freundlich. Wenn ich sie richtig verstand, meinten sie alle dasselbe: Sie hatten keinen großen, weißen Hund gesehen. Ich hätte ihnen sagen sollen, daß ich auf der Suche nach einem fetten Hund war, aber ich kannte das spanische Wort für fett nicht. »*Gracias, amigos*«, sagte ich schließlich.

»*De nada*«, erwiderten sie. Als Stan und ich in der Dunkelheit verschwanden, drehten sie ihre Volksmusik wieder auf. Insgeheim wünschte ich ihnen ein angenehmes Leben in Amerika.

Der Südkurs vom Platz in L. A. war ebener als der in Bel-Air und auch stadttypischer. Die Lichter der Geschäftshäuser von Century City, die einen knappen Kilometer entfernt waren, hinterließen einen merkwürdigen Schein auf Bäumen und Hügeln. Stan führte mich zu der Stelle, wo Fat Dog seiner Meinung nach am ehesten sei: am elften Tee. Unsere Taschenlampen leuchteten das Gelände ab und erschreckten dabei grasende Nagetiere. In der Ferne konnte ich das Zischen eines Rasensprengers hören.

Fat Dog war beim elften Tee nicht zu Hause. Irgendwie war mir das jetzt auch gleichgültig. Ich war bestürzt darüber, daß ich seit über dreißig Jahren in Los Angeles lebte, mit meinen Kenntnissen über die Stadt angegeben hatte, und mir das alles hier entgangen war. Das war mehr als die Spielwiese der Superreichen, es war ganz einfach eine andere Welt, und so unterschiedliche Typen wie Caddies, illegale

Mexikaner und ausgelauchte ehemalige Cops hatten Zutritt zu ihr, auf welcher Realitätsstufe sie auch immer sich befinden mochten. Golfplätze: Sie stellen ein ganzes Sonnensystem wechselseitiger Realitäten mitten in einer Stadt voller Smog dar.

Ich beschloß, in zukünftigen schlaflosen Nächten meinen Kassettenrecorder einzupacken, um sämtliche Plätze der Stadt zu erforschen. Natürlich erst nachdem Fat Dog Baker in den Knast oder ins Irrenhaus gesperrt sein würde.

Ich leuchtete mit der Taschenlampe auf zwei Holzbänke neben einem Tee. »Setzen wir uns hin«, sagte ich zu Stan. Ich öffnete die Thermoskanne mit dem Kaffee und goß ihm eine Tasse ein, meinen trank ich direkt aus der Kanne.

»Es gefällt dir hier wohl?« fragte mich Stan.

»Ja, ja«, erwiderte ich, »ich bin erstaunt darüber, daß ich so lange gebraucht habe, um es zu entdecken.«

Wir schlürften unseren Kaffee und starrten in die Dunkelheit. Die Wilshire Avenue war nur noch ein schmaler Lichtstreifen in der Ferne. Autos glitten langsam darüber hinweg.

»Da gibt es etwas, was ich dir sagen muß«, begann ich. »Ich bin gar kein Cop. Ich bin Privatdetektiv. Ich habe dich auf nicht gerade legale Weise hierhergebracht. Du kannst jederzeit gehen, oder ich fahr' dich mit dem Wagen, wo immer du hinwillst.«

Ich konnte spüren, daß mich Stan The Man im Dunkeln anstarrte. Nach ein paar Augenblicken begann er zu lachen. »Ich wußte, daß irgend etwas mit dir nicht stimmte. Ich wußte es, aber ich konnte nicht ausmachen, was es war. Wie kommt es, daß du auf der Suche nach Fat Dog bist?«

»Ich arbeite für ihn. Er hat mich angeheuert, damit ich einen kleinen Auftrag für ihn erledige.«

»Was für einen Auftrag?«

»Das ist vertraulich. Willst du von hier verschwinden? Ich fahr' dich nach Hause.«

»Nee, mir gefällt dieser Ort auch. Welche Art von Aufträgen übernimmst du denn normalerweise?«

»Ich beschlagnahme überwiegend Autos.«

Stan lachte laut auf. »Na, das find' ich aber wirklich lustig«, entgegnete er. »Ich habe immer die Autos geklaut, und du bringst sie wieder zurück. Das find' ich irrsinnig komisch.«

»Erzähl mir lieber etwas über den Job als Caddie«, forderte ich ihn auf.

»Was denn?«

»Na, alles.«

Stan The Man überlegte eine Minute lang. Was er zu erzählen hatte, überraschte mich ziemlich: »Irgendwie ist es ein trauriger Job. Du kommst morgens dorthin und trägst dich in die Liste ein. Wenn an dem Tag gespielt wird, bekommst du Arbeit. Prinzipiell muß man zwei Taschen tragen, eine über jeder Schulter. Normalerweise bekommst du zwanzig Dollar für achtzehn Löcher. Die Frauen geben dir meistens mehr. Ein paar von den Männern manchmal auch. Einige Mitglieder geben wirklich viel, aber nur die Kumpels vom Caddiemeister dürfen für sie arbeiten. Die einzige Möglichkeit, um richtig Geld zu verdienen, ist, mit Hilfe der Stammkunden, die sich deiner annehmen und dich für sechsunddreißig Löcher haben wollen, was verflucht harte Arbeit ist. Oder du bekommst vier Taschen zum Tragen, zwei auf dem Rücken und zwei auf einem Wagen, dabei kann man bis zu vierzig Möpse machen. Oder du bekommst Jobs mit Profiputtern, die richtig spielen können und gut sind, und die auch wissen, wie sie dich bezahlen. Aber nur derjenige, der dem Caddiemeister in den Hintern kriecht, bekommt diese Jobs. Ich zum Beispiel mache meine sechsunddreißig Löcher pro Woche, und in der restlichen Zeit mache ich mich aus dem Staub. Das ist das Großartige als Caddie. Du kannst dir frei nehmen, wann immer du willst, solange du an den Wochenenden und bei Meisterschaften da bist. Das ist auch der Grund, warum es unter den Caddies so viele miese Typen gibt, weil es immer um Bares für Schnaps, Drogen oder Pferdewetten geht.

Draußen in Bel-Air haben wir jetzt ein paar junge Burschen vom College. Die haben das Image eines Junggolfers. Den Clubmitgliedern geht das runter wie Öl, und sie strengen sich für diese hochnäsigen Schwanzlecker besonders an. Von denen hat doch keiner Ahnung von Golf, das einzige, was die wissen, ist, wie man sich Koks richtig reinzieht. Draußen auf dem Platz schnupfen die Kokain und rauchen Gras. Dann gibt's da noch die Clique der Pferdewetter. Der Meister der Caddies ist Buchmacher, und die Kerle, die bei ihm wetten, bekommen die besten Caddiejobs. Caddies heben jedoch niemals ihr Geld für etwas auf. Sie verpulvern es entweder für Alkohol, Nutten, Spiele oder Rauschgift. Sie sind ständig abgebrannt. Sie kommen immer wieder zum Club hinaus, um lächerliche zwanzig Dollar zu verdienen, von denen sie sich dann betrinken können. Caddies haben immer etwas mit dem großen Geld zu tun, aber ihnen selbst gehören oft nicht einmal die Knöpfe am eigenen Hemd.

Da gibt es zum Beispiel dieses Schaf von Brentwood, das Whitey Haines heißt. Er ist Epileptiker und ein riesiges Saufloch. Früher war auch er Caddie in Bel-Air, aber sie haben ihn rausgeschmissen, weil er dauernd Anfälle auf dem Platz bekam. Die Clubmitglieder fühlten sich dadurch belästigt. Na, jedenfalls fühlte sich der Boss von Bel-Air richtig mies, weil er Whitey die rote Karte zeigen mußte. In Brentwood geht es Whitey auch nicht gerade besonders gut, die Juden stehen mehr auf gesunde Schafe.

Jedenfalls geht Whitey immer auf zweiwöchige Sauftouren. Er hat eine Scheißangst vor diesen Anfällen, und der Schnaps baut ihn zumindest vorübergehend wieder auf. Immer kurz bevor er solch eine Sauftour beginnt, kommt er nach Bel-Air und klagt dem Boss sein Leid. Er erzählt ihm, er müsse seine im Sterben liegende Tante besuchen, oder daß er wegen ein paar Tests ins Krankenhaus müsse, oder daß seine Hämorrhoiden wegoperiert werden müßten, oder anderes dummes Zeug. Dann pumpt er sich vom Boss hundertfünfzig Möpse und verschwindet. Wenn er von seinem Vollrausch zurückkommt, fängt er an, ihm das Geld zurückzuzahlen: hier zehn, da fünfzehn, da zwanzig. Sobald er all seine Schulden bezahlt hat, kommt Whitey wieder, und dieselbe Prozedur geht von vorn los: ›Ich hab' Krebs unter den Achselhöhlen, Boss, pump mir doch bitte zweihundertfünfzig, damit ich es behandeln lassen kann.‹ Der Boss gibt es ihm, und so geht das Spiel immer weiter.

Na, jedenfalls weiß der Boss, daß Whitey ihn anlügt, und Whitey weiß, daß er es weiß, aber sie spielen die Scharade immer und immer wieder, denn der Boss ist ein Caddie, der früher sehr viel Geld gemacht hat, als er ein guter Golfspieler war und alles mitnahm, was kam, und Kerle wie Whitey Haines nutzen das aus. Er denkt sich, ›Mein Gott, wenn ich nicht ein so süßes Lächeln und einen so guten Schlag gehabt hätte, wäre aus mir auch so ein Arschloch wie der da geworden, und ich müßte die Taschen für jeden packen und wäre auf Stütze angewiesen.‹ Was sind da schon zweihundertfünfzig Piepen von deinem Urlaubsgeld, wenn du dich dabei wie ein Wohltäter fühlst.

Der Job als Caddie setzt mich immer wieder in Erstaunen. Wenn du meinst, daß Whitey Haines ein trauriger Fall ist, dann hab' ich dir noch gar nichts von den völlig Ausgeflippten erzählt. Nimm beispielsweise Bicycle Pete. Er ist bereits tot. Ihn hat man in Wilshire rausgeworfen, weil er sich nie gebadet hatte. Er stank immer wie ein Stinktier. Er fuhr mit einem Mädchenfahrrad kreuz und quer durch die Stadt und trug eine Dodgerkappe mit einem Propeller obendrauf. Er lebte im

Slumviertel. Jeder dachte, er wäre geistig zurückgeblieben. Er starb an den Folgen eines Herzinfarkts in seinem Zimmer. Als die Krankenwagentypen kamen, um seine Leiche abzuholen, fanden sie in seinem Schrank Diamanten im Wert von zweihunderttausend Dollar.

Dann ist da noch Dirt Road Dave. Der häßlichste Typ, den ich je gesehen habe. Hat furchtbar tief eingefallene Wangen. Hat nur immer für Klubgäste die Taschen getragen. Kein Caddiemeister hätte ihm einen normalen Job gegeben. Sie ließen ihn nicht mal auf dem Platz in Wilshire arbeiten, und der ist auf der Liste schon ganz unten. Also arbeitete er nur für Gäste, um seine Stütze aufzubessern. Er veranstaltete regelmäßig dieselbe Prozedur: Nach Arbeitsende, wenn alle Caddies bei der Caddiebaracke herumhingen, zog er sich ganz schnell eine halbe Flasche Bourbon rein, stellte sich auf einen Tisch und lutschte an seinem eigenen Schwanz. Wir haben ihm immer 25-Cent-Stücke zugeworfen, während er die Show abzog. Er war einer der berühmtesten Caddies an der Westküste. Dann beging er einen entscheidenden Fehler. Er fing an, die Nummer in der Öffentlichkeit abzuziehen. Die Öffentlichkeit hatte aber kein Verständnis dafür. Nur Caddies und Perverse konnten seine Show verstehen. Der gute alte Dave sitzt jetzt in Camarillo im Irrenhaus.

Es ist die Einsamkeit, die mir bei dem Job besonders gefällt. All diese traurigen Existenzen ohne Familien, ohne Verantwortung, zahlen keine Einkommensteuer, haben nichts, worauf sie sich freuen können, außer auf die Wetten für die Baseballweltmeisterschaft im Tap & Cap, auf die Weihnachtsfeier in der Caddiebaracke, auf den nächsten Suff oder auf das richtige Pferd, das doch nie gewinnt. Wir haben da diesen Jungen vom College, einen richtig aufgeweckten Burschen, der nur am Wochenende als Caddie arbeitet, und der sagt, Caddies seien ›der letzte Überrest des kolonialen Südens; Baumwollpflücker auf Golfplätzen, die an den Grenzen einer unnatürlichen *Noblesse oblige* gehegt werden‹. Seiner Meinung nach sind wir das Überbleibsel eines vergangenen Zeitalters, ein Statussymbol, und die Clubs wollen uns weiterhin um sich herum haben, um ihr Image aufrechtzuerhalten.

Caddies, die zu Profis avancieren, sind absolut notwendig, aber das ist eine ganz andere Sache. Der Clubcaddie ist im Aussterben begriffen. Die Elektrowagen verdrängen ihn immer mehr. Im Riviera haben sie vor drei Jahren schon diese Wagen angeschafft. Die Caddies verderben es sich selbst. Sie sind eben zu unzuverlässig. Sie erscheinen einfach nicht, oder sie kommen betrunken an. Ich kann noch von

Glück sagen. Sollte es zum Schlimmsten kommen, kann ich immer noch als Polsterer arbeiten. Das ist mein eigentlicher Beruf, aber ich kann ihn nicht ausstehen. Mir gefällt die Arbeit als Caddie wegen der Freiheit. Ich bin mein eigener Herr, ausgenommen während der Zeit, in der ich Baumwolle pflücke. Außerdem ist es für mich noch nicht zu spät, mein Leben zu ändern. Ich bin erst neununddreißig, genauso alt wie Jack Benny. Mein Bewährungshelfer und mein Psychiater haben mir oft genug aus der Patsche geholfen. Ich habe schon seit über einem Jahr kein Auto mehr gestohlen. Die Gruppentherapie hat mir auch ganz schön weitergeholfen. Mein Psychiater meint, ich müßte gar kein Caddie sein, wenn ich keiner sein wolle. Daß ich sein könne, was ich wolle.

Doch bei Fat Dog ist das alles etwas ganz anderes. Er kommt da einfach nicht raus. Er will auch gar nichts anderes.

Er haßt Neger, und er haßt Juden, und das ist alles, was er hat. Mein Psychiater meint, daß Leute, die andere Leute richtig hassen, gewöhnlich einen furchtbaren Haß auf sich selbst haben. Das ist vielleicht auch bei Fat Dog der Fall. Er hat keine Freunde, außer vielleicht Augie Dougall, der der einzige in der ganzen Welt ist, der vor lauter Begriffsstutzigkeit mit ihm klarkommt. Fat Dog redet immer wieder von diesem reichen Kerl, den er kenne, und daß er sich mit ihm eines Tages zusammentun würde, aber das ist doch reiner Blödsinn. Träumereien. Wenn er nicht so ein böser, ekelhafter Hund wäre, würde er mir leid tun.

Caddie sein ist im Grunde gar kein schlechter Beruf, wenn es dabei nicht so schlimme Typen gäbe. Golf ist ein großartiges Spiel, und die Golfplätze sind herrlich. Da sind nur diese traurigen, armseligen Gestalten, die die Taschen für andere armselige Schlucker packen, die den Ball nicht treffen können, und das macht die ganze Sache so elendig.«

Stan The Man hatte seinen Monolog beendet und stieß in der Dunkelheit einen Seufzer aus. Ich meinte: »Ich fühle mit dir. Ich weiß, wie es ist, in der Falle zu sitzen und zu erleben, wie dir dein Leben davonrennt. Wenn du es als Polsterer nicht schaffen solltest, kann ich dir vielleicht helfen, in der Sicherstellungsbranche unterzukommen. Ich kenne eine ganze Menge Leute. Du würdest sogar dafür bezahlt werden, Autos an dich zu reißen. Du hättest eine Menge Freizeit, in der du machen könntest, was du willst. Denk mal über den Pfändungsjob nach, er könnte dir vielleicht zusagen.« Ich nahm eine meiner Geschäftskarten aus der Brieftasche und gab sie ihm. »Du kannst mich unter einer dieser Nummern erreichen. Ich würde alles versuchen, damit du da anfangen könntest.«

Stan steckte die Karte in seine Hemdtasche und schaute mich eine lange Zeit an. »Danke«, sagte er schließlich. »Ich mein' es ehrlich. Das war schon ein verrückter Abend. Ich hatte mir immer vorgestellt, daß, wenn mir schon jemand einen anderen Job anbieten würde, es irgendein reiches Clubmitglied sein würde, das Gefallen an meinen Kommentaren beim Einputten hatte, und nicht so ein Privatdetektiv, der als Repo-Mann arbeitet. Laß mich mal darüber nachdenken, okay? Das ist alles ein bißchen zu schnell für mich.«

»Denk drüber nach. Schlag es mal deinem Psychiater vor. Er könnte allerdings der Ansicht sein, daß es eine Ausweitung deiner Krankheit sei, genauso wie ich diesen verfluchten Kaffee trinke, um auf Touren zu kommen. Laß uns jetzt von hier verschwinden. Ich werde später nach Fat Dog weitersuchen. Im Moment ist mir kalt, und ich bin müde.«

Wir gingen zum Wagen zurück. Ein dicker Nebel kam auf, der sich um die Bäume wickelte und weiße Wolken bildete. Als wir an der Instandhaltungshütte vorbeikamen, herrschte Ruhe darin. Ich fuhr Stan in sein Hotel nach Culver City. Wir gaben uns zum Abschied die Hand. Er bedankte sich überschwenglich bei mir und versprach, mein Angebot zu überdenken. Während ich zu meiner Wohnung zurückfuhr, dachte ich nur über einen Satz nach: »Caddies sind verdammt arme Teufel.«

6

Am darauffolgenden Tag schien es mir eine gute Idee zu sein, fette, schlafende Hunde nicht aufzuwecken, zumindest nicht für den Augenblick. Für weitere Nachforschungen gab es andere Ansatzpunkte. Der Fall verwandelte sich in ein ausgezeichnetes Beispiel für hergeleitete Logik: Nach über zehn Jahren nach Beweisen zur Überführung eines Mörders zu suchen, dessen Identität ich bereits kannte. Da ich eine Verbindung zwischen Sol Kupferman und dem Club Utopia suchte, erschien es mir logisch, mit dem Besitzer, Wilson Edwards, anzufangen.

Ich erinnerte mich daran, daß McNamara im Zusammenhang mit Edwards von Vorstrafen gesprochen hatte, deshalb rief ich Jensen von der Datenerfassungszentrale an und bat ihn um die Adresse. Er gab mir die Infos durch: Edwards sei im vorangegangenen Jahr wegen Heroinbesitz verurteilt worden. Seine gegenwärtige Anschrift sei das Hotel Rector auf der Western Avenue, etwas südlich vom Hollywood Boulevard gelegen. Ich zog mir meinen Einschüchterungsanzug an: ein kariertes Sportsakko aus Baumwolle, Krawatte und eine farblich kontrastierende Hose, dann fuhr ich dorthin.

Das Hotel Rector war bestimmt tausend Jahre alt und zeugte von einer Hoffnungslosigkeit, die für Hollywood typisch ist: Die Lobby war voller Rentner, die auf ihre monatliche Überweisung warteten, sowie schwarzer Prostituierter und Penner, die ihr Bier tranken. Es roch nach Urin und Einreibesalben. Die Einsamkeit in dem Raum war beinahe greifbar.

Der alte Mann am Schreibtisch sagte mir, daß Wilson Edwards noch immer im Rector wohne und die Zimmernummer 311 habe. Ich ging die Treppe hinauf. Auf den Fluren roch es auch nicht viel besser als in der Lobby, und sie waren wohl in letzter Zeit auch nicht gewischt worden.

Ich klopfte bei Zimmer Nr. 311. Keine Antwort. Ich klopfte noch einmal. Diesmal vernahm ich die heisere Stimme eines Mannes, der soeben geweckt worden war. Ich klopfte noch einmal, diesmal noch lauter. Schritte näherten sich der Tür. »Eddie?« fragte die Stimme forschend. »Bist du es?«

Da ich niemanden enttäuschen wollte, antwortete ich: »Ja, ich bin's. Mach auf.«

Der Mann, der öffnete, sah wirklich entsetzlich aus. Er hatte Ähnlichkeit mit einem der Opfer aus den Konzentrationslagern, die ich auf den Bildern in Fat Dogs Baracke gesehen hatte. Seine gräuliche Haut hing schlaff über den hervorstehenden Backenknochen, seine Augen waren eingefallen und verschleiert, und er trug ein T-Shirt und eine Turnhose, die seinen zusammengefallenen Oberkörper wie ein Zelt umhüllten. Er zitterte stark und brauchte einige Augenblicke, bis er merkte, daß ich gar nicht Eddie war. »Du bist doch gar nicht Eddie«, sagte er endlich.

»Das stimmt«, meinte ich. »Bin ich nicht. Sind Sie Wilson Edwards?«

»Ja, sind Sie Bulle?«

»Nein, ich bin Privatdetektiv. Kann ich reinkommen? Ich würd' ganz gern mal mit Ihnen reden.«

Sein Blick schien raffinierter zu werden, und während er mich abschätzte, stützte er sich mit beiden Händen am Türknauf ab. Die Venen seiner beiden Unterarme waren nahezu unkenntlich geworden. Er war ein langjähriger Junkie. Ich packte ihn am linken Handgelenk. Er versuchte den Arm wegzuziehen, aber ich hielt ihn fest. Ein paar der Einstichstellen waren frisch.

»Ist Eddie deine Connection?« fragte ich ihn. »Fühlst du dich im Moment krank? Du kannst es mir ruhig sagen.« Ich versuchte, ihn zu beschwichtigen. »Ich werd' dir schon nichts tun, ich will dir nur ein paar Fragen stellen. Es wird nicht lange dauern.«

Da er einsah, daß er keine andere Wahl hatte, deutete Edwards mir an, hereinzukommen. »Noch bin ich nicht krank, aber das wird sich bald ändern«, meinte er, als ich die Tür hinter mir zumachte. Dann fing er an zu lachen. »Mann, das ist vielleicht komisch. Ich werde an Krebs sterben, aber ich fühle mich noch nicht krank. Das ist schon komisch.« Er zeigte auf einen zerschlissenen Sessel. »Du kannst dich dort hinsetzen. Ich muß mich erst mal beruhigen. Bevor dieses Zittern nicht weg ist, kann ich doch nicht mit dir reden.«

Ich setzte mich, und Edwards ging erst mal ins Badezimmer und schloß die Tür hinter sich ab. Ich schaute mich im Zimmer um: Es stank nach Körpergerüchen, aber es war sauber. Edwards war anscheinend so etwas wie ein Jazzfan. Zig Alben waren sorgfältig auf einem Wandregal aufgebaut, die meisten von ihnen waren Be-Bop-Platten und Modern Jazz. Ich sah allerdings keinen Plattenspieler. Edwards kam ins Zimmer zurück. Er sah entspannter aus, aber keineswegs gesünder. Seine Augen waren weiter aufgerissen, und das Zittern hatte aufgehört.

Seine Stimme war irgendwie ruhiger geworden. »Dilaudid war ja immer ein herrliches Zeug gewesen, aber jetzt muß ich wohl für alles bezahlen. Laß uns die Sache schnell erledigen. Ich will nicht, daß du hier bist, wenn Eddie auftaucht.«

»Wie lange hast du noch?«

»Vielleicht vier oder fünf Monate.«

»Du müßtest eigentlich im Krankenhaus sein.«

»Das auf gar keinen Fall. Diese Chemotherapien sind was für Idioten. Ich möchte lieber weiterhin mit meiner Luzie spazieren gehen.« Er machte eine Handbewegung, die das Ansetzen einer Spritze darstellte.

»Wer liefert dir den Stoff? Es sieht nicht gerade so aus, als hättest du viel Geld.«

»Du bist nicht hierher gekommen, um mich das zu fragen, oder?«

»Nein, natürlich nicht. Ich bin hergekommen, um mit dir über den Club Utopia zu sprechen.«

Einen Moment lang war Erstaunen in Edwards Augen zu erkennen, dann lockerte er sich und blickte mich mit dem Lächeln eines Toten an. »Der Club Utopia brannte am 10. Dezember 1968 nieder. Die Kerle, die die Tat begangen hatten, mußten sie dann zwei Jahre später mit dem Tod bezahlen. Die ganze Sache ist nichts anderes als eine seit langem tote Ente.«

»Vielleicht. Dir gehörte der Schuppen, nicht wahr?«

»Richtig.«

»Woher hattest du das Geld, um ihn zu kaufen?«

»Ich hatte es mir gespart.«

»Woher hattest du das Geld für die Ausschanklizenz?«

»Das hatte ich mir auch gespart.«

»Man braucht normalerweise ein Vermögen, um an eine Ausschanklizenz zu kommen. Wen hast du bei der ausstellenden Stelle gekannt?«

»Ich kannte da einen Typen. Weiß seinen Namen nicht mehr. Das ist alles verdammt lange her.«

»Das kauf' ich dir nicht ab, Edwards. Ich hab' dich durchschaut. Ein heroinabhängiger Jazzfan, Jahrgang 1950. Diese ganzen Vorstrafen, und du hast noch nicht mal einen Plattenspieler. Für einen Plattenspieler kriegst du fünf oder sechs Teelöffel. Du hast noch nie einen eigenen Pißpott besessen, außer vielleicht in der Zeit, als du mit dem echten Besitzer des Utopia unter einer Decke gesteckt hast. Die Einstiche an deinem Arm erzählen mir doch deine ganze Lebensgeschichte.«

»Damals standen die Dinge ganz anders. Damals war mein Leben in Ordnung.«

»Erzähl mir keinen Scheiß«, erwiderte ich und hob dabei meine Stimme. »Ich will die Wahrheit wissen. Das ist sehr wichtig für mich. Wir können die Angelegenheit auf zwei Arten hinter uns bringen. Wir können einerseits warten, bis Eddie auftaucht, und ich laß euch beide wegen Drogenbesitzes auffliegen. Auf diese Art wirst du in der Gefängnisabteilung des Bezirkskrankenhauses sterben. Oder du erzählst mir, was du weißt, und bekommst für deine Unannehmlichkeiten sogar noch ein paar Scheine. Du hast die Wahl.«

Edwards dachte darüber nach. Das Theaterspiel des Jazzfans war durch Angst erschüttert worden. »Wenn ich dir einige Dinge erzähle und diese Dinge an die Ohren bestimmter Leute gelangen, wäre das sehr schlecht für mich. Ich will doch nur in Frieden sterben. Das wirst du doch wohl verstehen können, oder?«

»Ja, sicher. Aber ich bin ein guter Lügner. Ich kann ziemlich schnell denken. Wo auch immer deine Informationen mich hinführen sollten, du kannst dich darauf verlassen, daß ich meine Quelle nicht preisgeben werde. Ich richte mich nach dem alten Kodex.« Der alte Kodex besagt: Gebe niemals deinen Informanten preis, wenn du nicht weitere und bessere Informationen dafür bekommen kannst.

Edwards brauchte für die Entscheidung nicht lange. »Was willst du von mir wissen?« fragte er mich schließlich.

»Als erstes, wem der Club Utopia tatsächlich gehört hat.«

»Er gehörte einem Mann namens Sol Kupferman. Ein stinkreicher Kerl. Pelzhändler.«

»Warum war der Laden auf deinen Namen angemeldet?«

»Aus Steuergründen. Ganz einfach ein Steuertrick. Kupferman besaß ein halbes Dutzend Kneipen und Schnapsläden unter falschen Namen. Er war früher mal bei illegalen Geschäften erwischt worden und bekam deshalb keine Ausschankgenehmigung.«

»Ich habe gehört, daß Kupferman damals in den 50er Jahren Buchmacher großen Stils gewesen ist. Benutzte er das Utopia dazu?«

»Nicht in großem Maße. Er unterhielt einen geheimen Draht, der ihm dabei helfen sollte, seine Steuern und übrigen Unkosten zu senken. Auf diese Weise kam er nie in die roten Zahlen, weil die Drähte alles wettmachten.«

»Hat Kupferman das Wettbüro selbst geleitet?«

»Nein.«

»Wer dann?«

»Er hatte diesen Kerl namens Ralston, der war früher mal irgendein Ballspieler, und der kümmerte sich um die Geschäfte in allen seinen Läden. Ralston arbeitete für den Country Club, bei dem Kupferman Mitglied war. Er wurde von ihm verdammt gut bezahlt.«

»Wie ging er vor? Ralston, meine ich?«

»Er kam zu ganz ungewöhnlichen Zeiten vorbei, um die Wetten abzuholen. Die Spieler hinterließen ihr Geld immer beim Barmixer. Ralston schickte für die Auszahlungen einen großen starken Schwarzen herum. Er ließ die Wetten immer durch Caddies vom Club zur Rennbahn hinausbringen.«

»Was weißt du sonst noch über die ganze Operation?«

»Nichts. Ich weiß nicht einmal, was du suchst oder warum du an dieser uralten Geschichte überhaupt interessiert bist. Das war eigentlich schon alles, was ich weiß, aber das eine kann ich dir noch sagen: Das waren alles ganz klein gebackene Brötchen.«

Edwards wurde langsam nervös. Für einen Mann, der so kurz vor seinem Tod stand, war er bemerkenswert helle, aber jetzt machte sich die Anspannung allmählich auch außen bemerkbar.

»Ich merk' schon, daß es zu schmerzen beginnt. Die Angelegenheit wird wohl noch ein wenig länger dauern. Warum gehst du nicht ins Bad und biegst dich wieder hin?«

Er nahm meinen Ratschlag an. Nachdem er die Badezimmertür von innen verschlossen hatte, sprang ich von meinem Stuhl auf und durchsuchte im Schnellverfahren das Zimmer. Ich öffnete Schubladen, Schränke und kontrollierte den Inhalt der Regale. Nichts zu finden. Hinter seiner Schallplattensammlung fand ich einen Sozialhilfescheck vom Bezirksamt und eine kleine Flasche mit verschriebenen Barbituraten. Ich ließ sie dort liegen. Als Edwards zurückkam, sah er kein bißchen besser aus. Eine Leiche ist und bleibt nun mal eine Leiche. Seine Stimme klang jedoch ein wenig kräftiger. Vor zwanzig Jahren war er vielleicht fähig gewesen, mit sich klarzukommen.

»Dann leg los, Daddy, was willst du noch von mir wissen?« fragte er mich. Neben Krebs im Endstadium litt er auch an tödlicher Schlagfertigkeit.

»Wie hast du Kupferman kennengelernt? Warum hatte er dir diesen Job angeboten?«

»Solly K. kannte meinen Bruder noch aus seinen kriminellen Tagen. Mein Bruder war ein Nichtsnutz, aber er kam überall herum. Mein Bruder kam auf mich zu und meinte zu mir, daß Solly K. jemanden gebrauchen könnte, der 'ne Kneipe für ihn macht. Ich würde jede Woche einen Anteil vom Gewinn bekommen, müßte die Bücher führen und an ein paar Abenden in der Woche da sein, damit auch alles ordentlich aussieht. Das alles für 'nen Hunderter pro Woche. Ich nahm den Job an, so einfach war das Ganze.«

»Was für ein Typ war Kupferman?«

»Solly K. ist ein Schatz, eine wahrhaft feinfühlige Person. Ich weiß mit absoluter Sicherheit, daß er ein paar älteren Leuten Zuwendungen gemacht hat, deren Kinder in dem Laden verbrannt waren. Er hat sich wegen des Brandanschlags ganz beschissen gefühlt. Als ob er selbst der Schuldige gewesen sei.«

»Er kümmert sich noch immer um dich, oder?«

»Was meinst du damit?«

»Dilaudid ist nicht gerade billig, und Heroin kostet fünfundzwanzig

Dollar pro Teelöffel, und du bekommst es sogar angeliefert. Jemand möchte nicht, daß du richtige Schmerzen bekommst. Du selbst hast doch überhaupt kein Geld. Beliefert dich Kupferman?«

Edwards fing an zu zittern, und seine Stimme erhob sich zu einer außerirdischen Stimmlage, die die Empörung eines Junkies artikulierte. »Solly K. hat nie jemandem etwas zuleide getan! Er sorgt bei vielen Leuten dafür, daß sie keine Schmerzen erleiden. Du hast noch nie in deinem Leben einen solchen Freund gehabt! So Typen wie du wissen doch nur, wie man andere verletzt! Das ist doch deine Masche, wie du sie zum Sprechen bringst. Typen wie...« Seine wütende Stimme verwandelte sich in einen Hustenanfall. Ich hatte alles mir wichtig Erscheinende in Erfahrung gebracht. Das reichte denn auch. Ich kannte jetzt Fat Dogs Motive für seine Beteiligung an dem Brandanschlag. Ich war jetzt nur noch wild darauf, dem Todesmief von Edwards zu entgehen. Ich erinnerte mich an das Geld, das ich ihm versprochen hatte, beschloß jedoch, es ihm nicht zu geben. Edwards hustete noch immer, als ich zur Tür hinausging. Als ich zu ihm zurückschaute, drohte er mir kraftlos mit dem Finger.

Die heiße, smogerfüllte Luft, die mir entgegenkam, als ich auf die Straße trat, war eine echte Wohltat. Sogar die Nutten und die schwarzen Zuhälter vorm All-American Burger sahen richtig gut aus.

Ich ging zum Wagen zurück, schaltete die Nachrichten im Radio ein und bekam einen furchtbaren Schrecken. Gejammer kam aus meiner Kehle, während ich zuhörte: »Ein Brand in den Verkaufsräumen und im Lager von Solly K.s Pelzgeschäft in Beverly Hills verursachte in der vergangenen Nacht einen voraussichtlichen Schaden in Höhe von vier Millionen Dollar. Das Feuer brach um ungefähr ein Uhr dreißig nachts aus und fegte durch das geräumige Gebäude an der Ecke Santa Monica Boulevard und Bedford Drive. Die Feuerwehr von Beverly Hills bekam die Flammen unter Kontrolle, bevor sie auf benachbarte Gebäude übergreifen konnten, das modische Pelzfachgeschäft brannte jedoch bis auf die Grundmauern nieder. Es gab keine Verletzten, und die Brandursache muß erst noch untersucht werden. Nun aber eine erheiternde Nachricht...«

Ich schaltete das Gerät aus. In meinem Kopf hämmerten wildgewordene Becken durcheinander vor lauter Schuld- und Angstgefühlen, die mir außer Kontrolle zu geraten drohten. Ich kämpfte gegen sie an, indem ich tief durchatmete und mir versicherte, daß das alles auch sein Gutes hätte: Fat Dogs Geistesgestörtheit hatte ihren Höhepunkt erreicht, und ich war der einzige, der ihn aufhalten konnte. Ich ließ den Wagen an und fuhr über Nebenstraßen in Richtung Süden, wobei ich Abbiegungen schnitt und Stopschilder überfuhr.

Bei der Washington Street fuhr ich auf den Santa Monica Freeway in Richtung Westen. Der Verkehr an diesem Vormittag war ruhig, und ich kam schnell vorwärts. An der Lincoln Street verließ ich den Freeway und schlug die Richtung der Brandstifterhütte ein. Der hintere Garten sah noch genauso aus wie am Tag zuvor. Liegengelassenes Spielzeug und hohes Gras hatten sich nicht verändert. Die Tür zur Hütte stand offen, und deren Inneres war sorgfältig ausgeräumt worden. Es waren weder Brandstifterzubehör, Werkzeuge noch Pornos im Raum. Die Graffiti einer Pseudo-Bande, die ich an die Wände gemalt hatte, war mit breiten Strichen derselben Farbe übermalt worden. Frisch angemalte Obszönitäten befanden sich auf der Rückwand nahe der Arbeitsplatte: »Fuck«, »Schwanzlutscher«, »Weg mit Ficken« und »Schwanzlutschender Bastard« stand dort auf der Wand. Ich kniete nieder und blickte mich um. Nichts zu sehen.

Ich ließ die Tür halb geöffnet, ging zum Vorderhaus und klopfte an die Tür. Eine dicke schwarze Frau in traditionellem Gewand antwortete. »Ja, was ist?« fragte sie mißtrauisch.

Ich schätzte sie mit der Schnelligkeit eines Fernsehreporters ab und legte mit meiner Show los: »Mein Name ist Savage«, begann ich, »und ich bin vom F. B. I. Wir haben Grund zu der Annahme, daß der Mann, der Ihren Schuppen gemietet hat, ein entflohener Häftling ist. Wir...« Ich hatte gar keine Gelegenheit mehr, meine Darbietung zu beenden. Die Frau stieß die Drahtgittertür auf und stürzte sich fast auf mich, wobei sie ihre gewaltigen Arme vor Entrüstung in die Hüften stemmte.

»Verhaften Sie diesen Taugenichts, Officer!« rief sie. »Dieser Lump ist abgehauen und schuldet mir noch zwei Monatsmieten, und dann wirft er noch alle möglichen schmutzigen Bilder auf den Boden, daß alle Kinder sie sehen können. Sie müssen ihn festnehmen! Dann nannte er mich noch eine Negerziege!«

Ich legte meine Hand auf ihre vor Wut bebende Schulter. »Immer mit der Ruhe, Ma'am«, beschwichtigte ich sie. »Lassen Sie mich erst mal ein paar Fragen stellen, ja?«

»Also gut, Mr. Savage.«

»Zunächst einmal: Ist der Mann, an den Sie vermieteten, so um die Vierzig, klein, dick, und hat er meist schmutzige Golfkleidung an?«

»Das ist der Lump!«

»Gut. Seit wann vermieten Sie die Hütte schon an ihn?«

»Das geht schon seit vier Jahren. Er wohnt da ja nicht drin. Er bewahrte da nur sein Dreckzeug aus Tijuana auf!«

»Was meinen Sie?«

»Schmutzige Hefte! Dreckige Bilder! Mir erzählt er, er sei der King von Tijuana. Er erzählt mir, er will da unten Hunderennen veranstalten. Er...«

Ich unterbrach sie. »Wann haben Sie ihn zum letzten Mal gesehen?«

»Gestern abend hab' ich ihn gesehen. Er klopft an meine Tür und ruft: ›Bye-bye, du alte Negerziege. Ich geh' nach Tijuana, um mein Königreich in Anspruch zu nehmen, aber ich werde wiederkommen, um dich in die Gaskammer zu stecken.‹ Dann zeigt er auf den Garten und sagt: ›Ich hab' 'ne Menge Zeug zum Lesen für die Kleinen dagelassen.‹ Dann macht er das Teufelszeichen und läuft die Straße runter. Verhaften Sie ihn, Officer!«

Ich wartete nicht mal ab, um herauszufinden, was wohl das »Teufelszeichen« sei. Ich lief statt dessen zu meinem Wagen zurück und ließ die Frau auf der Veranda stehen.

Ich fuhr über Landstraßen nach Beverly Hills, um Zeit zum Nachdenken zu haben. Ich stellte den Radiosender KUSC ein. Darin wurde gerade eine Sinfonie gespielt, die sich anhörte, als sei sie von Haydn. Ich war regelrecht heiter erregt, und zwar so sehr, daß eine Tasse Kaffee meinen Kopf vollends zum Dröhnen gebracht hätte. Ich fragte mich, woher meine gute Laune stammte. Mein Fall hatte gewaltige Ausmaße angenommen, die zwei Leute, die ich zu schützen versprochen hatte, waren in ernster Gefahr, und Fat Dog Baker war mit an Sicherheit grenzender Wahrscheinlichkeit in Mexiko.

Dann merkte ich, was los war. Ich war mittlerweile zu Hause angekommen. Zum ersten Mal in meinem Leben war ich mit etwas wirklich Wichtigem beschäftigt, mit etwas Gewaltigem und Komplexem, und ich war als einziger Herr der Lage. Davor war am 2. September 1967 das Schlüsselereignis in meinem Leben gewesen. Damals war ich einundzwanzig gewesen. An diesem Tag hatte ich zum ersten Mal richtig Musik gehört. Es war Beethovens Dritte Sinfonie gewesen. Walter hatte mich schon seit Jahren dazu bringen wollen, klassische Musik zu hören, jedoch ohne Erfolg. Der Erste Satz der *Eroica* durchdrang mich wie ein Schauer aus Hoffnung und Mut. Ich war völlig auf deutsche Romantik abgefahren und hörte sechs, acht oder zehn Stunden am Tag Beethoven, Brahms, Wagner und Bruckner. Ich hatte die Wahrheit entdeckt, oder so dachte ich jedenfalls, und eine merkwürdige Metamorphose fand in mir statt: Erfüllt mit Romantik der großen Meister, gab ich meinen verschwommenen Traum von akademischen Titeln auf und wurde Cop. Zunächst war ich ruhelos und unzufrieden, bis der Alkohol mir zu Hilfe kam und mir sogar die unterste Stufe der Machtbehörde in meinen wilden Phantasien aufregend vorkam.

Eine Zeitlang ging das gut, aber allmählich fing ich an, zuviel Blödsinn zu machen. Mein Auftreten auf der Straße wurde in dem Maße immer schlimmer, wie meine Abhängigkeit vom Alkohol wuchs. Schließlich beging ich eine unwiderrufliche Tat, und mit meiner Karriere war Schluß. Glücklicherweise hatte ich Cal Myers mal einen Dienst erwiesen, als ich bei der Sitte eingesetzt gewesen war, und nun war ich der Pfändungsprinz des neuen Autokönigs im Valley.

Ich erinnerte mich daran, was Stan The Man am vorangegangenen Abend gesagt hatte: daß er kein Caddie sein müsse. Mein Gefühl vor drei Tagen, als ich auf Irwin gewartet hatte, war prophetisch gewesen: Mein Leben sollte sich ändern, meine Perspektiven würden in dieser auf Charisma fixierten Gesellschaft endlos sein – wenn ich bei diesem Fall nichts falsch machte.

Ich stellte den Wagen ab und ging die paar Straßen zu Fuß zu den Überresten von Solly K.s Pelzimperium. Als ich einen Block entfernt war, konnte ich eine Menge von Schaulustigen ausmachen, die interessiert das abgesperrte Gelände betrachteten. Zwei Streifenbeamte beobachteten die Menschenansammlung. Ein Streifenwagen und zwei rote Einsatzleiterwagen der Feuerwehr waren auf dem Bürgersteig abgestellt.

Als ich am Schauplatz des Geschehens ankam, sah ich, wie Männer im Anzug im Schutt herumstocherten, Behälter für Beweismaterial bei sich trugen und sich zurückhaltend unterhielten. Ich wollte warten, bis sie mit ihrer Arbeit fertig waren. Der gesamte Ort bot einen Anblick völliger Verwüstung: Berge von verkohltem Holz und Isoliermaterial, Aschenhaufen und Ruß lagen überall verstreut. Letzterer hatte sich an benachbarten Gebäuden festgesetzt, und einige Ladenbesitzer hatten Bedienstete darangesetzt, die Wände zu reinigen.

Ich hatte keine Vorstellung gehabt, wie groß das Warenlager von Kupfermans Geschäft gewesen war. Die Fassade täuschte – das Gebäude selbst hatte sich fast über einen Viertelblock erstreckt. Soweit ich erkennen konnte, hatten die Flammen nicht auf andere Gebäude übergegriffen. Fat Dogs Geschicklichkeit als Brandstifter hatte sich also seit seinen Tagen der Molotowcocktails erheblich verbessert. Ich war sehr beeindruckt davon.

Einer der Detectives stapfte aus dem Rußfeld heraus, bürstete seine Hose ab und sah besorgt aus. Es war ein stämmiger Cop, so um die Fünfzig. Ich beobachtete, wie er sich von der Menge der Schaulustigen abkehrte und zu einem zivilen Polizeifahrzeug ging. Ich sprach ihn an, als er gerade die Wagentür aufschloß. »Entschuldigen Sie bitte«, sagte ich zu ihm, »mein Name ist Brown. Ich bin Privatdetektiv.«

Ich zeigte ihm die Fotokopie als Beweis. Er sah sie sich genau an und gab sie mir wieder zurück. »Worum geht es, Mr. Brown? Ich habe sehr viel zu tun.«

Ich spulte meine hastig erdachte Tarngeschichte ab: »Ich werd' Sie nicht lange aufhalten. Sol Kupferman hat mich angeheuert, damit ich Ermittlungen über den Brand anstelle. Er hat volles Vertrauen in die Polizei und die Feuerwehr bei ihren gründlichen Untersuchungen, aber er möchte die Angelegenheit von allen Gesichtspunkten her in Angriff genommen wissen. Im Augenblick interessiert mich nur eine Frage: War es Brandstiftung?«

Der Cop betrachtete mich von oben bis unten. »Sie sollten wissen, daß Police Officers am Tatort keine vertraulichen Informationen an Zivilisten weitergeben. Wir werden uns schon mit Mr. Kupferman in Verbindung setzen. Einen schönen guten Tag.«

Ich sah noch zu, wie er in den Wagen stieg und davonfuhr. Er hatte den verzerrten, geistesabwesenden Blick eines erfahrenen Cops, der eine harte Nuß zu knacken hat. Sein besorgter Gesichtsausdruck war Bestätigung genug. Ich ging zu meinem Wagen zurück, dann fuhr ich zur Tankstelle an der Ecke Franklin und Argyle, um Omar Gonzales, den Komplottkünstler, aufzusuchen.

Franklin und Argyle war mir von früher her noch immer ein Begriff, und was für einer! Im Juni 1972 leitete ich, nachdem ich die Informationen von Jack Skolnick geliefert bekommen hatte, eine Razzia im berüchtigten Schloß Argyle, der Drogenmetropole der Westküste. Als in den 20er Jahren erbautes achtstöckiges Apartmenthaus war Schloß Argyle die Brutstätte von Hippiemachenschaften Anfang der 70er Jahre. Skolnick hatte mir erzählt, daß er von einem der »Cosmos« angesprochen worden sei, und zwar von einem Chemiestudenten von der UCLA mit Wohnsitz im Schloß, und daß dieser das Angebot gemacht hätte, ihm drei Gallonen flüssiges Methedrin-Amphetamin für $ 5000 zu verkaufen. Der Wiederverkaufswert lag beinahe bei einer halben Million Dollar. Ich war heiß auf Abenteuer und begann, das Schloß zu überwachen, gemeinsam mit diesem unangenehmen Neuling auf Streife mit Namen Snyder. Wir hatten unseren Vorgesetzten oder den Jungs vom Rauschgiftdezernat nie von unseren Tätigkeiten berichtet. Wir waren blutrünstige Cops, die töten wollten.

Der Cosmo wohnte im sechsten Stock und hatte nachts immer haufenweise Gäste. Hinter riesigen Hibiskusbüschen versteckt, hörten Snyder und ich, wie die nach Hause gehenden Besucher Bemerkungen über die gute Qualität seines Stoffs machten. Nach drei solchen Abenden waren wir der Ansicht, daß wir zum Handeln genug gesammelt hatten, und legten die Razzia auf den folgenden Abend fest. Wir hätten auch die langweiligere Masche abziehen, uns mit falschen Bärten und Liebesperlen aus Bert Wheelers Wunderladen am Boulevard als Hippies verkleiden und diskret etwas kaufen können, bevor wir losschlugen; aber nachdem wir jede Menge Old Grand Dad Whisky in uns hineingekippt hatten, beschlossen wir, die Tür einzutreten und mit vorgehaltenen Schußwaffen hineinzugehen.

Wir machten es auch so, und es funktionierte. Bis Snyder unzufrieden wurde. Der Cosmo und seine Freundin ergaben sich ohne Gegenwehr und ganz ruhig, sie hatten eine Scheißangst vor uns beiden übergroßen Kurzhaarigen mit den Abzeichen auf den Jacken und den schweren Schießeisen in den Händen. Sie führten uns zu ihrem Stoffvorrat, ließen sich Handschellen anlegen und warteten unterwürfig, als wir einen Streifenwagen und eine Aufseherin für das Mädchen anforderten. Aber für Snyder war das einfach nicht genug. Er wollte unbedingt mit der Kanone herumballern. Er war ganz unglücklich, daß er seine Chance verpaßt hatte. Er meinte, die Razzia sei mit einem Beischlaf vergleichbar, bei dem einem nicht zuerst der Schwanz abgelutscht würde.

Er polterte durch die Wohnung und öffnete dabei Schubladen und warf Stühle um. Dann sah er auf einem goldumrandeten Schlafzimmerspiegel das lebensgroße Che-Guevara-Poster. »Brownie«, rief er, »sieh dir das mal an.« Ich ging ins Schlafzimmer und ließ die mit Handschellen gefesselten Festgenommenen unbewacht. Snyder, früherer Kämpfer des U.S. Marine Corps, war sichtlich entrüstet. »Ich bring' ihn um, ich bring' dieses Kommunistenschwein um!« schrie er und feuerte mit seiner Remington wie ein Wildgewordener auf Che Guevara, den Spiegel und die übrige Schlafzimmerwand, wobei er Janis Joplin und Jimi Hendrix gleich mit zur Hölle schickte, bevor ich ihn daran hindern konnte. Als sich der Staub langsam setzte, grinste

Snyder wie ein befriedigter Liebhaber, unsere Gefangenen schrien »Polizeiwillkür«, und ich schiß mir im wahrsten Sinne des Wortes in die Hosen.

Ein paar Minuten später hörten wir die Sirenen. Ich sah aus dem Fenster und blickte auf acht schwarzweiße Streifenwagen, die die Straße heraufgerast kamen. Da ich wußte, daß sich unsere schießwütigen Kollegen ebenso wie mein wahnsinnig gewordener Partner und ich nach Aufregung sehnten und jeden Augenblick das Feuer eröffnen würden, rannte ich über die Treppe die sechs Stockwerke hinunter, lief durch die Lobby und zur Straße hinaus. Als ich auf dem Weg, der zur Straße hinunterführte, angekommen war, legte ich meine Hände über dem Kopf zusammen und schrie: »Police Officer, nicht schießen!«

Einige der Cops standen mit angelegten Schußwaffen neben den Streifenwagen und erkannten mich, sie gaben mir Handzeichen, daß ich mich ihnen anschließen sollte. Während ich in meinem Kopf hastig Geschichten erfand, die die Schießerei rechtfertigen sollten, rannte ich auf sie zu. Kurz bevor ich sie erreichte, rutschte mir die halbleere Flasche Old Grand Dad aus dem Gürtel und zerbrach vor mir auf dem Bürgersteig. In jenem Augenblick wünschte ich mir nichts sehnlicher als einen gnadenvollen Tod. Flüssiger Kot lief mir an den Beinen hinunter, und meine Karriere war im Eimer. Ich würde mich wohl nach einem Job als Wachmann für einen Dollar fünfzig die Stunde umschauen und Gallo Muskatell trinken müssen. Es war alles vorbei. Bis ein zäh aussehender, älterer Streifensergeant zu lachen anfing. Die anderen machten es ihm nach, während ich einfach stumm dastand, um mein Schuldgefühl nicht noch zu verstärken. Das Gelächter wurde immer lauter, bis mich der ältere Sergeant zur Seite nahm und mich leise fragte: »Ist da oben irgend jemand verletzt, mein Sohn? Ist dein Partner in Ordnung?«

Ich erklärte ihm, daß alles in Ordnung sei, bis auf einigen Sachschaden, den wir angerichtet hätten.

»Damit werden wir schon fertig«, meinte er wohlwollend. Eine Gruppe Officers ging nach oben, um den Cosmo und seine Freundin vor Snyder und Snyder vor sich selbst zu retten.

Ich wurde zum Revier zurückgefahren, wo ich duschte und mir andere Sachen anzog. In dem Bericht, der daraufhin gemacht wurde, waren die Schießerei (die Verdächtigen wurden zum Stillschweigen gezwungen), meine Whiskyflasche und die Scheiße in meinen Hosen nicht erwähnt worden. Snyder und ich bekamen eine Belobigung, und mit Hilfe der perversen Logik einer Machomentalität stand meiner ins Schwanken geratenen Karriere bei der Polizei nichts mehr im Wege.

Die Mobil-Tankstelle, bei der Omar Gonzales arbeitete, befand sich schräg gegenüber vom Schauplatz meines vergangenen Triumphs. Der Ort war wie ausgestorben, als ich darauffuhr, deshalb fuhr ich zur Tanksäule und bediente mich selbst. Vergeblich schaute ich mich nach einem Chicano Ende Zwanzig um. Als mein Tank voll war, machte ich mich auf die Suche nach dem Tankwart und fand ihn schließlich in der Grube unter einem Wagen. Er wandte mir das Gesicht zu: ein untersetzter und umgänglich aussehender Junge um die Zwanzig. »Ich habe es genau passend«, meinte ich zu ihm, »ich weiß, daß ihr Jungs das ganz gern habt.« Der Junge sah mich freundlich an, als ich ihm das Geld gab. »Ach, übrigens«, sagte ich dann, »ist Omar nicht da? Ich bin ein Kumpel von ihm.«

Der junge Tankwart sah mich komisch an. »Omar ist schon seit über zwei Wochen nicht mehr hiergewesen. In der Drogenberatungsstelle war er auch nicht. Ich hab' beim besten Willen keine Ahnung, wo er steckt. Er kommt immer wieder glimpflich davon, weil die Kundschaft ihn mag. Der Boß würde mir sofort einen Tritt in den Hintern geben, wenn ich so'n Scheiß wie Omar machen würde.«

»Was für einen Scheiß macht Omar denn?« fragte ich ihn. »Ich hab' ihn schon 'ne ganze Weile nicht mehr gesehen.«

Er machte eine Grimasse, so, als müsse er sich stark konzentrieren. »Verstehen Sie mich nicht falsch, ich mag Omar. Jeder mag ihn. Aber er quatscht ständig diesen Mist über Chicano-Aktivismus und haut einfach ab zu diesem Drogenhilfsdienst; mich läßt er hier einfach allein sitzen, und seinen gottverdammten Wagen läßt er einfach hier so stehen, daß er die ganze Tankstelle blockiert.« Der Junge zeigte auf einen zehn Jahre alten gelben Plymouth. Ich wollte ihm gerade noch ein paar Fragen stellen, als ein Kunde auf die Tankstelle fuhr, eine gutaussehende Frau in einem Cabriolet. Er ließ mich vollends links liegen und ging zu den Zapfsäulen hinüber, wobei sich sein Gesicht in ein Wolfsgrinsen verwandelte.

Ich ging los, um Omars Wagen zu überprüfen. Ich notierte mir das Kennzeichen, dann spähte ich durch die Windschutzscheibe. Die Sitze waren mit weißem Kunstleder bezogen, und das braune Zeug, das in Klecksen auf dem Fahrersitz klebte, sah wie getrocknetes Blut aus. Über dem Rücksitz lag eine grüne Decke, und darunter zeichnete sich die Form von Kartons ab. Ich brauchte nicht zweimal zu überlegen.

Die Türen des Wagens waren abgeschlossen, und meine Original-schlüssel lagen in der Wohnung. Ich lief zu meinem Wagen, öffnete den Kofferraum und holte einen Blanko-Pfändungsauftrag und den Wagenheber heraus.

Der Junge war gerade mit der Frau im Cabriolet fertig, als ich an ihm vorbeirannte. Ich blieb stehen und hielt ihm den Pfändungsauf-trag unter die Nase. »Ich bin Privatdetektiv«, rief ich, »und das ist ein Pfändungsauftrag für dieses Fahrzeug dort. Ich nehm' es mit.«

Die Kinnlade fiel ihm herunter, und er stand ganz einfach da, während ich mich an die Arbeit machte. Ich schaute mich schnell noch mal nach den Cops um, dann schlug ich mit voller Wucht den Wagenheber in die Windschutzscheibe des Plymouth. Das Sicher-heitsglas splitterte nach innen, und ich griff durch das Loch, um die Tür zu öffnen.

Ich kratzte etwas von dem getrockneten Zeug auf dem Sitzbezug ab und roch daran. Es war Blut. Ich klappte den Vordersitz nach vorn, griff unter die Decke und zog zwei Kartons hervor. Sie waren ziemlich leicht, und ich stellte sie zum Öffnen auf den Kofferraumdeckel des Wagens.

Ziemlich nervös aussehend, stand der Tankwart jetzt neben mir. »Hey Mann, sind Sie sicher, daß das legal ist?« fragte er mich, wobei sich seine Stimme überschlug.

»Ja, Kerl, das ist legal. Und jetzt, verflucht noch mal, geh mir aus der Quere!« sagte ich und schrie ihn fast dabei an.

Ich sah noch, wie er in Richtung Grube verschwand, dann öffnete ich die Kartons. Als ich sah, was ich in Händen hielt, wurde mir schwindelig. Der erste Karton enthielt Geschäftsbücher von Buchma-chern, und zwar acht oder neun in Leder gebundene Exemplare. Meine Erfahrungen bei der Sittenpolizei zahlten sich nun aus: Die Namen der Wettenden befanden sich, als Zahl codiert, in einer Spalte, und in den nachfolgenden Spalten waren die Beträge, das Datum und die Prüfzeichen, die auf Einzahlungen hinwiesen. Ich sah mir alle Bücher schnell durch. Sie waren in ihrer Anordnung alle identisch. Dieselben Umrandungen, nur mit unterschiedlichen Kodierungen, Daten und Geldbeträgen. Die Daten gingen zwölf Jahre zurück. An das unterste Buch waren acht oder neun Blankoschecks des Bezirks-amts von Los Angeles geheftet, und zwar solche, wie sie für Beschäf-tigte der Ämter oder für Sozialhilfeempfänger ausgestellt werden. Ich suchte in den anderen Büchern nach Umschlägen oder etwas ande-rem, wo die Schecks hineingehören könnten, fand jedoch nichts.

Ich riß den zweiten Karton auf und starb fast auf der Stelle. Die Kiste war voll von pornografischen Fotos, deren Themen und Hintergrund mit denen identisch waren, die ich in Fat Dogs Brandstifterhütte gesehen hatte: Es waren dieselben Frauen, dieselben schmierigen Zimmer und dieselben billigen Souvenirs einer Grenzstadt. Oh, Omar, du verrückter Hundesohn, dachte ich die ganze Zeit über, du hast gute Arbeit geleistet! Aber auf das, was nun folgen sollte, war ich nicht vorbereitet: Das ganze Blut in meinem Körper schoß mir in den Kopf, und meine Lungen arbeiteten wie ein verrückt gewordenes Akkordeon. Ich sah auf farbige Glanzfotos von Jane Baker, Cellistin, nackt und mit breit gespreizten Beinen, ihr Mund und ihre Augen zeigten einen Ausdruck sexueller Herausforderung: »Nimm mich, wenn du kannst. Wenn du gut bist, werde ich es dir noch besser machen.« Sie hatte einen wunderschönen, geschmeidigen Körper, und ihre Lust schien echt zu sein: Ihre Schamlippen waren feucht und ihre Brustwarzen aufgerichtet.

Die Gedanken in meinem Kopf gingen in tausend unterschiedliche Richtungen, und jede Variante des Baker-Kupferman-Falles, die mir einfiel, wurde durch das Auftauchen dieser neuen Beweisstücke immer verwirrender. Was ich jetzt ganz sicher wußte, war, daß ich von nun an zwei Fälle zu bearbeiten haben würde.

Ich lief zu meinem Wagen zurück, holte eine Brechstange vom Rücksitz, ging wieder zum Plymouth und hebelte den Kofferraum auf. Er war leer. Ich trug die beiden Kartons zu meinem Wagen hinüber und schloß sie in den Kofferraum.

Der Tankwart saß mürrisch und niedergeschlagen im Büro und trank eine Coca. Als ich hineinkam, sah er auf und fuhr zurück, als ob ich ihn schlagen wollte. Ich brachte meine Aufregung unter Kontrolle und sprach ganz freundlich mit ihm: »Tut mir leid, daß ich dich angebrüllt habe, aber ich bin in eine verdammt wichtige Sache verstrickt. Ich muß unbedingt mit Omar Gonzales Kontakt aufnehmen. Es ist sehr dringend. Ich brauch' seine Anschrift und die Telefonnummer dieses Drogenrehabilitationszentrums, wo er sich immer rumtreibt.«

Er zögerte einen Augenblick, dann schlug er in einem Telefonregister neben dem Telefon nach. Er nannte mir eine Nummer, ich nahm das Telefon und wählte sie. Eine Frau nahm nach dem dritten Klingeln ab. Ich sagte ihr, daß ich dringend mit Omar Gonzales sprechen müsse. Sie erzählte mir, daß Omar schon seit über drei Wochen nicht mehr dort gewesen sei. Sie teilte mir weiterhin mit, daß Omar ein

ehrenamtlicher Drogenberater sei, der Gruppentherapien mit jugendlichen Chicanos leiten würde, und daß er komme und gehe, wann es
ihm passe. Mit herablassender Stimme sagte sie, Omar sei ein
leidenschaftlicher und lebhafter junger Mann, dem es freigestellt sei,
wochenlang wegzubleiben, der aber auch ein begabter Berater sei, der
einen wirklich guten Bezug zu den jungen Leuten habe. Die Frau fing
an, sich in einen Vortrag über die Drogenproblematik hineinzustei-
gern, aber ich schnitt ihr das Wort ab und legte auf.

Der Tankwart starrte mich mit seinen eingefallenen Wangen ehr-
furchtsvoll an.

»Wie lautet Omars Anschrift?« fragte ich ihn.

Er befragte wieder das Telefonregister. »Es ist Vendome Nr. 1983.
Das ist irgendwo in Silverlake. Im Tacoland.«

Ich gab dem Jungen eine meiner Geschäftskarten. Darauf standen
sowohl meine Nummer zu Hause als auch die im Büro. »Falls Omar
auftauchen sollte, sag ihm, er soll mich sofort anrufen. Sag ihm, es sei
sehr wichtig. Sag ihm auch, ich wüßte, wer seinen Bruder getötet hat.«
Ich klopfte ihm auf die Schulter und winkte ihm zum Abschied zu. Er
reagierte darauf mit einem Lächeln, das man kaum als konspirativ
bezeichnen konnte. Ich stieg in meinen Wagen und machte mich auf
den Weg nach Silverlake.

Silverlake ist eine nette hügelige Enklave von Wohnhäusern der
mittleren und unteren Einkommensschichten östlich von Hollywood.
Die Hügel sind dort recht steil und die Straßen weitschweifig. Die
Einzel- und Apartmenthäuser liegen meist ein Stück von der Straße
entfernt und sind häufig mit Gestrüpp überwachsen, man kann sich
dort also leicht verlaufen.

Ich bog vom Sunset auf den Silverlake Boulevard ab und fuhr unter
der Brücke hindurch, die die inoffizielle Grenze des Bezirks darstellt.
Ich hatte erwartet, daß es länger dauern würde, Vendome Street zu
finden, aber zirka eine halbe Meile nördlich des Sunset stieß ich direkt
darauf. Nr. 1983 war ein Bungalow-Park, dessen Einzelhäuser durch
weiße Lattenzäune voneinander getrennt waren. Ich parkte meinen
Wagen einen halben Block entfernt und ging kurzerhand über den
Rasen. Links neben dem ersten Bungalow war eine Reihe verschlosse-
ner Metallbriefkästen, durch die ich erfuhr, daß Omar Gonzales in
Nummer 12 wohnte. Sein Briefkasten war mit Post vollgestopft, man
konnte also davon ausgehen, daß Omar schon eine ganze Weile nicht
mehr dortgewesen war.

Bungalow Nr. 12 befand sich am hinteren Ende des Hofes auf der rechten Seite. Er sah aus wie alle anderen, hatte weiße Schalbretter und wirkte verwittert und muffig. Ich klingelte an der Tür und stieß auf keine Reaktion, dann versuchte ich die Klinke der dünnen Holztür. Sie war verschlossen. Ich ging um den Bungalow herum und tastete die Fenster ab. Auch sie waren geschlossen, und die verstaubten Jalousien hinderten mich daran, hineinzuschauen.

Ich sah mich nach dem Verwalter der Wohnanlage um. Der Briefkasten führte mich zu Nr. 3. Ich schellte, und eine alternde Schlampe im Morgenmantel öffnete mir argwöhnisch die Tür, ließ die Drahtgittertür jedoch geschlossen. Als ich ihr erzählte, daß ich ein Telegramm für Omar Gonzales von Nr. 12 hätte, wich sie zurück, als wäre sie von einem Bienenschwarm überfallen worden. »Ist irgend etwas nicht in Ordnung, Ma'am?« fragte ich sie.

»Omar ist schon seit Wochen nicht hiergewesen«, sagte sie, öffnete dabei die Tür einen Spaltbreit und langte mit einer Hand nach dem gar nicht existierenden Stück Papier.

»Ihnen kann ich das leider nicht aushändigen, ich muß es dem Empfänger persönlich übergeben. Trotzdem vielen Dank, Ma'am.«

Sie sah mich verängstigt an und schlug die Tür zu. Irgend etwas stimmte hier nicht.

Ich spazierte zum Liquor Store am Ende der Straße und kaufte mir eine Dose Ginger Ale. Das Austrinken und das Beobachten der vorübergehenden gutaussehenden Chicanas nahm zwanzig Minuten in Anspruch. Das schien mir ein sicherer Zeitabstand zu sein.

Ich marschierte zurück zu der Wohnanlage. Es war niemand zu sehen, die Tür des Verwalters war geschlossen und die Fensterläden zu. Auf der Veranda von Nr. 12 sah ich mich nach beiden Seiten um, zog meine Kanone und trat die Tür ein. In Verteidigungshaltung ging ich durch das dunkle Appartment, nachdem ich die Tür vorsichtig hinter mir zugemacht hatte.

Drinnen war es totenstill, und ich blieb eine ganze Weile bewegungslos stehen, bis sich meine Augen an die Dunkelheit gewöhnt hatten. Allmählich wurden die Umrisse eines umgeworfenen Sofas, eines schiefen Bücherregals und von Bücherhaufen sichtbar. Von der Fensterbank waren einige Topfpflanzen heruntergestoßen worden, deren Erde und zerbrochenes Plastik auf dem Boden herumlagen, und ein großer Teppich war zusammengerollt und in eine Ecke gestellt worden. Behutsam, mit der Pistole im Anschlag, tastete ich mich in die übrigen Räume vor. Die kleine Küche zu meiner Rechten war in ähnlicher Weise verwüstet: die Schränke waren durchwühlt, Geschirr lag in Haufen auf dem Boden, und der Kühlschrank war umgeworfen worden, sein ranziger Inhalt verfaulte allmählich. Im Badezimmer sah es aus wie auf einem Schlachtfeld, aber im Schlafzimmer war es am schlimmsten: Überall lag zerbrochenes Glas von den Wandspiegeln, das Bett war auseinandergerissen und die Matratzen auseinandergerupft worden, aus dem Wandschrank herausgeholte Kleidung lag überall verteilt auf den anderen Trümmern. Ein alter Gasofen war aus der Wand gerissen worden und lag jetzt mitten zwischen den Matratzenfüllungen.

Das Gesindel hatte gute Arbeit geleistet: Es war nichts *Persönliches* mehr vorhanden, das Omar Gonzales gehörte. Keine Papiere, Zeitschriften oder Erinnerungen in irgendeiner Form, nur der Schutt aus dem Leben eines jungen Mannes. Ich stocherte ein bißchen weiter in dem Müll herum, diesmal bei eingeschaltetem Licht. Ich suchte nach Blutspuren. Es waren keine vorhanden. Ich steckte meine Pistole ins Halfter, ging ins Badezimmer, fand dort ein Handtuch und wischte damit über jedes Ding und jede Fläche, die ich möglicherweise berührt hatte.

Die Sonne und die heiße Sommerluft ließen mich erbeben, als ich nach draußen kam. Ich war beunruhigt. Zum ersten Mal seit Beginn des Falles hatte ich keine Ahnung, wie ich weitermachen sollte.

Noch immer beunruhigt, fuhr ich zur Bank und hob zweitausend Dollar in Zwanzigern für Geschäftsausgaben ab, dann fuhr ich nach Hause und verbrachte den ganzen langen Abend mit Musik von Bruckner. Bevor ich mich ins Bett legte, holte ich noch meinen hellblauen leichten Leinenanzug aus dem Kleiderschrank sowie ein gelbes Hemd und einen blauen Schlips. Für Jane Baker wollte ich gut aussehen.

Am darauffolgenden Morgen parkte ich um 7.45 Uhr vor dem Haus der Kupfermans. Um acht Uhr dreißig kam Jane Baker aus der Eingangstür heraus, sie trug ihr Cello in einem schwarzen Lederkoffer zum Wagen und fuhr die Elevado hinunter. Ich blieb dicht hinter ihr. Ich folgte ihr bis zu einem großen Park auf der anderen Straßenseite des Beverly Hills Hotel, wo sie den Wagen abstellte und das Cello zu einer Bank schleppte, um es dann auf einen klappbaren Aufsatz zu stellen. Ich parkte ein Stück weiter die Straße hinunter. Als ich mich ihr näherte, sortierte sie gerade die Notenzettel auf dem Ständer, und es folgte der erste Satz aus Dvořáks »Concerto«. Ich schritt also mitten ins Leben von Jane Baker: »Dieses Konzert war Dvořáks bestes

Stück«, meinte ich zu ihr. »Nichts, was er sonst komponiert hat, war von einer solchen Güte. Spielen Sie schon lange Cello?«

Jane Baker richtete ihren Blick langsam auf mich und lächelte mich mit einer kleinen Spur von Unwillen an. »Ich spiele seit zehn Jahren«, erwiderte sie.

Ich setzte mich auf die Bank ihr gegenüber, und sie spielte weiter. Ich war nicht sicher, ob ich mit dem Smalltalk weitermachen oder die Bombe platzen lassen sollte. Sie nahm mir die Entscheidung ab: »Sie haben recht mit Dvořák«, sagte sie. »Das Konzert für Cello ist ein Meisterstück. Ich wollte, ich könnte es auch so spielen.«

»Vielleicht werden Sie es eines Tages können.«

»Vielleicht. Man kann nie wissen.«

»Lenke ich Sie von Ihren Übungen ab?«

»Nicht richtig, noch nicht. Sind Sie Musiker? Sie sehen nicht gerade wie einer aus.«

»Bin ich auch nicht. Aber ich schwärme für die große Musik mehr als für irgend etwas anderes auf der Welt. Ich glaube, sie kommt am nächsten an die reine Wahrheit heran.«

Jane Baker wog meine Worte mit einer gewissen Schärfe in ihren Augen ab. »Mehr oder weniger stimme ich mit Ihnen überein«, sagte sie, »aber ich glaube, daß Sie mich doch ablenken. Diese ganze Sache scheint mir Ihrerseits geplant worden zu sein. Ich habe keine Angst vor Ihnen, aber Sie versuchen mich zu manipulieren, und ich mag es nicht, wenn man mich mit Hilfe meiner Musik zu manipulieren versucht.«

»Ich soll also mit dem Geplänkel aufhören und zum wesentlichen Punkt kommen?«

»Tun Sie das bitte. Ich gebe Ihnen fünf Minuten, dann muß ich mit den Übungen beginnen.«

»Das ist fair. Mein Name ist Brown. Ich bin Privatdetektiv. Ihr Name ist Jane Baker, Sie spielen Cello und sind die unverheiratete Hausgenossin von Sol Kupferman, einem früheren Pelzhändler. Zu Beginn dieser Woche bin ich angeheuert worden, um über Sie und Kupferman Ermittlungen anzustellen. Ich übernahm den Job. Ich entdeckte nichts sonderlich Auffälliges oder Belastendes. Über Sie beide, meine ich. Ich fand jedoch im Laufe meiner Ermittlungen eine ganze Menge Indizien, die darauf hinweisen, daß Ihr Bruder Frederick, alias Fat Dog, ein schizophrener Brandstifter und entschlossen ist, Sie von Sol Kupferman wegzubekommen, selbst wenn er ihn umbringen müßte. Ich bin sicher, daß er Ihnen nichts antun will – Sie sind sein Liebesobjekt, das ihn besessen macht –, aber gestern hat er das Geschäft von Kupferman niedergebrannt. Morgen könnte er die Villa von Kupferman anstecken, und Sie könnten dabei als geröstetes Perserkätzchen herauskommen. Ich möchte es nicht soweit kommen lassen. Ich will Ihren Bruder finden und ihn einbuchten lassen, bevor er jemand anderem etwas antun kann. Sie können mir dabei helfen, indem Sie Kupferman dazu überreden, mit mir zu sprechen, und indem Sie mir alles über Ihren Bruder erzählen, was Sie wissen.«

Im Verlauf meines Monologs war Jane Baker ganz weiß im Gesicht geworden. Sie legte Cello und Bogen neben sich auf die Bank und verdrehte die Hände. Auf ihrer Stirn pulsierte eine Vene vor Anspannung. Ich blickte auf die Erde, um es ihr leichter zu machen, die Fassung wiederzuerlangen. Als ich wieder aufsah, starrte sie mich an. »Freddy«, sagte sie, und ihre Stimme bebte dabei, »du meine Güte. Ich habe immer gewußt, daß er krank ist. Aber so etwas. O Gott! Können Sie beweisen, was Sie mir da gerade erzählt haben?«

»Nein.«

»Aber Sie sind sich ganz sicher?«

»Ja, absolut sicher.«

»Wie haben Sie das alles herausgefunden?«

»Das kann ich Ihnen nicht sagen.«

»Sie sagten, jemand hätte Sie angeheuert, um über Sol und mich Ermittlungen anzustellen. Wer war das?«

»Das kann ich Ihnen auch nicht sagen. Tut mir leid.«

»Warum können Sie nicht? Sie stellen alle möglichen Anschuldigungen gegen meinen Bruder an, sagen, daß mein bester Freund und ich in Gefahr sind, aber Sie wollen mir nichts Genaues erzählen!«

Ich widerstand einem Gefühl, aufzustehen, mich neben ihr auf die Bank zu setzen und meinen Arm um ihre Schulter zu legen. »Halten Sie für möglich, was ich Ihnen gerade erzählt habe, Miss Baker?«

»Ja, irgendwie schon.«

»Gut. Werden Sie mir dann weiterhelfen?«

Sie zögerte einen Moment lang. »Ich glaube schon. Aber wie?«

»Erzählen Sie mir von Ihrem Bruder.«

»Was soll ich über ihn sagen?«

»Vor einem Moment sagten Sie, daß Sie schon immer gewußt hätten, daß er krank sei. Sie könnten damit beginnen, diesen Aspekt auszuführen.«

Jane Baker sagte eine ganze Weile lang gar nichts. Als sie schließlich zu sprechen begann, klang ihre Stimme sehr sicher. »Freddy und ich waren Waisen. Unsere Eltern starben, als wir Kinder waren. Bei einem Autounfall. Ich war damals vier, und Freddy müßte dann zwölf gewesen sein. Es gab keine Verwandten, die uns hätten aufnehmen können, also wurden wir zwischen verschiedenen Waisenhäusern hin und her geschoben, immer zusammen. Ich war zu jung gewesen, um mich an meine Eltern erinnern zu können, aber Freddy konnte sich an sie erinnern, und er war davon überzeugt, daß sie von irgendwelchen Monstern getötet worden waren. Er hatte schreckliche Alpträume mit diesen Monstern. In den meisten Waisenhäusern hatten wir ein gemeinsames Schlafzimmer, und Freddy wachte nachts immer auf und schrie wegen der Monster. Einmal fragte ich ihn, wie sie denn aussähen, und er zeigte mir eine riesige Krake in einem Horrorcomic. Ein anderes Mal zeigte er mir die Fotografie von einem Wolf und sagte, sie sähen so aus.

Er war ein ängstlicher und haßerfüllter Junge, von Anfang an. Ein Sadist. Wir lebten sechs Jahre lang zusammen, bis Freddy achtzehn wurde. Ich habe oft zugesehen, wie er Tiere gequält hat, und es hat mir Angst eingejagt, aber irgendwie gelang es mir, das alles zu ignorieren. Es waren so Sachen wie mit einer Lupe Ameisen verbrennen. Er war immer ein sehr störrischer Junge und sehr dick, mit furchtbar fettiger Haut und Akne im Gesicht. Keine unserer Pflegeeltern konnte an ihn herankommen. Sein häßliches Aussehen und seine Gemeinheiten schreckten die nettesten von ihnen ab, so daß sie ihn los werden wollten. Die Leute vom Fürsorgeamt wollten, daß wir zusammenblieben, also mußte ich dort hingehen, wo Freddy hinging. Als er achtzehn wurde, machte er sich davon und lebte allein. Es wurde immer schlimmer mit ihm. Wenn er kam, um mich zu besuchen, erzählte er mir gräßliche Geschichten über das Töten von Hunden und Katzen. Einmal hat er mir beschrieben, wie er einen ganzen Wurf lebender Kätzchen eine Müllhalde hinuntergeworfen hatte. Wie ich später von jemandem, der es gesehen hatte, erfuhr, stimmte seine Geschichte.

Mit ungefähr fünfzehn machte ich eine ziemlich wilde Zeit durch und landete schließlich in einem katholischen Waisenhaus. Als ich älter wurde, fing Freddy an, sich sexuell merkwürdig zu verhalten. Er stellte mir alle möglichen intimen Fragen. Er war damals Caddie in Hillcrest, und er drängte mich ständig, dort hinauszukommen und mich umzusehen, dabei beschrieb er mir, wie schön es dort sei. Also kam ich eines Tages. Freddy hatte recht gehabt. Es *war* wunderschön, besonders im Frühling. Also begann ich, mich dort draußen aufzuhalten. Ich versteckte mich mit einem Buch in den Büschen, während die anderen Leute Golf spielten, und bei Sonnenuntergang unternahm ich lange Spaziergänge über den Golfkurs. Ich war eben ein verrücktes, einsames und suchendes junges Mädchen, und dort hatte ich Ruhe. Mir graute davor, in dieses Waisenhaus zurückgehen zu müssen. Ich liebte den Golfplatz und die Träume, die ich dort träumte, über alles.

Also lief ich weg. Freddy besorgte mir ein schäbiges Zimmer in Culver City, und ich verbrachte meine Freizeit in Hillcrest, arbeitete in der Caddiebaracke und trieb mich auf dem Platz herum. Dort lernte ich Sol kennen, der der freundlichste, anständigste und mitfühlendste Mensch ist, den ich jemals getroffen habe. Vollkommen selbstlos. Er interessierte sich für mich. Ich hatte kurz zuvor begonnen, mich mit Musik zu beschäftigen – nachts nahm ich immer mein kleines tragbares Radio mit auf den Platz hinaus, um den langen Konzerten zuzuhören. Ich erzählte Sol, daß ich Waise sei, in einer Bruchbude lebe und ein paar Dollar fürs Kochen und fürs Saubermachen der Caddiebaracke bekäme. Ich erzählte ihm auch, daß ich nichts lieber in der Welt täte, als Cellospielen zu lernen. Ich kann mich noch genau an seine Antwort erinnern, nachdem ich ihm das gesagt hatte: ›So soll es sein.‹ Also lebte ich fortan mit Sol zusammen. Er hatte ein riesiges Haus und keine Familie. Ich hatte mein eigenes Zimmer, meinen eigenen Hauslehrer, der meine Allgemeinbildung verbesserte, und die besten Cellostunden, die man für Geld bekommen kann. Das war vor elf Jahren. Ich lebe dort immer noch. Sol hat mich noch niemals um etwas gebeten, außer, daß ich mich nach dem Schönen in der Welt umschauen soll. Dieses Cello ist eine Stradivarius und nahezu unbezahlbar. Sol hat sie mir gekauft. Ich bin ihr überhaupt nicht gewachsen, aber Sol glaubt, daß ich es eines Tages sein würde. Das ist ein Beispiel dafür, wie uneingeschränkt seine Liebe und sein Respekt mir gegenüber tatsächlich ist.

Aber Freddy hat Sol von Anfang an gehaßt, und es verschlimmerte die Krankheit, die sich bereits in ihm festgesetzt hatte. Während ich in dieser Bruchbude in Culver City lebte, kam er öfter vorbei und entblößte sich vor mir. Dabei bekam er eine Erektion. Es machte mich krank. Ich hatte Angst, aber traute mich nicht, irgend jemandem etwas darüber zu erzählen, weil ich befürchten mußte, daß sie ihn wieder ins Waisenhaus schicken würden. Damals war er von mir sexuell besessen, und ich glaube, er ist es heute noch. Er schreibt mir Briefe, daß ich seine Familie sei und wir zusammen in Mexiko leben und Windhunde züchten sollten, und daß Sol ein israelisch-kommunistischer Agent sei. Ich las die Briefe immer in der Hoffnung, daß er sich geändert hätte, irgendwie ein bißchen menschlicher geworden wäre; aber es gab keine Änderung, nur Haß und Grausamkeit. Ich habe meinen Bruder schon seit vier oder fünf Jahren nicht mehr gesehen. Ich will nichts mehr mit ihm zu tun haben, jetzt nicht und auch in Zukunft nicht. Und nun kommen Sie daher und erzählen mir, daß er ein Brandstifter sei und Sol umbringen will! O Gott, o Gott!«

Ich setzte mich neben Jane auf die Bank und legte meinen Arm um ihre Schulter. Sie wehrte sich nicht dagegen, sondern starrte einfach auf die Erde, während sich ihr ganzer Körper gegen einen Tränenausbruch wehrte. »Sehen Sie«, sagte ich sanft, »ich verstehe Sie schon. Sie führen im Augenblick ein sehr angenehmes Leben, und dann kommt dieser verrückte Taugenichts daher. Ich bin für Sie ein Fremder, aber ich bin in Ordnung, wirklich. Sie können mich überprüfen. Ich war sechs Jahre lang Police Officer. Ich bin gegen meinen Willen in diese Sache hineingeraten, doch jetzt, wo ich einmal drinstecke, muß ich sie auch zu Ende bringen. Aber ich brauche Ihre Hilfe dazu. Werden Sie mir helfen?« Ich nahm meinen Arm wieder von ihrer Schulter.

Jane sah mich an und lächelte, dann suchte sie in ihrer Handtasche nach Zigaretten und Streichhölzern. Ihre Hände zitterten, deshalb steckte ich ihr die Zigarette an. Mit einem kräftigen Zug inhalierte sie den Rauch, und ihr ganzer Körper schien ihr für den blauen Dunst zu danken, als sie wieder ausatmete.

»Ich gehe davon aus, daß Ihr Lächeln Zustimmung bedeutet«, sagte ich. »Habe ich recht?«

Jane starrte auf den Boden und blies eine weitere Rauchwolke aus. »Ja«, erwiderte sie.

»Schön.«

»O Gott, das ist alles so verdammt verrückt! Sehen Sie, ich weiß, daß Sie sich mir vorgestellt haben, aber ich habe Ihren Namen vergessen.«

»Fritz Brown.«

»Sehen Sie, Mr. Brown . . .«

»Nennen Sie mich Fritz.«

»Okay. Sieh mal, Fritz, ich habe meinen Bruder seit fünf Jahren oder so nicht mehr gesehen. Offensichtlich hat sich sein Haß gegenüber Sol, den er die ganze Zeit über geschürt hat, zugespitzt. Warum gerade jetzt, weiß ich nicht – man kann nicht erwarten, daß ein Wahnsinniger logisch handelt. Die Polizei war gestern abend bei uns im Haus und hat mit Sol geredet. Sie haben ihm gesagt, es sei Brandstiftung gewesen. Sie fragten ihn, ob er irgendwelche Feinde hätte, geschäftlich oder privat. Sol sagte, er wisse von keinen Feinden. Sol erzählte mir, daß die Polizei immer den Geschäftseigentümer verdächtigt, wenn ein Laden niederbrennt. Weißt du, die legen meistens Feuer wegen dem Geld von der Versicherung, was in Sols Fall geradezu lächerlich ist, weil sein Geschäft gerade einen enormen Aufschwung erlebte. Aber wenn du bei diesem Fall Hilfe brauchst und Indizienbeweise gegen meinen Bruder hast, warum gehst du dann nicht einfach zur Polizei und erzählst ihnen die ganze Geschichte? Sollen die sich doch darum kümmern.«

»Das würde nicht gehen. Mein gesamtes Beweismaterial steht mit einem anderen Fall in Verbindung, der vor über zehn Jahren *falsch* gelöst wurde. Meine Beweise würden nicht in Betracht gezogen werden, weil dann zu viele Polizeidienststellen schlecht dastehen würden. Ich kenne die Cop-Mentalität sehr gut. Wenn ich bei dem Versuch, sie zu überzeugen, zu hartnäckig vorgehe, würde ich meine Lizenz riskieren, und das kann ich mir nicht leisten. Die einzige Möglichkeit, die Sache zu Ende zu bringen, ist, deinen Bruder zu finden, ihn festzunehmen und ein Geständnis aus ihm herauszuholen.«

»Ich glaube dir. Ich hasse Bürokraten, aus gutem Grund.« Jane machte eine Denkpause. »Du sagtest, du hättest Nachforschungen über Sol angestellt. Dann weißt du ja wahrscheinlich, daß er vor langer, langer Zeit mit der Verbrecherwelt in Verbindung stand. Na, und wenn schon! Er hat mir davon erzählt. Er hat niemals jemandem etwas getan, aber die Cops und der Bezirksstaatsanwalt jagten hinter ihm her und brachten ihn wegen nichts vor die Grand Jury. Reine Schikane. Er wäre deshalb beinahe aus dem Hillcrest-Golfklub hinausgeworfen worden. Wie kann ich dir nun weiterhelfen?«

»Zunächst noch ein paar Fragen. Hat es in der vergangenen Zeit irgendwelche ungewöhnlichen Vorkommnisse zu Hause gegeben? Merkwürdige Telefonanrufe? Ein Anruf, bei dem sofort wieder eingehängt wurde, wenn man den Hörer abnahm? Irgendwelche Herumlungerer?«

»Nichts dergleichen, aber in der Nachbarschaft sind einige üble Dinge passiert, obwohl ich sie nie mit Freddy in Verbindung gebracht habe. Vor zirka einem Monat wurden eine ganze Menge Tiere vergiftet. Irgend jemand hatte vergiftete Hamburger in die Gärten geworfen. Vier oder fünf Hunde und Katzen fraßen sie und starben daran. Auch der Hund von unserem Gärtner hat etwas davon gefressen und wurde sehr krank, überlebte aber. Wir riefen die Polizei an, aber es ist nichts dabei herausgekommen. Meinst du, daß es Freddy gewesen sein könnte?«

»Vielleicht. Hat dein Bruder jemals erwähnt, wo genau in Mexiko er sich niederlassen wollte?«

»Ja. Irgendwo in der Gegend von Tijuana oder Ensenada. Auf der Baja California. Nicht im richtigen Mexiko.«

»Hat er jemals von einem reichen und mächtigen Mann gesprochen, mit dem er sich zusammentun wollte? Für den er eventuell arbeiten wollte?«

»Ja. In seinen Briefen hat er immer einen reichen Mann erwähnt, der seine antisemitischen Ansichten teile. Er sollte sein Partner werden. Ich habe es immer als reine Phantasterei betrachtet.«

»Hast du einen dieser Briefe aufgehoben?«

»Vielleicht kann ich noch ein paar von ihnen in meinem Papierkorb finden, wenn er nicht schon geleert wurde.«

»Würdest du versuchen, sie für mich zu finden?«

Jane drückte ihre Zigarette auf der Erde aus. »Ja«, sagte sie.

»Gut. Ich muß Kupferman sobald wie möglich treffen. Könntest du das wohl arrangieren?«

Jane schüttelte bereits den Kopf, um ein klares »Nein« zu vermitteln. »Das ist unmöglich, völlig unmöglich, ich möchte auf gar keinen Fall, daß er mit den Problemen, die du mir gerade geschildert hast, belastet wird, zumindest jetzt noch nicht. Der Verlust seines Geschäfts hat ihm schon genug Schwierigkeiten bereitet. Er ist kein junger Mann mehr, und einen Herzinfarkt hat er schon hinter sich. Ich fürchte, das Ganze wird nur . . .«

»Es ist zu seiner eigenen Sicherheit. Ich möchte doch nur herausfinden, ob er für mich ein paar Dinge zusammensetzen kann.«

»Es tut mir leid, aber ich kann das nicht zulassen. Bestehe bitte im Augenblick nicht darauf. Sol hat jetzt einen Leibwächter um sich, der ihn und das Haus bewacht. Ich bin sicher, daß wir beide keiner direkten Gefahr ausgesetzt sind.«

Ich erhielt nicht gern Rückschläge, aber ich beschloß, in diesem Punkt nicht zu weit zu gehen. Ich wechselte ein wenig das Thema. »Hat der Brand Sol finanziell geschadet?«

»Nicht sehr. Seine Versicherung kommt für alles auf. Er ist trotzdem noch ein wohlhabender Mann. Er besitzt viele andere Dinge, Aktien, Häuser und Grundstücke. Aber der Brand hat ihn emotional sehr verletzt. Er liebte sein Geschäft, seine Kunden und die Leute, die für ihn arbeiteten. Es wird mindestens ein Jahr dauern, alles wieder so aufzubauen. Sol ist ein sehr gewissenhafter Mensch, und der Anschlag hat ihn sehr getroffen. So eine Schweinerei!«

Ein paar Minuten lang schwiegen wir. Jane betastete das kostbare Holz ihres Cellos. »Wie fühlst du dich, Jane?« fragte ich sie.

»Ich weiß nicht so genau. Ich glaube ja, was du mir erzählt hast, aber ein anderer Teil von mir steht außerhalb der ganzen Sache und sagt mir, daß das alles nicht wahr ist. Meinst du, daß Freddy in Los Angeles ist?«

»Nein, ich glaube, er ist runter nach Mexiko gefahren. Ich werde morgen oder übermorgen hinfahren und ihn zurückholen.«

»Sei vorsichtig.«

»Bin ich. Welche Pläne hast du für die nächsten Tage?«

»Weiß ich nicht. Üben natürlich. Ein Auge auf Sol werfen, damit er sich bei den Verhandlungen mit der Versicherungsgesellschaft nicht zu sehr aufregt. Ich weiß jetzt schon, daß er viel Zeit mit den Schadenersatzleuten verbringen wird. Warum fragst du?«

»Ich weiß auch nicht, ich habe nur laut gedacht. Hättest du Lust, heute abend in die Hollywood Bowl zu gehen? Ich habe eine Loge mit vier Plätzen, sie liegt direkt an der Bühne. Es könnte dir helfen, von der ganzen Sache Abstand zu gewinnen. Sie spielen die Erste Symphonie und das Violinkonzert von Brahms mit Perlman an der Violine. Was hältst du davon?«

»Du willst dich mit mir verabreden?«

»Ja, klar.«

»Na, ich weiß nicht.«

Ich nahm die Fotokopie der Privatdetektivlizenz aus meiner Brieftasche und gab sie Jane. »Schau mal«, sagte ich zu ihr, »das State Department für Berufsverbände bescheinigt mir, daß ich kein schlechter Kerl bin, und wenn du mich anhand von Referenzen überprüfen möchtest, dann kannst du Lieutenant Arthur Holland bei der Polizei von L. A. im Wilshire-Revier anrufen. Er wird dir bestätigen, daß mein Charakter Gold wert ist. Was meinst du?«

Jane Baker seufzte und lächelte dann. »Also gut, Fritz. Du hast mich überzeugt.«

»Großartig. Wir könnten auch zu Abend essen. Ich kenne da ein hervorragendes Lokal. Soll ich dich um sieben abholen?«

»Ja, gut.«

»Und in der Zwischenzeit sei bitte vorsichtig und versuche, dich nicht unnötig aufzuregen, okay?«

»Ich werd' schon auf mich aufpassen.«

»Gut. Versuche bitte, diese Briefe für mich zu finden, ja? Sie könnten sehr wichtig sein. Ich muß jetzt gehen, ich habe noch ein paar Dinge zu erledigen. Ich weiß, daß es sich blöd anhört, aber es wird schon alles in Ordnung kommen. Du kannst mir vertrauen.« Jane sah mich ohne zu lächeln an. Ich streckte ihr meine Hand entgegen, und wir schüttelten uns sanft die Hand. »Heute abend um sieben dann«, sagte ich, als ich mich erhob, um zu gehen.

Jane lächelte. »Ich nehme an, du kennst die Adresse bereits«, sagte sie.

»Natürlich. Ich bin doch ein guter Detektiv.«

Als ich nach Hause kam, führte ich einige Telefongespräche: Ich rief die Anmeldestellen der Golfplätze von Bel-Air, Wilshire, Brentwood, Los Angeles und des Lakeside Country Clubs an, um mich nach Fat Dog Baker zu erkundigen. Ich erzählte den Caddiemeistern, daß ich Versicherungssachverständiger sei und einen ordentlichen Scheck für Fat Dog hätte, dem ihn ein reicher alter Mann, für den er vor zwei Jahren gecaddied habe, vermacht hätte. Der alte Mann wäre abgekratzt und hätte Fat Dog ein Bündel Scheine hinterlassen, damit er seine Schläge beim Einputten verbessern könne. Erstaunlicherweise kauften sie es mir alle ab. Was nicht erstaunlich war: Keiner von ihnen hatte Fat Dog in letzter Zeit gesehen. Das war gut so. Ich hatte mich bereits auf eine Fährtensuche südlich der Grenze eingestellt.

Nach meinen Telefonaten ging ich los, um einige Dinge zu erledigen. In einem Fachgeschäft für Elektronik in Hollywood kaufte ich mir einen Hochleistungskassettenrecorder mit Spulen, ein paar leere Kassetten und ein hochwertiges Kondensatormikrofon. Von Hollywood aus fuhr ich in die Gegend von Pico und Robertson Street, um mich an Larry Willis heranzumachen. Larry Willis ist ein schwarzer Gelegenheitsladendieb – Dealer, Zuhälter und Empfänger von Essensmarken. Anfang der 70er Jahre hatte er immer im Gold Cup auf dem Sunset Boulevard herumgehangen, und ich hatte ihn regelmäßig hochgenommen. Einmal hatte er mich als Schwein bezeichnet, und ich hatte ihm daraufhin einen kräftigen Tritt in den Arsch gegeben. Er hat Angst vor mir, aus gutem Grund, und er glaubt, ich würde noch immer meine Polizeimarke tragen. Da er das Schlimmste befürchtete, als ich ohne Vorankündigung vor seiner Haustür stand, war er um so glücklicher, mich mit dem zu versorgen, was ich brauchte: ein Dutzend anderthalbkörnige Seconal-Kapseln.

Mein letzter Halt war der Waffenladen auf der LaBrea, wo ich mir eine .12 mm Browning und eine Schachtel Munition kaufte. Somit hatte ich alles, was ich für Mexiko brauchen würde.

Während der Fahrt zu Jane dachte ich über die Frauen in meinem Leben nach. Viele hatte es da nicht gegeben. Da war Susan, eine extrem linksgerichtete, acht Jahre ältere Frau aus San Francisco, mit der ich zusammengewesen war, als ich dreiundzwanzig war. Wir hatten uns kennengelernt, als ich ihr wegen verbotenen Linksabbiegens an der Melrose und Wilton einen Strafzettel ausstellte. Ich ließ eine Sicherheitsüberprüfung machen, bei der ziemlich viel Schlechtes zum Vorschein kam: ein ganzer Haufen nicht bezahlter Verkehrsdelikte. Aber ich konnte es nicht übers Herz bringen, sie festzunehmen. Sie war einfach zu hübsch und sah zu intelligent aus. Also ließ ich sie vor Gericht laden und erschien zwei Tage später mit einer Flasche Scotch, einem Strauß Blumen und einem Lächeln in ihrem Apartment. Sie warf die Blumen in die Toilette, und wir leerten die Flasche Scotch und wurden Liebhaber. Sie konnte mich tatsächlich unter den Tisch trinken.

Unser Verhältnis dauerte hektische acht Monate lang. Ich lernte eine Menge interessanter Leute kennen – frühere Gewerkschaftler aus San Francisco, völlig abgefahrene Beatniks und Rauschgiftesser aller Schattierungen. Ich war Susans vorzeigbares Kuriosum: ein übergroßer Cop mit Bürstenschnitt, der ständig betrunken war und Beethoven hörte. Allmählich kam unsere kulturelle Verschiedenartigkeit an den Tag, und es war keine Fortsetzung der Beziehung mehr möglich. Susans Art der Zuneigung war, mich ihren »Sozialfall mit 'ner Kanone« zu schimpfen.

Christine war meine nächste Geliebte: eine Auto-Bedienung in Stan's Drive-in, schräg gegenüber vom Hollywood High. Christine schrieb unverständliche Poesie und redete in Rätseln und Metaphern. Sie war geistesgestört, in einem Augenblick die tiefgehende Leidenschaft in Person, im nächsten eine eigensinnige Xanthippe. Was sie aber für einen Körper hatte! Das letzte, was ich von ihr hörte, war, daß sie als Oben-ohne-Showgirl in Las Vegas auftrat.

Es war ein lauschiger Sommerabend in Los Angeles, ganz hervorragend geeignet für die Bowl. Während ich mit heruntergelassenem Verdeck den Sunset in westlicher Richtung entlangfuhr, registrierte ich Bruchstücke der an mir vorüberziehenden Geschehnisse. Der Strip machte sich für das Nachtleben bereit, die riesigen Leuchtreklamen kündigten Rockgruppen und andere Attraktionen an, und die jungen, unerfahrenen Anbeter der elektronischen Musik stellten sich in einer Reihe vorm Whisky À Go Go auf. Und Punk-Rock war gerade aufgekommen, dessen Vertreter hagere Teenager in 50er-Jahre-Aufmachung und blau gefärbtem Haar und Rundumsonnenbrille waren. Ein weiblicher Punkrocker führte einen anderen an der Leine mit einem Hundestachelhalsband. Mir kam das alles sehr naiv vor, aber es ging mir viel zu gut, um mich dadurch beleidigt zu fühlen.

Als ich von einer roten Ampel an der Ecke Sunset und Doheny gestoppt wurde, sah ich auf die Uhr, dann setzte ich mich gerade hin und genoß den Augenblick: Es war Freitag, der 2. Juli, 18.42 Uhr. Ich nahm mir vor, die Nachtluft, die Wolkenformation und die Gesichter der Vorübergehenden in Erinnerung zu behalten. Es war mein Augenblick, der durch ein feierliches Abkommen entstanden war und sich nie wiederholen würde. Die Ampel wurde grün, und ich fuhr nach Beverly Hills.

Ich stellte meinen alten Camaro auf der langen, halbrunden Einfahrt hinter Janes Cadillac. Sol Kupfermans neuerer, dunkler Wagen war nicht da. Ich klingelte an der Tür, und erste Noten des Chorals aus Beethovens Neunter erklangen als Glockenspiel. Ein netter Einfall, zweifellos von Jane erdacht.

Einen Augenblick darauf öffnete sie mir die Tür und bat mich einzutreten. Das tat ich dann auch. Das Wohnzimmer war weitläufig und großzügig eingerichtet. Jane schwenkte ihren Arm in Richtung des riesigen Raums, als wollte sie mich auffordern, alles mitzunehmen, aber das einzige, was ich anschauen konnte, war sie. Ihr Haar lag offen auf den Schultern, und sie hatte nur einen winzigen Hauch von Make-up aufgelegt. Sie sah sittsam und doch erfahren aus, eine wahre Studie weiblicher Ausstrahlungskraft.

»Hi«, sagte ich. »Du siehst gut aus.«

»Danke«, entgegnete sie.

»Ist Sol im Haus? Ich will ihm eine Feuerversicherung verkaufen.«

»Sehr witzig. Nein, Sol ist nicht im Haus. Sind dir vor kurzem irgendwelche Feuerteufel begegnet?«

»Nein, aber ich habe einige Caddies getroffen, die denselben Zweck erfüllen könnten. Nachts streife ich nämlich über Golfplätze, auf der Suche nach Golfbällen, und schlafe in den Sandbunkern. Nennen Sie mir doch bitte den klügsten Golfspieler.«

Jane bekam einen furchtbaren Lachanfall und nahm meinen Arm, um sich abzustützen. »Lachen im Antlitz einer Misere«, sagte sie, »so ein Unsinn. Es ist ja irgendwie dekadent, aber es tut gut. Übrigens, ich habe zwei von diesen Briefen gefunden, die du haben wolltest. Aber lies sie bitte nicht heute abend, okay? Ich will über diesen ganzen Quatsch heute nicht mehr reden.«

»Einverstanden, ich wollte dir dasselbe vorschlagen.«

Jane drückte kurz meinen Arm. »Gut«, sagte sie. »Warte hier, ich hol' sie eben. Dann können wir gehen.« Sie verschwand nach oben, und ich inspizierte den Raum. Innendekorationen sind nicht gerade meine Spezialität, aber ich kann hervorragendes Design erkennen, wenn ich welches sehe. Der Raum hatte hohe Decken; die Wände waren in einem kräftigen ockergelben Farbton gestrichen. Sie waren mit Ölgemälden verziert, auf denen Segelschiffe und Landschaften aus dem letzten Jahrhundert dargestellt waren. Große weichgepolsterte Sofas und Lehnstühle waren konzentrisch angeordnet. Es gab kräftiges, dunkles Holz im Überfluß. Die großen Flügelfenster, die zur Straße hinausgingen, schienen weich reflektiertes Sonnenlicht an hellen Tagen und gedämpftes an dunkleren hereinzulassen. Es schien ein wirklich guter Ort zum Wohnen zu sein.

Jane kam mit den Briefen zurück, und ohne sie weiter zu untersuchen, steckte ich sie mir in die Gesäßtasche. »Schöne Wohnung«, meinte ich, »keine billige Wohngegend hier.«

Jane lächelte. »Ich fühl' mich hier wohl.«

»Das freut mich. Du verdienst es auch. Jetzt laß uns aber gehen.«

Wir fuhren in östliche Richtung. Es war dunkel geworden, und die Sterne am glasklaren Himmel konkurrierten mit den grellen Neonröhren. Die Sterne siegten an diesem Abend, was sie nicht immer taten, aber die Vollkommenheit dieser Nacht veränderte meine Vorstellung von allem, einschließlich die von meiner Stadt.

Jane und ich unterhielten uns gut.

»Warum gerade Cello, Jane?« fragte ich sie. »Für einen frischen Musikverehrer scheint mir das eine merkwürdige Wahl zu sein. Klavier oder Geige könnte ich mir da schon eher vorstellen. Deren Virtuosität ist für jemanden, der gerade anfängt, Musik schätzen zu lernen, einfach überwältigend.«

»Das ist sehr wahr. Ich habe mir die Frage selbst schon x-mal gestellt. Aber zwischen dem Cello und mir war es Liebe auf den ersten Blick. Es spiegelte all meine tiefen, früheren Gefühle wider. Weißt du, die Traurigkeit, den Weltschmerz, den ein junges, sensibles Mädchen empfindet. Und es schien mir so beständig, so tief verankert in Traditionen zu sein. Na, ich fuhr eben einfach darauf ab. Und ich fing auch an, mir ausgesuchte Stücke anzuhören. Als ich bei Sol einzog, kaufte er mir eine Stereoanlage und Hunderte von Schallplatten. Und ich verliebte mich in die Streichquartette. Eines Tages werde ich mal mit einem guten Quartett spielen, und dort werde ich dann zu Hause sein.«

»Du bist jetzt zu Hause. Genieße diese Jahre der Praxis und des Lernens. Ich weiß genau, daß du sie, wenn du einmal zurückblicken wirst, als die schönsten empfinden wirst.«

»Das hast du sehr lieb gesagt, Fritz. Wie bist du zur Musik gekommen?«

Ich mußte lachen. »Das war sehr witzig und völlig unerwartet. Ich war einundzwanzig und hatte keine Ahnung, was ich mit meinem Leben anfangen sollte. Meine Eltern waren kurz zuvor gestorben, und ich hing völlig in der Luft. Sie hatten mich zum College schicken wollen, und ich sollte danach einen akademischen Beruf ergreifen. Ein Jahr lang ging ich zur California State University, um ihnen einen Gefallen zu tun, aber ich haßte es dort. Ihr Tod löste mich vom Haken. Ich arbeitete halbtags für einen Gärtner und lebte vom Geld ihrer Lebensversicherung. Eines Nachmittags schnitten wir Sträucher in Pasadena, und ich hörte donnernde, kraftvolle Musik aus dem Haus der Leute kommen, für die wir arbeiteten. Es war die *Eroica*. Das haute mich völlig vom Hocker. Ich hatte auch das Gefühl, daß ich endlich zu Hause angekommen war.«

»Und dann hast du beschlossen, Musiker zu werden? Und das hat nicht geklappt?«

»Falsch. Ich entschloß mich, Cop zu werden.«

Jetzt war Jane mit Lachen an der Reihe, und diese Gelegenheit ließ sie sich auch nicht entgehen. »Das ist ja lustig! Was für ein Trugschluß! Warum bist du denn aus dem Polizeidienst ausgeschieden?«

»Das ist eine lange Geschichte. Vielleicht erzähl ich sie dir später mal, wenn mich die Musik für Geständnisse bereit gemacht hat. Ich liebe Brahms, und das Philarmonische Orchester von L. A. ist gar nicht so schlecht, aber ich kann Mehta nicht ausstehen.«

Sie hatte gemerkt, daß ich über meine Erlebnisse bei der Polizei nicht reden wollte, und fragte nicht weiter nach.

Ich bog nach Norden auf die Highland ab. Der Verkehr in Richtung Bowl war bereits sehr stark. Als wir auf Höhe der Franklin waren, ging es nur noch im Schneckentempo vorwärts. Schließlich gelangten wir zu den riesigen Parkplätzen, und ich sah mir mit Begeisterung die Masse der Musikinteressierten, der Liebhaber des

Nachtlebens und der ganz einfachen Verehrer an, die alle zu einem sommerlichen Rendezvous mit Brahms eilten.

Aus den Augenwinkeln bekam ich mit, wie Jane in ihrer Handtasche nach Zigaretten und Streichhölzern suchte. Mit nervöser Gebärde zündete sie sich eine Zigarette an, inhalierte den Rauch und warf sie dann aus dem Fenster. Ich fuhr an den Randstreifen, mein Enthusiasmus verging langsam.

»Was ist los?« fragte ich sie.

»Ich weiß auch nicht. Die Realität holt mich vielleicht wieder ein. Ich weiß nur, daß ich die gottverdammte Hollywood Bowl heute nicht ertragen kann.« Mein Enthusiasmus war jetzt völlig verflogen.

»Soll ich dich nach Hause fahren?«

»Nein. Ich möchte nur nicht so viele Menschen um mich herum haben.«

»Wie wär's mit einer kleinen Rundfahrt?«

Jane lächelte. »Ja, gut.«

Wir landeten im Ferndell Park, mit seinen Eukalyptusbäumen an den Wegen und den Fischteichen. Für Smalltalk fehlten mir die Worte, deshalb nahm ich instinktiv Janes Hand, als wir bergauf zu den Picknickplätzen spazierten. Jane drückte meine Hand, und als ich mich umdrehte, um sie anzuschauen, schenkte sie mir ein warmherziges Lächeln. »Ich liebe diesen Ort«, sagte sie. »Du kennst L. A. sehr gut, nicht wahr, Fritz?«

»Ich habe hier mein ganzes Leben zugebracht. Ich glaub' schon, daß ich die Stadt gut kenne. Aber sie verändert sich ständig. Jedesmal, wenn ich mich umschaue, ist ein weiterer Meilenstein aus meiner Kindheit verschwunden. Bist du aus L. A., Jane?«

»Mehr oder weniger. Ich wurde hier geboren. Meine Eltern sind nach Monterey gezogen, als ich ein Jahr alt war. Sie starben dort, und die Waisenhäuser, in denen ich lebte, waren hier. Hast du eine Familie?«

»Nein, meine Eltern starben im Abstand von sechs Monaten, als ich zwanzig war. Weißt du, es ist schon komisch. Die meisten Leute, die ich kenne, sind Waisen und kommen aus zerrütteten Familien – du und ich und mein Freund Walter, für den ich eine Menge tue. Alles Herumirrende in einem Meer aus Neon, alle versuchen zu überleben und finden gerade ein wenig mehr als das Leben.«

Jane grinste über meinen halbherzigen Versuch, poetisch zu sein.

»Du hast vorhin gesagt, daß du mir erzählen würdest, warum du aus dem Polizeidienst ausgeschieden bist«, sagte sie schließlich.

»Das ist eine üble Geschichte, Jane. Bist du sicher, daß du sie hören möchtest?«

Sie drückte mir kurz die Hand. »Ja«, antwortete sie. »Ich habe heute nachmittag Lieutenant Holland angerufen, um dich zu überprüfen. Ich habe ihm nicht erzählt, warum ich die Auskunft haben wollte, sondern einfach, daß wir uns getroffen hätten und du ihn als Referenz angeboten hättest. Er bestätigte mir, daß du ein feiner Kerl seist, aber als ich ihn fragte, ob du auch ein guter Police Officer seist, wurde er sehr zweideutig. Du kannst es mir ruhig erzählen, Fritz.«

»Also gut. Ich war ein miserabler Cop. Die meiste Zeit über war ich betrunken, also wurde ich zur Sitte nach Hollywood abgeschoben. Ein verständnisvoller Sergeant meinte zu mir, ich würde genau zu den Leuten passen, mit denen das Einsatzkommando zu tun hätte: Betrunkene, Drogensüchtige, Nutten, Buchmacher, Zuhälter, Homosexuelle und Perverse. Die Crème de la crème von Hollywood. Ich paßte wirklich zu den Leuten, und eine Zeitlang machte mir der Job auch Spaß. Aber allmählich überkam mich ein Gefühl der Verzweiflung, weil ich es haßte, Leute in die Enge treiben zu müssen, die in Ruhe gelassen werden wollten. Ich war deprimiert, also trank ich und nahm Aufputschpillen, um die Depressionen zu bekämpfen. Was uns zu Blow Job Anderson führt. Er war eine Figur aus meiner Jugend, aus meiner alten Nachbarschaft, ein legendär perverser Typ, der zwölfjährige Jungen verführte, als Walter und ich in dem Alter waren. Er war sechs oder sieben Jahre älter als wir. Er lebte noch immer in der gleichen Gegend, und Walter hatte mir erzählt, daß er auch die neue Generation von Kindern verführen würde. Nachdem ich acht oder neun Monate bei Hollywood Vice gearbeitet hatte, fand ich heraus, daß Blow Job Anderson ein wichtiger Informant der Drogenbehörde war. Ich ging zum Commander der Einsatzstelle für Drogen und erzählte ihm, daß Blow Job ein stadtbekannter Perverser sei, der kleine Jungen verführt hatte, seitdem ich ein Kind war. Er meinte, ich solle mir keine Sorgen machen, er würde sich schon darum kümmern. Einen Scheißdreck hat er getan. Ich ging selbst zu den Officers der Drogenpolizei. Auch sie kümmerte es einen Dreck. Sie meinten, ich solle mich abkühlen, ich hätte keinerlei Beweise, und Anderson sei ein guter V-Mann, dessen Verlust sie sich auf gar keinen Fall leisten könnten.

Schließlich kam ein Befehl vom Commander des Reviers in Hollywood: ›Halten Sie Ihr Maul über Blow Job Anderson!‹ Ich wußte nun, was ich zu tun hatte. An einem Abend betrank ich mich und machte mich auf die Suche nach Anderson. Ich machte ihn schließlich ausfindig und brach ihm beide Beine mit einem bleigefüllten Baseballschläger. Ich sagte ihm, wenn ich jemals erfahren sollte, daß er noch mal kleine Jungs belästigt, würde ich ihn umbringen. Während er schreiend auf dem Boden lag, schüttete ich eine Tüte mit fünf Pfund Zucker in den Benzintank seiner Corvette. Als ich am nächsten Morgen zum Dienst erschien, wurde ich in das Büro des Captain zitiert. Er überreichte mir ein Kündigungsgesuch. ›Ich würde Ihnen dringend empfehlen, das zu unterschreiben‹, meinte er zu mir. Ich unterschrieb. Adios, Polizeilaufbahn.«

Ich hatte meine Erzählung begonnen, um nach einer Rechtfertigung zu suchen, und hatte sie mit einer Bemerkung des kompromißlosen Stolzes beendet. Ich fragte mich, ob es Jane wohl aufgefallen war. Wir starrten uns gegenseitig an.

Endlich redete sie. »Mir ist das gleichgültig. Ich beurteile dich nicht mehr oder weniger schlecht, jetzt, wo du es mir erzählt hast. Du hast die Korruption gesehen und konntest es nicht ertragen. Du...«

»Das ist es nicht gewesen«, unterbrach ich sie. »Ich war kein empörter Moralist wie die meisten anderen Cops. Ich ließ ’ne ganze Reihe Perverser laufen. Andere traf es dann um so härter. Es war reine Willkür, die von der Stimmung abhing. Was ich ganz einfach nicht ertragen konnte, war, daß Blow Job Anderson der Polizei wichtiger war als Fritz Brown. Das hat mich von innen aufgefressen.«

»Hast du deine Macht oft mißbraucht, als du Polizist warst?«

»Ja, und dann richtig.«

»Ich verstehe. Du warst so eine Art Zwietrachtfestung. Du hast getrunken, aber jetzt bist du trocken. Ich bestand auch nur aus Zwietracht. Ich liebte die Macht. Sexuelle Macht. Ich legte fast die Hälfte der Jungen vom St. Vibiana-Heim flach. Es machte mir Spaß, zu wissen, daß sie mich haben wollten und daß ich ›nein‹ sagen und sie kastrieren konnte. Und zu wissen, daß ich haben konnte, was ich wollte, wenn ich meinen Körper als Tauschmittel zur Verfügung stellte. Aber das war damals. Heute habe ich mein Cello. Ich habe gute Aussichten, im Januar an der Juilliard-Schule angenommen zu werden. Jetzt bin ich eine Einheitsfestung. Du aber auch. Du tust den Leuten doch nichts mehr zuleide, oder?«

»Nein«, log ich.

»Und du trinkst nicht mehr. Hast du irgendwelche Zukunftspläne?«

»Eigentlich nicht. Obwohl, ich werde in diesem Herbst nach Europa fahren. Musikalische Ferien sozusagen. In Deutschland und Österreich.«

»Ach, ich fahre auch dorthin! Sol drängt mich schon seit Jahren, doch endlich einmal Urlaub zu machen. Ich werde wahrscheinlich im Oktober fahren.«

»Vielleicht können wir sogar zusammen reisen«, entfuhr es mir.

»Das würde mich nicht überraschen«, sagte Jane, fast scherzhaft, »aber was ich im Augenblick ganz gern machen würde, ist, gute Kammermusik auf einer guten Stereoanlage zu hören.«

»Da kenne ich genau den richtigen Ort. Ich wohne dort nämlich. Fahren wir dorthin?«

»Ja, bitte.«

Also fuhren wir in meine Wohnung, die nur ein paar Minuten entfernt lag. Aber wir hörten keine Kammermusik, wir machten unsere eigene. Es war eine eilige Vereinigung, die mit der Erkenntnis beladen war, daß uns die Realität morgen wieder einfangen würde. Danach hing ich einen Lautsprecher im Schlafzimmer auf und legte eine Platte von Vivaldi auf den Plattenspieler, die Lautstärke sehr gedämpft. Wir lagen händchenhaltend im Bett und redeten nicht, bis ich es nicht mehr aushielt und einen Lachkrampf bekam. »Jane, Jane, Jane«, sagte ich. »Jane ist ein sehr herkömmlicher Name. Das gefällt mir.«

Sie stieg in das Lachen ein. »Fritz ist ein guter völkischer Name«, sagte sie, »das gefällt mir. Aber du machst so ein finsteres Gesicht, Liebling. Was ist los mit dir?«

»Ich weiß nie, wo ich bei Situationen wie dieser eigentlich stehe.«

»Was meinst du damit?«

»Ich meine, wird es ein nächstes Mal geben?«

»Jederzeit. Jetzt eingeschlossen.«

Ich streckte meinen Arm quer übers Bett und zog sie zu mir. Wir hielten uns ein paar Minuten lang ganz fest, und dann gaben wir uns noch einmal einander hin, diesmal mehr zur gegenseitigen Beruhigung als aus Leidenschaft. Dann schliefen wir ein.

Ich wurde um acht Uhr wach. Ich hörte, daß im Badezimmer das Wasser lief, und einen Augenblick später kam Jane fertig angezogen heraus. Ich wußte beim Anblick ihres Gesichts, daß die Realität bereits zugeschlagen hatte. Ich sagte »Guten Morgen«.

»Guten Morgen. Ich muß jetzt gehen. Ich habe um halb zehn meine Übungsstunde.«

»Was ist los?«

»Was zum Teufel soll schon los sein?«

»Willst du alles wissen?«

»Ja!«

Ich erzählte es ihr, und ich ließ nichts aus. Angefangen mit Fat Dogs Auftauchen in meinem Büro, über den Brandanschlag aufs Utopia, über Sol Kupfermans Vergangenheit, meine Einschätzung der Psychosen ihres Bruders bis hin zu Omar Gonzales. Janes Reaktion schwankte zwischen kopfschüttelnder Verleugnung, Zittern und Schluchzen. Als sie anfing zu heulen, ließ ich sie gewähren und machte keinen Versuch, sie zu trösten. Ich wollte, daß sie Angst bekam. Schließlich, was mich sehr überraschte, wurde sie wütend. Ihr tränennasses Gesicht wurde rot. Ich gab ihr ein Taschentuch, und sie wischte sich damit die Tränen weg. Als sie sprach, tat sie das mit herzergreifender Entschlossenheit: »Krieg ihn, Fritz!«

»Das werde ich.«

»Tue, was immer du auch tun mußt. Ich möchte nicht, daß er Sol oder irgend jemand anderem etwas antut.«

»Das werde ich auch.«

»Würdest du mich jetzt bitte nach Hause fahren?«

»Ja.«

Jane machte sich noch zurecht, während ich den Wagen holte. Mit betretenem Schweigen fuhren wir nach Beverly Hills. Eine ganze Reihe scherzhafter, fröhlicher Anekdoten fielen mir ein, aber ich tat sie als albern ab. Schließlich sprach ich sie an. »Wir müssen uns noch über ein paar Dinge unterhalten, Jane.«

»Ja, gut.«

»Ich möchte, daß du Kupferman erzählst, was ich dir erzählt habe. Sag ihm, er soll vorsichtig sein und seinen Leibwächter jederzeit um sich haben. Sag ihm, daß ich mit ihm reden möchte, wenn ich aus Mexiko zurückkomme. Wirst du das tun?«

»Ja.«

»Sag ihm auch, daß mich seine früheren Geschäfte einen Scheißdreck interessieren. Das beinhaltet auch die Buchmacheraktionen im Utopia. Sag ihm, das einzige, woran ich interessiert bin, ist, Fat Dog eingelocht zu sehen.«

Jane bekam plötzlich furchtbar zornige Augen. »Du bist dir sicher über das, was du mir erzählt hast?« sagte sie, und ihre Stimme wurde dabei lauter. »Daß Sol Ende der 60er Jahre Wettgeschäfte betrieb? Fünfzehn Jahre nach der Grand Jury? Ich will nicht, daß er von irgend jemandem verleumdet wird, auch nicht von dir!«

Ich sah zu ihr hinüber. »Ganz ruhig, Sweetheart. Ich bin mir ganz sicher. Und das hat wohl kaum etwas mit Verleumdung zu tun. Wettgeschäfte sollten eigentlich legal sein.«

Jane schüttelte den Kopf. Ihr ganzes Benehmen war wie ein unterdrückter Schrei. »Es tut mir leid. Es ist nur, weil ich weiß, daß *ich* stark genug bin, um die ganze Sache durchzustehen, aber bei Sol bin ich mir nicht so sicher.« Ich legte meine Hand auf ihr Knie und drückte es. Sie reagierte gar nicht darauf. Ich hielt auf der gegenüberliegenden Straßenseite von der Kupferman-Villa. Jane und ich sahen uns in die Augen. Ich wollte keine lange Abschiedsszene, und ich glaube, Jane wollte sie genausowenig. »Sei vorsichtig in Mexiko«, sagte sie zum Abschied.

»Und du sei hier vorsichtig. Übt schön. Du kannst mir ja mal einen Solovortrag geben, wenn ich wieder da bin.« Wir küßten uns innig, und einen Moment später war Jane aus dem Auto verschwunden und lief über die Straße zu dem großen Haus.

Nachdem ich weggefahren war, gelang es mir recht gut, nicht mehr an Jane zu denken, sondern mich auf das zu konzentrieren, was ich als nächstes tun mußte: eine ruhige Stelle finden, um Fat Dogs Briefe zu lesen. Ich fuhr auf den großen Parkplatz vom Hancock Park, suchte mir eine Bank im Schatten, die von greisen Juden, die an diesem sommerlichen Vormittag faulenzten, und von Dinosauriern, die ewig hier stehen würden, umgeben war. Die Briefe hatten kein Datum und waren kaum lesbar. Die Poststempel waren beim Öffnen abgerissen worden. Jane hatte mir jedoch gesagt, daß sie alle aus der letzten Zeit, den vergangenen paar Monaten, stammten. Ich begann also zu lesen:

»Liebe Jane, meine Schwester, ich hoffe, daß es Dir gut geht. Mir geht's auch gut. Mir ist es in Bel-Air gut ergangen, gab viele lohnende Caddiejobs dort. Ich bin da der King. Die haben sonst nur Säufer da. Ich sah im Fernsehen diese Musiksendung, dieses große Orchester. Sie zeigten auch eine Frau, die so ein Ding wie Du spielt. Nur, sie spielte nicht so gut wie Du. Ich kann das beurteilen. Du brauchst diesen Lump Kupferman nicht mehr. Ich weiß es. Juden haben das dicke Geld, aber sie haben keine Ahnung, was abläuft. Ich weiß es aber. Ich habe einen reichen Freund, der auch Bescheid weiß. Er mag mich. Ich brauch' nicht mehr als Caddie zu arbeiten. Ich tue es nur, weil ich Golf so sehr liebe. Ich werde bald nach Mexiko gehen. Um sozusagen in den Ruhestand zu gehen. Um zu leben wie es mir gebührt, als King. Der King der Caddies und der King der Hunderennen. Warum kommst Du nicht mit? Ich hab' jede Menge $!!!! Ich kenn' eine Windhündin, ein Junges, das ich für $ 200!!! kaufen kann. Wir könnten sie züchten und beim Rennen in T.J. groß rauskommen!!!! Viele kleine Hunde großziehen, alles Champions!!! Sag diesem Bastard Sol K., er kann Dich mal!!!! Komm nach Mexiko und bleib bei Deiner Familie!! Meine Freunde haben ein großes Schloß bei Ensenada. Wir können dort fischen. Du kannst da ganz in Frieden auf Deinem Ding spielen, ohne daß Dich jemand stört. Mein Kumpel besorgt Dir eine große Band. Alles Weiße. Hör mich an!!!! Jane!!!! Ich bin Dein Bruder, Dein einziger Verwandter!!! Ein talentiertes Mädchen wie Du sollte bei ihrer Familie bleiben. Wir könnten eine gute Zeit zusammen haben, wie früher vor dem Juden und der Geige. Ruf mich im Tap & Cap 474-7296 an. Hinterlaß eine Nachricht, und wir können zusammenkommen und nach Mexiko gehen. Warte nicht, ruf heute an. Ha! Ha! Ich liebe Dich. Dein Bruder, Freddy.«

Das war ungefähr das, was ich erwartet hatte, grammatikalisch und thematisch, doch kam in dem Brief nichts von Fat Dogs erstaunlicher Intelligenz und Gerissenheit zum Ausdruck. Ich las noch schnell die anderen beiden Briefe. Es waren einfache Wiederholungen des ersten, aber sie bestätigten meine Vermutung, daß Fat Dog bereits in Mexiko war und daß sein reicher Freund nicht nur ein Phantasieprodukt sei, sondern eine mögliche Spur sein könnte. Ich brannte darauf, loszufahren. Aber zuerst mußte ich noch Walter besuchen, um mich nach seinem Wohlergehen zu erkundigen und um *Au Revoir* zu sagen. In meinem Hinterkopf hatte ich leichte Befürchtungen, daß ich ihn nie wiedersehen würde. Ich unterdrückte diese Angst, steckte Fat Dogs Briefe in die Tasche und machte mich auf den Weg in die Alte Nachbarschaft.

Walter antwortete nicht auf mein Klingeln, und es erfolgte auch keinerlei Reaktion, als ich laut an sein Zimmerfenster klopfte. Das war nicht das erste Mal: Vielleicht machte er gerade seinen Gang zum Liquor Store. Ich ging zur Eingangstür zurück und wartete auf den Treppenstufen.

Nach fünf Minuten fuhr seine Mutter mit ihrem altersschwachen Mustang in die Einfahrt. Sie gibt nicht gern Geld aus, außer wenn es für religiöse Gebrauchsgegenstände von der Christlichen Wissenschaft ist wie z. B. diese Teller aus Wedgwood mit eingravierten Zeichnungen der Heiligen Kirche. In den vergangenen Jahren hatte Walter ständig ein paar davon vom zwölften Stock des Franklin Life Building hinuntergeschleudert, aber sie kauft immer wieder neue. Sie widersetzt sich den schwersten Demütigungen mit der unerschütterlichen Entschlossenheit, ihn unter ihrer Fuchtel zu halten. Einmal kochte Walter ihr in Marokko gebundenes Exemplar von »Wissenschaft und Gesundheit – Der Schlüssel zur Heiligen Schrift«, Wert 85 $, in einem Topf, den er zu gleichen Teilen mit Wasser und Thunderbird-Wein gefüllt hatte. Er servierte ihr das Buch auf einem Silbertablett vor ihrer jeden Mittwoch stattfindenden Bibelstunde.

Als sie den Wagen zuschloß, bemerkte sie mich und raffte sich zu einem Lächeln auf, das aus den dunklen Winkeln der kalten Stadt, in der sie lebte, zu kommen schien. »Well, Officer Brown, wie schön, Sie mal wieder zu sehen«, sagte sie.

»Ich habe den Polizeidienst schon vor langer Zeit quittiert, Mrs. Curran«, erwiderte ich, »das wissen Sie doch.«

»Ja, und das ist ja auch zu schade. Sie haben so nett in der Uniform ausgesehen.«

»Zweifellos. Wo ist Walter?«

»Chief Davis ist so ein feiner Mensch. Ich hatte gehofft, daß Sie in seine Fußstapfen treten und bei der Polizei Karriere machen würden.«

»Sie würden mit Davis wohl zurechtkommen. Der ist genauso verrückt wie Sie. Wo ist Walter?«

»Walter? Ich glaube, der hat sich irgendwo versteckt. Er ist letzte Nacht verschwunden. Er war gestern abend auf einem dieser schrecklichen Treffen der Anonymen Alkoholiker, bei dem jeder Zigaretten raucht und den Namen des Herrn vergeblich anruft. Sie wissen doch, wie diese Treffen ihn immer aufregen. Ich sage Ihnen mal was, Officer Brown, Sie sind kein netter Mensch, und Sie haben eine böse Zunge, aber Sie kennen meinen Jungen. Obwohl nicht so gut wie ich.«

»Ja, ich kenn' den alten Walt verdammt gut. Wissen Sie, was ich an ihm am meisten mag? Seine Zurückhaltung.«

»Seine Zurückhaltung?«

»Ja, seine Zurückhaltung, daß er Sie nicht schon vor Jahren in Ihrem verdammten Bett erwürgt hat. Einen schönen Tag noch, Mrs. Curran.«

Ich ging zu meinem Wagen zurück und überließ Walters Mutter ihrer Empörung, damit sie sich endlich mal darüber klar wurde, daß sie mich nicht gegen Walter einsetzen konnte. Ich war beunruhigt. Ich war seit einigen Tagen für meinen Freund nicht mehr verfügbar gewesen, und er war auf einer von diesen immer wiederkehrenden Talfahrten in die Realität, mit allen nur vorstellbaren schrecklichen Erlebnissen. Wenn Walter eine dieser, wie er es nennt, »periodischen Talfahrten« unternimmt, kann alles Mögliche passieren. Einmal hatte er sich zweihundert Tennisbälle gekauft und sie von der Bushaltestelle an der Ecke Beverly und Van Ness auf vorbeifahrende Autos geworfen. Ein anderes Mal hatte er sich in einem Motel in Hollywood mit einer Tüte Gras und einem Vorrat an Dexedrin und Pornoheften verbarrikadiert, weil er davon überzeugt war, so dem Alkohol zu entkommen. Beide Male war ich in der Lage gewesen, eine Art Aussöhnung zwischen Walter und der Welt herzustellen, bevor er in eine Anstalt gesteckt wurde.

Aber das waren nur extreme Beispiele seiner »periodischen Talfahrten«. Denn seine Standardprozedur war einfach ein Spaziergang auf der Wilshire nach Westen, bis er an den Strand kam, und unterwegs hielt er immer auf ein paar Biere an, um sich zu entgiften und auf etwas vorzubereiten, das er als langen, aber notwendigen Alptraum des Nüchternseins betrachtete. Deshalb fuhr ich auf der mittleren Spur der Wilshire so langsam, wie ich konnte, nach Westen. Ich fuhr bis zur Kreuzung Brentwood, bevor ich ihn auf der Bank einer Bushaltestelle entdeckte, wo er mit einem Strohhalm etwas aus einer braunen Papiertüte trank. Ich fuhr an den Bordstein, öffnete die Beifahrertür und rief meinen Freund. Er stieg zu mir in den Wagen.

»Ich hab' mir Sorgen um dich gemacht«, sagte ich zu ihm. »Als ich vor ein paar Tagen bei dir vorbeigekommen bin, warst du von irgendwas Hartem umgekippt.« Ich fuhr um die nächste Ecke und parkte auf dem Parkplatz eines kleinen Geschäfts. Dann sah ich mir Walter genauer an: Das untersetzte Gerippe und die leuchtend blauen Augen sahen normal aus, aber sein Gesicht war hager und voller Furcht, was immer dann geschieht, wenn er schon seit einigen Tagen nüchtern ist. »Was trinkst du da?« fragte ich ihn.

Walter zog das braune Papier von der Flasche. Zu meiner Überraschung war es Vernors Ginger Ale. »Wenn du es kannst, kann ich es auch, du Faschistenschwein«, meinte er und versetzte mir dabei einen leichten Boxhieb vor den Arm. »Cold Turkey, bis ich die

Shakes bekomme. Danach folgt die altbewährte vierundzwanzigstündige Bierentgiftungskur.«

»Und danach?«

»Keine Ahnung. Dope oder A.A. Sie haben beide ihre Vorzüge. Der Vorteil des Dopes ist eindeutig: Du schwebst. Der Nachtteil ist die resultierende Paranoia bei längerem Genuß und die Gesetzeswidrigkeit. Im Knast könnte ich's nicht aushalten. Keine Science-fiction-Romane, kein Fernseher, und man muß arbeiten. Der Vorteil der A.A. ist der, daß man durch Abstinenz physisch gesund wird und daß man dabei Leute kennenlernt, die möglicherweise wertvolle Geschäftskontakte herstellen könnten, und vielleicht nimmt dich auch mal eine Frau mit ins Bett.« Das war mindestens das fünfzigste Mal, daß er mir diese alte Leier erzählte, aber das sagte ich Walter natürlich nicht. Es hätte allerdings nicht mehr viel gefehlt.

»Es gibt aber auch noch eine andere Alternative«, schlug ich vor, »du könntest doch bei mir wohnen. Wir könnten gelegentlich nach San Francisco fliegen, in die Oper gehen oder durch den Golden Gate Park wandern. Ich würde dafür sorgen, daß du etwas Vernünftiges ißt, und ich würde dich von der Flasche wegbringen.«

»Ich werde mal darüber nachdenken, aber es wird wahrscheinlich nicht gehen. Vom ästhetischen Standpunkt aus betrachtet, sind wir absolute Gegensätze. Du kannst die Tiefgründigkeit des Fernsehens nicht begreifen, während ich sie geistig bewerte. Ich betrachte das Fernsehen als wesentliche Erfindung, die eines Tages das Gewissen der freien Welt wachrütteln wird. Ich werde im selben Atemzug mit Kant und Nietzsche genannt werden, mit Leuten, die du nie gelesen hast. Du bist ein Mann der Aktion und der eingeschränkten Denkweise, der pragmatische Rohdiamant-Intellektuelle, der dämlichen Negern ihre Cadillacs wieder abnimmt, die ihnen von einem Faschistengeier angedreht worden sind. Die schicksalhaften Konsequenzen werden eines Tages deutlich werden: Irgendwann einmal wirst du königlich in den Arsch gefickt. Ich dagegen bin ein Mensch des reinen Denkens. Eine Denkmaschine. Aber ich funktioniere nur mit Sprit, wie jede andere gute Maschine auch. Und dieser Sprit heißt bei mir Alkohol. Es ist wie in Catch-22, mein lieber Freund. Also, was stellen wir jetzt an?«

»Auf lange Sicht gesehen, weiß ich es nicht. Aber im Moment könnten wir vielleicht die Fahrt durchs Topanga machen. Hast du Lust dazu?«

»Ja, laß uns das machen. Ist verdammt lang her.«

Die Topangatour war seit der Zeit, als ich meinen ersten Wagen hatte, immer ein Hauptbestandteil unserer Freundschaft gewesen. Die Strecke verläuft von Wilshire West zum Pacific Coast Highway, dann durch den Topanga Canyon und die Topanga Canyon Road, und zurück nach L. A. über den Ventura und Hollywood Freeway. Die Fahrt dauert ungefähr eineinhalb Stunden, und während dieser Touren hatten wir immer unsere besten Gespräche und tiefsten Gefühle. Also wendete ich auf der Barrington und bog nach rechts auf die Wilshire ab, in Richtung Strand. Aus den Augenwinkeln sah ich, wie Walter sein Ginger Ale schlürfte und aus dem Fenster schaute.

Als wir nur noch ein paar Straßen vom Meer entfernt waren, fing er an, vor lauter Frustration herumzuschreien. »Verdammte Scheiße, Rattenarsch, Saukerl! Scheiße!«

Ich blickte zu ihm hinüber und sah, daß seine Hände zitterten, ein Zittern, das in seinen Fingerspitzen anzufangen schien, sich von dort bis zu den Schultern vorarbeitete, um sich dann im Rücken zu verlaufen. »Fünf Minuten noch, Walter«, rief ich ihm zu. »Halt aus! Willst du Bier?«

»Scheiß Bier. Wodka will ich. Ins Spielzeugland. Ich bin völlig ausgedorrt.«

Mit Spielzeugland meinte er einen Seven-Eleven-Laden. Mir fiel einer an der Ecke 15th und Santa Monica ein, und ich bog scharf nach links ab und trat das Gaspedal durch. Ich kaufte zwei große Plastikbecher Kirschsaft, ein klebriges Gemisch aus Zucker, rotem Farbstoff Nr. 7 und Eis. Ich schüttete jeweils die Hälfte auf dem Parkplatz aus und lief dann die Straße hinunter zu einem Liquor Store, wo ich zwei Halb-Liter-Flaschen Smirnoff 100 kaufte. Ich vermischte den Wodka mit dem Gesöff – je eine Flasche in die Becher mit dem roten Zeug –, wobei mir Walter gierig zuschaute; er saß dabei auf seinen Händen, um das Zittern unter Kontrolle zu halten. Ich reichte ihm einen der großen Becher durchs Fenster. Er hielt ihn zwischen seinen Knien fest und saugte das rote Gift durch einen Strohhalm begierig in den Magen.

Ich stieg in den Wagen und wartete. Fast zehn Minuten lang saugte Walter in aller Ruhe am Strohhalm. Als er anfing zu reden, war mir klar, daß seine alte Verrücktheit wiederhergestellt war. »Wo bist du gewesen?« fragte er mich. »Ich rufe schon seit Tagen bei dir an. Ich hatte das zweifelhafte Bedürfnis nach deiner Gesellschaft.« Er hielt seine Hände hoch und legte sie aufs Armaturenbrett. Sie waren jetzt wieder ganz ruhig.

»Du würdest es mir doch nicht glauben, wenn ich es dir erzählte«, erwiderte ich. »Willst du die Tour immer noch machen?«

»Natürlich.«

Wir kurbelten die Scheiben hoch und stellten die Klimaanlage an. Kühle Luft durchzog das Wageninnere, und umgeben von dunstigem Sonnenschein, der alles zu durchdringen schien, fuhren wir los. Als wir auf dem Pacific Coast Highway nach Norden fuhren, blendete mich die sich im Meer spiegelnde Sonne.

»Wie hat es diesmal angefangen?« fragte ich Walter.

»Es kam alles auf einmal«, antwortete er, dabei warf er den Strohhalm und den Deckel des Plastikbechers aus dem Fenster und trank direkt daraus. »Ma wird tatsächlich diesen Lumpen heiraten. Es steht alles schon fest. Er steht bereits unter ihrem Pantoffel. Sie brachte ihn sogar dazu, aus der katholischen Kirche auszutreten, zumindest vorübergehend. Ein Prediger der Christlichen Wissenschaft wird die Zeremonie leiten. Mit seinem Emphysem und Ma's Krallen an seinem Hals wird er's wohl keine sechs Monate mehr machen. Er hat mir gegenüber nette Annäherungsversuche gemacht, zweifellos nur, um sich bei Ma einzuschmeicheln. Er hat sogar angeboten, mir einen eigenen Marktstand mit Früchten einzurichten. Er sieht aus wie ein Monster und stinkt nach Knoblauch. Ma behandelt ihn wie Dreck. Es ist furchtbar deprimierend. Und ich hab' keinen T-Bird-Wein mehr bekommen. Ma hat den Hunderter geklaut, den du mir in die Tasche gesteckt hast. Das warst doch du, oder? Sie meinte, ich hätte einen Filmriß gehabt und ihr das Geld angeboten, um den Schaden zu bezahlen, den ich im Haus angerichtet hätte. Danach kamen die üblichen Drohungen, von beiden Seiten, bis sie ihr letztes As ausspielte – ›Walter, wenn du dich weiterhin so verhältst, werde ich Richter Gray anrufen und dich ihm übergeben.‹ Du weißt, daß die alte Hexe das tun würde, wenn ich sie weit genug treibe, und Richter Gray ist nicht besonders gut auf mich zu sprechen, seitdem ich in der achten Klasse seiner häßlichen Tochter grüne Farbe in den Ausschnitt gekippt habe. Er ist Republikaner, Mitglied der Christlichen Wissenschaft und militanter Befürworter von Gesetz und Ordnung: die bürgerliche Dreifaltigkeit. Da ich also keine anderen Mittel hatte, habe ich die ganze Zeit über Scotch bei Thrifty's geklaut. Und das hat einfach nicht funktioniert. Ich trinke und trinke und werde dabei einfach nicht voll, und dann zack, brenne ich durch wie eine Sicherung. Und Musik hilft mir auch nicht weiter. Neulich abends hörte ich die Dritte von Bruckner im Sender KUSC. Mit Haitink und dem

Konzertgebouw. Der einsame Anton in Höchstform, und es hat mich einen Scheißdreck gekümmert. Nichts klappt mehr, alles ändert sich und treibt mich beinahe zur Verzweiflung.«

Wir fuhren in den Topanga Canyon, der aus grünen Hügeln besteht, die Fjorden ähneln. Grüppchen jugendlicher Wanderer gingen an einem Bach entlang, der parallel zu den Windungen der Hügelkette verlief, einige der Frauen trugen ihre Babys wie früher die Indianerfrauen in für diesen Zweck konzipierten Rucksäcken. Verspielte Hunde folgten ihnen und blieben ab und zu stehen, um interessanten Gerüchen nachzugehen. Walter starrte zum Fenster hinaus, wo der Straßenrand in ein steil abfallendes Nichts hinabfiel.

»Soll ich dir einen guten Rat geben, Saufbruder?« fragte ich ihn.

»Ja, sicher.«

»Laß dir deine Impulse nicht aus den Händen gleiten. Ich weiß genau, wie du dich fühlst. Es ist dasselbe Gefühl, das ich vor zehn Monaten gehabt habe. Die Ängste, das Gefühl der Ausfälle und des Ausrutschens, diese ganze Scheiße. Lebe damit. Laß dich von den alten Illusionen nicht wieder in Besitz nehmen.«

»Ich glaube, diesmal habe ich wirklich Angst, Fritz.«

»Gut. Paß auf, ich muß für ein paar Tage runter nach Mexiko fahren. Ich arbeite an einem Fall, einem richtigen. Versuch, nicht mehr zu trinken, bis ich wiederkomme. Geh zu einigen dieser Treffen der Anonymen Alkoholiker. Einigen Leuten hilft das. Lies zum Beispiel. Halt dich von deiner Ma fern. Versuch, vernünftig zu essen. Wenn ich zurückkomme, kannst du bei mir einziehen. Mein Leben hängt ebenso in der Schwebe wie deines, nur aus anderen Gründen. Ich möchte im Augenblick nicht darüber sprechen. Die Zukunft sieht ganz gut aus, für uns beide. Ich habe eine Freundin, der ich dich bald mal vorstellen werde. Sie wird bestimmt auch deine Freundin sein.«

»Eine Frau?«

»Ja, eine Frau.«

»Bumst du mit ihr?«

»Halt's Maul, Walter. Ich möchte darüber nicht reden.«

»Schweigen bedeutet Zustimmung. Du bumst also mit ihr. Hat sie große Titten?«

Ich mußte einfach lachen. Walter ist völlig unschuldig und liebt es über alles, über Frauen zu sprechen.

»Durchschnittsgröße. Aber schön. Sie spielt Cello.«

»Ohne Scheiß? Meinen Glückwunsch, Kerl. Wird aber auch höchste Zeit. Du verdienst wirklich eine gute Frau.«

»Danke, Saufziege. Du aber auch. Wann hast du denn das letzte Mal gevögelt?«

»Das letzte Mal, daß ich meinen Schwanz eingetaucht habe, war am 13. April 1972. Dieser Cop-Fan, mit dem du mich verkuppelt hast. Mit den kleinen Titten und den Pickeln.«

»Acht Jahre ist eine lange Zeit. Kein Wunder, daß du völlig im Arsch bist. Wenn du heute noch vögeln möchtest, könnte ich da was für dich klarmachen. Überhaupt, das ist vielleicht gar keine schlechte Idee, um dich vom Schnaps abzuhalten. Ich kenn' da ein hervorragend aussehendes Callgirl, eine wirkliche Klassebiene. Sie hat ein Appartment irgendwo am Strip.«

»Große Titten?«

»Richtige Melonen. Sie liebt Intellektuelle. Ich bin sicher, daß du Spaß mit ihr haben würdest. Willst du's machen?«

Walter trank den Rest von seinem ersten Spielzeuglandbecher aus und warf ihn aus dem Fenster. Er nahm den Deckel vom zweiten Becher ab und begann, vorsichtig daran zu nippen. »Bring mich wieder auf Vordermann, wenn du zurückkommst«, meinte er, »in den nächsten Tagen möchte ich mich lieber entgiften und ausruhen.« Ich bemerkte sein Lächeln, das zu gleichen Teilen aus Liebe und Angst vor der Ungewißheit bestand. Walter steckte tief in der Scheiße und hatte keinen Tiefenmesser bei sich.

Nachdem ich ihn eine Stunde später zu Hause rausgelassen hatte, verfolgte mich dieses Lächeln noch immer. Aber als ich abfuhr, dachte ich schon gar nicht mehr an meinen lieben Freund. Ich dachte darüber nach, was mich wohl alles in Mexiko erwarten würde.

Ich war erst einen halben Block von meiner Wohnung entfernt, als ich merkte, daß dort irgendwas nicht stimmte. Als ich in die Bowlcrest einbog, konnte ich bereits erkennen, daß die Balkontür der Wohnung eingedrückt worden war und daß die Lampe im Wohnzimmer brannte, wobei sie einen gelblichen Lichtschein in der Dämmerung ausstrahlte.

Ich parkte quer in der Einfahrt, um sie zu blockieren, und nahm die Pistole und die Handschellen aus dem Handschuhfach. Als ich auf das Treppenhaus, das zu meiner Wohnungstür hinaufführte, zuging, hörte ich, wie sie zugeschlagen wurde und wie Schritte die Stufen hinabeilten. Während ich unter dem Treppenabsatz wartete, zählte ich die Stufen, die der Eindringling genommen hatte, und als er nur noch fünf Schritte vom Absatz entfernt war, schnellte ich aus meinem Versteck hervor und wandte mich, die Pistole auf seinen Kopf gerichtet, zu ihm hin. Es war ein ansehnlicher Chicano Ende zwanzig, schlank und sportlich. Sein schwarzes Haar war modisch lang geschnitten. Er wirkte nicht gerade wie ein Einbrecher aus Hollywood. Er sah eher wie ein Rockmusiker oder wie ein gutbezahlter Strichjunge aus: sensibel, aber auf arrogante Weise. Er trug eine gelbe Fliegerjacke und eine Cordhose mit Schlag. Als er meine auf ihn gerichtete Kanone sah, erstarrte er.

»Bleib genau da stehen, du Sauhund«, sagte ich ruhig zu ihm, »und dreh dein Gesicht zu mir. Und jetzt falte die Hände über dem Kopf zusammen.« Er gehorchte. »Jetzt kommst du zu mir her, und wenn du am Ende der Stufen angekommen bist, drehst du dich um, beugst dich nach vorn und berührst mit den Ellbogen die Wand.«

Ich tastete ihn von oben bis unten gründlich ab und ließ dabei die Pistole auf sein Rückgrat gerichtet. Nachdem ich mit der Abtastprozedur fertig war, zog ich ihn wieder in Standposition, drehte seine Hände auf den Rücken und legte ihm Handschellen an. »Und jetzt gehen wir hoch in meine Wohnung«, sagte ich. Ich stieß ihm den Pistolenlauf in die Rippen, und er ging langsam die Treppen hinauf. Ich sah mich nach Nachbarn um, die unsere Konfrontation gesehen haben könnten: Glücklicherweise gab es keine neugierigen Nasen, die aus dem Fenster das Treppenhaus sehen konnten.

Ich schloß meine Wohnungstür auf und schubste ihn zu einem Sessel, in den er sich setzen sollte. Ich steckte die Pistole in meinen Hosenbund und begutachtete das Wohnzimmer. Es war fast völlig unversehrt. Nur die Schrankschubladen waren durchwühlt worden. Mit einem Auge auf den Gefangenen sah ich meine persönlichen Papiere, Arbeitsnachweise, Sparbücher und anderen wichtigen Kleinkram durch. Es schien nichts abhanden gekommen zu sein. Ich steckte meinen Kopf kurz ins Schlafzimmer und sah, daß einige Schubladen aufgezogen worden waren, aber im Grunde nichts zu fehlen schien. Im Wohnzimmer setzte ich mich dann auf die Couch, dem stattlichen jungen Chicano direkt gegenüber. Er schaute mich gleichmütig und argwöhnisch an. Er war kein gewöhnlicher Einbrecher. Ein Einbrecher würde anders vorgehen und anders reagieren. Er hatte bei der Durchsuchung meiner Wohnung erstaunliche Rücksicht walten lassen. Einbrecher steigen nicht in Wohnungen im zweiten Stock, noch dazu nach Einbruch der Dunkelheit und in einer weniger wohlhabenden Gegend wie Hollywood Hills.

»Hallo Omar«, sagte ich. »Ich habe gestern nach dir gesucht.« Er gab keine Antwort von sich, also versuchte ich es noch einmal. »Du bist doch Omar Gonzales, oder etwa nicht? Wenn du's nicht bist, kannst du dich auf Bullen und Knast gefaßt machen. Und auf ein paar Arschtritte von mir. Mir gefällt der Gedanke nicht, daß Leute in meiner Bude herumstöbern. Dir würde es wahrscheinlich genausowenig gefallen, das heißt, wenn du Omar Gonzales bist. Jemand hat die Bude vom alten Omar neulich völlig durchwühlt. Richtig auseinandergepflückt hat man sie. Man hat dort nach etwas gesucht. Vielleicht nach Geschäftsbüchern von Buchmachern. Jemand hat in selbstgerechter Weise Omars Bruder 1968 zur Schlachtbank geführt. Ich weiß auch, wer es getan hat. Du hast vielleicht schon mal von der Sache gehört, von dem Brandanschlag auf den Club Utopia. Drei der Täter wurden gefaßt und hingerichtet, aber das ›Genie‹ ist entkommen. Hast du Omar in letzter Zeit gesehen? Ich würd' verdammt gern mal mit ihm reden.« Ich legte dem Chicano gegenüber mein breitestes, unschuldigstes Lächeln auf, die Art von Lächeln, mit der ich 1948 den ersten Platz beim Schönheitswettbewerb für Babys gewonnen hatte.

»Ich bin Omar Gonzales, Arschloch«, sagte er endlich.

»Schön. Ich bin Fritz Brown. Nenn mich nicht wieder ›Arschloch‹. Das find' ich nicht sehr nett. Gut, Omar, ich glaube, wir sollten ein paar Informationen austauschen. Was meinst du, Omar?«

»Ich meine, du bist in meinen Wagen eingebrochen und hast mir zwei Kartons mit Zeug geklaut, das mein' ich. Das Schloß am Kofferraum ist völlig im Eimer. Ich mußte ihn mit einem Bindfaden zumachen.«

»Halb so wild. Du bist in meine Wohnung eingedrungen. Ich würde sagen, wir sind quitt. Außerdem sind wir beide auf der Suche nach derselben Sache, richtig?«

»Du erzählst zuerst.«

»Ich weiß, wer den Brand im Utopia angezettelt hat. Wie ich darin verwickelt wurde, ist nicht wichtig. James McNamara hat mir von dir erzählt und wie du schon seit Jahren von dem Gedanken besessen bist, daß es einen ›vierten Mann‹ gegeben hätte. Ich habe meine eigenen Gründe, warum ich diesen Schuft schnappen will. Ich bin Privatdetektiv mit Lizenz. Ich kann ihn festnehmen lassen und festnageln. Aus diesem Grund brauchst du mich. Du stocherst schon seit Jahren in dieser Kiste herum, auf stümperhafte Weise, und du scheinst offensichtlich etwas entdeckt zu haben. Die Bücher und die Pornobilder. Unsere Nachforschungen sind also parallel verlaufen. Wir sollten unsere Erkenntnisse miteinander vergleichen. Gemeinsam sind wir vielleicht in der Lage, diesen Lumpenhund ausfindig zu machen.« Ich beobachtete, wie Omars unerschütterliche Macho-Haltung auseinanderfiel. Ich ging zu ihm und schloß die Handschellen auf.

Er rieb sich die Armgelenke und grinste. »Okay, Repo-Mann, dann laß uns die Suche durchziehen.« Er reichte mir seine Hand, und wir schüttelten sie uns gegenseitig.

»Berichte mir ein wenig von deinen Ermittlungen«, forderte ich ihn auf, »von oben angefangen.«

»Von oben angefangen, nun, ich wußte einfach, daß mit der Art und Weise, wie die Cops den Fall handhaben, irgendwas nicht stimmte. Die haben die Jungs geschnappt, zack, peng, bumm, vielen Dank, Ma'am. Dadurch erschienen die Cops in gutem Licht. Die drei legten ein Geständnis ab, aber als sie behaupteten, daß ein vierter Kerl der Boss gewesen sei, glaubten die Cops, das sei eine Art Gnadengesuch, um der Todesstrafe zu entrinnen. Ich sprach mit Cathcart darüber, dem Cop, der die Ermittlungen leitete. ›Was wäre, wenn es wahr ist?‹ fragte ich ihn. ›Glauben Sie ernsthaft, daß diese drei Betrunkenen verrückt genug sind, sechs Leute umzulegen, nur weil sie aus der verdammten Kneipe hinausgeworfen wurden?‹ Ich war damals noch ein Halbwüchsiger, und Cathcart tat sich ganz gern hervor. Ich muß zugeben, daß ich auch ein phantasievoller Junge war. Aber bei der Verhandlung wurde ich mir völlig sicher, daß ich recht hatte. Ich meine, ich *wußte* es einfach. Diese Jungs da haben eben die Wahrheit gesagt, als sie über den vierten Mann aussagten. Die Art, wie sie ihn beschrieben haben – es war einfach zu realistisch. Und die Beschreibung des Kerls war zu absonderlich, um sie sich aus den Fingern zu saugen.

Ich machte 'ne Menge Publicity mit meinen Feldzügen, obwohl jeder dachte, daß ich ein Spinner sei. Ich war fast schon Stammgast bei der alten *Joe Pyne Show*. Ich entwickelte eine Theorie – daß das Genie nur hinter *einem* der Opfer her war – und daß er die Kneipe ansteckte, um sein Motiv zu verbergen. Ich überprüfte den Werdegang der einzelnen Opfer – außer meinem Bruder Tony waren sie alle abgestumpft. Arbeitende Langweiler, Saufbolde, solche Typen. Die Gaffany-Frau war eine halbprofessionelle Nacktänzerin. Ich überprüfte Edwards, den Besitzer des Ladens – ein Rauschgiftabhängiger. Ich habe ihn wirklich genau unter die Lupe genommen. Ich konnte bei keinem von ihnen etwas entdecken.

Eine Zeitlang stellte ich mit einem Typen zusammen Ermittlungen an, der für das *True Detective Magazine* schrieb. Er fand heraus, daß das Utopia einen heißen Draht zu Buchmachern besaß – im kleinen Stil allerdings. Also überprüfte ich einige Buchmacher, die in der Gegend der Normandy und Slauson operierten. Sie erzählten mir, ja sicher, es gäbe da einen Draht, aber die Geschäfte würden stümperhaft betrieben. Sie meinten, Edwards sei der Drahtzieher. Also überprüfte ich Edwards noch einmal. Der war nichts anderes als ein mit Heroin vollgepumpter Junkie, der völlig fertig ist. Ich bekam einen Hinweis über einen dicken Fisch, der die Ein- und Auszahlungen vorgenommen hatte – und es stellte sich heraus, daß er für einen Zeitraum zwischen fünf Jahren und lebenslänglich wegen bewaffneten Raubüberfalls in San Quentin sitzt. Noch eine Sackgasse.

Na ja, allmählich bekam ich dann ein paar andere Dinge zum Laufen – in der Unterwelt, der Chicano-Bewegung und in dieser Drogenberatungsstelle, in der ich arbeite –, und ich stellte die Flamme meiner Nachforschungen kleiner. Ich meine, mein Bruder Tony war ein rechtschaffener Kerl. Ich habe niemals jemanden so sehr geliebt wie ihn, und ich wollte dieses Schwein umbringen, das den Anschlag angezettelt hat, aber ich muß mir auch über mein eigenes Leben Gedanken machen, nicht wahr? Ich bin jetzt siebenundzwanzig. Kein junger Spund mehr. Na, jedenfalls war ich dann in anderen Szenen beschäftigt und dachte nicht mehr soviel über die Rache für Tony nach.

Dann bekam ich diesen Anruf. Wie heißt das Wort noch? Anonym. Dieser Bursche fragte mich, ob ich der Omar Gonzales sei, der immer in der *Joe Pyne Show* aufgetreten ist. Ich sage, ich bin derjenige. Dann fragt er mich, ob ich mich noch immer für den Fall Utopia interessieren würde. Ich sage ›ja‹. Dann sagt er: ›Ich hab’ ein paar Informationen für dich.‹ Und er fordert mich auf, mir einen Stift zu holen. Das mach’ ich auch. Er sagt: ›Richard Ralston, Hildebrand Street Nr. 8173 in Encino. Er war einer der Buchmacher im Utopia zu der Zeit des Anschlags. Sieh dich mal in seinem Haus um, vielleicht findest du dort eine Spur, die dich zu dem vierten Mann führt.‹ Dann hängt er auf. Mann, dieser Anruf hat mich echt geschafft!

Also breche ich in das Haus von diesem Ralston ein. Zunächst fand ich absolut nichts, was mir verdächtig erschien. Ein Haufen alter Baseball-Souvenirs, Fotos, Fernsehgerät, Schallplatten. Eine Tüte Gras. Nichts Interessantes. Dann entdecke ich eine eingesetzte Wand. Ich drücke sie ein und finde diese beiden Kartons. Ich denk’ mir, die könnten wohl noch interessant werden, also nehm’ ich sie mit. Als ich nach Hause komme, seh’ ich sie mir genauer an. Nur die Buchmacherbücher ergeben einen Sinn für mich. Mit den Blankoschecks und diesen Scheißbildern kann ich nichts anfangen. Dann verstaute ich die Kisten in meinem Kofferraum. Danach fang' ich an, diesen Ralston genauer zu überprüfen – ich folge ihm einmal auf dem Weg zur Arbeit. Er arbeitet in diesem schicken Golfclub. Ich beginne nachzudenken, und, verdammt noch mal, einer der Täter hatte doch den vierten Mann als jemanden beschrieben, der eins dieser Golfhemden mit dem Krokodil drauf trägt! Vielleicht spielte er in diesem Club Golf.

Ich war gerade dabei, das herauszufinden, als ich angeschossen wurde. Ich war an diesem Abend im Echo Park gewesen und wurde das Gefühl nicht los, daß ich verfolgt wurde. Ich war auf dem Weg zur Wohnung eines Freundes. Mit einem Male kommt dieser Wagen auf mich zu. Wham! Wham! Wham! Wham! Drei der Schüsse trafen nicht, aber einer streifte mich an der Schulter. Irgendwie hatte ich geahnt, was kommen würde, deshalb hatte ich mich geduckt und Gas gegeben. Ich konnte sie abschütteln. Ich versteckte mich bei einem Freund, und er fuhr meinen Wagen später zur Tankstelle. Ich dachte, er wäre dort sicher. Aber er hatte vergessen, die Kartons aus dem Wagen zu nehmen, wie ich es ihm aufgetragen hatte. Dieser Lumpenhund! Der Hund wollte nicht noch mal hingehen und sie holen. Dann tauchte ich bei einem anderen Freund unter. Meine Schulterverletzung ist tatsächlich verheilt. Ich dachte, daß es vielleicht ein paar Burschen von der Drogenberatungsstelle, die ich hinausgeworfen hatte, gewesen wären, die auf mich geschossen hatten, und daß es sicher genug sei, aus meinem Versteck herauszukommen, weil sie wahrscheinlich irgendwo vollgepumpt herumlagen.

Dann kehrte ich zu meiner Wohnung zurück. Sie war völlig verwüstet. Ich ging zu meinem Wagen, und der Tankwart erzählte mir von diesem wahnsinnig gewordenen Repo-Mann, der meinen Kofferraum aufgebrochen hat. Dann gab er mir deine Karte. Ich dachte, es wär 'ne Falle. Jemand will mich tot sehen. Vielleicht hatte dieser Ralston herausgefunden, daß ich ihm auf die Schliche gekommen war. Darum bin ich in deine Wohnung eingestiegen, um dich zu kontrollieren. Und jetzt redest du, Repo-Mann.«

In meinem Kopf rauchte es aus zwei Schornsteinen, einerseits versuchte ich Ralston anhand dieser neuen Entwicklung des Falls in Zusammenhang zu bringen, und andererseits erfand ich eine Deckgeschichte, um Omar Gonzales unter Kontrolle zu halten, während ich mir Fat Dog schnappen wollte. Ich setzte meine ehrlichste Miene auf und tischte Omar die dicken Lügen auf. Leck mich doch! Er kann ja dann die Ergreifung des Mörders seines Bruders in den Zeitungen nachlesen.

»Wir kommen immer näher an die Sache heran, Omar«, legte ich los. »Der vierte Mann ist ein Mitglied vom Hillcrest-Golfclub. Er hatte es auf Wilson Edwards, den Besitzer des Utopia, abgesehen. Seine Frau war mit Edwards abgehauen. Er dachte sich den unnützen Mord an sechs Menschen aus. Edwards war an diesem Abend nicht einmal in der Kneipe gewesen. Ralston erpreßt diesen Kerl. Ich habe eine Informationsquelle in der Nähe von Santa Barbara, wo ich die Beweise herbekomme. Einige Bandaufnahmen. Ich fahre heute abend noch hin und hol sie mir ab. Willst du nicht mitkommen?«

Omar dachte darüber nach. Er musterte mich argwöhnisch. »Wie bist du überhaupt in diese Sache hineingeraten?« fragte er mich.

»Gute Frage. Ein Autohändler, für den ich arbeite, hat mir den Auftrag gegeben, den Wagen einer Frau mit Namen Sanders zu beschlagnahmen. Sie ist die Exfrau des vierten Mannes. Als ich vorbeikam, um den Wagen zu holen, lud sie mich zu einem Gespräch ins Haus ein. Sie meinte, sie könne mich auf eine ›große Sache‹, so nannte sie es, ansetzen, wenn ich ihren Wagen nicht beschlagnahmen würde. Sie fragte mich, ob ich von dem Brandanschlag auf den Club Utopia gehört hätte. Ich sagte ›ja‹. Dann beschrieb sie mir, wie ihr ehemaliger Ehemann die ganze Sache geplant hatte. Ich glaubte ihr. Dieser Typ, den ich heute abend aufsuchen werde, steckte bei dem Erpressungsversuch mit Ralston unter einer Decke.« Ich konnte sehen, daß er mir Glauben schenkte. Es war einfach typisch: Die Angehörigen von Minderheiten betrachten die Auto-Eintreiber als den Abschaum der Gesellschaft – angetrieben durch die niedrigsten Beweggründe. Der Eintreiber-Aspekt hatte Gonzales davon überzeugt, daß ich die Wahrheit gesagt hatte. Er war bestimmt kein Dummkopf, aber aufgrund seiner Vorurteile war er leicht manipulierbar.

»Also gut«, sagte er, »es hört sich verrückt an, aber ich glaube dir. Diese ganzen Scheiß-Anstrengungen, die es mich gekostet hat, nach diesem Kerl zu suchen, und du stößt zufällig auf ihn. Wohin fahren wir? Santa Barbara?«

»Genau. Südlich von dort. In die Gegend von Cerpenteria, an den Strand. Da gibt's ein leerstehendes Motel, wo wir das Geschäft abwickeln werden. Er will tausend Dollar, aber die wird er nicht kriegen. Ich werde ihn ablenken. Du kannst zu meiner Unterstützung mitkommen. Wir brechen sofort auf. Was meinst du dazu?«

»Ich würd' sagen, du bist ein netter Kerl. Nächtlicher Beschiß eines Repo-Mannes. Hast du viel im Barrio zu tun?«

»Ja. Taco-Wagen sind meine Spezialität. Ebenso rothaarige Chicanas. Jedesmal, wenn ich einen Auftrag in Hollenbeck erledige, eß ich einen Riesen-Burrito und eine Portion Chili con Carne. Es ist ja wirklich nett, mit dir zu plaudern, Omar, du bist ein richtig guter Gesprächspartner, aber wir schweifen ein bißchen zu weit vom Thema ab. Also kümmern wir uns jetzt besser um den geschäftlichen Teil.«

Ich steckte mir die .38er in den Hosenbund, packte meine neuerworbene Kanone und den Kassettenrecorder ein und warf frische Hemden und Hosen für drei oder vier Tage in einen Koffer. Ich reichte ihn Omar. Er verlor kein einziges Wort darüber, seine Augen klebten an dem Schießeisen. Er war sichtlich beeindruckt. Ich sprach jetzt wohl seine Sprache. Als wir zur Tür hinausgingen, bemerkte er nicht einmal, wie ich mir einen Totschläger und ein Stück Nylonschnur in die Windjacke steckte.

Wir fuhren auf der 101 nach Norden. Der Koffer, die Pistole und der Kassettenrecorder lagen sicher im Kofferraum, die anderen Sachen hatte ich am Körper. Omar war ganz still. Ich hatte eine ganze Menge Gequatsche und Sticheleien von ihm erwartet, aber dafür war Omar eben viel zu feinfühlig; er war ganz in Gedanken versunken, wobei er wohl dachte, daß er sich der Entscheidungsschlacht eines seit zehn Jahren andauernden Feldzugs näherte. Das tat er auch, nur war ich der Feldherr, der den Sieg nach Hause tragen würde.

Der Wochenendverkehr dieses vierten Juli-Wochenendes war sehr lebhaft, und bis kurz vor Oxnard und Ventura kamen wir nur schleppend voran. Danach wurde es eine lockere Spazierfahrt, und zwanzig Minuten später fuhr ich dann in der Nähe des Wasserturms von Casitas vom Highway hinunter und nahm Landstraßen für die Strecke zu dem breiten Strand südlich von Carpinteria. Ich war mir sicher, daß das Beach View Motel dort noch immer stehen und noch immer leerstehen würde. Walter und ich hatten das Beach View vor zirka fünf Jahren entdeckt. Wir waren damals völlig betrunken aus San Francisco zurückgekommen, als uns ein wolkenbruchartiger Sturm überraschte. Walter wollte unbedingt weiterfahren, um *War of the Worlds* im Spätprogramm noch mitzubekommen, aber ich hatte darauf bestanden, an den Strand zu fahren und unseren Rausch dort auszuschlafen. Wir fanden auch eine Zufahrtsstraße zum Strand, in der Erwartung, an dessen Ende einen Parkplatz vorzufinden; aber wir hatten uns geirrt: Wir stießen auf das Beach View Motel, ein flaches, potthäßliches, limonengrünes Gebäude auf einem besonders kahlen Stück Sandstrand, das vom Highway aus nicht eingesehen werden konnte. Nachdem wir uns betrunken und herumgeblödelt hatten, verbrachten wir dort die Nacht. Diese miese Bude war wie ein sinkendes Schiff und für Verlierer wie uns wie geschaffen; sie würde meinen Zweck heute nacht schon erfüllen.

Es war stockdunkel, und es dauerte eine Weile, die versandete Asphaltstelle zu finden, die zu unserem Zielort hinunterführte. Nachdem wir die Bruchbude schließlich entdeckt hatten, erwachte Omar aus seiner Trance und fing an zu schwätzen: »Sind wir da, Mann? Ist es das?«

»Das ist es«, sagte ich, »wir sind ein wenig früh dran. Der Kerl hatte von halb elf gesprochen. Es ist jetzt kurz nach zehn. Aber das ist gut so. Ich möchte sichergehen, daß wir ihn ankommen sehen, falls er Freunde mitbringt.« Omar nickte mit steifem Ausdruck. Er war ein beherzter Bursche, nur befand er sich in einer anderen Welt. Zu meinem Leidwesen fing ich auch noch an, ihn zu mögen.

Als wir vor dem Motel vorfuhren, erfaßten die Autoscheinwerfer mit Abfall übersäten Asphalt, eingetretene Türen, zerbrochene Fensterscheiben und eine Unmenge leerer Bierdosen. Ich stellte den Motor ab und sagte zu Omar: »Hier, nimm die Taschenlampe und schau dich ein wenig um. Ich muß noch ein paar Sachen aus dem Kofferraum holen.«

Ich gab Omar die große Lampe, stieg aus und ging um den Wagen, um den Kofferraum aufzuschließen. Omar stieg auch aus und begann, mit dem Scheinwerfer durch die kaputten Fenster und Türen zu leuchten. Ich zählte bis zwanzig, dann ging ich zu ihm hinüber und schlug ihm mit dem Totschläger von hinten auf den Kopf. Er sackte zusammen und ließ dabei die Taschenlampe fallen. Ich kontrollierte seinen Puls, der gleichmäßig war, dann band ich ihm die Hand- und Armgelenke mit dem Nylonstrick zusammen.

Ich schleppte ihn in einen der hintersten Räume und legte ihn auf eine sandige, übelriechende Matratze. Ich umwickelte eine Hand mit meiner Windjacke und schlug die seitlichen und hinteren Fensterscheiben ein. So würde Omar reichlich frische Luft haben. Als Nächstes suchte ich mir ein halbes Dutzend schwerer Steine zusammen und legte sie vor die Tür zu Omars Zimmer. Ich ging noch einmal hinein, um seinen Puls zu überprüfen. Er war immer noch gleichmäßig. Ich machte die Tür hinter mir zu und verbarrikadierte sie mit den

Steinen. Angenehme Träume, Omar. Am nächsten Morgen, so hatte ich geplant, würde ich die Bullen von Carpinteria anrufen und ihnen etwas von einem Hotelgast im Beach View erzählen.

Ich wendete den Wagen, wobei ich beinahe noch im Sand steckengeblieben wäre, und fuhr davon, während das Meer im Hintergrund eigenartige Geräusche von sich gab. Ich nahm die Interstate 101 in Richtung Süden bis zum Anschluß an die Interstate 5 in der Nähe von Präsident Nixons Zweitvilla in San Clemente. Als ich kurz nach Mitternacht in San Diego ankam, hörte ich über der ganzen Stadt die Feuerwerkskörper. Happy Birthday, America!

8

Am nächsten Morgen ging ich ausgeruht, doch mit ein wenig Furcht über die Grenze.

Tijuana liegt auf einer Ebene, die von flachen, braunen Hügelketten umgeben ist. Obwohl das Meer nur ein paar Meilen weiter nördlich liegt, kocht die Stadt vor Hitze, und die Sonne spiegelt sich in den Eisendächern der Hunderte von Hütten wider, die diese Hügelketten säumen. Das Ganze gab mir bei meiner Ankunft in Mexiko den surrealen Eindruck eines verkaterten Morgens.

Nachdem ich im eigentlichen T. J. angekommen und an Dutzenden riesiger Liquor Stores, Abfallhaufen voller Autositze und Autolackiererereien vorbeigefahren war, ging ich meiner geplanten Reiseroute nach: durch Pennerkneipen, Wettpaläste und zur Hunderennbahn. Wenn sich das nicht als ergiebig erweisen sollte, wollte ich versuchen, anhand der Pornobilder, die ich im Kofferraum hatte, einige Spuren zu verfolgen. Sie waren mehr als ein zufälliger Hinweis auf eine Verbindung zwischen Fat Dog und Richard Ralston.

Tijuana offenbarte sich mir als turbulentes Pflaster, als ich auf die Revolución einbog, die Hauptader der Stadt. Es war laut und heiß, die Straßen waren vollgestopft mit Autos, die Bürgersteige voller Touristen, und einheimische Mexikaner feilschten vor der Fülle der Andenkenläden auf beiden Straßenseiten.

Tijuana hatte sich seit meinem ersten Besuch im Jahre 1962 ganz schön verändert. Damals war ich noch auf der High-School gewesen, und wir waren mit einer Gruppe guter Kumpels runtergefahren, um zu bumsen, uns zu besaufen und uns die berühmte Eselsnummer anzusehen. Außer, daß wir uns völlig betranken, stellten wir nicht viel mehr an. Wir waren natürlich von einem kräftigen Mexikaner verprügelt worden, der uns versprochen hatte, etwas mit seiner Schwester klarzumachen, kostenlos sogar, weil wir angeblich »coole Typen« wären. Der überwältigendste Eindruck von Tijuana war jedoch die Armut gewesen. Es gab damals ganze Horden von Kindern, die billige Decken und religiöse Abzeichen feilboten, indem sie sie dir ins Gesicht warfen und sich, die Hände ausgestreckt, vor dich stellten, um dich am Weitergehen zu hindern. Und streunende, hungernde Hunde hatte es gegeben sowie halb bewußtlose alte Bettler, die kurz vorm

Verhungern waren und dir das Leben schwer machten. Die Armut gab es jetzt immer noch – Tijuana war achtzehn Jahre später nur gerüchteweise eine Armenstadt –, aber es war jetzt eine Armut mit viel Gedränge in den Straßen. Die bettelnden Kinder sahen gesünder und nicht mehr so verzweifelt aus, und die Straßen schienen mindestens einmal in der Woche gefegt zu werden.

Ich beschloß, keine Zeit zu verlieren, und fragte mich nach dem früheren Herzen der Pennerszene von T. J. durch, dem Chicago Club. Ein Seemann auf Landurlaub, den ich ansprach, schielte mich von der Seite an und erklärte mir den Weg. Ich ging von der Revolución nach Süden, wo die Bürgersteige menschenleer waren. Es herrschte inzwischen eine unerträgliche Hitze, und mein Hemd, das ich trug, um mein Schießeisen zu verdecken, war naßgeschwitzt und klebte am Rücken. Nach zirka vier Straßen kam ich dann in die richtigen Armengegenden. Die Opfergegenden. Leute – Mexikaner und Touristen – bevölkerten die Straßen und hatten allesamt einen räuberischen Blick. Ein dürrer weißer Jugendlicher rauschte an mir vorbei. »Rote Pillen, weiße Pillen. Drei Dollar pro Packung«, sagte er. Ich sagte ihm, er solle sich verpissen.

Ich betrat die erste der dreckigen Spelunken, der noch viele andere folgten. Sie waren alle untereinander austauschbar: Die Menschen darin sahen alle gleich aus und rochen gleich, dieselben dicken Mexikanerinnen tanzten nackt auf der Bühne und wurden von gelangweilten Kerlen ausgepfiffen. Ich gab über fünfzig Leuten eine ausführliche Beschreibung von Fat Dog und gab über zweihundert Dollar für die zweisprachigen Mexikaner aus, die für mich übersetzen sollten. Nichts kam dabei heraus. Nur massive Kopfschmerzen vom Ertragen der stundenlangen rührseligen mexikanischen Musik.

Ich ging zur Revolución zurück mit dem Entschluß, mir ein paar nettere Lokale anzuschauen, bevor ich es auf der Hunderennbahn versuchte. Unterwegs ging ich noch durch drei abgelegene Spielhöllen. Kein Fat Dog und niemand, der bereit gewesen wäre, sein Spiel für ein paar Minuten zu unterbrechen, um mit mir zu reden.

Ich bekam langsam Hunger und beschloß deshalb, in dem ersten halbwegs anständig aussehenden Lokal das Essen auszuprobieren. Ich landete schließlich im La Carabella. Mir war von Anfang an klar, daß das Lokal, am Standard von Tijuana gemessen, Spitzenklasse war: Es war sauber, die Bar war reichhaltig ausgestattet, die Gäste schienen eine Stufe über denen zu stehen, mit denen ich zuvor geredet hatte, und die Mädchen, die auf der Bühne tanzten, waren hübsch, schlank und trugen Bikinis. Ich setzte mich an einen Tisch neben der Tanzfläche. Ein Ober tauchte auf, und ich bestellte mir *Huevos Rancheros* und Kaffee.

Am Nebentisch saßen übergroße, rotgesichtige Amerikaner, die zu hartem Trinken übergegangen waren. Aufgrund ihres kurzen Haars und der herrischen Manier, in der sie den Kellner behandelten, stufte ich sie als hohe Tiere des Marine Corps ein, die mir wohl kaum wichtige Informationen geben könnten. Trotzdem redeten sie sehr laut, und als sich ihr Gespräch um Golf drehte, hörte ich genauer hin.

»Das hat mich aber verdammt überrascht«, sagte einer von ihnen, »daß so ein Rattennest wie dieses einen Weltmeisterschaftskurs hat. Mit einer Platzeinheit von zweiundsiebzig. Die Grüns sind mörderisch. Ich kann von Glück sagen, daß ich mit siebenundachtzig davongekommen bin! Du meine Güte, die ganzen Jahre habe ich auf dem Pendleton-Platz gespielt und wußte nicht einmal, daß dieser hier existiert!«

Ich beugte mich hinüber und fragte den Mann, wo denn dieser Super-Golfplatz sei.

Der Amerikaner war zunächst verärgert, dann setzte er jedoch ein breites Grinsen auf. Seine Begleiter folgten ihm, und sie fingen an, durcheinanderzureden: »T. J. Country Club«, »Sind Sie aus Pendleton, junger Mann?«, »Im Süden der Stadt«, »Nahe der Hunderennbahn, die absolut besten Margaritas diesseits von La Paz«, »Achten Sie auf die Falle beim vierten Loch, da ...«

Ich wartete nicht ab, bis sie zu Ende geredet hatten. Ich stürmte aus der Kneipe hinaus und bahnte mir einen Weg durch die Menschenmenge auf der Revolución in Richtung Parkplatz, wo mein Wagen stand. Ich konnte es einfach nicht glauben: der Tijuana Country Club? Aber der Parkwächter bestätigte mir, daß es wahr sei, und gab mir genaue Anleitung, wie ich dorthinkäme.

Ich fuhr zum südlichen Stadtrand. Den T. J. Country Club konnte man kaum verfehlen. Er bestand aus einer riesigen Fläche hellgrünen Rasens in einer sonst braunen Landschaft. Hinweisschilder zeigten mir den Weg zum Clubhaus, das wie eine Nachbildung des Alamo aussah, mit undeutlichen, abblätternden Druckbuchstaben, die »Club Social y Deportivo de Tijuana« besagten.

Ich bahnte mir einen Weg durch Ansammlungen von Golfspielern, die Bier tranken und Golftaschen schleppten, und suchte nach einem Verantwortlichen. In dem Raum war es dunkel, und die Wände waren aus den gleichen Adobeziegeln wie außen. Die Golfspieler sahen

126

abgekämpft aus, ähnlich einigen Junkies, die ich mal gesehen hatte, und bildeten Schlangen, um Golfzubehör zu kaufen, wobei geschubst und geschoben wurde, damit sie so schnell wie möglich am ersten Loch sein konnten. Der Versuch, hier Fragen zu stellen, wäre sinnlos gewesen. Ich folgte einer Gruppe wohlhabend aussehender Mexikaner nach draußen, wo sich vor meinen Augen der Golfplatz eröffnete wie ein frischer Windhauch: Dahinfließende, merkwürdig grün aussehende, weiche Hügel erstreckten sich vor der allgegenwärtigen Bräune Tijuanas. Das einzige, was die Aussicht verderben konnte, waren die Golffanatiker, Dutzende von ihnen, die auf dem großen Vorplatz herumliefen und darauf warteten, ihre Taschen auf heruntergekommene Golfkarren zu packen, die auf einer Ladezone aus Asphalt neben dem ersten Tee geparkt waren. Die ganze Szene hatte das Flair eines uralten Rituals, völlig amerikanisch, gleichzeitig prosaisch und unergründlich. Ich ging zu einem jungen Mexikaner hinüber, der Bierflaschen aus einem großen Plastikabfalleimer holte und sie den Golfern reichte, die gierig nach ihnen griffen. Nachdem der Abfalleimer leer war, trug er ihn zu einem Vorratsverschlag zum Nachfüllen. Ich folgte ihm. »*Habla Inglés?*« fragte ich ihn auf spanisch, als seine Hände in eine riesige Eismaschine eintauchten.

»Ja, ich spreche Englisch«, erwiderte er mit einem reinen amerikanischen Chicano-Akzent, »aber das wird Ihnen auch nicht weiterhelfen. Ein Bier ist in dem Pauschaleintrittspreis enthalten, und mehr gibt's nicht. Bei einem Golfwagen sind es zwei Margaritas. Mehr nicht. Haben Sie das verstanden?«

»Ich hab' kapiert. Aber wonach ich eigentlich suche, ist der Meister der Caddies.«

Er hörte mit der Arbeit auf und starrte mich an, als wäre ich ein geistesgestörtes Kind. »Meister der Caddies? Wollen Sie mich verarschen? Dieser Müllplatz hat keine Caddies. Caddies gibt es nur bei Clubs mit Stil.«

»Das hätte ich mir ja denken können. Hör mal, ich bin auf der Suche nach einem Caddie. Ich weiß, daß er sich irgendwo in der Nähe von Tijuana aufhält. Er ist leicht zu erkennen: ein Anglo-Typ, ungefähr vierzig, klein, sonnenverbrannt und sehr dick. Er trägt immer schmutzige Golfkleidung. Hast du ihn vielleicht gesehen?«

»Ich hab' ihn nicht gesehen. Aber wir haben hier 'ne ganze Menge Golfplatzpenner. Fragen Sie Ernie im Profi-Shop.« Er zeigte auf eine weiße Ein-Mann-Bude, in der ein dicker Chicano Golfbälle verteilte. Ich ging hinüber und stellte mich in der Schlange an. Sämtliche

Golfspieler schienen von einer neuen Droge berauscht zu sein, von der ich noch nichts gehört hatte, sie schwatzten auf englisch und spanisch über unverständliche Dinge. Ich fühlte mich so fehl am Platze wie Beethoven bei einem Rockkonzert.

Das Ausscheidungsspiel, oder was immer es auch war, begann, und das allgemeine Interesse verlagerte sich zum ersten Tee hin. Die Warteschlange beim Bier war deutlich kürzer geworden, und die bei den Golfbällen, in der ich stand, hatte sich aufgelöst. Ernie sah mich mit einem strengen Blick an, der sich etwas abschwächte, als er den Zwanzig-Dollar-Schein erblickte, den ich ihm vor die Nase hielt. »Ich will keine Golfbälle, ich will Informationen«, sagte ich zu ihm, wobei er nickte und auf den Schein starrte. Ich beschrieb ihm Fat Dog.

Ein Zeichen des Wiedererkennens leuchtete in Ernies Gesicht auf. Er griff nach dem Zwanziger, aber ich zog ihn wieder weg. »Ich hab' den Kerl gesehen«, meinte er. »Er hat vor ein paar Tagen 'ne ganze Menge Bälle bei mir abgeliefert.«

»Hast du 'ne Ahnung, wo ich ihn finden kann?«

»Nee, das ist doch ein Herumtreiber. Ein Nachtschwärmer.«

»Habt ihr euch über irgendwas anderes als Golfbälle unterhalten?«

»Ja. Er hat mir erzählt, er wolle Windhunde kaufen. Ich sagte ihm, er solle zur Hunderennbahn gehen. Ich habe gedacht, er wolle sich einen Scherz mit mir erlauben. Er sah nicht gerade wie ein Typ aus, der das Geld hat, sich Rennhunde zu kaufen. Dann zeigt er mir seine Geldbündel. Ein paar Tausender waren das. Leck mich doch am Arsch! Ein Irrer, wissen Sie? Hat soviel Kohlen und verkauft Golfbälle. Verrückt, so was.«

»Dann hast du ihn also zur Hunderennbahn geschickt, oder?«

»Um Gottes willen! Nein, Mann. Ich schickte ihn zu meinem Cousin Armando. Der hat zwei Würfe Windhundwelpen.«

Ich gab Ernie den Zwanziger und zog einen weiteren aus meiner Brieftasche. »Wo kann ich Armando finden?«

»Wer sind Sie, Mann?«

»Ich bin ein netter Mensch. Ich will diesen Schurken, der dir die Golfbälle verkauft hat.« Ich holte noch einen Zwanziger heraus.

»Ich führe Sie selbst zu meinem Cousin«, schlug er vor.

Ich folgte Ernies uraltem Fort-Pritschenwagen. Wir fuhren in östliche Richtung, durch ein Labyrinth von Feldwegen, durch Barakkensiedlungen und an Landstreicherlagern vorbei, die aus stehengelassenen Autos bestanden. Armando wohnte in einem nicht in die Gegend passenden Haus aus rotem Ziegelstein am Rande eines enormen überwölbten Abzugskanals. Das Grundstück war von einem Drahtzaun umgeben, und als ich hinter Ernie in die Einfahrt fuhr, konnte ich Kinder und Hundewelpen sehen und hören, die hinter dem Zaun herumalberten.

Ernie bat mich, bei meinem Wagen zu warten, bis er seinen Cousin geholt habe. Voller Ungeduld wartete ich. Ich spürte, daß ich der Sache immer näher kam, daß Fat Dog ganz in der Nähe und mir auf Gnade und Ungnade ausgeliefert war. Aus dem Hausinneren vernahm ich Wortgefechte. Ein paar Minuten später kam Ernie heraus, gefolgt von einem älteren, noch viel dickeren Chicano.

Armando verschmähte mein Angebot zu einem Händeschütteln.

»Mein Cousin behauptet, du willst diesen fetten Gringo ausfindig machen, an den ich zwei meiner Hunde verkauft habe.«

»Das ist richtig«, entgegnete ich.

»Das kostet dich fünfzig Dollar«, bemerkte Ernie.

»Die bekommt ihr. Wo steckt er?«

»Erst gibst du mir das Geld«, sagte Armando.

Langsam wurde ich stinksauer, aber ich griff ohne Zögern nach meiner Brieftasche. Ich gab Armando zwei Zwanziger und einen Zehner. Er sah mich voller Verachtung an. »Wo ist er?« fragte ich ärgerlich.

»Wirst du ihm den Rest geben, Gringo?«

»Vielleicht. Wo ist er?« Ich war fast soweit, den ganzen Deal zu versauen und diese beiden Fettwänste auf der Stelle fertigzumachen, aber ich hielt mich zurück. Ich spürte, wie die Adern in meinem Kopf zu klopfen anfingen und wie die Grenzen meiner Geduld erreicht wurden, aber ich sagte kein einziges Wort, sondern ließ die beiden Mexikaner ihre Sprüche klopfen.

Schließlich sprach Armando: »Dieses fette Schwein hat bekommen, was es verdiente. Ich habe bei ihm da so ein Gefühl. Bei dir aber auch, *gabacho*, das sag' ich dir. Ich habe ihm eine Hütte vermietet. Du nimmst die gebührenpflichtige Straße nach Ensenada, fährst an der ersten Zahlstelle vorbei, und ungefähr vierzig Meilen von Tijuana entfernt, nach dem Schild ›Alisistos ½ Mile‹, fährst du ab. Dann kommst du an dem ausgetrockneten See vorbei, bis du einen Feldweg siehst, der nach links in die Berge führt. Um auf diese Straße zu gelangen, mußt du riskieren, dir den Wagen zuschanden zu fahren. Dann fährst du auf diesem Feldweg zirka drei Meilen bis zu einer Gabelung. Dort biegst du nach links ab, und es ist noch eine halbe Meile bis zur Hütte.« Ich speicherte die Informationen in meinem

Gedächtnis, während mich Armando und Ernie gefühllos anschauten. »Vielleicht kannst du mir damit einen Gefallen tun, Mann«, sagte Armando. »Vielleicht kannst du dich um dieses fette Schwein kümmern, und ich vermiete die Hütte jemand anderem. Bei einer solchen Hütte... wie sagt ihr doch gleich? Am Arsch der Welt? Wer weiß, was da alles passieren kann.«

»Hol dir doch einen runter, Fettwanst.«

»Ich werde vergessen, was du soeben gesagt hast, Kerl. Dieser Bursche hat zwei Welpen von mir. Wenn du sie zurückbringst, gebe ich dir zwanzig Dollar.« Er spuckte vor meinen Füßen auf den Boden, was eine Aufforderung war, doch einen Angriff zu versuchen. Aber ich ließ mich nicht provozieren. Es war ihr Land, sie hatten ihre Gesetze. Ich stieg in meinen Wagen und fuhr davon.

Ich fuhr in Richtung gebührenpflichtiger Schnellstraße durch Tijuana hindurch. Als ich gerade T. J. verlassen hatte, entdeckte ich eine Seitenstraße, die eine Sackgasse war. Ich bog ab und holte das Schießeisen aus dem Kofferraum; ich lud es und legte es, mit einer Decke bedeckt, neben mich auf den Beifahrersitz.

Die Schnellstraße nach Süden war weiträumig und malerisch, wobei sich das Meer in hellblauen Farben endlos zu meiner Rechten erstreckte und die Barackensiedlungen zu meiner Linken immer kleiner wurden, je weiter ich mich von Tijuana entfernte. Meine Erwartungshaltung war sehr gestiegen, aber ich versuchte, alle Zukunftsgedanken zur Seite zu schieben und mich auf den Augenblick zu konzentrieren: auf die sonnigen, nichtprivilegierten Landstriche, die von der Grausamkeit meiner Mission unbeeinträchtigt blieben.

Ich passierte die erste Zahlstelle, und ein paar Minuten später sah ich das »Alisitos ½ Mile«-Schild, schließlich auch den ausgetrockneten See. Ich machte den Feldweg sofort aus, deshalb bremste ich ab und bereitete mich auf das Überqueren des fast unpassierbaren Abzweigs vor. Ich mußte ganz anhalten, und der Unterboden meines Wagens kam nach ein paar lauten Kratzgeräuschen mit geringem Schaden davon.

Der Weg führte in eine grünlich-braune Landschaft mit Mesquitbäumen hinauf und an verschiedenen Müllkippen und einer Barakkenstadt vorbei, die aus mit Adobeziegeln gebauten Häusern bestand, vor denen eine ganze Reihe älterer Frauen einige Hühner und Schweine hüteten. Schon bald kam die Gabelung in Sicht. Nach rechts führte die Straße weiter in die Berge; nach links – die

Richtung, die ich einschlagen sollte – ging es bergab, und zwar in einen sogenannten eingeschlossenen Cañon.

Ich stellte den Motor ab und ließ den Wagen weiterrollen, wobei der Fuß auf der Bremse blieb. Nach einer Viertelmeile, nach meinem Tacho, begradigte sich der Feldweg und machte eine letzte Biegung. In der Ferne konnte ich eine heruntergekommene Holzhütte ausmachen, so zirka dreihundert Meter entfernt. Ich stieg aus dem Wagen, schloß ihn ab und nahm den Revolver mit. Es war niemand zu sehen.

Als ich näher kam, wobei ich mich am Wegrand bei den Büschen hielt, konnte ich erkennen, daß die Hütte von einem niedrigen Zaun umgeben war, dessen Zaunpfähle in unterschiedlichen Abständen in den Boden gerammt und mit einem dicken Draht miteinander verbunden waren. Ungefähr fünfzig Meter hinter der Hütte begann ein großes waldreiches Gebiet. An der Hüttenwand war das Reklameschild einer Busgesellschaft angenagelt, das einen Windhund im Lauf darstellte.

Während ich mich am Lattenzaun entlangschlich, kam mir ein Geruch von Verwesung in die Nase. Ich sah einen riesigen Schwarm Fliegen, die ein Stück über dem Boden umherschwirrten und ein halbes Dutzend Ratten, die unter ihnen herumkrochen. Als ich erkannte, was sie angezogen hatte, drehte sich mir der Magen um. Zwei tote Windhundwelpen lagen mit offenem Bauch und heraushängenden Eingeweiden auf dem behelfsmäßigen Sandplatz vor dem Haus.

Ich ließ eine Patrone in die Kammer gleiten, sprang über den Zaun und ging langsam auf das Haus zu. Ich spürte, wie sich meine Nackenhaare aufrichteten und ich eine Gänsehaut bekam. Ich bemerkte, daß die dünne Holztür halb offenstand, deshalb nahm ich einen großen Stein und warf ihn hinein. Die Tür flog nach innen auf, Holz splitterte ab und gab dabei ein gespenstisches Geräusch von sich. Aber ich hörte kein anderes Geräusch und konnte drinnen auch keine Bewegung erkennen.

Vorsichtig näherte ich mich der Hütte, das Schießeisen hielt ich auf Brusthöhe vor mir. Derselbe faulige Gestank, der vor dem Haus herrschte, wurde noch schlimmer, als ich durch die Tür schritt, also konnte ich mir schon denken, daß dort drinnen etwas Totes liegen würde. Es war Fat Dog. In einer getrockneten Blutlache lag er nackt auf dem Boden. Seine Kehle war durchgeschnitten worden, und an Beinen und Oberkörper waren überall Einstichwunden. Eine große Ratte nagte an seinem fleischigen Oberschenkel. Sein Mund war von einem Ohr bis zum anderen aufgeschnitten und legte Knorpel und verrottete Zähne frei. Seine Nase war eingeschlagen worden.

Ich hob eine leere Dose auf und warf sie auf die Ratte. Mit einem Fleischstück zwischen den Zähnen eilte sie zur Tür hinaus. Ich sah mich in dem Raum um: Die Wände waren aus billigstem Baumaterial, die Böden aus grobem Holz, unter einem kleinen Kaffeetisch stand eine Packung Hundefutter, ein Seesack war voller Golfbälle, und sonst gab es nichts. Keine Möbel, Installationen oder Lichtleitungen. Nichts außer der Leiche von Frederick »Fat Dog« Baker, Caddie und Brandstifter von Beruf, und mein angehendes lukratives Geschäft.

Ich ging hinaus zur entlegensten Ecke des geruhsamen kleinen Vorplatzes, weg von den toten Welpen, um dem Gestank des toten Caddies zu entgehen und meine Gedanken zu sammeln. Ich fühlte mich ruhig und gelassen, als ich über das Endstadium dieses psychopathischen Träumers nachdachte. Ich empfand ungeheures Mitleid darüber, daß Leute so leben müssen wie Fat Dog und auf genauso grausame Weise sterben müssen: stundenlang gefoltert und gequält. Was ist aus seinem Geld geworden? War es wegen des Bündels Geldes gewesen, das er in T. J. herumgezeigt hatte? Ich ging in das Leichenhaus zurück, um nach Hinweisen zu suchen. Mit der ersten Vermutung hatte ich recht gehabt. Drinnen gab es nichts. Als ich wieder nach draußen kam, ging mir ein Licht auf: Fat Dog hatte nie drinnen gewohnt. Er war ein notorischer Hobo, ein Vagabund, gewesen. Ich ging zu dem Waldstück hinter der Hütte. Es war ungefähr hundertfünfzig Meter lang und dicht mit Wüstenpinien bewachsen, die fast kein Licht durchließen.

Drei Stunden lang stocherte ich zwischen Büschen herum und überprüfte Baumstümpfe, bis ich fand, wonach ich gesucht hatte. Es befand sich hinter herausgerissenem Gestrüpp, in einen hohlen Baumstumpf hineingestopft und in drei große Plastiktüten eingewickelt: ein Schlafsack, zwei Bücher über Windhundpflege, eine Brieftasche ohne Namen mit $ 1600, die Mai-Ausgabe von Penthouse, eine Sechs-Schuß-Pistole und ein gemaserter Ledereinband, der mit denen fast identisch war, die Omar Gonzales im Haus von Richard Ralston in Enrico gefunden hatte.

Ich klappte das Buch auf, das für sich in einer Plastiktüte eingewickelt war. Die Seiten waren in fünf Spalten aufgeteilt, die beiden ersten enthielten Listen mit anglo- und lateinamerikanischen Nachnamen mit Initialen dahinter, wobei beide Spalten durch Striche mit roter Tinte voneinander getrennt waren. Die dritte Spalte enthielt Notizen ohne erkennbare Ordnung. In der vierten Spalte waren Geldbeträge eingetragen, die von $ 198,00 bis $ 244,89 gingen. Für die fünfte Spalte war der größte Platz gelassen worden: Sie enthielt Kommentare, die in spanischer Kurzschrift aufgezeichnet worden waren. Das Album war auf diese Weise auf zweiunddreißig Seiten beschrieben und ein sicherer Beweis für eines: Erpressung oder Wucher, bei dem Richard Ralston seine Finger im Spiel haben mußte.

Ich nahm das Geld aus Fat Dogs Brieftasche und steckte es in meine, dann klemmte ich mir das Album unter den Arm. Ich ging zum Wagen zurück, machte einen Bogen um das Todeshaus und hatte den sicheren Verdacht, daß Fat Dog versucht haben mußte, Richard Ralston oder irgend jemand anderen zu erpressen, und dafür mit seinem Leben bezahlen mußte; und daß irgendwie auch eine Verbindung zu Sol Kupferman und dem Brandanschlag auf den Club Utopia bestand. Was mich am meisten wurmte, war das fehlende Verbindungsglied: der anonyme Anrufer von Omar Gonzales.

Als ich zum Wagen zurückkam, schloß ich die Kanone und die neuen Beweise in den Kofferraum und fuhr nach T. J. zurück, um mir jemanden zu suchen, der Spanisch lesen konnte.

Es war schon fast sechs, als ich nach Tijuana zurückkehrte. Es herrschte furchtbarer Verkehr, deshalb parkte ich den Wagen auf dem ersten Parkplatz, den ich in der Stadtmitte fand. Straßenhändler, die Knallfrösche und gutsortierte Feuerwerksets feilboten, bevölkerten die Stadt. Raketen, Chinakracher, Kanonenschläge und »Atombomben« wurden aus Kisten heraus verkauft, die gegen parkende Wagen gelehnt waren. Tijuana war dabei, mit den Hanswürsten von tanzenden Amerikanern im Ausland zu feiern.

Mein erster Halt war ein Army-Navy-Laden, wo ich mir einen stabilen Spaten kaufte. Fat Dog hatte ein anständiges Begräbnis verdient, und ich war der einzige, der dafür sorgen konnte, daß er es bekam. Die Golfbälle sollten ihn begleiten. Ich ging zum Wagen zurück und legte die Grabschaufel auf den Vordersitz, dann machte ich mich auf die Suche nach einem halbwegs gebildeten Mexikaner, der auch so aussah, als könnte er die Klappe halten.

Während ich umherspazierte, mußte ich andauernd Gedanken an Jane aus meinem Kopf vertreiben. Es sah ganz so aus, als müßte ich viel länger als erwartet in Mexiko bleiben. Fat Dog hatte von einem »reichen Freund« mit einem großen Schloß gesprochen. Es würde sich bestimmt lohnen, herauszufinden, wer dahintersteckte. Dann gab es da auch noch die Sache mit Fat Dogs Mörder oder Mördern – ich würde vielleicht in der Lage sein, ein paar Hinweise auf Leute zu finden, die sich auf die Suche nach dem unbeliebten Caddie begeben hatten.

Ich bog in eine Seitengasse ab, um dem Geschiebe auf dem Bürgersteig aus dem Weg zu gehen, wo ich schon bald Schritte auf dem Schotterboden hinter mir vernahm. Ich drehte mich um, aber es war bereits zu spät. Eine Faust traf mich am Unterkiefer. Ich taumelte, behielt aber das Gleichgewicht, doch das Album entglitt meiner Hand. Es war ziemlich dunkel in der Gasse, aber nachdem ich mich von dem Schlag ein wenig erholt und die Arme über den Kopf gelegt hatte, um weiteren Hieben aus dem Weg zu gehen, erkannte ich den Angreifer. Es war Omar Gonzales. Das machte mich wütend. Als ein Ausdruck des Wiedererkennens und des Erstaunens mein Gesicht erhellte, hakte Gonzales mit einer Linken auf meinen Kopf und einer Rechten in meine Rippen nach. Sein Schlag war schnell und kräftig. Seine Linke traf mich am oberen Backenknochen, wobei der Ring an seinem Finger Blut fließen ließ; seine Rechte konnte ich mit dem Ellbogen abwehren. Er hatte sich weit ausgestreckt und war sich seiner Überlegenheit zu sicher. Ich täuschte ihn mit einer Bewegung der linken Schulter, und als er zurückwich, schlug ich ihm mit meiner Rechten seitlich auf die Nase. Er ging zu Boden, stand jedoch schnell wieder auf, wobei seine Knie wankten. Während er noch dabei war, sich Blut aus den Augen zu wischen, stieß ich ihm mit voller Wucht das Knie vors Kinn. Er ging wieder zu Boden und war ruhig.

Ich schnappte nach Luft und durchsuchte ihn nach Waffen. Er hatte keine. Wie war er so schnell hierhergekommen? Und woher hatte er gewußt, daß ich hier sein würde? Er würde bestimmt bald schon das Bewußtsein wiedererlangen, deshalb hob ich das verstaubte Album auf, legte ihn mir über die Schulter und trug ihn zu dem geschäftigen Bürgersteig, wo ich ihn neben einen Wasserhydranten auf die Erde setzte. In Tijuana bekam man für so etwas nur ein paar neugierige Blicke von Vorübergehenden. Nachdem ich eine Hand auf seine Schulter gelegt hatte, um ihn vorm Umfallen zu bewahren, drückte ich auf die Wunde an meiner Backe. Sie war ziemlich tief sowie rasiermesserscharf, und das Blut hatte bereits zu gerinnen begonnen.

Gonzales kam mit einem Male zu sich. Er versuchte aufzustehen und begann zu taumeln; er war noch zu benebelt. Er wischte sich Blut von der Nase, und ich hielt seine Schulter ziemlich fest. »Keine Chance, Omar. Es sind zu viele Leute um uns herum. Der Knast von

T. J. ist die Hölle. Aber ich hab' ein paar sehr gute Neuigkeiten für dich, wenn du mir zuhören würdest...«

Er wollte nicht zuhören. Ein Schwall von Kraftausdrücken kam aus ihm heraus, zunächst auf spanisch, zu guter Letzt auf englisch. »...Dreckiger, schleimscheißender Faschistenbulle! Parasit!...« Ich ließ ihn einfach weiterfluchen.

Nachdem ihm der Atem und das Vokabular ausgegangen waren, redete ich mit beruhigender Stimme auf ihn ein: »Der Mann, der für den Tod deines Bruders verantwortlich ist, ist tot. Er ist ermordet worden. Er liegt in einer alten Hütte außerhalb von Tijuana. Ich zeig' ihn dir, wenn du willst. Diesmal keine Tricks. Ich erzähl' dir die ganze Geschichte über meine Verwicklung in diese Sache. Die Wahrheit. Hörst du zu?«

»Ich höre zu, du Schwein. Ich hab' ja nichts Besseres zu tun.«

»Schön. Es ist eine lange Geschichte. Laß uns besser in eine Cantina gehen.«

Ich gab Gonzales ein Taschentuch, damit er sich das Blut von seiner angeschlagenen Nase wischen konnte. Sie war nicht gebrochen, weshalb ich mich auch besser fühlte. Nachdem wir einen Block gegangen waren, entdeckten wir eine Kombination aus Restaurant und Bar, die sauber aussah und in der es nicht zu voll war. Von unserem Tisch am Fenster aus konnten wir zusehen, wie das Feuerwerk den Abendhimmel erleuchtete. Ich erzählte Omar alles – von Anfang an, einschließlich dieses unglaublichen Zufalls, daß ich Kupferman nach der sekundenlangen Begegnung vor Jahren wiedererkannt hatte. Das einzige, was ich wegließ, war meine Beziehung zu Jane. Ich beobachtete ihn, während ich die tragische Geschichte erzählte, die zehn Jahre lang eine zentrale Rolle in seinem Leben gespielt hatte, und ich sah dabei, wie sich in seinem Gesicht abwechselnd Zorn, Kummer und stürmische Liebe breitmachten. Nachdem ich mit meiner Erzählung fertig war, schlürfte ich in aller Ruhe meinen Kaffee und wartete auf eine Reaktion von ihm. Sie folgte dann auch, war aber eher gleichgültig als verblüfft. »Wer, glaubst du, hat Fat Dog umgebracht?« fragte er mich.

»Ich bin mir nicht sicher. Er hatte vor zehn Jahren mit diesem Ralston vom Hillcrest zu tun. Sie sind durch die gleichen Bücher in Zusammenhang zu bringen, die wir bei ihnen gefunden haben. Es könnte gut sein, daß Fat Dog versucht hat, Ralston zu erpressen. Ich bin nicht sicher. Wir werden mehr wissen, wenn wir dieses

Buch entziffert haben.« Ich gab ihm das in Leder gebundene Buch. »Du kannst doch Spanisch lesen, oder?«

»Natürlich, *yo soy Chicano*.« Er sagte das voller Stolz. Wir waren dabei, Verbündete zu werden, aber er hielt von sich aus Abstand. Ich respektierte das auch.

»Lies es«, forderte ich ihn auf, »dann fahren wir los und begraben Fat Dog. Oder besser gesagt, ich werde dann fahren. Du kannst hier auf mich warten.«

»Nein, ich komme mit. Ich will mir dieses verfaulende Stück Scheiße mit seinen heraushängenden Eingeweiden ansehen. Ich will mir seinen Anblick genau einprägen.«

»Dann beeil dich und lies in dem Buch. Es wird schon dunkel. Ich will sichergehen, daß ich die Stelle auch wiederfinde.«

Omar las ziemlich schnell, er überflog die Seiten, ohne Emotionen zu äußern. Er las Seite für Seite mehrere Minuten lang, dann klappte er das Buch zu und sah mich an. »Das ist nicht so ein Geschäftsbuch von Buchmachern, wie ich es im Haus von Ralston gefunden habe«, sagte er. »Die beiden ersten Spalten sind immer gleich. Namen, die einen anglo-, die anderen lateinamerikanisch, ein paar, die eventuell zu Schwarzen gehören, danach folgen immer Initialen – R. R., das müßte dann Ralston sein, J. L., H. H., D. D., G. V. Frag mich nicht, was das bedeuten soll. In der nächsten Spalte sind merkwürdige Geldbeträge eingetragen, mit einem Querstrich, dann das Datum, alles ohne besondere Reihenfolge. Die Daten gehen acht Jahre zurück, bis zum Jahr '72. Hinter den Daten stehen all diese wirklich komischen Geldbeträge – 211,83; 367,00; 411,10. So ungefähr. Seltsam. Ohne Dollarzeichen, nur mit dem Dezimalkomma. Sonderbar. In der nächsten Spalte sind andere Namen, meist entsprechen sie denen der ersten. Dann sind da noch die Bemerkungen – schauriges Zeug. Zum Beispiel – ›Cousin, zehn Jahre tot‹, ›Onkel, hier geboren, gültiges Geburtsdatum, starb '55 in Mexiko‹, ›Spielte mit R. R. Golf, starb am 21. 6. 59.‹ Jede Zeile in dieser letzten Spalte scheint sich auf irgendeine verstorbene Person zu beziehen, oder auf einen ihrer Verwandten. Richtig schaurig das Ganze. Was meinst du, Repo-Mann?«

Ein weiteres Teil des Puzzles schien sich von selbst zusammenzufügen. »Ich glaube, daß die Eintragungen in dem Buch irgend etwas mit Betrug der Sozialversicherung zu tun haben. Erinnerst du dich noch an diese Blankoschecks aus den Büchern, die du bei Ralston geklaut hast? Alle Aufzeichnungen in diesem Buch schienen eine solche

Theorie zu unterstützen – die Namen, die Geldbeträge; alle gering und im Rahmen monatlicher Sozialhilfezahlungen, und die Bemerkungen in der letzten Spalte – am soundsovielten gestorben. Ich glaube, daß Ralston an einem Betrug der Sozialhilfefürsorge arbeitet und daß Fat Dog irgendwie darin verwickelt war oder den Betrug aufgedeckt hat und dann versuchte, Ralston zu erpressen, woraufhin er umgebracht wurde.«

Omar nickte zustimmend mit dem Kopf, dabei nahm er die Informationen auf und verarbeitete sie. »Was werden wir jetzt tun?«

»Laß uns erst mal Fat Dog begraben und dann zurück nach L. A. fahren. Ralston ist die Schlüsselfigur bei dieser Sache, dessen bin ich mir sicher. Wenn wir zurückkommen, werden wir ihn uns vornehmen.«

Wir standen auf und verließen die Cantina, ohne Kaffee und Bier auszutrinken. Wir gingen zum Wagen und machten uns auf den Weg in Richtung der Schnellstraße nach Ensenada.

Es war bereits fast dunkel, und die Luft hatte sich endlich abgekühlt. Wir fuhren auf der Schnellstraße nach Süden, immer am Meer entlang. Als wir aus Tijuana herauskamen, konnte ich die Freudenfeuer erkennen, die in den Barackenstädten an den Hügelketten angezündet worden waren. Die Menschen, die in diesen Behelfssiedlungen wohnten, hatten keinen Strom, aber ihre Lagerfeuer gaben ein Licht und ein Schimmern von sich, das über die Straße hinaus den Pazifik mit goldenen Streifen beleuchtete. Angesichts der Korruption in Tijuana, wo die meisten dieser Leute wahrscheinlich arbeiteten, fragte ich mich, ob sie vor Hoffnungslosigkeit schon abgestumpft waren, so wie ich es war, oder ob sie gutgläubig genug waren, ihr Leben mit der einfachen Schönheit zu bereichern, die sie umgab. Omars Denkweise lag offensichtlich in ähnlichen Dimensionen.

»Die Gegend ist so verdammt schön und die Leute so verflucht arm. Aber es ist die Armut, die dir im Endeffekt den Rest gibt. Also gehst du nach Amerika, ich meine L. A., und suchst dir irgendeinen Dreckjob, schaffst dir eine große Familie an und bleibst weiterhin arm. Und weißt du, was mich am meisten fertigmacht, Eintreiber? Es gibt überhaupt keine Möglichkeit, daran etwas zu ändern. Außer vielleicht bei den Kindern, die gegen diese Armut rebellieren und die Antwort dafür in den Drogen finden. Bei einem schaffst du's, aber bei zwanzig anderen schaffst du's nicht. Aber weißt du was? Es ist der Mühe wert.«

»Ja, ja. Eine Sache hast du mir noch nicht erzählt: Wie zum Teufel hast du mich eigentlich gefunden? Woher hast du gewußt, daß ich nach T. J. fahren würde?«

»Das war doch leicht. Die einzige Fährte, die ich hatte, waren diese Pornobilder, auf denen T. J. stand. Also, du hast mich nach Norden verschleppt, in die entgegengesetzte Richtung. Gegen drei Uhr morgens schnitt ich die Schnur durch und trampte nach Santa Barbara. Ich erwischte noch den Sechs-Uhr-Bus nach Dago und ging zu Fuß über die Grenze. Seit elf Uhr heute vormittag suche ich schon die ganze Stadt nach deinem Wagen ab. Schließlich fand ich ihn. Dann fand ich auch dich.«

»Du bist ein einfallsreiches und cleveres Bürschchen, Omar. Ich bin sicher, daß du es im Leben noch mal zu etwas bringen wirst, jetzt, wo du von dieser fixen Idee befreit bist.«

»Aber es ist noch nicht alles vorbei, Eintreiber. Dieses Schwein Fat Dog ist tot, aber da sind noch 'ne ganze Menge anderer Dinge im Busch, das hast du selbst gesagt. Ich will alles darüber wissen.«

»Das wirst du auch. Aber du darfst dich beim besten Willen nicht am Kampf beteiligen. Denk daran. Wenn wir nach L. A. zurückkehren, werde ich mir diesen Ralston allein vornehmen. Wir haben es hier mit Killern zu tun und nicht mit ein paar Punks aus dem Barrio mit Klappmessern und der Nase voller Angel Dust. Du kannst dir ja Fat Dogs Leiche genau ansehen, aber halte dir dabei die Nase gut zu. Wenn es dein Magen mitmacht, kannst du sie von mir aus maltätieren, bevor wir sie verbuddeln. Er ist derjenige, der den Tod deines Bruders verursacht hat, und niemand anderes. Das Restliche ist Zucker auf dem Kuchen, und das ist *meine* Sache. Wenn wir also wieder in L. A. sind, wirst du dich gefälligst da raushalten. Du bist schon einmal angeschossen worden und hast überlebt. Du hast dabei viel Glück gehabt. Ich werde dir bei ein paar Freunden von mir einen Platz zum Schlafen beschaffen. Dort kannst du bleiben, bis die ganze Sache überstanden ist.«

»Ich werde darüber nachdenken.«

»Tu das. Ich wollte dir eigentlich nur klarmachen, was vor sich geht. Bleib einfach aus dem Sichtfeld.«

»Also gut. Weißt du, es ist schon ein merkwürdiges Gefühl. Seit über zehn Jahren warte ich nun auf diesen Augenblick, und ich empfinde eine unheimliche Enttäuschung. Ich wollte doch dieses Schwein selbst umbringen, ganz langsam. Und das hätte ich auch getan. Solcher Abschaum wie dieser Fat Dog verdient es nicht, weiterzuleben.«

»Ich glaube, du hast das alles nicht richtig begriffen, Amigo. Du hättest natürlich Fat Dog umbringen können, wenn es der richtige Zeitpunkt gewesen wäre und deine Einstellung und dein Gewissen lange genug manipuliert gewesen wären, um es zu tun. Ich hätte es auch tun können, wenn es mir nicht gelungen wäre, ein Geständnis aus ihm rauszuholen, und ich der Überzeugung gewesen wäre, daß er wieder töten würde. Aber er verdiente auch zu leben. Er hatte einfach nicht die Chance dazu bekommen. Er hatte keine andere Wahl. Er war von Anfang an in seiner Kiste eingeschlossen. Er war dazu vorbestimmt, so zu werden, wie er schließlich war. Ich bin weiß Gott kein Liberaler, aber eine Sache habe ich während meiner Zeit als Cop gelernt: daß manche Menschen viele Dinge einfach tun müssen, daß sie gar nicht anders können. Ich habe versucht, das meinen Officer-Kollegen begreiflich zu machen, aber sie lachten mich nur aus und meinten, ich hätte ein zu weiches Herz. Ich tue, was ich tun muß, dasselbe tust du, und dasselbe hat Fat Dog getan. Der einzige Unterschied zwischen uns und Fat Dog ist der, daß unsere Lebensumstände durch ein bißchen Liebe und Zärtlichkeit gemäßigt wurden. Bei ihm war das eben nie der Fall. Für ihn gab es nur Zorn, Haß und Gemeinheit. Darum fahre ich auch wieder zurück, um ihn zu begraben. Weil er etwas Besseres verdient hätte.«

»Ich hätte gar nicht gedacht, daß du so weichherzig sein kannst. Denkst du auch darüber nach, was aus dem armen Chicano im Barrio wird, wenn du seinen Wagen konfiszierst, mit dem er zur Arbeit fahren muß?«

»Ja, ich mach mir über die Folgen Gedanken. Und dann mache ich mir folgendes klar: Er wußte doch genau, auf was er sich einließ, als er den Vertrag unterzeichnete. Alle Wiederinbesitznahmen, die ich mache, sind mindestens mehr als zwei Monate überfällig. Also was soll die Frage?«

»Dir ist wirklich nicht leicht beizukommen, Repo-Mann.«

»Dir aber auch nicht.«

Daraufhin lachten wir beide herzlich. Zum zweiten Mal an diesem Tag fuhr ich mit dem Camaro über den Betonsturz, wobei es unter dem Wagen ordentlich schabte. Als ich den Feldweg erreichte, schaltete ich das Fernlicht an und erleuchtete damit niedrige Hügel mit braunem Gestrüpp, Staub und eine Nagetierfamilie auf Reisen. Ich fuhr langsam und blieb exakt auf dem Weg. Diesmal fuhr ich bis vor die Todeshütte und wendete den Wagen, so daß ich schnell wegfahren konnte.

Im Kofferraum lag eine große Baustellenlaterne. Ich zündete sie an und stellte sie auf die Motorhaube, um Licht zum Arbeiten zu haben. Ein leichter Windhauch wehte durch den Gestank der verwesenden Windhundwelpen auf dem Vorplatz und hinterließ einen Geruch von zu lange im Warmen gelagertem Fleisch. Ich holte den Spaten aus dem Wagen und die große Tasche mit den fünf Batterien, die ich Omar gab.

»Sieh dir den Schauplatz genau an«, sagte ich zu ihm, »so etwas wirst du bestimmt nicht noch einmal sehen. Der Mann, der deinen Bruder getötet hat, liegt in der Hütte.«

Omar befolgte meine Anweisungen und leuchtete mit der Lampe auf die toten Welpen. Er schien jedoch vorm Betreten der Hütte zu zögern, wie ein Kind auf einer Kirmes, das zwar eine Eintrittskarte für die Geisterbahn in Händen hält und weiß, daß es *die* Sensation überhaupt sein wird, aber zu ängstlich ist, hineinzugehen. »Nun geh schon, Omar. Bring es hinter dich. Ich will sobald wie möglich wieder von hier verschwinden.«

Er nickte und ging die Stufen hinauf, während ich zu graben anfing. Ich hatte vielleicht drei Minuten lang gegraben, als er zur Tür hinausgestürzt kam, vornübergebeugt, und sich den Bauch hielt. Er ging neben die Hütte und übergab sich, dann würgte er nur noch, wobei sein Körper jedesmal bebte. Schließlich war er fertig und kam zu mir. Er war blaß im Gesicht, und der Ausdruck in seinen Augen machte ihn zehn Jahre älter. »Mein Gott«, sagte er.

»Hat dir das Spaß gemacht?« fragte ich ihn.

»Nein«, erwiderte er. »Ich wollte mir sein Gesicht ansehen, um etwas darin zu erkennen, aber da gab es kein Gesicht mehr. Mein Gott. Da kamen diese Würmer aus seiner Nase, und seine Eingeweide hingen . . . du liebe Güte.«

»Er ist mindestens schon seit drei Tagen tot. Hast du jetzt genug?«

»Ja.«

»Dann setz dich in den Wagen. Ich begrab ihn noch, und dann hauen wir ab.«

Ich holte ein paar Tempotaschentücher aus meiner Gesäßtasche, riß einige Stücke davon ab und stopfte sie mir in die Nasenlöcher. Dann ging ich mit der Taschenlampe, die Omar auf dem Boden liegengelassen hatte, in die Hütte. Ich war schon irgendwie an gewaltsame Todesursachen und Leichen gewöhnt, aber die Überreste von Fat Dog waren fast schon zuviel für mich: Der Gestank drang durch die zusammengepreßten Papiertaschentücher hindurch, und meine Augen brannten von der Säurebildung des verwesenden Fleisches. Ich packte die Leiche an beiden Handgelenken und zog sie hoch. Der linke Arm löste sich vom Gelenk, flog durch die Luft und verteilte dabei Gewebereste im Raum. Ich verlor das Gleichgewicht und fiel beinahe hin, wobei ich einen unterdrückten Schrei von mir gab, als mich ein zähflüssiger Klumpen des verfaulten Fleisches an der Backe traf. Ich wischte ihn ab und brauchte einen Moment, um mich zu sammeln, dann packte ich Fat Dog an den Fußgelenken und zog ihn langsam in Richtung Tür.

Ich wollte gerade die drei flachen Treppenstufen hinuntergehen, als ich eine Reihe von Schüssen aus der Richtung des Wagens hörte. Ich lies Fat Dogs Knöchel los und zog die .38er aus dem Hosenbund. Während ich mich flach an die Wand drückte, atmete ich ein paarmal hastig tief Luft ein, um die Angst zu unterdrücken und meinem Kopf Zeit zum Nachdenken zu geben. Ein paar Sekunden waren vergangen, als ich Stimmen hörte, die spanisch redeten. Durch den Türspalt sah ich, wie sich zwei Männer der Hütte näherten. Ich wartete ab. Nachdem sie näher gekommen waren, konnte ich erkennen, daß einer von ihnen ein Gewehr hatte, das er, mit dem Lauf auf den Boden gerichtet, in der Armbeuge trug.

Als sie ungefähr einen Meter von den Stufen entfernt waren, stürmte ich vor, leuchtete mit dem Lampenlicht in ihre Augen und feuerte alle sechs Schüsse auf Brusthöhe in ihre Richtung ab. Sie gingen beide zu Boden, und ich schwang mich wieder zurück zur Innenwand, wo ich mit den losen Patronen aus der Jackentasche die Kanone nachlud. Ich hörte Stöhnen, und im nächsten Augenblick wurde eine ganze Ladung Gewehrsalven in die Hütte abgegeben, die das Holz um mich herum zum Splittern brachten. Ich nahm ein Stück vom zersplitterten Holz und zog ruckartig daran, wobei ich mir in den Finger schnitt. Ich leuchtete mit der Taschenlampe den Schauplatz ab: ein Mann lag vor den Stufen; den anderen konnte ich nicht sehen, den mit dem Gewehr, bis ich kurz darauf ein schwaches Pochen und ein unterdrücktes Stöhnen vernahm, das aus Richtung Treppe kam. Er versuchte, in die Hütte zu kriechen, und hatte das Gewehr vor sich ausgestreckt. Ich hielt ein paar Sekunden lang die Luft an, und als ich dann verfolgte, wie sich die Gewehrspitze in die Hütte vorarbeitete, machte ich einen Schritt zur Tür und trat mit einem Fuß auf den Lauf. Der Mann, der es festhielt, sah mich von seiner Lage am Boden aus an. Seine Gesichtszüge konnte ich nicht erkennen, aber ich bemerkte das hellrote Blut, das aus seinem Mund floß. Es war vorbei mit ihm. Ich hielt ihm die Pistole an die Schläfe und drückte dreimal ab. Seine Schädeldecke splitterte nach innen wie ein angeschlagenes Ei. Ich ging zu dem anderen Mann hinüber. Ich konnte eigentlich sicher sein, daß er tot war, aber ich schoß ihm die übrigen drei Kugeln doch noch in den Nacken.

Während ich zum Wagen zurückging, konnte ich mir schon denken, was ich vorfinden würde. Omar Gonzales lag tot auf der vorderen Sitzbank, ihm war in den Kopf geschossen worden. Es war ausgesprochen wenig Blut zu sehen, die Kugel steckte anscheinend immer noch im Kopf. Ich zog ihn an den Armen heraus und trug ihn vorsichtig zu dem unvollendeten Grab, das ich für Fat Dog vorgesehen hatte. Wenn Fat Dog Besseres verdient hatte, dann hatte Omar Gonzales das schönste Leben überhaupt verdient, das man sich nur vorstellen kann. Ich brauchte eine halbe Stunde, um ihn zu begraben. Nachdem ich damit fertig war, versuchte ich mir ein Gedicht von Dylan Thomas in Erinnerung zu rufen, und zwar über den »Tod, der keine Herrschaft ausüben kann«, aber ich konnte mich an die Worte nicht mehr erinnern.

Ich ging zum Wagen und zapfte Benzin in eine große Dose ab, die ich dann zur Hütte brachte. Ich schleppte die beiden Killer hinein, damit sie neben Fat Dog den ewigen Frieden erleben konnten. Nachdem ich ihnen ihre Brieftaschen abgenommen hatte, schüttete ich Benzin über die drei Leichen und ließ ein brennendes Streichholz auf sie fallen. Als sie zu brennen anfingen, dachte ich nur, was es doch für ein passendes Ende für Fat Dog sei.

Bis ich wieder beim Wagen war, stand die Hütte schon lichterloh in Flammen. Ich fuhr schnurstracks in Richtung Schnellstraße. Bevor ich dort war, wurde mir bewußt, daß ich zum ersten Mal seit meiner frühen Kindheitsentdeckung, daß nämlich Tränen zu nichts führten, richtig weinte. Jetzt kullerten mir die Tränen das Gesicht hinunter, und ich zitterte wie ein kleines Kind. Zum dritten Mal an einem Tag schabte ich mit dem Wagen über die Betonabgrenzung. Diesmal machte ich mich auf den Weg nach Süden, in Richtung Ensenada, zu einem über Nacht geöffneten Liquor Store.

9

Ich habe keinen blassen Schimmer mehr, wie ich nach Ensenada gekommen oder warum ich überhaupt nach Süden geflohen war, noch weiter hinein in ein fremdes Land. Wenn ein Körper nach »Alkohol« schreit, hilft einem Logik nicht mehr weiter. An der kurvenreichen Küstenstraße passierte ich zwei weitere Zahlstellen und steuerte den Wagen weiter nach Süden. Ich verbarg mein dreckiges und tränenüberströmtes Gesicht vor den Zahlstellenbediensteten, indem ich ihnen eine Dollarnote aushändigte und einfach weiterbrauste, in der Hoffnung, daß dies als freundliche Geste betrachtet würde. Mein physischer Zustand war recht gut – die Regeln des Autofahrens, all meine Sinne dem Straßenzustand und Verkehr entsprechend zusammenzuhalten, hielten mich davon ab, in eine völlige Hysterie zu verfallen – aber meine psychische Verfassung war hundsmiserabel. Angst und das allmähliche Bewußtsein, daß mein Leben in nicht wieder zusammensetzbare Bruchstücke zersprengt worden war, führten zu einem schmerzhaften Hämmern in meinem Kopf, wodurch sich die Windschutzscheibe und der Highway vor meinen Augen verzerrten.

Nach einer gewissen Zeit hatte ich mich mit meiner Panik vertraut gemacht und beruhigte mich ein wenig. Ich wußte ja, daß es ein Allheilmittel gab, das alles wieder ins rechte Licht rücken würde: Schnaps. Und das einzige, was jetzt eine Rolle spielte, war, daranzukommen.

Ensenada eröffnete sich vor mir wie ein verstreuter Lichtkegel. Während ich mich auf der äußeren Fahrspur hielt und mich aufs Langsamfahren konzentrierte, bemerkte ich die Lichter der Schiffe, die den Hafen erhellten. Am Rande der Stadt stieß ich auf eine Straße, die zum Strand hinunterführte. Nach einem Kilometer entdeckte ich endlich, wonach ich gesucht hatte: eine Herrentoilette am Strand. Ich setzte mich aufs Klo und gab Darm und Blase erst mal freien Lauf. Dann atmete ich eine Minute lang tief durch, wobei ich anhand des Sekundenzeigers meiner Armbanduhr die Zeit maß. Ich wusch mir das verkrustete Gesicht, erst mit warmem, dann mit kaltem Wasser, und schmierte mir ein bißchen schmirgelartige Puderseife unter die Achseln, um den Angstgeruch zu entfernen. Ich kämmte mir das Haar und fühlte mich so langsam ein wenig besser; meine Überlebensinstinkte funktionierten also noch. Das Zittern hatte sich nach innen verlagert, also fühlte ich mich nun bereit, der Zivilisation ins Auge zu schauen.

Ich fuhr in die Stadt. Ensenada war ein stummer Abklatsch von T. J., im allgemeinen aber ruhiger, mit geringerer Armut und einer frischen Brise vom Meer. Die Nacht war wunderbar klar, und als ich vor dem ersten Liquor Store anhielt, den ich sah, schaute ich in der Erwartung, die staubig braunen Hügel Mexikos von dem in mir entfachten Feuer erleuchtet zu sehen, in Richtung Norden, aber es war nichts zu sehen.

Der Besitzer des Liquor Stores sah mich kein zweites Mal an, als ich zwei Flaschen Scotch, eine Tüte Eis und einen Liter Ginger Ale kaufte. Jetzt brauchte ich nur noch ein sicheres Haus, einen Ort, an den ich mich zurückziehen und betrinken konnte. Die schmierigen Hotels im Ort wären schon ein recht guter Schutz für einen ausgeflippten Gringo wie mich gewesen, aber sie waren zu laut und zu nahe an der Touristenszene. Deshalb fuhr ich in südliche Richtung, den Schnaps sicher auf dem Sitz neben mir.

An der südlichen Stadtgrenze Ensenadas, am Rande einer Neubausiedlung, fand ich meinen sicheren Hafen: ein zweistöckiges Logierhaus aus weißem Stuck. Ein riesiges Schild davor besagte »*Cuartos*« – Zimmer. Ich ließ meine Pistole im Kofferraum und schnappte mir den Koffer und die braune Papiertüte mit dem Whisky. Ich klingelte an der Tür, an der »Managerio« stand, und ersuchte in gebrochenem Spanisch um ein Zimmer für eine Woche. Die Frau führte mich durch einen muffigen Flur in ein offenes Zimmer mit einem Bett, zwei Stühlen, einem Waschbecken und einer riesigen Glühbirne, die an einem Kabel von der Decke hing. »*Sí*«, meinte ich zu ihr. »*Quánto?*«

Sie antwortete »Fifteen Dollar«. Ich wandte ihr den Rücken zu, damit sie das Bündel mit dem Geld nicht sehen konnte, und gab ihr dann das Geld. Sie griff in ihren Bademantel und gab mir einen Schlüssel. Dann musterte sie mich mit einem verständigen Blick von oben bis unten, drehte sich um und ging weg.

Ich schloß die Tür hinter mir zu und sah mir in dem gesprungenen Spiegel mein Gesicht an. Es sah mager und ängstlich aus. Ich stellte die beiden Flaschen Scotch auf den Tisch und betrachtete sie. Sie liefen einfach nicht weg, also schaute ich sie mir weiterhin an. Ich schüttete das Eis aus der Tüte ins Waschbecken, nachdem ich mich vergewissert hatte, daß der Stöpsel auch fest saß. Ich warf drei Eiswürfel in einen der Pappbecher, die der vorherige Bewohner freundlicherweise zurückgelassen hatte. In meinen Gedanken tobte es, aber im allgemeinen fühlte ich mich sehr ruhig. Für den Bruchteil einer Sekunde überkam mich die Vernunft, und ich wurde mir der

Folgen bewußt, wenn ich wieder zu trinken anfangen würde, aber ich schob diesen Gedanken von mir weg. Ich füllte den Becher mit Scotch und trank ihn in einem gierigen Zug leer.

Da wußte ich Bescheid. Die Hühner waren wieder in ihren Stall zurückgekehrt. Ich war wieder einmal erlöst worden. Ich spürte, wie der Alkohol meinen Körper aufrüttelte und aufwärmte. Ich setzte mich auf einen der harten Holzstühle und spielte mit dem Pappbecher. Mein Geist war nur Zentimeter davon entfernt, einzurasten, Sinnsprüche, Äußerungen und Weisheiten redeten wild durcheinander.

Ich nahm die beiden Brieftaschen, die ich den beiden Männern, die ich getötet hatte, abgenommen hatte, und legte sie auf ein oberes Regal im Kleiderschrank. *Die Männer, die ich getötet hatte.* Beim Gedanken daran ging wieder ein Zittern durch meinen Körper, deshalb trank ich noch einen Becher. Diesmal trat die Erleichterung auf der Stelle ein, in meinem Kopf irrten sentimentale Betrachtungen umher, Teile meiner Freundschaft zu Walter und eigentümliche Ausschnitte und Stücke von Sinfonien und Konzerten. In Stereo. Ich war wohl lange Zeit von zu Hause weg gewesen, und Mama Alkohol war sehr großzügig, indem sie mich mit einer einschmeichelnden Parade als Willkommensgeschenk beglückte. Ich war bei Beethoven und der Uraufführung der *Eroica,* bei Bruckner, als er in den Tiroler Alpen nach Gott suchte, und bei Liszt, als er die wunderschönsten Frauen seiner Zeit verführte.

Ich ging zum Spiegel und überprüfte mich selbst: Ich sah wieder normal aus, eigentlich sogar ganz anständig. Mein normalerweise rötliches Gesicht sah ein bißchen frischer als gewöhnlich aus, ich führte das jedoch auf zuviel Sonne zurück. Ich sah mir die Falten im Gesicht genauer an und gelangte zu der Überzeugung, daß Fritz Brown, dreiunddreißigjähriger Exbulle aus L.A. und Repo König vom Großraum L.A., gar nicht so schlecht dastand. Ich mußte darüber grinsen und änderte leicht meine Ansicht: Meine Zähne waren zu klein, und meine Augen hätten blau sein müssen. Blaue Augen waren *in.* Frauen standen unheimlich darauf. Sogar Schwarze aus dem Ghetto trugen blaue Kontaktlinsen und durften deshalb weiße Frauen vögeln.

Ich schaute mich nach einem Telefon um. Natürlich gab es keins. Ich hätte Lust gehabt, Walter anzurufen und ihm zu erzählen, daß alles in Ordnung sei. Ich dachte an eine frühere Freundin von mir mit Namen Charlotte, die ganz vernarrt in Chopins »Heroische Polonaise« war. Jedesmal, bevor wir ins Bett gingen, wollte sie sie hören. Ich hatte immer Walters Ansicht unterstützt, daß Chopin ein sentimentaler Frauenheld sei. Jetzt ging mir die »Polonaise« durch den Kopf wie das wiederholte Dröhnen von Sirenen bei einem Luftangriff.

Meine Gedanken schweiften von Charlotte zu Frauen im allgemeinen und von dort zu Jane. Sie war wirklich, sie war hier und jetzt. Nachdem ich nicht fähig gewesen war, das Bild von unserer gemeinsamen Nacht aus meinem Kopf zu verdrängen, geriet ich in Panik. Ich griff nach der Flasche und trank, bis ich bewußtlos wurde.

Ich wachte am nächsten Morgen gegen neun Uhr ohne Zittern auf und hatte keine Ahnung, wo ich war. Als ich die leere Flasche Scotch auf dem Tisch entdeckte, fiel mir alles wieder ein. Ich hielt die Luft an, um meine Beklemmungen zu unterdrücken. Es funktionierte. Das gab mir wieder Mut. Ich war völlig ausgelaugt, deshalb nahm ich die Überreste der Eiswürfel aus dem Waschbecken und schluckte sie hinunter, wobei mich ein kalter Schauder durchlief. Als wäre es die Antwort auf eine Frage, überkam mich ein leichter Anflug von Shakes, aber während ich mich rasierte und den Gang hinunterging, um zu duschen, konnte ich sie unter Kontrolle bringen. Der Flur war ja schon schmutzig, aber die Dusche war noch viel dreckiger. Der Teppichboden im Flur war abgewetzt und kaum dicker als eine Tortilla. Aus der Dusche kam ein träge fließender Strahl braunen Wassers, und ich mußte mich auf Zehenspitzen bewegen, um mich nicht an den abblätternden Verputzstücken zu schneiden, die auf dem Boden herumlagen.

Als ich wieder in meinem Zimmer war, zählte ich das Geld in meiner überquellenden Brieftasche – $ 3123. Als ich mir darüber bewußt wurde, daß ich Zeit und Geld hatte, fingen die Shakes wieder an. Diesmal wurden sie sehr schnell immer schlimmer. Die zehn Monate Nüchternheit hatten mich nicht vor Bezahlung des Preises bewahrt, den der Alkoholismus forderte. Die Sache ging mir durch den Kopf. Der Schnaps wartete auf mich, aber diesmal war mir alles aus den Händen geglitten. Es gab ein ganz einfaches Gegenmittel gegen die Shakes: Trinken. Das tat ich dann auch, und zwar nippte ich den Scotch diesmal langsam aus dem Pappbecher, nachdem ich ihn zur Hälfte mit lauwarmem Ginger Ale verdünnt hatte.

Ich kam zu der Überzeugung, daß, wenn ich meine Pläne auf einen einzigen Tag, auf heute, Montag, beschränken könne, ich wieder fit werden würde. Ich könnte mich ein paar Tage lang ablegen, mich betrinken, wieder nüchtern werden und mich schließlich entgiften.

Dann würde ich nach L. A. zurückfahren. Nach ein paar weiteren Drinks blieben meine Gedanken jedoch in einem Wirrwarr aus Vorhaben und Schwüren stecken, da sie immer auf zwei Extreme hinausliefen: den Fall und Jane. Es war einfach zuviel für mich. Ich genehmigte mir einen großen Schluck direkt aus der Flasche, schloß das Zimmer ab und ging nach draußen. Frau »Managerio« nickte kurz und sah mich argwöhnisch an, als ich den Flur hinunterging.

Um Viertel vor elf herrschten schon fast vierzig Grad Celsius. Ein paar Windböen kamen vom Meer herüber und versuchten, für ein wenig Abkühlung zu sorgen, jedoch ohne Erfolg. Ich ließ den Wagen zurück und entschied, zu Fuß in die Stadt zu gehen – ein Fahrverbot wegen Trunkenheit am Steuer in einem anderen Land hätte mir gerade noch gefehlt. Ich spazierte durch die Straßen der Neubausiedlung, einem eklatanten Abklatsch der amerikanischen Wertmaßstäbe, die dennoch ihrem Charakter nach mexikanisch war: Frauen und Kleinkinder sonnten sich auf den Stufen der einfachen einstöckigen weißen Gebäude, Hunde sprangen fröhlich herum, und Hühner gackerten in ihren niedrigen, umzäunten Gehegen. Ich winkte einigen Gruppen von Kindern zu, und sie winkten zurück. Ich war nie ein Kind gewesen. Ich hatte völlig erwachsen den Leib meiner Mutter verlassen, mit einer Biografie in der einen und einem leeren Glas in der anderen Hand. Meine ersten Worte waren »Wo ist der Schnaps?« gewesen.

Ich ging die Straße hinunter, die am Meer entlangführte. Es waren jetzt viel weniger Touristen unterwegs. Die meisten Leute, die ich herumfahren sah, waren Mexikaner mit Nummernschildern von Baja California. Der Küsten-Highway führte mich nach Norden ins eigentliche Ensenada, an Mengen von Schildern vorbei, auf denen Angelausflüge, Hummerrestaurants und *Jai alai* angeboten wurden. Ich kam an dem eindrucksvollen Denkmal vorüber, das dem Mount Rushmore in den Vereinigten Staaten sehr ähnlich sah; dieses zeigte drei berühmte mexikanische Patrioten, ihre Köpfe strahlten dabei bemerkenswert wenig Trost aus.

Ich war mittlerweile in Schweiß gebadet, der Alkohol kam durch die Poren wieder heraus. Ich entdeckte eine Bar, die so aussah, als könne sie meinen Flüssigkeitsverlust wieder ausgleichen, und ging hinein, aber die laute mexikanische Disco-Musik, die aus dem Musikautomaten plärrte, trieb mich wieder zur Tür hinaus. Ich versuchte es in ein paar anderen Absteigen, aber die »Musik« war überall die gleiche. Schließlich entdeckte ich eine ruhige Kneipe in einer Seitenstraße. Ich *brauchte* jetzt einfach einen Drink, und nachdem ich mich an die Theke gesetzt hatte, baute ich einen Stapel Ein-Dollar-Scheine vor mir auf. Der Barmixer verstand sofort, und als ich »Scotch« sagte, brachte er ihn mir stillschweigend und nahm einen Dollar-Schein als Bezahlung.

Ich merkte, daß ich langsam, aber sicher nervöser wurde: Armando, der mit Sicherheit nichts mit Fat Dogs Mord zu tun gehabt hatte, könnte die Zerstörung seines Eigentums entdecken und mich den Cops ausliefern. Das von mir angezündete Feuer könnte sich ausgebreitet haben. Ich hatte enorme Nachteile, weil ich kein Spanisch sprach – ich hätte in den Tageszeitungen nachlesen können, ob etwas darüber erwähnt wurde. Die Reifenspuren am Schauplatz des Geschehens könnten auf meinen Camaro zurückgeführt werden. Das Passieren der Zahlstellen an der Schnellstraße war vielleicht notiert worden. Angst nährt weitere Angst, und Schnaps ersäuft Angst, zumindest vorübergehend.

Ich prostete der Angst zu und leerte mein Glas. Der Scotch in der Kneipe war ausgezeichnet, daher prostete ich regelmäßig allen möglichen Leuten zu: Herbert von Karajan und den Berliner Philharmonikern, Vladimir Horowitz, Richard Wagner und dem Mann, der die Hollywood Bowl entworfen hatte. Da jeder dieser Toasts gleich einen doppelten Whisky ausmachte, hatte ich meine Ängste schon sehr bald unter Kontrolle und fing an, mich immer blendender zu fühlen, während ich summend meiner Phantasie freien Lauf gab. Ich war zwar nicht hungrig, zwang mich aber, einen Teller voller Fett mit Eiern und Würsten zu essen, den mir die Frau des Barmixers mit einem bezaubernden Lächeln servierte.

Nachdem ich etwa sechs Drinks getrunken hatte, trat eine ganze Verkettung von rationalen Gedanken, gemeinsam mit einem vernünftigen Schluß, in Erscheinung: Ich bin in einer schlimmen Lage. Ich bin in einer schlimmen Lage, weil bei dem großen Puzzle, das ich zu lösen versuche, große Teile fehlen. Diese großen Teile existieren in dem großen Puzzle, das ich zu lösen versuche, weil mein Verstand neuen Konzepten gegenüber im allgemeinen verschlossen ist, und vor allem gegenüber neuen Musikkonzepten. Die Saufziege Walter Curran, mein bester Freund, hatte mich schon vor Jahren vor der Gefahr gewarnt, meine Affäre mit der deutschen Romantik nicht zu übertreiben. Da Musik den Geist befreit, würde *neue* Musik meinen alten Geist befreien, damit ich die großen Teile in dem Puzzle, das ich zu lösen versuchte, zusammensetzen kann.

Brillant. Der Alkohol bringt es immer wieder fertig. Es war an der

Zeit, hinter *neuer* Musik herzujagen und einen griechischen Chor dem *neuen* Geist von Fritz Brown vorzuspielen. Beethoven, Brahms, Schubert, Haydn unter anderen, ihre Tage waren vorüber, und sie würden wiederkehren in einem besseren Lebensabschnitt, in einer Zeit der Reminiszenz, zusammen mit Jane. Die Zeit für Bartók, Strawinsky, Debussy und Ravel war gekommen – für all die dissonanten Kerle, die Walter mir seit so langer Zeit erfolglos aufdrängte – war gekommen, um mir beizustehen.

Ich ließ drei Dollar Trinkgeld auf der Theke liegen und ging hinaus. Die Nachmittagssonne traf mich wie der Hieb eines Vorschlaghammers. Ich paßte mich der Höhlenbewohnermentalität an, um den Gepflogenheiten einer mexikanischen Küstenstadt zu entsprechen, und machte mich auf die Suche nach Musik, bei der ich nachdenken konnte. Zunächst erschien mir das eine völlig unerfüllbare Aufgabe zu sein, angesichts des kulturellen Ambiente, das in der Stadt, in der ich herumsuchte, vorzuherrschen schien. Ich wühlte mich durch sie durch, und bald schon stieß ich auf etwas Vielversprechendes. Der Whisky schien aus jeder Körperzelle wieder hinauszulaufen, trotzdem blieb ich freundlich und gut gelaunt.

Die Straße mit dem Namen Ciudad de Juárez, die Hauptader Ensenadas, war eine verkleinerte Version von L. A.s Zweiter und Broadway: In riesigen Verkaufspalästen wurden billige Kleidung, billige Radios, billige Haushaltsgeräte und eine unglaubliche Auswahl an billigen Uhren angeboten. Ich wühlte durch die Schallplattenkisten, durch Berge von Mexiko-Rock, Mexiko-Disco, Mexiko-Folk, englischen Punkrock und massenweise alten Alben von solch abgeschmackten Superstars wie Perry Como, Tony Bennett und Nat »King« Cole. Im dritten Laden zog ich meine erste Losnummer – ein abgegriffenes Exemplar von Gustav Holsts »Die Planeten«. Sir Adrian Boult dirigiert darauf das Philharmonische Orchester der BBC. Es war ein echtes Sammlerstück: Genau das stand auch außen auf der Plattenhülle. Es kostete mich ganze fünfunddreißig Cents. Ich erkundigte mich bei einer englischsprachigen Verkäuferin nach weiteren Schallplattengeschäften, und sie erklärte mir den genauen Weg zu einem anderen, das vier Blocks weiter war. Sie wiederholte sich dabei immer wieder, ohne Zweifel wegen der allgemeingültigen Auffassung, daß Betrunkene schlechte Zuhörer seien.

Ich stank tatsächlich wie eine Schnapspulle. Ich würde mich erst einmal waschen müssen, wenn ich mit meinen Funden ins Hotel zurückkehrte. Ich fand das Schallplattengeschäft. Es hatte die auffälligste Reklame in bezug auf den Begriff des »häßlichen Amerikaners«, die ich je gesehen hatte. An jeder Wand hingen übergroße Poster mit den aktuellen Rock- und Pop-Stars Amerikas. Die Frauen darauf sahen gleichzeitig ausdruckslos und herausfordernd aus. Sie schienen ihre männlichen Kollegen in Frage zu stellen, die ebenfalls ausdruckslose Teenager mit engen Hosen, gewelltem Haar und Schmollmund darstellten, die eine Herausforderung an die elektronische Ausrüstung im Hintergrund waren. Die Poster zeichneten sich durch sieben Verstärker, acht Playback-Geräte, siebenunddreißig Dildos, Kokain, Quaaludes, Angel Dust und diesen Pornotypen mit seinem Fünfunddreißig-Zentimeter-Pimmel aus.

Eine Hardrock-Platte wurde mit voller Lautstärke abgespielt. Um zwei Uhr nachmittags erhellten Röhrenblitze den ganzen Laden. Ich war anscheinend ein wenig zurückgeblieben, denn ich hatte geglaubt, Röhrenblitze seien gar nicht mehr in. Eine junge, gutaussehende und dralle Mexikanerin, die ein T-Shirt trug, auf dem Mick Jagger seine Zunge herausstreckte, näherte sich mir, als sei ich ein vor langer Zeit weggelaufener Musikliebhaber. Mir fiel nichts ein, was ich hätte sagen können, deshalb drehte ich mich um und ging wieder zur Tür hinaus, ohne mich auch nur einmal umzudrehen. Es war einfach zuviel, zu plötzlich.

Ich suchte hartnäckig weiter und wurde ein Stück weiter die Straße hinunter für meinen Rückzug belohnt: Ich erstand »La Mer« und das Vorspiel zu »L'après-midi d'un faune« von Debussy – mit Szell und dem Cleveland Orchestra. Ebenso die »Petruschka Suite« von Strawinsky – mit Ozawa und dem Bostoner Symphonieorchester – und den ganz großen Knaller: eine Kassette mit den »Streichquartetten« von Bartók, gespielt vom Guarneri Quartett. Alle zusammen hatten mich fast drei Dollar gekostet. Die Platte von Strawinsky war arg verkratzt, aber die übrigen befanden sich in recht passablem Zustand.

Das war dann auch für den Anfang meines Trips genug, aber es reichte mir doch noch nicht ganz. Ich ging in ein paar weitere Billigläden und erwarb noch »Kostelanetz spielt Gershwin«, eine Platte von zweifelhaftem Wert. Das einzige, was jetzt noch fehlte, war eine Stereoanlage. Ich ging zu dem ersten riesigen Laden zurück und kaufte für $ 149,63 eine Stereoanlage von Panasonic mit dem Markennamen »Zoom«, bestehend aus zwei kleinen, zehn Zentimeter hohen Lautsprechern, einem Plattenspieler mit automatischem Plattenwechsler und einem minderwertigen, eingebauten Verstärker. Es gab nahezu keine Vergleichsmöglichkeit mit meiner Super-Hi-Fi-

Anlage in L. A., aber sie würde ausreichen, um mein winziges Zimmer mit dem Flohzirkus zum Tanzen zu bringen.

Ich hielt ein Taxi an und lud meine Neuerwerbungen auf den Rücksitz. Als wir auf dem Weg zur Stadt hinaus waren, ließ ich den Taxifahrer vor einem Liquor Store halten, wo ich mich noch mit ein paar Leckereien eindeckte: drei Literflaschen Scotch, zwei Six-packs Ginger Ale, drei Tüten Eis und einer Reihe von Dosen mit Fleisch und sterilisierten Käseprodukten. Ich hatte mich nunmehr mit Vorräten für eine Zeit eingedeckt, die zu einem langen Entwicklungsprozeß werden konnte.

Die musikalische Umwandlung fand in mir aber einfach nicht statt. Zwei ganze Tage lang betrank ich mich und lauschte der Musik und bekämpfte dabei Wut, Angst und Paranoia. Ich konnte über den Fall einfach nicht nachdenken. Wenn ich es versuchte, verschloß sich mein Hirn, und ich langte nach einem weiteren Glas oder drehte die Lautstärke der Stereoanlage auf, immer in der falschen Erwartung, dadurch meinen Denkprozeß beschleunigen zu können. Aber die Musik half mir dabei überhaupt nicht. Ich mochte sie einfach nicht. Es war großartige Musik, die tiefgehende Gedankenfolgen ausdrückte, aber ich fühlte mich von ihr nicht berührt. Ich hielt die Modernen und die Impressionisten für zu abstrakt und dissonant. Es fehlte mir eben diese Heldenhaftigkeit von Beethoven und die gefühlvolle Leidenschaft von Brahms. Bei den »Quartetten« von Bartók mußte ich immer an Jane denken, darum konnte ich sie mir überhaupt nicht mehr anhören.

Die Hotelverwalterin trieb auch ein übles Spielchen mit mir: Am ersten Tag meiner Suche hatte ich es gewagt, ein halbes Dutzend Mal den Gang hinunterzugehen, um zu pinkeln, und jedesmal warf sie mir einen verächtlichen Blick zu. Irgendwie bekam ich das Gefühl, daß sie über meine Vergangenheit Bescheid wußte und mich als den Vorboten für schlechte Zeiten betrachtete. Deshalb verließ ich auch mein Zimmer erst gar nicht mehr, sondern pißte direkt in das Waschbecken.

Nach zwei Tagen hatte ich dann die Nase voll. Ich hatte versucht, das Dosenfleisch zu essen, kotzte es aber sofort wieder aus. Zweimal war ich aufgewacht, weil ich bis auf die Knochen ausgetrocknet war, und hatte dann zu schluchzen angefangen. Ich hatte Angst vor den Entzugserscheinungen; der Zustand des Delirium tremens stand mir jetzt unmittelbar bevor. In dem Zimmer war es drückend heiß, sogar nachts. Am dritten Abend entschloß ich mich, einen Spazier-

151

gang zu machen. Ich rasierte mich, ging den Flur hinunter, um den Alkohol- und Schweißgeruch abzuduschen, wobei ich diesmal der Verwalterin aus dem Weg ging. Der Gedanke daran, mir Bewegung zu machen und gewohnten Tätigkeiten nachzugehen, gab mir ein wenig Mut. Als ich wieder in meinem Zimmer war, füllte ich eine Halbliterflasche Ginger Ale mit Scotch auf und zog die letzten sauberen Sachen an, die ich noch hatte.

Ich ging zum Parkplatz hinaus und sah mir meinen Wagen an. Er war zwar verstaubt, aber sonst unversehrt; die Pistole und der Kassettenrecorder lagen noch im Kofferraum. Ich faßte sie an, sie sollten mir Glück bringen, und ließ sie dort liegen. Ich holte eine Schachtel Patronen aus dem Handschuhfach, lud die .38er nach und steckte mir ein paar lose Patronen in die Tasche. Ich spazierte zum Strand hinunter und fühlte mich gleich weniger müde, als mich die Meeresbrise erfaßte. Nach einem halben Kilometer oder so gelangte ich zu den Steinstufen, die zum Wasser hinunterführten. Schilder sprachen vom »Estero Beach«. Ich spazierte in Richtung Süden, von Ensenada weg. In der Richtung war die Chance geringer, Leuten zu begegnen. Meine Energiezellen wurden allmählich aufgeladen, während ich an den Wellen entlangging, der nasse Sand zeichnete sich in meinen Fußspuren ab und trieb mich vorwärts.

Ich hatte seit über vier Stunden nichts mehr zu trinken gehabt, technisch gesehen war ich demnach nüchtern. Der Alkohol, der sich in meinem ganzen Körper verbreitet und ihn verkorkst hatte, lag jetzt in Lauerstellung und wartete nur darauf, daß ich den ersten Schritt unternehmen würde. Ich legte die Flasche an einem sicheren Ort in den Sand, kniete mich auf den Boden und machte zwanzig Liegestütz. Das war gar nicht allzu schwierig: Die leichte Steifheit, die ich bemerkte, als ich wieder aufstand, tat sogar ganz gut. Vielleicht war alles ja gar nicht so schlimm, dachte ich. Vielleicht kannst du einfach nach L. A. zurückfahren, als wenn nichts geschehen wäre. Vielleicht war es höchste Zeit, nüchtern zu werden und nüchtern zu bleiben.

Das Geräusch gedämpfter Stimmen und das Anschlagen einer Gitarre unterbrachen meinen Gedankenfluß. Ich war dabei, auf Leute zuzugehen, eine spätabendliche Versammlung am Strand. Nachdem ich ein Rinnsal im Sand überquert hatte, konnte ich hundert Meter weiter ein Feuer erkennen, und es roch nach geröstetem Fleisch. Die Stimmen wurden lauter, und ich konnte mitbekommen, daß sich die Leute auf englisch unterhielten. Sie waren genau auf meinem Weg, deshalb ging ich direkt auf sie zu, wobei ein Rest von Paranoia in mir schon ein seltsames Gefühl auslöste, das ich mir jedoch verkniff – ich war bewaffnet, und sie waren es aller Wahrscheinlichkeit nach nicht. Das Aroma gerösteten Fleisches setzte sich ebenso in meiner Nase fest wie das Bedürfnis, mit Menschen zusammenzusein, worüber ich mich eigentlich sehr wunderte. Ich griff mir an die Brust und gab ein laut dröhnendes »Hi!« von mir – es war seit Tagen das erste Wort, das ich gesprochen hatte.

»Bist du Freund oder Feind?« entgegnete eine Männerstimme.

»Freund«, antwortete ich.

»Dann setz dich zu uns, Freund«, erwiderte die Stimme.

Ich setzte mich zu ihnen in den Sand. Es saßen dort bereits acht Leute – fünf Männer und drei Frauen. Sie waren alle recht jung, so Mitte Zwanzig, und schienen auf den ersten Blick zu einer Gegenkultur zu gehören. Sie hatten es sich auf Decken und Schlafsäcken bequem gemacht, und Rucksäcke und Taschen waren hinter ihnen auf einem Haufen gestapelt. Ein schwacher Geruch von Marihuana lag in der Luft.

Ich eröffnete die Unterhaltung mit einer für meine Begriffe warmherzigen Bemerkung: »Ihr seid die ersten Amerikaner, die ich sehe, seitdem ich hier unten bin. Das ist schon eigenartig. Mein Spanisch ist nämlich furchtbar.«

»Staatsangehörigkeit bedeutet doch einen Scheißdreck«, sagte eines der Mädchen mit frostiger Stimme. »Staatsbürgerschaft ist doch nur eine Form des Hochmuts der Bourgeoisie. Nur wahre Freundschaft kann diesen Irrglauben abschaffen. Wahre...«

»Er spricht nicht von Rassismus«, unterbrach sie ein Bärtiger. »Er fühlt sich ganz einfach einsam. Habe ich recht, Mann?«

»So könnte man es ausdrücken«, meinte ich. »Ich bin schon 'ne ganze Weile hier unten, und ich kenne niemanden.«

»Wie heißt du, Mann?« fragte er mich.

»Fritz«, sagte ich, »und wie heißt ihr?«

»Ich bin Bruder Lee. Wenn wir von dir aus gesehen links herum die Runde machen, haben wir Bruder Mark, Bruder Randy, Schwester Julie, Schwester Carol, Bruder Kevin, Schwester Kallie und Bruder Bob. Schwester Vicky kümmert sich heute abend ums Essen.« Er zeigte dabei auf eine Frau, die sich ein paar Meter weiter um das Feuer kümmerte. Ich lehnte mich vor, um sie genauer betrachten zu können. Über dem Feuer drehte sie ein aufgespießtes Tier. Ich konnte den Geruch allerdings nicht einordnen.

»Seid ihr eine Kommune?« fragte ich.

Es folgte allgemeines Gelächter. Eines der Mädchen, ich glaube, es war Schwester Julie, beantwortete meine Frage. »Kommune ist ein abgedroschener Begriff, Bruder Fritz. Wir sind zusammen, weil wir uns lieben und weil wir uns für dieselben Dinge interessieren.«

Ich zwang mich zu lächeln. »Ihr tut euch zusammen, um zu überleben, und kampiert hier draußen am Strand, richtig? Ihr teilt euer Essen, euren Schutz und euer Hab und Gut, richtig?« Die meisten aus der Gruppe nickten, und als ich mich an das rötliche Licht vom Feuer gewöhnt hatte, konnte ich erkennen, daß sie lächelten. »Wird es denn nicht kalt im Winter? Was macht ihr dann?«

»Dann ziehen wir in ein Haus, Mann, was denkst du denn?« Der Einwurf kam von Bruder Bob. Er sah härter als die anderen aus, ein weißer Blindgänger, Versager-Typ. Vielleicht ein ehemaliger Knastbruder. Er war mindestens so groß wie ich.

»Immer mit der Ruhe, Bruder Bob«, sagte ich. »Ich bin auf eurer Seite und mache nur ein paar freundliche Zugeständnisse.«

»Du stellst 'ne ganze Menge Fragen, Mann, und du siehst aus, als wärst du ein Bulle.«

»Ich bin nur neugierig, mehr nicht. Ich bin ein Typ aus der Großstadt, der einen stumpfsinnigen Job macht, zu dem er bald wieder zurückkehren muß. Ihr Leute habt 'ne ganze Menge Freiheit. Ich beneide euch darum.« Das war das beste, was ich hatte sagen können, um das Eis zu brechen. Ich holte meine Ginger-Ale-Flasche heraus. »Hier«, sagte ich, »laßt uns einen Schluck auf die Freundschaft nehmen. Es ist guter Scotch.«

Ich nahm einen kräftigen Schluck und reichte die Flasche dann Bruder Mark, der sie an Bruder Randy weiterreichte und dann an die anderen. Als sie zu mir zurückkam, war sie fast leer. War mir auch egal. Ich hatte bereits den Entschluß gefaßt, daß das mein letzter alkoholischer Abend sein würde. Ich riskierte eine weitere Frage. »Was grillt ihr denn da über dem Feuer? Ich kann den Geruch nicht einordnen.«

Diese Frage verursachte schallendes Gelächter von allen Seiten. »Das ist ein Hund, Bruder Fritz!« sagte Schwester Kallie schadenfroh. »Komm, sieh ihn dir an!«

Ich konnte es einfach nicht fassen. Diese sanftmütigen, wenn auch irgendwie heftigen jungen Menschen sahen eher wie Hundeliebhaber und nicht wie Hundefresser aus. Ich stand auf und ging die paar Meter zum Feuer. Schwester Kallie ging mir nach, vermutlich um den schockierten Blick auf meinem eckigen Gesicht nicht zu verpassen.

Als ich mir den Grill aus nächster Nähe ansah, fing ich an zu lachen. Ich habe niemals vorher oder nachher so herzhaft gelacht. Die Gestalt auf dem Spieß war unverkennbar die eines Hundes: ein fleischiger Kläffer mit aufgerissenem Maul und von mittlerer Größe. Der Schwanz war abgetrennt und die Augen herausgenommen worden. Er duftete köstlich. Ich ließ mich, vom Lachanfall überwältigt, in den Sand fallen.

Schwester Kallie sprang auf und nieder, die großen Brüste unter ihrer einfachen Bluse wackelten dabei, und sie kreischte: »Er hat's gecheckt! Er hat's gecheckt! Der steht auf so was!«

Schließlich stand ich auf und wischte mir die Tränen aus den Augen. Zwei der Männer machten sich an die Arbeit, das Tier zu zerlegen, während die anderen zuschauten. Ich streichelte dem Hund den Kopf, ganz sanft, so als wäre er noch immer der treue Hund der Familie. Das führte erneut zu Lachsalven. Zwei Kisten Bier wurden aus dem Wasser gezogen, und wir ließen die Korken knallen und machten uns über das Festmahl her.

Ich war völlig ausgehungert und gierig. Alle Augen waren auf mich gerichtet, während ich meine Gabel über einem großen Stück Hundefleisch kreisen ließ. Schließlich warf ich alle Ängste und gesellschaftlichen Rücksichten über Bord und stach hinein. Es schmeckte salzig, rauchig und ein wenig sehnig, so ähnlich wie ein Steak von einem Reh, das ich mal gegessen hatte. Zuerst kaute ich eine Weile darauf herum, aber gefolgt von einem großen Schluck Bier, schluckte ich es dann hinunter. Das brachte mir lauten Jubel von meinen neuen Freunden ein. Danach hatte ich keine Skrupel mehr, und ich schlang den Rest, der auf dem Teller lag, heißhungrig in mich hinein. Ich verzichtete sogar auf die Sojasoße, die herumgereicht wurde: Ich war nun mal Purist.

Das lebenswichtige Protein verteilte sich in meinem Körper, es war meine erste richtige Nahrung seit Tagen gewesen, und meine Laune wurde gleich um einiges besser. Es wird schon alles wieder ins Lot kommen, dachte ich. Diese Gedanken wurden schon bald von einer Welle verschwitzter Lust ertränkt – Lust, die sich auf Schwester Kallie und ihren großen Busen richtete. Hundefleisch war vielleicht ein Scharfmacher?

Während ich gesättigt dalag und in den klaren Sternenhimmel Mexikos starrte, machten die Mädchen sauber, und Bruder Bob drehte wie ein Profi die Joints. Jetzt war Party-Zeit. Bald schon scharte sich die versammelte Mannschaft um das Feuer, während ich ein paar Meter weiter entfernt blieb, den Himmel betrachtete und umschmeichelt werden wollte. Wurde ich dann auch. Schwester Julie rief mir zu: »Komm her, Fritz, setz dich zu uns. Es gibt wieder etwas zu teilen.« Also ging ich zu ihnen hin.

Ich wollte den Augenblick nicht kaputtmachen, aber es gab da eine Frage, die ich ihnen unbedingt stellen mußte. »Wo zum Teufel habt ihr diesen köstlichen Hund her?« fragte ich sie. »Ich möchte mich bei seinem Herrchen bedanken.«

Bruder Lee gab mir Antwort, zündete den Joint an und reichte ihn herum. »Wir beziehen unser Fleisch aus zwei Quellen. Da gibt es einen Typen, der unten am Pier einen Laden für Köder zum Angeln hat. Er stellt Hundefallen auf und verkauft sie seinem Cousin, der eine Taco-Bude in Tijuana besitzt. Mit den billigsten, saftigsten und fleischigsten Tacos auf der gesamten Baja California. Alles aus Hundefleisch. Wir geben ihm normalerweise zwei Tüten Gras für zwei saftige Hunde. Manchmal finden wir auch weiter südlich von hier, unterhalb einer Kurve der Küstenstraße, ein paar tote Hunde. Sie werden von Autos überfahren. Peng. Wir müssen sie allerdings auch oft liegenlassen. Die Rippen sind manchmal völlig zerquetscht und sitzen zu tief in der Haut. Zu gefährlich, solche zu essen.«

»Ich trinke auf euch alle«, sagte ich. »Wirklich, ihr seid die einzigen Überlebenden sowohl des Kapitalismus als auch der habgierigen, fanatischen Gegenkultur, die er hervorgerufen hat. Als ich vorhin sagte, daß ich euch beneiden würde, habe ich Blödsinn geredet. Ich dachte, ihr wärt nur 'ne besondere Abart dummer Hippies. Aber ich hatte mich zugegebenermaßen geirrt. Ich entschuldige mich auch dafür. Im kleinen Rahmen habt ihr das Leben am Arsch gepackt, und deshalb möchte ich auf euer Wohl trinken.« Sie wußten nicht so richtig, wie sie darauf reagieren sollten. Der Joint wurde mir gereicht, und ich nahm einen kräftigen Zug. Ich hatte mehr Applaus oder Gelächter erwartet. Statt dessen wurde ich, durch das lodernde Feuer, mit warmem Lächeln und verwirrten Blicken belohnt.

»Was machst du eigentlich in L. A., Mann?« fragte mich Bruder Randy.

Ich dachte eine Weile über die Antwort nach. Ein weiterer Joint ging an mir vorbei, und ich saugte wieder daran. Diesmal noch fester. Es war verdammt guter Pot. Seit meiner Zeit bei der Hollywood Vice war ich nicht mehr so gut auf Gras abgefahren, und es wurde immer verrückter: Ich schwebte allmählich auf eine phantastische Schattenwelt zu. Ich dachte einen Moment lang über Bruder Randys Frage nach und erwiderte dann: »Ich tue mein Bestes, um zu überleben. Meistens ist das ziemlich einfach, aber in letzter Zeit ist es ziemlich hart geworden. Die meiste Zeit über beschlagnahme ich Autos. Ich hoffe, daß ihr Leute die Sache mit dem Eigentumsrecht einigermaßen versteht, um zu kapieren, daß Repo-Männer notwendig sind. Wir halten das Kreditwesen sauber und sorgen dafür, daß Amerika nicht überschnappt, und wir führen die Strafen für säumige Schuldner wieder ein. So Leute wie ihr, die sogenannte Subkultur, kann nur in Ländern existieren, in denen der Kapitalismus sehr stark ist. Ich war früher mal ein Cop, aber ich hab's drangegeben. Ich hab' zuviel Zeug miterlebt, das ich einfach nicht akzeptieren konnte.«

Ich hörte auf zu reden und nahm einen Zug aus der Pfeife, die mir gereicht wurde, wurde danach völlig *stoned* und betrachtete meine hingerissenen Zuhörer. Die Frauen sahen sehr gut aus. Als ich auf meine Lebensgeschichte zurückkam, tischte ich ihnen in Poesie verpackte Lügen auf: »Die Korruption, der Rassismus, die Gewalt, ich konnte damit nicht umgehen. Ich hatte mit soviel verkrachten Existenzen zu tun, von denen die meisten blaue Uniformen trugen und die jungen Menschen, die ein anderes Leben zu führen versuchten, ein ehrlicheres als ihre Eltern, wegen ihrer Lebensführung fertigmachen wollten. Ähnlich war es mit den Schwarzen, den Säufern und den von der Gesellschaft Ausgestoßenen, den Heimatlosen in den Elendsvierteln. Es gab da eine zärtliche Seite in mir, der ich keinen Ausdruck verleihen konnte, darum schmiß ich letztendlich den Job hin. Was ich wirklich tun wollte, war Geige spielen lernen. Aber ich hatte dazu keine Geduld und kein Durchhaltevermögen.« Es hatte zunächst wie übertriebener Quatsch geklungen, aber am Ende meines Monologs merkte ich, daß das ganze Lügengebilde in Wirklichkeit eine innere Wahrheit enthielt, die ich nicht unterdrücken konnte. Ich schwebte, durch das Gras und das Hundefleisch angeregt, in höheren Regionen, so daß mir alles greifbar schien, aber sich trotzdem alles meinem Fassungsvermögen entzog.

»Dann bist du also nach Mexiko gefahren, um etwas zu suchen, richtig, Fritz?« Es kam von Schwester Carol.

Ich mußte lachen. »So könnte man es nennen.«

»Glaubst du, daß du finden wirst, was du suchst?«

»Ich bin mir nicht ganz sicher.«

»Wie alt bist du?« fragte mich mein Favorit, Schwester Kallie. Aus ihrer Richtung schienen warme Antennen oder Fühler zu mir zu kommen. Ihr Kopf schien mir von einem Heiligenschein umgeben zu sein.

»Dreiunddreißig.«

»Das ist noch nicht zu alt, um dein Leben zu ändern«, sagte sie. »Du hast bestimmt eine ganze Menge Scheiße durchgemacht. Schmerzen erzeugen Wachstum. Aus dir könnte noch immer ein toller Geigenspieler werden. Ich lernte das Gitarrespielen mit vierundzwanzig.«

»Danke. Vielleicht hast du recht.«

Die Party begann, sich aufzulösen. Jeder von ihnen, außer dem mürrischen Bruder Bob, wünschte mir eine gute Nacht, und sie luden mich ein, an anderen Abenden wiederzukommen und von ihrer Gastfreundschaft Gebrauch zu machen. Ich sagte ihnen, ich würde darauf zurückkommen, nur nächstes Mal würde ich Steaks und Bier mitbringen. Dann gingen sie von dannen, nahmen ihre Schlafsäcke mit und suchten sich gemütliche und geschützte Flecken im Sand. Außer Kallie. Sie blieb zurück, setzte sich mit gekreuzten Beinen mir gegenüber, auf die andere Seite des ausgehenden Feuers.

»Bist du die Einzelgängerin unter ihnen, Kallie?« fragte ich sie.

»Eigentlich nicht. Mark und ich sind zusammen. Ich fühlte mich einfach danach, zurückzubleiben und noch ein wenig zu reden.«

»Vielen Dank. Ich bin auch noch nicht ganz soweit, daß ich auf mein Zimmer zurückgehen kann.«

»Weißt du, ich glaube dir nicht mal die Hälfte von dem, was du uns erzählt hast. Ich glaub' dir, daß du mal Cop warst, na gut. Du siehst auch wie einer aus. Aber der Rest davon war doch dummes Gequatsche, oder? Ich meine, von wegen die Schnauze voll von Gewalt und Rassismus und all dem. Habe ich recht?«

»Ich glaub', ja.«

»Warum hast du gelogen?«

»Ich weiß nicht so genau. Ich wollte, daß ihr mich mögt, und ich wollte mich auf ein Niveau bringen, das ihr akzeptieren könnt, aber dabei wollte ich auch nicht zuviel von mir selbst aufgeben, vermute ich.«

»Du steckst tief in der Patsche, nicht wahr?«

»Ja.«

»Sehr tief?«

Ich nickte.

»Ich hab's doch gewußt. Ich seh' es an deinen Augen. Sie sind ängstlich. Sie sehen nicht normal aus, wie auch immer sie dann aussehen mögen.«

»Du hast keine Angst vor mir, oder?«

»Nein. Du hast genug Angst für zwei. Ich habe eine gute Antenne. Ich bekomme mit, wenn es jemandem schlecht geht. Dir geht es verdammt schlecht.«

»Mir wird es schon wieder bessergehen, denke ich. Es gibt hier unten ein paar Dinge, die ich noch erledigen muß, und in L. A. erwartet mich ein riesiger Trümmerhaufen. Ich habe gesoffen, aber damit ist jetzt Schluß, darum wird sich auch alles wieder einrenken lassen. Ich bin dir für dein Interesse sehr dankbar, Kallie. Du bist eine sehr liebenswerte Frau.«

»Hast du eine Freundin?«

»Ich hoffe es. Kurz bevor ich L. A. verlassen habe, hatte ich mit einer Frau etwas angefangen, aber ich weiß noch nicht, was daraus werden wird, wenn ich zurückkomme.«

»Ich meinte nur so.«

»Ich muß mich hier unten noch um ein paar Angelegenheiten kümmern, die mich noch ein paar Tage beschäftigen werden. Ich würde dich gern wiedersehen.«

»Ich glaube nicht, daß das geht. Ich möchte dir schon etwas geben, aber ich will mich nicht mit dir einlassen.«

»Ich glaube, ich bin ein wenig zuweit gegangen. Tut mir leid. Ich bin ziemlich stoned. Das ist schon ein komisches Feeling.«

»Es braucht dir nicht leid zu tun, Fritz. Ich mag dich. Ich habe einen Draht zu Männern, denen es schlecht geht. Es ist schon fast krankhaft, würde ich sagen. Wenn du möchtest, kannst du heute nacht bei mir bleiben.«

»Das würde ich gern.«

»Versteh mich bitte nicht falsch. Ich will es nicht mit dir treiben. Ich bin kein Typ, der mit jedem schläft. Ich habe eine gewisse Ausstrahlung. Ich kann Leuten, die Sorgen haben, ein gewisses Wohlgefühl geben, ohne Sex. Ich habe sehr viel Liebe in mir. Ich könnte dir helfen. Wenn du dein eigenes Gesicht sehen könntest, würdest du sehen, wie schlecht es um dich steht.«

»Ich tue alles, was du möchtest, Sweetheart.«

Kallie führte mich zu einer hohen Sandverwehung, weiter weg von den anderen Brüdern und Schwestern. Wir breiteten einen großen Doppelschlafsack aus und krochen angezogen hinein. Über eine Stunde lang hielten wir Händchen und machten Witze. Nach einer Weile waren meine Kräfte erschöpft, und ich entschlummerte langsam. Kallie legte meinen Kopf auf ihren Busen und ging mit ihren

Fingern zärtlich durch mein Haar, bis ich einschlief. Stunden später, als die Morgendämmerung über dem Meer hereinbrach, erwachte ich in derselben Lage. Kallie hatte ihre Brüste in der Nacht freigelegt, und vom Gewicht meines Kopfes waren sie schweißnaß und gerötet. Als ich wach wurde, wurde sie auch wach. Ich blickte sie erwartungsvoll an, in der Hoffnung, daß ihre Entblößtheit bedeutete, daß wir jetzt miteinander schlafen könnten, aber Kallie schüttelte den Kopf. Wir standen auf und umarmten uns herzlich.

»Hab vielen Dank«, sagte ich.

Kallie nickte stumm und drückte mir kräftig die Hand. »Komm nicht zurück, Fritz. Ich kenne dich. Du könntest etwas tun, was uns schaden könnte. Ich werde bei meinen Meditationen an dich denken. Darauf kannst du dich verlassen.« Es war also endgültig. Ich küßte sie auf die Wange und ging zurück in meine Welt.

Mein Zimmer sah ganz anders aus, als ich zurückkam. Die verwahrlosten Wände, der muffige Geruch und die angerosteten Möbelstücke führten zu einer lang anhaltenden Übelkeit. Aber das legte sich wieder. Die Vergangenheit war tot, und es gab keine Zukunft zu bekämpfen. Ich begann mein neues Leben, indem ich die Reste des Scotch ins Waschbecken schüttete. Dann trug ich die Schallplatten über die Feuerleiter zum Dach hinauf und schleuderte sie in Richtung Neubausiedlung. Die meisten stürzten während des Flugs plötzlich ab, aber einige landeten auf den Dächern oder Schottervorgärten der armseligen Behausungen. Es gab mir ein Wohlgefühl, als würde ein Gott den kulturell Zurückgebliebenen Kultur verschaffen.

Wieder im Zimmer angelangt, überlegte ich hin und her, grübelte und machte mir Sorgen. Es war an der Zeit, wieder in die Gänge zu kommen oder abzuhauen. Ich öffnete den Kleiderschrank und holte aus dem oberen Regal die Brieftaschen der beiden Männer, die ich umgebracht hatte.

Die erste hatte einem Reyes Sandoval gehört. In ihr befanden sich eine Autozulassung, eine Taufurkunde aus dem Jahre 1941, ein Haufen Karten mit katholischen Segenssprüchen, etwas mexikanisches Geld und ein Führerschein aus Baja California ohne Bild. Er war am 1. Oktober 1940 in Juárez geboren, war also neununddreißig, als er sterben mußte. Seine Größe und sein Gewicht waren in Zentimetern und Kilos angegeben, wonach er mittelgroß gewesen sein mußte. Keiner der beiden war sehr schwer gewesen, als ich sie in die Hütte des Todes schleppte. Das wichtigste an dem Ganzen war seine Anschrift, die hier in Ensenada war: Felicia Terraco No. 1179. Es gab auch noch ein Bild einer hübschen, leicht übergewichtigen Frau, die zwei schnukkelige kleine Kinder, einen Jungen und ein Mädchen, auf dem Arm hatte. Reyes Sandoval, mexikanischer Revolverheld, war Familienvater.

Sonst gab es nichts Interessantes in der Brieftasche – keine Notizen oder Schmierzettel. Ich behielt den Führerschein, riß die übrigen Papiere in kleine Stücke und legte sie in einen Aschenbecher.

Die andere Brieftasche, ein farbenprächtiges Souvenir aus Tijuana, brachte mehr Aufschluß: Henry Cruz, zweiundvierzig, war in den USA geboren und besaß einen kalifornischen Führerschein, auf dem eine Anschrift in Bell Gardens, einem miesen Weißenvorort von L. A., angegeben war. Dem abgegriffenen Paßbild und meiner schwachen Erinnerung an diese furchtbare Nacht nach zu urteilen, war Cruz derjenige gewesen, der mir in die Hütte nachgekrochen gekommen war und den ich aus nächster Nähe erschossen hatte. In der Brieftasche befanden sich zwanzig US-Dollar sowie ein Stück Papier mit einer Telefonnummer. Ich schrieb sie mir auf, und bis auf seinen kalifornischen Führerschein verbrannte ich den Inhalt beider Brieftaschen, einschließlich des mexikanischen Geldes. Ich brachte den Aschenbecher mit dem verkohlten Papier den Gang hinunter zur Toilette, warf es hinein und zog ab. Ich schloß mein Zimmer ab, stieg in den Wagen und fuhr zur Adresse Felicia Terraco Nr. 1179.

Ein freundlicher, englischsprechender Zeitungsverkäufer erklärte mir in der Innenstadt von Ensenada den Weg; er zeigte dabei nach Norden auf eine Hügelkette mit Buschlandschaft, wo einzelne kleine Häuser standen. Auf einem Feldweg, der mitten durch ein riesiges Bohnenfeld führte, fuhr ich den Hügel hinauf. Mein zuverlässiger Camaro kämpfte sich Steigungen hinauf und durch enge Straßen hindurch, an denen sowohl Landarbeiterhütten als auch sorgfältig gepflegte Mehrfamilienhäuser mit Steingärten standen. Die Straßenschilder waren schwer zu verfolgen, und aus unerklärlichen Gründen waren die Hausnummern nicht fortlaufend numeriert. Nachdem ich wiederholt hin und zurück gefahren war, fand ich schließlich Nr. 1179, eine würfelförmige, ehemals weiße Hütte mit Seitenwänden aus Aluminium – die Art von Material, aus dem auch Wohnwagen hergestellt werden. Sie war klein, sah aber sehr komfortabel aus. An den Seitenfenstern konnte ich Lüftungsgitter für eine Klimaanlage erkennen, was darauf hindeutete, daß die Sandovals dem Mittelstand Ensenadas angehörten. Alles, was ich tun konnte, war abzuwarten.

Ich parkte an einem Holzgeländer, das die Straße von einem steil abfallenden Hang trennte. Der Ausblick von dort war phänomenal: Zu meiner Linken und unter mir lag Ensenada, zur Rechten war der kristallblaue Pazifik, der mit dunklen Feldern aus Seetang glitzerte und mit zu kleinen Punkten geschrumpften Booten übersät war.

Nach ungefähr einer Stunde wurde ich für das Warten belohnt. Die Witwe von Sandoval kam allein aus dem Haus. Sie hatte seit der Zeit, als das Bild aufgenommen wurde, das ich in Sandovals Brieftasche gefunden hatte, an Gewicht verloren, und sie sah sehr besorgt aus. Sie ging drei Häuser weiter, stieg in einen alten Chevy und fuhr weg, Richtung Ensenada. Ich ließ sie fahren. Was ich suchte, was immer das auch sein mochte, war wahrscheinlich im Haus. Ich wollte einen Hauseinbruch am hellichten Tag nicht riskieren. Es gab zu viele neugierige Augen in der Nähe. Da ich ohnehin bis zum Einbruch der Dunkelheit warten mußte, fuhr ich nach Ensenada hinunter und genehmigte mir ein Krabbenessen.

Nach dem Abendessen überkam mich das plötzliche Verlangen, Jane anzurufen und ihr zu sagen, daß es mir gutgehe. Ich war jetzt schon seit sechs Tagen fort. Aber dann entschloß ich mich, es doch nicht zu riskieren. Sie würde mir zu viele Fragen stellen, die ich ihr doch nicht hätte beantworten können. Aber da gab es noch einen Anruf, den ich tätigen mußte. Ich suchte die Nummer heraus, die ich mir aus dem Nachlaß von Henry Cruz abgeschrieben hatte. Er war in Los Angeles zu Hause gewesen, also versuchte ich es auch mit dieser Vorwahl.

In einem dunklen Durchgang hinter dem Restaurant fand ich eine Reihe abgeschlossener Telefonzellen, und bei einer steckte ich eine Handvoll mexikanischer Münzen in den Schlitz, um zunächst die Auskunft von L. A. zu erreichen und mich dann an diese Nummer weiterverbinden zu lassen. Es nahm dort aber niemand den Hörer ab. Nach dreißigmaligem Klingeln erstattete mir die Vermittlung mein Kleingeld zurück, wodurch das Geldrückgabefach des Telefons wie in einem Spielautomaten in Las Vegas überlief. Ich wählte die Nummer noch einmal. Diesmal wurde der Hörer bereits nach dem dritten Klingeln abgehoben. Eine freundliche Sing-Sang-Stimme sprach heiter: »Hillcrest Country Club. Kann ich etwas für Sie tun?«

Ich wäre beinahe auf der Stelle umgefallen. Henry Cruz. Ralston. Fat Dog. Kupferman. Hillcrest. Die Frau schnatterte weiter in die Sprechmuschel, und ihre Stimme zerschmolz mit meinem kolossalen Adrenalinschub. »Kann ich Ihnen weiterhelfen? Hier ist Hillcrest.

Was kann ich für Sie tun?« Ich legte auf. Es gab nichts, was ich hätte sagen können.

Henry Cruz, einer der Mörder von Fat Dog, hatte jemanden in Hillcrest angerufen – bestimmt Richard Ralston. Fat Dog hatte Ralston erpreßt und war wegen seiner Falschheit umgelegt worden. Einem Impuls folgend, rief ich noch einmal bei Hillcrest an. Es war dieselbe Telefonistin am Apparat. »Richard Ralston, bitte«, sagte ich.

»Es tut mir leid, Sir«, erwiderte die Stimme, »der erste Tee ist für heute geschlossen. Wollten Sie einen Starttermin für die morgigen gemischten Vierer?... Ich...« Sie wollte mit ihrer säuselnden Hilfsbereitschaft nicht aufhören, aber ich schnitt ihr das Wort ab.

»Ist Richard Ralston dort der Starter? Der Meister der Caddies?«

»Ja, Sir, ist er. Wenn Sie...«

»Vielen Dank«, sagte ich und legte wieder auf.

Ich bezahlte die Rechnung und fuhr kreuz und quer durch die Straßen von Ensenada, um vor dem Dunkelwerden noch ein wenig Zeit totzuschlagen. Mit fortschreitendem Sonnenuntergang wurde die Küstenstadt immer lebendiger – Soldaten in Zivilkleidung begannen ihre Kneipentour, einheimische Mexikaner unternahmen mit ihren Familien einen Spaziergang, und die Andenkenläden waren gerammelt voll. Nachdem die Sonne hinter dem Meereshorizont versunken war, machte ich mich auf den Weg in Richtung der im Norden gelegenen Hochebene. Diesmal braucht ich nicht so lange, um das Haus wiederzufinden. Ich parkte den Wagen an derselben Stelle und ging über die kaputte Straße zum Haus hinüber.

Ich hatte gute Deckung: Die Nacht war sehr dunkel, und mexikanischer Rock dröhnte aus den umliegenden Häusern. Ich klopfte zuerst an der vorderen, dann an der hinteren Tür, worauf niemand reagierte. Nachdem ich mich nach beiden Seiten umgeschaut hatte, knackte ich das Schloß der Hintertür mit einer geraden Nadel und schob den Riegel mit einer eingeführten Kreditkarte zurück. Ich kam daraufhin in einen Raum, der teils Werkstatt, teils Speisezimmer war. Eine abgenutzte Waschmaschine und ein Trockner wetteiferten mit Haufen von Puppen und zerbrochenen Modellflugzeugen um Freiraum.

Mit meiner niedrig gehaltenen Taschenlampe ging ich in das Wohnzimmer. Ich mußte lachen. Es war vollgepackt mit Fernsehern und billigen Stereogeräten, über zwei Dutzend, die fast die Gesamtfläche des Raums einnahmen. Man konnte mit Sicherheit davon ausgehen, daß der verstorbene Reyes Sandoval Einbrecher und/oder

Hehler gewesen war. Ich leuchtete mit der Lampe die Ecken ab. Nichts. Kein Schrank, keine Tische, kein Regal.

Rechts vom Wohnzimmer war eine Kombination aus Kinder- und Nähzimmer. Darin lag noch mehr kaputtes Spielzeug herum, und eine komplizierte Webmaschine stand mitten im Raum, mit der Decken für die mexikanischen Souvenirläden gewebt werden. Auf dem Boden standen ein Dutzend Nähmaschinen von Singer. Reyes war zwar wohl ein miserabler Mörder, aber ein ausgezeichneter Dieb gewesen. Ich kontrollierte die Kleiderkammer, durchwühlte die Fächer mit den farbenprächtigen Kostümen und der Männerkleidung. Nichts. Es war nichts in den Hosentaschen, außer den Namensschildern der Wäscherei.

Ich hob mir das Schlafzimmer am Ende des schmalen Ganges für zuletzt auf. Die gesamte Familie schlief darin: Ein Kinderhochbett stand an einer Wand, und ein großes französisches Bett stand in der Mitte des Raums. Ich machte die Tür hinter mir zu und ging das Risiko ein, das Licht anzuknipsen. Von jeder Wand blickte ein billiges Ölgemälde mit Jesus auf mich herab. Der Künstler hatte ihn jedesmal als Mexikaner dargestellt. Über dem Bett hing ein Bild, von dem ein noch düstererer Heiliger auf mich herabschaute. Ich konnte ihn einfach nicht einordnen. Es war ein kräftig aussehender Chicano aus der Bibel mit einem Hirtenstock. Vielleicht war er der Schutzheilige der Ganoven.

An einer anderen Wand standen drei Schubladenschränke, daneben war die Tür zu einer Kleiderkammer. Ich wühlte zuerst die Schubladen durch und stieß auf alle möglichen Arten von Quittungen. Ein Stapel Lohnzettel, die von der *Baja Nacional Cannería de Pescado* an Reyes Juan Sandoval ausgestellt waren, war auch darunter. Mrs. Galinos Spanischunterricht in der High-School erfüllte nun endlich seinen Zweck: Reyes hatte in letzter Zeit in der Fischfabrik von Baja gearbeitet.

Ich steckte mir eine Lohnquittung in die Tasche. Die Arbeitsbezeichnung schien »laborero« zu sein, aber die numerischen Computerdaten sagten mir gar nichts. In der Kleiderkammer waren fast nur Angelgeräte: Angelruten, Rutenhalter, Köderdosen und eine Zubehörkiste.

Ich wurde allmählich nervös und fing an zu schwitzen in diesem luftdichten Haus, darum knipste ich das Licht wieder aus und überflog kurz die Küche – Kisten mit Thunfisch in Dosen, ein Kühlschrank voll mit Resten und ein schmutziges Spülbecken. Aber immerhin hatte ich eine Spur. Ich nahm den gleichen Weg wieder hinaus, auf dem ich hineingekommen war.

Ich verbrachte den Sonntag mit Schwimmen und einer ziellosen Sightseeing-Tour. Ich machte dabei die Fischfabrik ausfindig, eine stinkende Fabrik an einem niedrigen, flachen Kai. Am Montagmorgen stand ich um vier Uhr auf und fuhr in Arbeitskleidung zu der Fabrik.

Ich hatte Glück, daß ich früh genug dort war, denn ein paar Hippie-Typen und mittellose Mexikaner hatten sich bereits vor dem Fabriktor versammelt, als ich dort ankam, und reichten eine Flasche weißen Port herum. Von ihnen erfuhr ich, daß heute eine Flotte Thunfischboote einlaufen werde und eine ganze Menge Arbeiter benötigt würden, um sie für achtzehn Dollar oder soundsoviel Pesos am Tag zu entladen. Ich war der Überzeugung, daß es einen Versuch wert sei.

Die Zahl der arbeitshungrigen Männer stieg auf ungefähr vierzig an. Bei Morgengrauen erschien eine Gruppe halbamtlich aussehender Mexikaner und verteilte »Arbeitskarten«, die wir in unseren Taschen sorgfältig aufbewahren sollten, weil wir bei Verlust keinen Lohn bekämen. Als Nächstes wurden wir in Arbeitsgruppen von jeweils zehn Leute unterteilt und zum Dock hinuntergeschickt, wo wir auf die Ankunft der Thunfischboote warten sollten. Ich hoffte die ganze Zeit über, daß sie nie ankommen würden, damit ich Zeit genug hätte, meinen Kollegen ein paar vorsichtige Fragen über Reyes Sandoval zu stellen. Aber es sollte nun mal nicht sein – nach einer halben Stunde Wartezeit brodelte das Meer vor Hunderten kleiner Fischerboote, die direkt auf uns zu kamen.

Es war der härteste Arbeitstag meines Lebens. Wir bildeten an der Kaimauer eine lange Reihe, und große, in Öltücher eingewickelte Bündel mit stinkendem, fettigem Fisch wurden uns von den Schiffen aus angereicht. Wir legten sie auf ein Förderband, an dessen Ende sie auf die Ladefläche von Kleinlastern fielen, die sie in den Weiterverarbeitungsbereich transportierten. Bald schon war ich schweißgebadet, und meine brandneue Arbeitskleidung war voller Fischöl. Nachdem ein Boot abgeladen war, machten wir eine zwei- oder dreiminutenlange Pause, bis das nächste am Kai festgemacht hatte. Für Unterhaltungen gab es nur wenig Zeit. Um elf hatten wir eine Dreiviertelstunde Mittagspause. Ein Straßenhändler kam vorbei und verteilte Chorizos, Tacos und Burritos an die hungernden Sklaven.

Während der Pause brachte ich das Thema Reyes Sandoval bei drei

Gringos und drei Chicanos zur Sprache. Sie hatten überhaupt keine Ahnung, von wem die Rede war, und es war ihnen auch scheißegal. Wir mußten die Arbeit schließlich wiederaufnehmen, und ich schwor mir, niemals mehr in meinem Leben wieder ein Thunfisch-Sandwich anzurühren.

Nach einer Ewigkeit ging der Arbeitstag dann endlich zu Ende. Ich war mehr als müde und stand vor Erschöpfung kurz vor Ende meiner Kraft. Nachdem das letzte Thunfischboot wieder auf See war, kam ein strahlender Mexikaner zum Dock hinunter und verteilte Umschläge mit unserem Lohn.

Während wir uns in kleinen, schwatzenden Gruppen aus dem Fabriktor hinausschlängelten, sah ich sie. Ich wußte gleich, daß ich sie von irgendwoher kannte; sie war eine herbe, sehr sinnlich aussehende Frau mit naturrotem Haar um die Fünfunddreißig. Eine echte Gringa.

Ich ging ihr nach. Sie ging vor einer Gruppe in Kitteln gekleideter Frauen her – wahrscheinlich Fließbandarbeiterinnen von der Fischfabrik –, aber sie arbeitete bestimmt nicht mit ihnen zusammen. Sie ging vornweg, Distanz wahrend und stolz, in ihrem raffiniert geschneiderten Hosenanzug. Ich fragte mich, wie sie wohl nackt aussehen würde, da kam mir plötzlich die Erinnerung – sie war das Mädchen, das auf den Pornobildern, die ich in Fat Dogs Brandstifterhütte gefunden hatte, Modell stand. Sie war um einiges älter geworden – eine reife Frau mit dem Aussehen und der sexuellen Ausstrahlung der großen, weiten Welt. Ich erinnerte mich, daß sie das einzige Mädchen gewesen war, das es nicht mit Tieren gemacht hatte. Es war nur zu gut und zu *richtig,* seine Chance nicht an sich vorübergehen zu lassen.

In sicherer Entfernung folgte ich ihr durch das Fabriktor hinaus und durch die breite Straße in Richtung Ensenada. Hinter der ersten Querstraße stieg sie in einen alten Mercedes. Ich spurtete zu meinem Wagen, stieg ein und wendete, so daß ich in der ersten Parklücke hinter ihr stand. Dann wartete ich ab. Sie saß noch immer hinterm Steuer ihres Wagens, als würde sie sich überlegen, was sie als nächstes tun sollte. Schließlich fuhr sie los und bog nach links ab, in Richtung Einkaufsbezirk von Ensenada. Ich war direkt hinter ihr. Auf der Ciudad de Juárez bog sie wieder nach links ab und fuhr nach Norden. Zur Stadt hinaus. Kurze Zeit später befanden wir uns in dem Buschland vor dem Hügel, wo die Familie Sandoval wohnte.

Indem ich einen Wagen zwischen uns gelassen hatte, folgte ich dem Wagen den Hügel hinauf, und nach zirka zwei Kilometern kurvenreicher Strecke erreichten wir die Felicia Terraco. Ich war darüber nicht besonders überrascht. Walter sagte immer, daß *alles* im Leben miteinander in Verbindung steht. Ich hatte ihm nie geglaubt. Jetzt tat ich es. Es war richtig unheimlich, fast so, als wäre es ein Beweis für die Existenz Gottes.

Als sie um die letzte Kurve vor dem Haus der Sandovals fuhr, hielt ich an. Ich wartete fünf Minuten, dann stieg ich aus dem Wagen und ging zu Fuß um die Biegung. Ganz klar, der Mercedes der Rothaarigen stand in der Einfahrt der Sandovals. Sie mußte wieder in meine Richtung umkehren; die Felicia Terraco endete einen viertel Kilometer weiter in einer Sackgasse. Ich wartete ungeduldig ab, zog mein in Fischöl getränktes Hemd aus und klappte den Fahrersitz nach hinten, damit ich die Füße aufs Armaturenbrett legen konnte.

Die Rothaarige kam ein paar Minuten später um die Kurve gerast, wobei sie nur knapp das Geländer verfehlte. Einen Moment lang sah ich in ihr vor Angst gerötetes Gesicht. Sie sah verängstigt und desorientiert aus. Wir erreichten Ensenada in der Hälfte der Zeit, die wir für den Weg bergauf gebraucht hatten. Der Rotschopf fuhr sehr schnell und hektisch, wirbelte dabei Staubwolken hinter sich auf, die mich fast unsichtbar machten, während wir durch einen sandigen Bereich außerhalb der Stadt fuhren. Ich bekam immer mehr Angst um sie: Sie mußte unheimlich verwirrt und selbstzerstörerisch geworden sein und lief Gefahr, ihren Wagen zu Schrott zu fahren.

Als sie in den geschäftigen Straßen Ensenadas angelangt war, erholte sie sich wieder, fuhr langsamer und mit mehr Zurückhaltung durch die Stadt bis zu einem Wohnblock im Osten der Stadt. Das war eine Ansicht von Ensenada, die ich bisher noch nicht gesehen hatte: mit Bäumen gesäumte Alleen und Appartmenthäuser mit Luxusappartments neuerer Bauart, die mich an die besseren Vororte von L. A. erinnerten. Sie hielt vor einem eleganten, in pseudofranzösischem Stil erbauten Appartmenthaus, und ich parkte direkt hinter ihr. Ich ließ jegliche Vorsicht außer acht, da es sowieso keine Möglichkeit gab, mich ihr auf andere Weise zu nähern. Es mußte sehr direkt geschehen, und davor hatte ich Angst. Es war nun mal nicht mein Land.

Sie hatte mich bisher noch nicht bemerkt, dessen war ich mir ziemlich sicher. Sie befand sich in einer Nebelwelt aus Angst und Besessenheit, während sie am Gebäude hochschaute, als überlege sie sich, ob sie es überhaupt betreten solle. Daraufhin schoß sie los, schlug die Wagentür zu und rannte in die riesige Eingangshalle. Ich schob die Kanone in meine Jackentasche, rannte hinter ihr her und erreichte das Foyer gerade noch so rechtzeitig, daß ich sie einen Treppenabsatz links von mir hinauflaufen sah. Ich folgte ihr, indem ich drei Stufen auf einmal nahm. Meine Arbeitsschuhe mit Gummisohlen sorgten für eine geräuschlose Verfolgung, und ich entdeckte sie schließlich im Flur des vierten Stockwerks, als sie gerade erregt eine Wohnungstür aufschloß.

Ich wartete, bis sie fast hineingegangen war, dann schob ich die Tür auf und packte sie, als sie gerade zu schreien anfangen wollte, legte eine Hand auf ihren Mund und schleppte sie zu einer Couch in der Mitte des Zimmers. Sie wehrte sich energisch gegen meinen Griff, mit den unnatürlichen Kräften einer zu Tode Erschrockenen. Nachdem ich sie hingesetzt hatte – meine Hand war dabei noch immer auf ihren Mund gepreßt –, redete ich so besänftigend, wie ich konnte: »Ich werde dir nichts tun. Glaube mir bitte. Ich weiß, daß du dir Sorgen machst. Ich werde jetzt ein paar Namen nennen. Du nickst, wenn du der Meinung bist, daß ich dir weiterhelfen will, okay? Danach lasse ich dich los, und wir können reden, okay?« Sie nickte, und der Schrecken in ihren Augen ließ nach.

»Fat Dog Baker. Richard Ralston. Omar Gonzales. Reyes Sandoval. Henry Cruz.« Bei den letzten beiden Namen fing sie heftig an zu nicken und wand sich aus meiner Umklammerung. Ich ließ sie los und lehnte mich mit angehaltenem Atem an die Couch.

Sie fing an zu weinen, und ich unternahm keinen Versuch, sie daran zu hindern. »Wer sind Sie?« brachte sie schließlich unter Schluchzen heraus.

»Mein Name ist Brown. Ich bin Privatdetektiv«, antwortete ich. »Die Leute, die ich genannt habe, sind alle in einen Fall verwickelt, an dem ich arbeite. Ich will ihnen wirklich nichts tun.«

»Geht es Henry und Reyes gut?«

»Weiß ich nicht. Ist das ihre Wohnung?«

»Ja.«

»Ich bin Ihnen von der Fischfabrik bis hierher gefolgt. Ich habe gesehen, daß Sie Angst haben. Was ist los? Wovor haben Sie Angst?«

»Henry und Reyes sind verschwunden. Sie sind schon seit über einer Woche weg. Ich weiß, daß sie in der Patsche sitzen.«

»Woher wissen Sie das?«

»Ich weiß es einfach. Sie sollten für diesen reichen Kerl einen Job erledigen. Dieser Typ, mit dem Henry früher Baseball gespielt hat, hat die Sache klargemacht. Ich wußte, daß es falsch war, ich wußte auch, daß es gefährlich war. Ich habe es Henry gesagt, aber er wollte einfach nicht auf mich hören. Er wollte unbedingt dieses Zeug haben.«

»Welches Zeug?«

»Na, Sie wissen schon. Smack. Heroin. Dieser reiche Typ wollte Henry eine Lebensration davon geben. Weil der Job gefährlich war.«

»War Henry Dealer?«

»Was meinen Sie mit ›war‹? Ist mit Henry alles in Ordnung? Sagen Sie's mir!«

Ich zögerte.

»Soweit ich weiß, geht es ihm gut. Ist er von dem Zeug abhängig?«

»Ja, sehr.«

»Hieß dieser Typ, mit dem Henry früher Baseball gespielt hat, zufällig Richard Ralston?«

»Ja.«

»Was für eine Art von Job sollte er erledigen?«

»Ich weiß es nicht.«

»Also gut. Wie heißen Sie eigentlich?«

»Dorcas. Ich meine Dori. Dorcas ist ein furchtbarer Name. Er hört sich an wie Dork, darum benutze ich Dori.«

»Paß mal auf, Dori, ich weiß, daß Reyes Sandoval ein Einbrecher ist, und du erzählst mir, daß Henry von diesem Zeug abhängig ist. Aber das ist mir ziemlich gleichgültig. Ich will niemandem etwas anhängen. Dieser Fall, in den ich verwickelt bin, ist viel zu kompliziert, als daß ich dir alles erklären könnte. Ich brauche den Mann, der Henry angeheuert hat, diesen Job zu erledigen. Dann kann ich vielleicht herausfinden, ob mit Henry alles in Ordnung ist. Wir wissen doch beide, daß Henry für diesen Kerl jemanden umbringen sollte, oder? Das ist ja wohl eindeutig.«

Dori fing wieder an zu schluchzen, ihr ganzer Körper bebte dabei. »Ich weiß, ich weiß, ich weiß! Jetzt ist dieser Ralston hinter mir her. Er meint, Henry sei weg, Reyes sei weg, und das Dope sei auch weg. Er glaubt, daß ich wisse, wo Henry steckt. Ich sagte ihm, ich wüßte, wo das Dope sei – er könne es zurückhaben –, aber Henry und Reyes sind verschwunden, und ich weiß genau, daß sie tot sind.«

»Pssst. Vielleicht sind sie's gar nicht. Ralston würde dich doch nicht belästigen, wenn er es wüßte, oder?«

»Vielleicht.«

»Nicht nur vielleicht. Wahrscheinlich sogar. Kannst du mir sagen, wer Henry und Reyes für diesen Job angeheuert hat?«

»Ich kenn' seinen Namen nicht. Ralston hat das arrangiert. Es ist ein reicher Amerikaner, das weiß ich. Er hat unten an der Küste ein riesiges Haus. Henry hat mir davon erzählt, und ich konnte mich noch daran erinnern, weil ich mal dort vorbeigefahren bin.«

»Könntest du mir die Stelle zeigen?«

»Ich glaub' schon.«

»Schön. Hat Ralston in letzter Zeit auch die Frau von Sandoval belästigt? Ich weiß, daß du sie kennst. Ich bin dir zu ihr gefolgt.«

»Ja. Tina hat auch Angst. Sie hat die Kinder zu ihren Eltern nach Tijuana geschickt.«

»Ich glaube, du und Tina, ihr solltet eine Zeitlang von der Bildfläche verschwinden. Ich mach' dir einen Vorschlag. Zeig mir noch heute abend das Haus von diesem reichen Amerikaner, und ich gebe dir und Tina Sandoval etwas Geld, damit ihr euch verstecken könnt.«

»Wieviel Geld?«

»Tausend Dollar.«

»Tatsächlich?« Dori lächelte zum ersten Mal.

»Tatsächlich. Ich habe es hier.« Ich klopfte auf meine Brieftasche.

»Was ist mit meinen Sachen?«

»Vergiß sie. Du bist höchstwahrscheinlich in Gefahr. Vergiß auch deine Arbeit. Du kannst sie ja später wiederaufnehmen. Wenn du mir das Haus zeigst, dann setze ich dich danach bei der Frau von Sandoval wieder ab. Wir könnten Mexiko dann morgen verlassen.«

»Aber Tina ist Mexikanerin. Sie hat keine Einreiseerlaubnis für die Staaten.«

»Darum kümmere ich mich schon. Jetzt pack dir ein paar Sachen zusammen, damit wir verschwinden können.«

Sie ging ins Nachbarzimmer, und ich schaute mir die Wohnung an: Sie bestand zumeist aus billigem Plüsch, der bei Ungebildeten oftmals etwas Besseres darstellt. Dori kam mit einem Koffer in der Hand überraschend schnell zurück. Sie war wieder einigermaßen gefaßt. Die Härte, die ich ihr bei der Fischfabrik angesehen hatte, war also echt. »Eines noch, bevor wir gehen«, sagte ich, »wo ist dieser Dopevorrat, den Henry bekommen hat?«

Sie machte eine Kopfbewegung in Richtung Schlafzimmer. Wir gingen hinein. Sie öffnete einen Schrank. Unter ein paar Herrenhemden waren sechs Plastiktüten mit weißem Pulver versteckt. Das Zeug war ein Vermögen wert, wenn es reines Heroin war. Ich öffnete eine Tüte und probierte es: Blut schoß mir in den Kopf, und einen kurzen Augenblick lang schüttelte sich mein ganzer Körper. Es war *verdammt* rein. Wenn ich Henry Cruz nicht umgebracht hätte, wäre er über kurz oder lang sowieso an einer Überdosis gestorben. Ich sah Dori an.

»Das ist gutes Zeug, nicht wahr?« fragte sie.

»Ja, sehr«, erwiderte ich. »Zeug wie dieses hat in meinen Augen keine Existenzberechtigung. Wo ist das Badezimmer?« Es war neben der Küche. Ich nahm die Tüten mit hinein und schüttelte sie, eine nach der anderen, in die Toilette. Es gab mir ein reines und sehr tugendhaftes Gefühl. Als ich abzog, kam es mir vor wie eine Buße für alle meine vorherigen Sünden. »Laß uns jetzt von hier verschwinden«, forderte ich sie schließlich auf.

Wir fuhren in meinem Wagen nach Süden und redeten die meiste Zeit, das heißt, meistens redete Dori. Sie war nervös und beunruhigt, aber auch von der Vorfreude auf die tausend Dollar eingenommen. Sie hatte ein langes, schwieriges Verhältnis mit Henry Cruz hinter sich. Sie war in Los Angeles aufgewachsen, und Cruz hatte sie entjungfert, als sie fünfzehn war. Sie waren seitdem zusammen. Durch ihn war sie auf Sex abgefahren, was sie liebend gern tat, und war auch mit der Drogenunterwelt L. A.s bekannt gemacht worden, deren Intrigen sie faszinierend fand, sowie mit den Drogen, die sie haßte und deren Namen sie nur ab und zu gebrauchte, um Henry zu gefallen.

Sie hatten ihre Höhen und Tiefen gehabt. Henry mußte eine Zeitlang ins Gefängnis, und sie war auf den Strich gegangen, damit sie ihn im Knast weiterhin mit Stoff versorgen konnte. Er hatte sie dazu gebracht, bei den speziell aufgenommenen »Deluxe«-Pornoheften mitzuwirken, die er seinen Freunden geschenkt hatte. Er hatte mit ihr und dem Besitzer der Fischfabrik etwas klargemacht, wo sie ein Zwischending von Schreibkraft und Party-Girl war. Der Besitzer der Fabrik bezahlte ihr die Wohnung und gab ihr monatlich einen Tausender zusätzlich für häufige nächtliche Besuche.

Sie gab zu, daß Henry eine Ratte gewesen war, aber sie liebte ihn eben, und da war nichts dran zu ändern. Zu meinem Entsetzen machte die Frau mich ganz heiß und kribbelig. Meine Gedanken entfernten sich immer mehr von dem Fall und verwandelten sich in ein wollüstiges Verlangen, mit ihr ins Bett zu gehen. Ihre sexuelle Ausstrahlung war einfach unglaublich. Um sie von mir fernzuhalten, fing ich ein neues Gesprächsthema an. »Erzähl mir etwas über Richard Ralston.«

»Was denn?«

»Na, alles. Nimm dir eine Minute Zeit und denk drüber nach.« Während Dori nachdachte, konzentrierte ich mich aufs Fahren. Das

Gelände war nachts sehr unübersichtlich, links von mir waren die dunklen Hügelketten und rechts der finstere Pazifik. Mir kamen allmählich Zweifel an Doris Zuverlässigkeit. Würde sie in der Lage sein, die Stelle wiederzufinden?

Sie konnte Gedanken lesen: »Mach dir keine Sorgen, ich führ' dich nicht an der Nase herum«, sagte sie. »Henry hat mir die Stelle gezeigt. Er hatte einen furchtbaren Horror davor, es ist ein merkwürdiges Haus.«

»Du kannst ja Gedanken lesen, Dori. Erzähl mir jetzt was über Ralston.«

»Ralston ist so eine Art schäbiger Drahtzieher. Außerdem ist er ein Frauenheld. Er ist als ›Hot Rod‹ bekannt, weil er ein Gehänge wie ein Barrakuda hat. Ich weiß es, weil Henry mich mal überredet hat, mit ihm zu bumsen. Er und Henry haben früher einmal Baseball zusammen gespielt, in einem mittelklassigen Verein. Damals in den 50er Jahren. Er hat seine Finger in vielen miesen Geschäften, Spielhöllen, Buchmacherei, all so'n Kram. Er hat diesen Job auf dem Golfplatz, der in Wirklichkeit nur eine Fassade ist, und er ist Besitzer eines Hotels und einer Kneipe. Er ist eine echt linke Bazille. Er hat da solche ganz armen alten Typen drin wohnen, die von Rente oder Sozialhilfe leben, alles Schnapsbrüder. Sie wohnen in seinem Flohhotel und betrinken sich in seiner Kneipe. Daraus besteht ihr ganzes beschissenes Dasein. Hot Rod löst jeden Monat ihre Schecks ein, zieht ihnen Miete und ihre Deckel aus der Kneipe ab, verkauft ihnen Zigaretten, die er zollfrei über die Grenze transportieren läßt, und gibt ihnen ein paar Dollar zum Ausgeben. Das ist kein Scheiß! Er hat mir selbst mal was darüber erzählt. Die meisten dieser alten Schlucker im Hotel sind Caddies, die zu alt sind, eine Tasche zu tragen. Hot Rod ist der Meinung, er würde sie am Leben halten, falls man das noch als Leben bezeichnen könne. Persönlich gesehen, zeigt er schon Stil, weißt du, er ist sexy, charmant und so weiter. Aber im Grunde ist er ein Arschloch. Aber das ist schon okay. Ich steh' auf Arschlöcher. Ich bin mit ihnen verwandt. Henry ist auch ein Arschloch, und wir sind schon seit verdammt langer Zeit zusammen. Du bist auch so eine Art Arschloch, das sehe ich dir an.«

»Schönen Dank.«

»Nein, wirklich. Es war als Kompliment gemeint.«

»Schönen Dank für das Kompliment.«

Wir fuhren schweigend weiter, ich war ein wenig gereizt. Der Fall nahm in bezug auf Macht- und Eigentumsverhältnisse sowie Prestige immer höhere Dimensionen an, von der niederen Verzweiflung eines Caddies bis hin zu den am Meer gelegenen Villen der Reichen, und ich war sehr darauf versessen, das Rätsel zu lösen, es abzuschließen und abzustecken nach Recht und Gesetz, um dann zu Jane und Walter zurückzukehren, damit ich wieder meine Ruhe hätte. Ich schaute auf die Uhr. Wir waren bereits seit fünfzig Minuten unterwegs. Dori fing an, nervös zu werden und Selbstgespräche zu führen.

»Nun?« fragte ich sie.

»Gleich«, entgegnete sie und hielt dabei ihren Kopf aus dem Fenster, um nach Orientierungspunkten zu suchen. »Also, jetzt gleich«, sagte sie. »Da hinten ist eine Straße, hinter der nächsten Kurve. Fahr langsamer und bieg ab, wenn ich es dir sage.«

Das tat ich dann auch, und das Fernlicht fiel auf einen breiten, oft befahrenen Feldweg, der durch eine Art Paß zwischen zwei hohen Hügeln bergan führte. Als wir den Erhebungen näher kamen, wurde das Gelände flacher und die Hügel niedriger. Wir fuhren zwischen ihnen durch und gelangten landeinwärts in ein dunkles, kaltes Nichts. Es war totenstill. In der Ferne hörten wir Coyoten heulen. Der Fahrweg verlief zwischen einer Reihe von Hügeln auf und ab. Es war stockfinster und das Fernlicht das einzige Licht weit und breit.

Allmählich wurde der Weg breiter, und rechts von mir begann sich eine weiße Silhouette abzuzeichnen, die immer mehr Gestalt annahm.

»Da«, rief Dori und zeigte in die Richtung, »das ist das Haus.«

Ich fuhr von der Straße ab. »Du bleibst hier«, sagte ich. »Ich bin spätestens in einer halben Stunde wieder da. Und verlasse bloß nicht den Wagen.«

Sie nickte heftig. Ich holte meine Pistole und die Taschenlampe aus dem Kofferraum und ging auf das Objekt zu. Als ich auf hundert Meter herangekommen war, wurde mir klar, daß ich auf eine Ranch blickte, die einen Landbaron aus Texas mit Stolz erfüllen würde. Das Haus war zweistöckig, mit weißem Stuck verputzt und hatte in drei verschiedene Richtungen weisende Flügel. Architektonisch war es ein Mischmasch aus unterschiedlichen Stilrichtungen, ein Mittelding zwischen einem amerikanischen Gefängnis und einer türkischen Moschee. Die Beleuchtung hinter einer riesigen Schiebetür im vorderen Hauptflügel warf einen rötlichen Lichtschein auf den Parkplatz, auf dem drei Autos standen.

Überraschenderweise gab es keinen Zaun und keine Begrenzungsmauer. Wer auch immer dieses palastartige Anwesen besaß, glaubte offensichtlich an die Gefahrlosigkeit des weiten, offenen Geländes, darum ging ich auch direkt zu den Autos und inspizierte sie: ein 76er Ford Ranchero Kombi, ein Toyota Landcruiser mit Vierradantrieb und ein Volvo neueren Baujahrs. Sie hatten alle Nummernschilder aus Kalifornien, die ich mir einprägte.

In einem Radius von ungefähr dreißig Metern, um nicht von innen gesehen zu werden, machte ich eine Runde um das Haus. Das Landhaus war auf einem Fundament aus Beton errichtet worden, das sich bis zum umliegenden Grasland erstreckte. Nach meiner Uhr brauchte ich sieben Minuten, um diese Casa Grande zu umrunden. Eigentlich gab es nichts Außergewöhnliches, außer der beklemmenden Stille der Wüste. Plötzlich wurde die Nacht durch Musik unterbrochen. Es war eindeutig die Vierte Sinfonie von Schumann, der einleitende Satz mit dem hämmernden Blech, das sich wie Paukenschläge anhört. Mein Gegenspieler war also ein Ästhet, und er besaß eine Hi-Fi-Anlage, die sogar noch einiges besser als meine eigene zu Hause war und die Schockwellen deutscher Romantik in das Grasland und die Cañons Mexikos sandte.

Dori ließ vor Schreck ihre Zigarette in den Schoß fallen, als ich die Wagentür öffnete. Ich legte die Pistole auf den Rücksitz und ließ den Wagen an. »Was ist denn das für gräßliche Musik?« fragte sie. »Ich habe mich furchtbar erschrocken.«

»Die ist verdammt gut«, erwiderte ich, während ich ins Handschuhfach langte und mir die Nummernschilder aufschrieb. »Versuch mal, sie zu verstehen, sie macht frei. Der Kerl, dem die Bude gehört, hat Geschmack.«

»Meiner Meinung nach ist sein Geschmack für 'n Arsch. Für mich gibt's nur Rockmusik.«

»Rock verursacht Krebs, Akne und den schleichenden Tod. Wir fahren nach Ensenada zurück. Ich werd' dir helfen, noch ein paar Sachen zum Haus der Sandovals mitzunehmen. Dann werde ich mich aus dem Staub machen.«

»Was ist mit dem Geld, das du uns versprochen hast?«

»Das kriegst du. Einen Tausender für dich und einen Tausender für Tina. Ich bin heute spendabel.«

Dori packte mich, drückte mich wie wild und setzte mir einen nassen Kuß auf die Wange. »Du bist wirklich ein nettes Arschloch, weißt du das?«

»Vielen Dank.«

Ich wendete, und wir machten uns auf den Rückweg. Walter hatte tatsächlich recht gehabt. Alles stand in Zusammenhang. Aber konnte man es auch enträtseln? Zum ersten Mal, seit Fat Dog vor zwei langen Wochen an die Tür zu meinem Büro geklopft hatte, fragte ich mich, ob überhaupt irgend etwas lösbar sei.

Nachdem wir zu Doris Wohnung zurückgekehrt waren, gab ich ihr fünfzehn Minuten, um soviel Sachen zusammenzusuchen, wie in unsere beiden Wagen hineinpaßten. Sie lief hastig durch das Appartment, schleppte bergeweise Kleidung zur Tür hinaus und rannte die Treppen damit hinunter. Ich schloß mich ihr an, nur ging ich langsamer. Ich bemerkte, daß sie die Männerkleidung, die mir vorher aufgefallen war, unberücksichtigt ließ. Innerhalb von zwanzig Minuten waren unsere beiden Wagen mit den Schätzen einer Frau und ihrer schauerlichen Büchersammlung mit Schriftstellern der Beat-Generation vollgepackt.

Dann fuhren wir nach Norden, zur Sandoval-Aussichtsplattform. Nachdem wir bei den Sandovals angekommen waren, beeilte ich mich, meinen Wagen auszuladen, indem ich Doris Sachen ordentlich auf die Erde legte. Im Haus brannte kein Licht. Und das war gut so: Das machte es mir leichter, die schlechte Nachricht zu verkünden. Ich griff in meine Brieftasche, glänzte mit dem Geld anderer Leute, zählte zwei Tausender in Fünfzigern und Hundertern ab und drückte es Dori in die Hand. Sie sah mich mit leerem Gesichtsausdruck an. Ein Zeitabschnitt in ihrem Leben war zu Ende gegangen, und sie wußte es auch. »Henry ist tot, Dori«, sagte ich. »Reyes Sandoval auch. Ich habe ihre Leichen gesehen. Es wird ein verdammt dreckiges Spiel mit hohem Einsatz gespielt, und es wird immer schlimmer. Ich bin mir auch nicht hundertprozentig sicher, was vor sich geht, aber du und Tina, ihr solltet besser von hier verschwinden und so bald nicht wiederkommen. Fahrt nach San Francisco oder nach Phoenix, oder irgendwohin, wo ihr noch nie gewesen seid. Vielen Dank, daß du mir weitergeholfen hast.«

Sie sagte kein einziges Wort. Als ich sie auf die Wange küßte, spürte ich eine kleine Träne. Ich stieg in meinen Wagen und ließ den billigen Plattenspieler und meine Dreckwäsche einfach in dem Hotel zurück.

Um zwei Uhr morgens kam ich in Tijuana an. Dort kaufte ich noch eine Handtasche aus Armadillo-Leder für Jane. Als ich sie bezahlte, mußte ich lachen. Die Klauen des Gürteltiers waren die Verschlüsse für Schminkfächer, und die Augen waren aus perlenartigen Bergkristallen. Als ich die Grenze nach Kalifornien überquerte, faßte ich sie an, damit sie mir Glück brächten.

10

Während meines Aufenthalts südlich der Grenze hatte ich mich sehr verändert, und ich hatte erwartet, auch Los Angeles verändert vorzufinden, als ich dorthin zurückkehrte. Aber ich hatte mich geirrt. Als ich im Morgengrauen auf dem Highway 405 durch die weitverstreuten Vororte des eigentlichen Los Angeles fuhr, kam es mir so vertraut vor wie der Seufzer einer guten Freundin: Es war derselbe in Dunst gehüllte Sonnenschein, derselbe Smog, dieselben Reklametafeln, derselbe Asphalt und dieselbe Langeweile. Selbst der Santa Monica Freeway in Richtung Osten mit seiner Aussicht über die grüne Ebene von West L. A. und die Wolkenkratzer am Wilshire Boulevard mit den Bergen von Santa Monica im Hintergrund versprachen nichts als stumpfe Teilnahmslosigkeit. Aber es war trotzdem ein gutes Gefühl, wieder hier zu sein.

Es war noch zu früh, um die Datensicherungszentrale wegen der Autokennzeichen der Wagen vor Casa Grande anzurufen, deshalb duschte ich erst mal und legte mich aufs Bett, um bis neun Uhr zu warten. Um zwölf Uhr mittags wachte ich mit einem Angstgefühl wieder auf. Ich wußte erst gar nicht, wo ich war. Ich schaute mich nach der Aufwach-Flasche um, die ich immer neben dem Bett stehen gehabt hatte, als ich noch getrunken hatte, aber dann fiel mir ein, daß ich ja schon seit vier Tagen wieder trocken war. Dann fiel mir alles wieder ein: Ich war wieder in L. A., und der Fall war noch immer nicht abgeschlossen. Ich zögerte jedoch einen Augenblick, als ich zum Telefon greifen wollte. Ich dachte an Jane und konnte mich gar nicht mehr an ihr Gesicht erinnern, nur noch daran, wie ihr Körper in unserer einen gemeinsamen Nacht ausgesehen hatte.

Ich ging in die Küche und setzte Kaffee auf. Das half sehr. Mein Kopf wurde wieder klarer. Nach der ersten halben Tasse rief ich die Datenzentrale an. Ich näherte mich langsam dem Gipfel des Falls, und ich hatte Angst davor. Zum vielleicht vierten Male seit Fat Dogs Erscheinen gab ich mich als Police Officer aus. Es funktionierte wieder einmal. Ich las die Nummern einer kurz angebundenen Frau vor, und sie kam nach nur einem Augenblick Wartezeit mit den gewünschten Informationen zurück.

Während sie mir die Daten übermittelte, drohte mein Kopf zu

zerplatzen, und ich mußte anfangen zu lachen. Es war einfach zu perfekt; es war alles jenseits jeglicher Gerechtigkeit, jeglicher Logik und Vernunft. Alle drei Wagen gehörten Haywood Cathcart, Saticoy Street Nr. 11417 in Van Nuys. Cathcart. Der Lieutenant der Polizei von L. A., der den Fall des Brandanschlags auf den Club Utopia im Jahre 1968 in Rekordzeit »gelöst« hatte. Ich fühlte mich zwar ruhig, aber meine Hände zitterten. Ich mußte die Kaffeetasse mit zwei Händen festhalten, um einen Schluck nehmen zu können.

Ich holte mein altes Jahrbuch von der Polizeiakademie aus dem Schlafzimmer und schaute nach, ob Cathcart irgendwo erwähnt wurde. Er war darin zusammen mit einigen anderen Officers als »Gastlektor« erwähnt, und seine Vorlesung hatte den Titel »Wie hält man Menschenmengen unter Kontrolle – Techniken des In-Schach-Haltens und der Auflösung von Menschenmengen«. Ich konnte mich an seine Vorlesung leider nicht mehr erinnern. Cathcart war ein großer, streng aussehender Mann mit mittelblondem Haar und Mitte Vierzig.

Ich ging wieder ans Telefon; diesmal rief ich im Parker Center an. Ich wollte herausfinden, ob Cathcart noch immer in derselben Abteilung tätig war. Dem Officer von der Zentrale, mit dem ich redete, erzählte ich irgendeinen Quatsch über eine erneute Erwähnung des Club-Utopia-Brandanschlags in den Medien, mit Schwerpunkt auf der hervorragenden Arbeit, die Lieutenant Haywood Cathcart damals geleistet hatte. Ob Lieutenant Cathcart noch immer bei dem Department sei? Dieser Schreibtischtrottel kaufte mir das doch tatsächlich ab. Cops lieben es über alles, wenn etwas Vorteilhaftes über sie gedruckt wird.

»Jawohl«, antwortete er, »Lieutenant Cathcart ist heute Captain Cathcart, und er ist direkt hier im Parker Center beim Rauschgiftdezernat stationiert.«

Ich dankte dem Cop und legte auf. Cathcart. Cathcart. Haywood Cathcart. Captain Haywood Cathcart. Mir gefiel der Klang dieses Namens. Er würde gedruckt bestimmt gut aussehen, wenn die Welt von seinen Taten erführe. Cathcart war nicht nur ein hohes Tier in der Polizeihierarchie von L. A., sondern auch ein Mörder, Heroindealer, Drahtzieher bei Unterschlagungen von Beweismaterial und – angesichts der Größe seiner Villa in Baja – auch noch ein Steuerflüchtling. Er mußte der Kopf dieser nach oben verlaufenden Spirale aus Brandstiftung, Mord, Drogenhandel und schmutzigem Geld sein.

Während Adrenalin und Ironie in meinem Blutkreislauf umherkreisten, dachte ich mit Schadenfreude über die moralische Befriedigung nach, die es mir bereiten würde, wenn ein hochrangiger Police Officer von einem ehemaligen Hanswurst und Angehörigen der Polizei aus moralischer Verantwortung vor Gericht gestellt wird. Ich wurde allmählich unruhig. Ich zog mich an und holte den Wagen aus der Garage. Herumfahren würde meine rachsüchtigen Phantasien bestimmt unterdrücken und mich wieder auf den Boden der Tatsachen zurückbringen. Ich fuhr nach Westen, in die Richtung, in der Jane wohnte.

Sie war nicht zu Hause. Keiner der Cadillacs stand in der Einfahrt, aber ich klopfte trotzdem an die Tür. Niemand reagierte auf das Klopfen, was mich ziemlich überraschte. Ich hatte zumindest jemanden erwartet, der die Tür öffnen würde, ein Hausmädchen zum Beispiel. Ich ging zum Wagen zurück und wartete. Ich hatte ihr eine Menge zu erzählen – die verworrenen Neuigkeiten über den Tod ihres Bruders und über all die anderen Dinge, die in Mexiko vorgefallen waren. Sie hatte einen Anspruch darauf, die ganze Geschichte zu erfahren und über meine Fortschritte auf dem laufenden gehalten zu werden.

Und ich wollte ihr nahe sein, in der Nähe ihrer Schönheit und Zärtlichkeit. Ich entschloß mich, ihr von den beiden Männern, die ich getötet hatte, zu erzählen. Sie hatte auch einen Anspruch darauf, das zu wissen, und sie würde mich deshalb bestimmt nicht wegstoßen. Sie war ja eine klar denkende und praktisch handelnde Frau. Eine einzige gemeinsame Nacht impliziert noch keinen Anspruch auf das Leben eines Menschen, aber unsere eine Nacht war das Versprechen für eine Bindung und eine gemeinsame Zukunft in sicheren Zeiten. Und ich wollte eine weitere Liebesnacht mit ihr verbringen, bevor ich mit dem unschönen, eventuell gewalttätigen Job begann, »Hot Rod« Ralston aufzulauern.

Ein Wagen fuhr in die halbkreisförmige Einfahrt – ein großer Chrysler mit offenem Verdeck –, und ein riesiger, kräftig gebauter Mann Mitte Vierzig stieg aus und klingelte an der Tür. Es war ein ruhiger Nachmittag, und ich konnte das Glockenspiel von meinem Beobachtungsposten auf der anderen Straßenseite hören. Der Mann hatte einen harten Gesichtsausdruck, so wie ein Cop oder ein Prüfer von der Versicherung. Vielleicht war er ein Geschäftspartner von Kupferman.

Ich war wie vom Blitz getroffen, als Jane Baker die Tür öffnete und herauskam; den Cellokoffer trug sie in der Hand. Sie schloß die Tür hinter sich zu, begrüßte den Mann mit einem warmen Lächeln und begleitete ihn zu seinem Wagen. Wer auch immer er sein mochte, ihr Cello-Lehrer war er bestimmt nicht.

Dann fuhren sie los, und ich beschloß, ihnen zu folgen. Ich merkte, daß ich langsam eifersüchtig wurde. Jane kannte meinen Wagen, deshalb mußte ich mindestens eine Minute hinter ihnen bleiben, bis ich ihnen auf der Straße, die sie wahrscheinlich nehmen würden – Beverly Drive nach Süden – hinterherfahren konnte. Ich wartete ab und versuchte dabei das Angstgefühl in meiner Magengrube zu vertreiben. Wie Walter Curran immer gesagt hatte: Alles hing miteinander zusammen. Der Mann, mit dem Jane weggefahren war, hatte das Aussehen eines kaltherzigen, manipulierenden Exathleten, so einer, wie Richard Ralston es sein mußte. Ich wünschte mir, daß er es nicht wäre.

An der Ecke Beverly Drive und Burton Way nahm ich ihre Spur wieder auf, mitten im Einkaufsbezirk von Beverly Hills. Ich tauchte direkt hinter ihnen auf und bemerkte, daß sie in ein Gespräch vertieft waren. Der Mann fuhr an den Bordstein, etwas unterhalb der Wilshire, und Jane stieg mit ihrem Cello aus. Sie bemerkte mich nicht, als ich vorbeifuhr, um den Mann im Chrysler weiterzuverfolgen. Er bog nach rechts auf die Pico ab und fuhr dann in Richtung Hillcrest Country Club. Ich fing sogar an, dafür zu beten, daß er nicht dorthin fahren würde, aber als wir in die Gegend von Century City und Hillcrest kamen und er seinen linken Blinker setzte, war alles klar, und ich mußte mich damit abfinden.

Auf dem Parkplatz war ein Wachmann in Uniform, der Ralston passieren ließ, also hatte ich keine Möglichkeit, ihm direkt hineinzufolgen. An der Kreuzung Century Park bog ich nach rechts ab und parkte den Wagen im Parkverbot. Ich schloß den Wagen ab, legte ein Schild mit »Arzt im Einsatz« unter die Windschutzscheibe und lief über die Pico zu dem kleinen Eingang rechts vom Parkplatz. Eine Gruppe unfreundlich aussehender Caddies ging gerade durch das Tor; zwei von ihnen teilten sich eine Flasche Wodka. Ich ging direkt hinter ihnen her, mit ein paar Metern Abstand, und hoffte, daß sie mich zur Caddiebaracke bringen würden. Das taten sie dann auch. Sie lag links von einem zementierten Weg, der an ein Grün grenzte.

Es waren nicht allzu viele Golfspieler zu sehen; Dienstag nachmittags war wohl eine tote Zeit zum Spielen. Die Hütte war knapp unter der Erdoberfläche gebaut worden; sie bestand aus weißen Schalbrettern und einem grünen Dach aus Teerpappe. Das Ganze stand an einem Hang, der unten an einer Stelle endete, die wie ein Ölbohrfeld aussah.

Ich ging in die Hütte hinein und wurde von einem Durcheinander geifernder Stimmen begrüßt. An hölzernen Picknick-Tischen waren ein halbes Dutzend Kartenspiele im Gange, und die Spieler – vorwiegend ärmlich gekleidete, sonnenverbrannte Männer mittleren Alters – gestikulierten heftig, schmissen Karten auf die Tische und warfen sich gutgemeinte Schimpfworte an den Kopf. Der Betonboden war mit Abfall, Zigarettenkippen und leeren Bierdosen übersät. Einige Reihen Schließfächer säumten die Wände, und aus einem Fernseher plärrte eine Quizsendung, die niemand beachtete.

Ich marschierte durch einen kleineren Raum, in dem nur Spinde und Umkleidebänke standen, und entdeckte schließlich die Toilette. Auf dem Wege dorthin entdeckte ich die Vogelscheuche Augie Dougall mit seinen zwei Metern Größe, der so abwesend in einem Comic-Buch las, daß man meinte, seine Seele würde davon abhängen. Das Gemeinschaftsbadezimmer spottete jeglicher Beschreibung, so versaut war es, mit einer Reihe von Duschen, die aussahen, als wären sie schon seit Jahren nicht mehr benutzt worden. Der Boden war mit uringetränkten Durchschlägen der Tageswetten übersät, und die Wände waren mit Nacktfotos von Frauen mit enormen Brüsten geschmückt.

Ich spritzte mir Wasser ins Gesicht und kämmte mich noch einmal. Dann ging ich durch die Baracke zurück und auf die hintere Veranda hinaus, von der man die Ölbohrstellen überblicken konnte. Ein alter Mann saß dort auf einem umgedrehten Mülleimer und las, mit einer Pfeife im Mund, einen Louis-L'Amour-Roman. Ich ging zum Geländer und sah den Ölleuten bei der Arbeit zu, wobei ich den Alten aus den Augenwinkeln genauer musterte. Er schien Probleme mit der Konzentration auf das Buch zu haben. Der Lärm der Kartenspieler lenkte ihn ab. Er machte auf mich den Eindruck eines einsamen, eigenwilligen alten Kauzes, und deshalb fragte ich ihn: »Gehört das Ölgelände auch zum Club?«

Er blickte angewidert zu mir auf. »Natürlich«, antwortete er, »und es bringt den Leuten, die sowieso schon viel Kies haben, noch mehr ein. Sie sagen immer, es ›helfe die Mitgliederbeiträge stabil halten‹, aber das ist doch Quatsch. Wenn man soviel Knete hat wie diese Juden hier, wen kümmern da noch ein paar lächerliche Milliönchen, die durch fünfhundert dämliche Mitglieder geteilt werden? Können Sie mir das vielleicht erklären?«

Ich sagte, daß mir das auch schleierhaft sei. Ich ahnte einen weitschweifigen Monolog voraus, darum fing ich an, ihm Fragen zu stellen, ganz leichte. »Arbeiten Sie hier als Caddie?«

Der Alte rümpfte noch einmal angewidert die Nase. »So könnte man das ausdrücken«, sagte er, »aber ich wollt', ich würd's nicht tun. Ich bin auf der Absteigerliste von Hot Rod, darum kann ich von Glück sagen, daß ich ab und zu mal ein Einzel mit neun Löchern zugeteilt bekomme. Sind *Sie* Caddie? Sie sehen nicht gerade wie einer aus. Viel zu gesund dafür.«

»Ich bin umherziehender Caddie. Man nennt mich Coast-to-Coast Johnny. Ich bin hier in der Stadt, um mir die Räumlichkeiten der einzelnen Caddiebaracken anzusehen, da ich einen Artikel für den Golf Digest darüber schreiben will. Wie kommt's, daß du auf Hot Rods Absteigerliste stehst?«

»Weil ich bei dem Arschloch keine Wetten abschließe. Ich trinke genausowenig in der Kneipe dieses Lumpen oder wohne in seinem Floh-Hotel. Beantwortet das Ihre Frage?«

»Zur vollsten Zufriedenheit. Ich gehe also davon aus, daß Sie Hot Rod nicht besonders mögen.«

»Das haben Sie völlig richtig erkannt. Sie sollten einen Artikel über Amerikas Caddiemeister schreiben. Sie sind durch die Bank korrupt – alles Buchmacher, Zuhälter oder noch schlimmere Typen. Es sind alles Tyrannen und Betrüger, und Hot Rod Ralston ist der schlimmste von ihnen.«

Aus der Hütte kam ein allgemeines Toben, das Geräusch von Dosen, die umhergeworfen werden, gefolgt von einem erregten Stimmenwirrwarr. Der Alte erhob sich von seinem Mülleimer und eilte in die Hütte. Ich ging ihm nach. Kartons voller Kleidung waren auf dem Betonboden ausgebreitet, und mehrere Dutzend alte Anzüge lagen über zwei Picknicktischen. Eine wildgewordene Horde Caddies hatte sich wie ein Rudel Wölfe auf die Sachen gestürzt, rafften zusammen, was sie in die Finger bekamen, ohne auf Zustand oder Größe zu achten. Das Ganze brachte ein Geschiebe und Geschubse mit sich, bei dem das Lieblingswort der Caddies, »Scheiße«, in allen denkbaren Varianten und Zusammensetzungen ständig fiel. Innerhalb von zwei Minuten war alles zusammengerafft worden, und die einzelnen Caddies begutachteten ihre Beute und trugen sie voller Stolz zur Schau.

Der Alte kam wieder ausgelassen auf die Veranda und hatte eine alte Anzugjacke aus glattem Kammgarnstoff an. Er zog seine schmierige Wolljacke aus, die er bisher getragen hatte, warf sie in Richtung der Ölpumpen, zog die Jacke wieder an und stolzierte einher wie ein Hahn. »Diese Juden sind schon ganz in Ordnung«, meinte er zu mir. »Die sorgen für uns. Diese Jacke kostet mindestens dreihundert Dollar. Schau mal hier, darin steht ›Made in USA‹! Das ist kein Scheißdreck aus Taiwan, das ist richtig gute Qualität! Verdammt noch mal«, fuhr der Alte fort, »alles, was ich jetzt noch gebrauchen könnte, wäre ein Spiel. Dann wäre der Tag gelaufen.«

Drinnen in der Caddiebaracke knisterte es aus einem Lautsprecher. »Augie Dougall, sofort zum ersten Tee!« Das war ja interessant. Es gab hier Dutzende kräftiger aussehende Leute zum Taschenpacken. Der Alte meinte auch, daß das interessant sei. »Dieser Schwanzlutscher Hot Rod«, legte er los, »ich bin schon seit halb sieben heute morgen hier. Diese Bohnenstange kommt erst um zwölf angewackelt und kriegt noch vor mir einen Job. Arschloch.«

Ich ging in die Caddiebaracke zurück und sah gerade noch Augie Dougall zur Vordertür hinausgehen, während er sich das Comic-Buch in die Tasche stopfte. Ich folgte ihm. Das erste Tee bestand offensichtlich aus einem flachen Ein-Mann-Häuschen, von wo aus Hot Rod die Caddieaufträge vergab und die Spieler losschickte. Es befand sich am Ende des großen Grüns, bei dem ich vorher vorbeigekommen war. Ich blieb ein gutes Stück zurück, um zu vermeiden, daß Ralston mich sehen konnte. Dougall ging zu Ralston, und nach einem kurzen Gespräch gingen sie gemeinsam den Hügel hinunter, an Reihen abgestellter Golfwagen vorbei, bis zu einem großen Gebäude, das wie eine Scheune aussah. Ich ging ihnen ganz langsam nach.

Als ich die Seitenwand der Scheune erreicht hatte, vernahm ich eine Stimme, die die von Ralston sein mußte. Sie war behäbig, tief und erklärte gerade etwas mit sehr viel Geduld: »Hab' Vertrauen zu mir, Augie. Ich habe mich doch immer um dich gekümmert, oder etwa nicht?« Dougall stammelte etwas, das wie eine Antwort klang, die ich aber nicht ganz verstehen konnte.

Ich entschloß mich, einen Blick hinein zu riskieren. Ich preßte mich gegen das seitliche Wellblech der Scheune und legte meinen Kopf hinein. In der Scheune wurden die Golfwagen aufbewahrt, und dort standen Dutzende in sorgfältig angeordneten Reihen. Sie waren durch lange Kabel mit elektrischen Ladegeräten verbunden, die wiederum an von der Decke herunterhängenden Aufhängern befestigt waren. Ralston und Dougall saßen nebeneinander in einem der Wagen in der mittleren Reihe, ihre Rücken waren mir zugekehrt, aber sie waren noch zu weit entfernt, um ihre Unterhaltung belauschen zu können. Ich duckte mich und kroch langsam in die Scheune, bis ich mich hinter einem Wagen ein paar Reihen hinter den beiden Männern auf den Boden setzte. Von meinem Aussichtspunkt aus machte die Szene den Eindruck einer merkwürdigen Vater-und-Sohn-Beziehung – Ralston als Vater spricht in wohlmeinendem Tonfall mit seinem erfolglosen, übergroßen Sohn. Dougall hatte seinen Kopf ein Stück zur Seite gewandt, um jedes wohlüberlegte Wort von Ralston mitzubekommen. Obwohl ich mich dagegen sträubte, ertappte ich mich dabei, wie ich Ralston bewunderte. Er war ein ausgezeichneter Manipulator. Ich schnappte ihre Unterhaltung in der Mitte eines Satzes auf: »Also . . . die Dinge ändern sich, Augie. Es ist nicht so, daß wir nicht damit fertig werden. Aber Fat Dog hat sich ganz schön in die Scheiße gesetzt. Er hat sich mit den falschen Leuten eingelassen, und dann ist ihm etwas zugestoßen. Du wirst ihn wohl kaum wiedersehen, Augie. Nie mehr.«

»Was hat er denn gemacht, Rod?«

»Das kann ich dir auch nicht so genau sagen. Vor langer Zeit hat er mal das Glück gehabt, bei einer schlimmen Sache glimpflich davonzukommen. Einigen Leuten war damals etwas zugestoßen. Da habe ich mich seiner angenommen. Ein Freund von mir hatte ihn aus dem Dreck gezogen. Das ist Jahre her, als du und Fat Dog gute Freunde wart. Verdammt schlimme Sache, Augie. Verdammt schlimm. Hat er dir jemals etwas davon erzählt? Er muß es jemandem gesagt haben, weil es an die Ohren der falschen Leute gekommen ist. Und die einzigen Menschen, die *bisher* davon wußten, waren mein Freund und ich und natürlich Fat Dog. Und er hätte das nicht den falschen Leuten erzählt, Augie, weil sein Kopf ein paar Meter höher baumeln würde, wenn er es getan hätte.«

»Er hat mir nie was von einer schlimmen Sache erzählt, Rod. Nur über Caddieangelegenheiten und so'n Mist über Hunderennen. Nichts Schlimmes.«

Ralston legte einen Arm um Dougalls knochige Schultern und drückte sehr fest zu. »Bist du dir da ganz sicher, Augie? Du hast Fat Dog besser als jeder andere gekannt. Du warst ihm von allen am nächsten.«

»Ganz bestimmt, Rod. Ehrlich.«

»Es ist nur, weil irgend jemand einem Mexikaner erzählt hat, was

Fat Dog angestellt hat. Dieser Mexikaner haßte Fat Dog wie die Pest. Der Mexikaner zog los, um Fat Dog aufzuspüren, und ihm ist etwas zugestoßen, Augie. Etwas sehr Schlimmes. Wer auch immer dem Mexikaner die Dinge über Fat Dog erzählt hat, wollte, daß Fat Dog etwas zustößt, Augie, und ich habe immer gedacht, daß du eine Menge Haßgefühle gegenüber Fat Dog gehabt hast, obwohl ihr beide viel zusammen gemacht habt. Fat Dog hat sich doch immer über dich lustig gemacht, Augie, ich weiß das. Du warst doch für ihn so eine Art Lakai. Wolltest du ihn in die Pfanne hauen, Augie?«

»Ich habe nie gewollt, daß Fat Dog etwas zustößt, Rod. Er war mein Freund. Manchmal war er ein bißchen gemein zu mir, aber ich habe mich daran gewöhnt. Ich habe nie jemandem etwas über Fat Dog erzählt. Das mußt du mir glauben, Rod.« Dougalls Stimme erhob sich zu einem Jammern, und seine Schultern zitterten.

Ralston verstärkte seinen Griff. »Es ist nur, wenn du jemandem etwas über Fat Dog erzählt hast, dann könnte dir auch etwas zustoßen. Dir könnte dasselbe zustoßen wie Fat Dog oder diesem Mexikaner. Verstehst du mich jetzt, Augie?«

»Ja. Ich versteh' dich, Rod. Ich habe niemandem irgend etwas erzählt.«

»Okay, Augie. Nun paß mal auf. Ich weiß zufällig, daß Fat Dog ein Notizbuch gehabt hat. Ein Notizbuch, in dem alle schlimmen Dinge, die er in seinem Leben begangen hat, eingetragen waren. Er hat mir auch so ein dickes Buch geklaut, Augie, mit Geschreibsel in Spanisch. Ich brauche dieses Buch. Du weißt doch, daß Fat Dog reich war, nicht wahr, Augie? Stinkreich. Vollgesogen mit Geld. Was weißt du darüber, Augie?«

»Ich weiß, daß er immer dieses Notizbuch hatte, in dem er die Zeitungsausschnitte der ganzen Meisterschaften, bei denen er Taschen getragen hatte, aufbewahrte. Meinst du das, Rod?«

»Nein, Augie, das nicht. Bist du sicher, daß du nie ein anderes Notizbuch gesehen hast? Ein großes, dickes, voller Zeitungsausschnitte und Notizen? Oder ein in Leder gebundenes dickes Buch?«

»Nein, nie gesehen.«

»Na gut, Augie. Vielleicht gibt es da noch andere Typen, mit denen sich Fat Dog herumgetrieben hat und die sich daran erinnern können. Für den Augenblick belassen wir's dabei. Eine Sache noch, Augie, dann kannst du gehen. Da wartet nämlich ein saftiger Neun-Loch-Job auf dich. Es gibt da so einen Detektiv, der in alles seine Nase hineinsteckt. Er ist sehr an Fat Dog und seinen Geschäften interessiert. Sein Name ist Brown, kannst du mir irgend etwas über ihn sagen?«

»Ich hab' ihn gesehen, Rod. Ich sah ihn. Er war im Tap and Cap und hat sich nach Fat Dog erkundigt. Er meinte, daß er auf der Suche nach ihm wäre, daß Fat Dog ihn engagiert hätte. Ich . . .«

Ralston unterbrach ihn barsch. »Wann war das, Augie?«

»Vor etwa zwei Wochen.«

»Was hast du ihm erzählt?«

»Daß Fat Dog nicht leicht zu finden sei. Daß er draußen schläft. Das war alles, Rod, ich schwör's dir.«

»Dann ist's gut, Augie.«

»Aber ich weiß noch mehr, Rod. Einmal waren ich und Fat Dog drüben auf dem Platz in Lakeside, und da war dieser Autohändler, der, der immer die Werbespots im Fernsehen mit dem Hund macht, und der erzählte Fat Dog über diesen Privatdetektiv, der völlig fertig sei, der gar kein echter Detektiv sei, sondern gerade noch gut genug, Negern die Autos wieder abzunehmen. Das hat er gesagt. Er redete über ihn so richtig schadenfroh, einerseits arbeitet dieser Kerl für ihn, und auf der anderen Seite macht er sich über ihn lustig. Weißt du, was ich meine? Ja, jedenfalls später hat mir Fat Dog dann erzählt: ›Eines Tages werde ich diesen fertigen Privatdetektiv noch mal brauchen können, jawohl.‹ Das hat er gesagt, Rod. Ehrlich.«

»Das ist sehr gut, Augie, und sehr interessant. Aber du sagst darüber kein Sterbenswort, und auch nicht über das, worüber wir vorhin gesprochen haben. Du bist ein feiner Kerl, Augie, und ein guter Caddie. Ich habe es niemals bereut, daß ich mich um dich gekümmert habe. Darum mach jetzt nichts, was mir Anlaß geben könnte, es zu bereuen. Halte den Mund, und alles geht seinen Weg. Einer Menge von Leuten ist in letzter Zeit etwas zugestoßen, weil sie zuviel geredet oder sich mit den falschen Leuten eingelassen haben. Paß auf, daß dir das nicht auch passiert, ja?«

»Ja, Rod.«

Augie Dougall flennte und schüttelte sich vor lauter Erleichterung. Er war einer Rüge und der Bestrafung durch einen der strengsten und bedrohlichsten Väter, die man sich vorstellen kann, entgangen.

»Na gut«, sagte Ralston schließlich, »und jetzt hol Dr. Goldman und Sid Berman. Sie wollen einen schnellen Neuner machen.«

»Berman und Goldman, Wow! Einen Neun-Loch für zwanzig Dollar. Vielen Dank, Rod.« Augie Dougall lief davon. Hot Rod Ralston wartete einen Augenblick ab und ging dann gemächlich hinaus. Ich kauerte mich noch mehr zusammen, als er an mir vorbeiging. Als ich nach ein paar Minuten aufstand, waren meine Beine eingeschlafen, und ich war stinksauer.

Ich fuhr wieder zum Beverly Drive an der Ecke Wilshire und sah das Anschriftenverzeichnis des Gebäudes durch, auf das Jane zugegangen war. Suite 463 hatte eine sehr einfache Bezeichnung – R. Weiss, Saiteninstrumente. Ich fuhr mit dem Aufzug in den vierten Stock und ging bis Nr. 463 den Gang hinunter. Durch die schwere Eichentür vernahm ich Cello-Akkorde, gefolgt von einer geduldigen, europäisch klingenden Stimme, die leichte Kritik übte. Das reichte mir. Ich fuhr wieder in die Eingangshalle hinunter und wartete dort.

Ich mußte eine halbe Stunde warten, bis Jane aus dem Fahrstuhl kam, und zwar in Begleitung eines asketisch aussehenden alten Herrn mit Spazierstock, der herumgestikulierte, als sehne er sich nach Taktstock und Podium. Jane hatte mir den Rücken zugewandt und mußte alles schlucken, was der Greis ihr zu sagen hatte. Zuerst wollte ich zu ihr hinüberlaufen, dann blieb ich jedoch sitzen. Der alte Herr beendete seine lange Abschiedsrede und verschwand wieder im Fahrstuhl. Jane war schon fast zur Tür hinaus, als sie sich in meine Richtung umdrehte und mich erkannte. Ich stand auf und lächelte.

»Hallo, Liebling«, sagte ich.

Sie stellte ihr Cello vorsichtig auf den Boden. »Fritz, ich . . .«

Ich ging zu ihr und nahm ihre Hände. »Ich bin wieder zurück«, fügte ich hinzu, »allerdings mit ein wenig Verspätung.«

Sie sah schockiert aus, aber endlich gelang es ihr zu lächeln. »Woher wußtest du, daß ich hier sein würde?«

»Ich bin dir gefolgt.«

»Du . . .«

»Ich bin dir hierher gefolgt. Ich habe an deiner Haustür geklingelt, und da niemand aufgemacht hat, habe ich abgewartet. Nachdem Ralston dich abgeholt hatte, bin ich bis hierher hinter euch hergefahren.«

»Bin ich bei der Sache, über die du ermittelst, verdächtig?«

Sie zog sich von mir zurück, also ließ ich ihre Hände los. »Natürlich nicht. Sei nicht böse. Wir müssen uns darüber unbedingt unterhalten. Mein Wagen steht vor der Tür.«

Wir gingen zum Wagen. Jane musterte mich die ganze Zeit über von oben bis unten, und zwar ziemlich direkt. Ich konnte mir ihre Verstimmung überhaupt nicht erklären. Es mußte mehr dahinerstekken als nur ein Eindringen in ihr Privatleben. Nachdem wir uns in den Wagen gesetzt hatten, legte sie vorsichtig eine Hand auf meinen Arm. »Du siehst verändert aus«, sagte sie. »Es ist schwer einzuordnen, aber deine Gesichtszüge haben sich irgendwie verändert. Was ist in Mexiko geschehen?«

»Ich habe zwei Männer getötet. Und ich hab' mich besoffen.«

»O Gott!«

»Jawohl. Woher kennst du Ralston?«

»Richard? Was hat der damit zu tun?«

»Eine ganze Menge. Beantworte bitte meine Frage.«

»Von Hillcrest. Wir kennen uns schon seit Jahren.«

»Was ist die Basis eurer Beziehung?«

»Wie meinst du das?«

»Ich meine, hast du mit ihm geschlafen?«

»Du wagst es, mich so etwas zu fragen? Eine Nacht gibt dir noch lange keinen Anspruch auf mich. Ich hab' die Nase voll. Ich gehe.«

»Nein. Noch nicht. Bitte. Es tut mir leid. Ich bin ziemlich sauer, weil diese Zusammenkunft nicht so verläuft, wie ich es erwartet hatte, und Ralston steckt bis über beide Ohren in der Sache drin.«

»Das ist noch lange kein Grund, ein derartiges Kreuzverhör mit mir zu machen.«

»Ich war eben verletzt, eifersüchtig. Ralston ist ein gut bestückter Pussijäger, und er hat schon seit Jahren mit dir zu tun.«

»Wie kann man jemanden nur mit einem solch fiesen Ausdruck titulieren! Zu deiner Information, Richard ist ein Geschäftspartner von Sol und eine sehr anständige Person, und, jawohl, wir hatten eine Affäre, eine kurze, vor ein paar Jahren.«

»Ist das alles, was du dazu zu sagen hast?«

»Du hast dich verändert, Fritz. Du bist anscheinend härter geworden. Hast du wirklich zwei Männer umgebracht?«

»Ja. Sie haben versucht, mich zu töten. Aber halt dich fest: Sie haben deinen Bruder umgebracht.«

»Was hast du . . .«

»Ich habe seine Leiche außerhalb von Tijuana gefunden. In einer ärmlichen, kleinen Hütte, die noch für den Rest meines Lebens in meinen Alpträumen auftauchen wird. Die Killer sind wegen irgendwas zurückgekommen, und ich mußte sie töten.«

Jane sah aus dem Fenster und beobachtete die vorüberziehende Parade auf dem Beverly Drive. Als sie wieder zu sprechen anfing, hatte sie eine ganz sanfte Stimme. »Ich empfinde überhaupt nichts. Er hat bekommen, was er verdient hat. Erzähl mir bitte nicht die Einzelheiten, ich will vermeiden, daß die Sache irgendwie Gestalt annimmt. Aber es muß furchtbar gewesen sein, nicht wahr?«

»Unbeschreiblich.«

»Hast du dich deshalb betrunken?«

»Ja.«

»Aber jetzt bist du wieder trocken, richtig?«

»Richtig.«

»Schön. Ich möchte mich für die Art und Weise, wie ich mich heute dir gegenüber verhalten habe, entschuldigen, Fritz, aber was du mir über Richard Ralston gesagt hast, bringt mich ganz durcheinander. Er ist seit dem Feuer im Geschäft eine solch große Hilfe für Sol gewesen.«

»Auf welche Weise?«

»Er führt mit Sol eine Menge Gespräche, fährt ihn durch die Gegend und muntert ihn auf.«

»Du glaubst mir das nicht mit Ralston, nicht wahr? Würdest du mir glauben, daß er für den Tod deines Bruders verantwortlich ist?«

»Nein, tue ich nicht und würde ich auch nicht! Schau mal, du hast einmal selbst zugegeben, daß du ein mieser Cop gewesen bist, und vielleicht bist du auch ein schlechter Detektiv. Richard ist ein feiner Kerl. Er liebt Sol über alles. Wenn sie beide in Wettgeschäfte verwickelt sind, dann ist mir das gleichgültig. Dabei erleidet niemand Schmerzen. Und hör mir jetzt mal gut zu, Fritz: Solltest du Richard in irgendeiner Form etwas antun, werde ich nie mehr ein Wort mit dir reden. Hast du mich verstanden?«

»Ja, ich hab' verstanden. Ich habe verstanden, daß du nicht fähig bist, die Realitäten hinzunehmen. Richard Ralston ist ein billiger, mieser und linker Räuber. Dein Bruder wurde gerade umgebracht, dein früherer Liebhaber ist dafür verantwortlich, dein bester Freund wird wahrscheinlich erpreßt, und das einzige, woran du denken kannst, ist dein verdammter isolierter Lebensstil von Beverly Hills.«

Jane wurde rot im Gesicht und schlug mich unbeholfen mit der geschlossenen Faust. Ich ließ sie gewähren. »Schlag doch noch mal«, schrie ich sie an. Sie schlug mich immer und immer wieder, jedesmal fester, bis sie in Tränen ausbrach. Ich zog sie zu mir und streichelte ihr übers Haar. »Ist ja gut, Liebling, ist ja gut. Raus damit. Ich versteh' dich schon, wirklich. Aber versuch einfach mal, auch mich zu verstehen. Ich warte schon seit langem auf eine solche Gelegenheit. Es ist *meine* Chance, und ich habe keine Lust, mir alles kaputtmachen zu lassen. Aber ohne dich hat alles keinen Sinn. Zehn Leute sind bereits umgekommen, seitdem diese Sache angefangen hat, und ich bin der einzige, der den Schlußstrich darunter ziehen kann. Aber es muß doch so etwas wie Anständigkeit und Freundlichkeit geben, die mich erwarten, wenn alles vorüber ist.«

Jane sah zu mir auf. Sie hatte aufgehört zu weinen und sah auf merkwürdige Weise gefaßt aus. »Was meinst du damit?« fragte sie mich.

»Ich meine, daß ich dich liebe. Wir könnten ein schönes Leben zusammen führen, wenn das alles vorbei ist.«

»Aber ich kenne dich doch gar nicht.«

»Empfindest du denn nichts für mich?«

»Ich *kenne* dich doch überhaupt nicht.«

»Ssssh. Wenn all das vorbei ist, werden wir Zeit genug haben, uns kennenzulernen.«

»O Gott, willst du denn . . .« Jane fing wieder an zu schluchzen, und ich hielt sie wieder ganz sanft fest. Wir blieben fast eine Minute lang so, dann legte ich eine Hand unter ihr Kinn und hob ihren Kopf zu mir empor. Ihr Gesicht war ganz fleckig, und ihr Augen-Make-up war verlaufen. Ich zog ein Taschentuch heraus und wischte es weg.

»Würdest du mir einen Gefallen tun, Liebling?« fragte ich sie.

»Ich glaub' schon.«

»Schön. Erstens: Halt dich von Ralston fern, und zweitens: Sag Kupferman, daß ich ihn anrufen werde, wahrscheinlich morgen. Erzähl ihm, wer ich bin und was ich gemacht habe. Sag ihm, daß es sehr wichtig sei.«

»Ja, gut.«

»Schön. Willst du heute abend mit mir essen? Bei mir zu Hause?«

»Ich kann nicht. Ich muß lernen und üben. Und ich will nahe bei Sol sein und Zeit zum Nachdenken haben.«

»Also gut. Dann fahr' ich dich jetzt nach Hause.«

»Nein. Ich möchte lieber allein sein. Ein Spaziergang nach Hause mit meinem Cello in der Hand wird meine Gedanken wieder klarer machen. Das verstehst du doch, oder?«

»Natürlich. Ich ruf' dich bald an.«

Ich lehnte mich zu ihr hinüber, und wir gaben uns einen Kuß. Unsere Lippen berührten sich dabei nur flüchtig. Dann bugsierte sie das Cello aus dem Wagen. »Paß auf dich auf«, sagte sie noch.

Ich nickte verständig und beobachtete sie noch im Rückspiegel, als sie mit ihrem Cello den Beverly Drive hinaufging und schließlich verschwand. Nachdem sie weg war, fiel mir ein, daß ich ganz vergessen hatte, ihr die Handtasche aus Armadillo zu geben, die ich in Tijuana für sie gekauft hatte.

Ich war jetzt richtig geschafft. Die Begegnung mit Jane hatte meinen Zorn in eine vage Hoffnung umgewandelt, die weder Hand noch Fuß hatte. Eigentlich hätte ich Schlaf nötig gehabt, aber zum Schlafen war ich viel zu müde. Die einzige Zufluchtsstätte war die immer wieder bewährte Wohnung von Walter. Ich wollte einen Schritt in die Richtung einer symbolischen Befreiung machen, und sein Garten war genau der richtige Ort dafür.

Es war furchtbar schwül, als ich in die Einfahrt des Hauses fuhr. Der Mustang seiner Mutter war, Gott sei Dank, nicht da, und ich traf Walter im Garten hinterm Haus an, wo er auf einem Liegestuhl lag und seine Füße in einem Kinderschwimmbecken baumeln ließ. Er las gerade einen Science-fiction-Roman und nuckelte an einem Flachmann. Weitere Flachmänner lagen zur Kühlung in dem Plastikschwimmbecken. Er sah sich um, als sei er von einem Blitz getroffen worden. »Der Mond trifft auf die Erde, der Mond trifft auf die Erde«, war sein Kommentar, als er mich kommen sah. »Der edle Privatdetektiv kehrt von der Suche nach dem Heiligen Gral aus Mexiko zurück. Rein und ernüchtert, möchte ich hoffen.« Ich überließ es Walter, in sein blödes Gequatsche einen Sinn zu bringen. »Hat es sich gelohnt, Fritz? Hast du den Akt mit dem Esel gesehen? Hast du immer im Blue Fox gegessen? Hast du mir genug Dope mitgebracht, damit ich endlich vom Alkohol runterkomme?«

»Negativ in sämtlichen Beziehungen. Aber trotzdem habe ich eine interessante Sache in Erfahrung gebracht. Ich weiß jetzt nämlich, wer die ›Blaue Dahlie‹ umgebracht hat.«

»Ach, tatsächlich? Wer war es denn? Der Ayatollah? Er muß es gewesen sein. Dieser Clown sieht genauso wie diese Ratte aus, die versucht hat, mich im Schwimmbad vom Hollywood am Pimmel zu packen, als ich zwölf war. Er muß es eigentlich gewesen sein.«

»Falsch. Du warst es, du Bastard, weil dieser Buddhismus-Scheiß wahr ist, den du mir seit Jahren erzählst, von wegen, daß alles miteinander in Zusammenhang steht. Ich kann dir dazu nur gratulieren. Die fünfundzwanzig oder dreißig Punkte, die du mir beim Intelligenzquotienten überlegen bist, sind noch nie so deutlich zum Vorschein gekommen. Da alles miteinander in Verbindung steht, muß auch der Begriff des Karma Gültigkeit besitzen. Ergo, es ist höchste Zeit, daß ich mit meinem Leben aufräume und endlich aus dem Repogewerbe aussteige. Aber erst nachdem ich eine große Schweinerei beseitigt habe, in die ich verwickelt bin. Ich habe allerdings noch keine Ahnung, was ich statt dessen machen werde. Vielleicht bekomme ich Cal soweit, mir einen eigenen Schallplattenladen für klassische Musik einzurichten, oder so was Ähnliches. Dann gibt's da ja auch noch eine Frau in meinem Leben, die ich berücksichtigen muß, und da das Karma ja Gültigkeit besitzt, ist wahrscheinlich irgendein Neger mit einer Überraschung für mich hinter mir her, weil ich ihm mal seinen Cadillac weggenommen habe. Darum sollte ich kein Risiko eingehen. Jane braucht mich. Du hast also recht gehabt, und ich gratuliere dir deshalb, wenn auch ungern.

Aber es gibt nun mal keinen Sieg ohne Leiden. Man muß eben teuer für alles bezahlen. Das einzige, was ich dir wirklich übelnehme, sosehr ich dich auch liebe, ist diese irrsinnige Fernsehsucht. Der Alkohol, die Musik und die Phantasiewelt sind ja noch verständlich. Aber dieses Scheiß-Fernsehen ist unter deiner Würde. Es ist sogar unter meiner Würde. Deshalb muß dein Fernseher leider sterben. Heute noch. Und zwar direkt hier im Garten. Ich werde die Exekution vollziehen. Du wirst auch dafür entschädigt werden, denn ich habe noch über sechshundert Dollar, an denen Blut klebt und die ich loswerden muß, bevor ich mein neues Leben beginne. Also fangen wir an, und zwar sofort.«

Ich hatte empörten Widerstand von Walter erwartet, aber wir grinsten beide nur. Er holte einen Flachmann aus dem Wasserbecken und zog ihn in einem Zug leer. Er schüttelte sich und grinste wieder. »Dann laß uns mal loslegen«, meinte er. »Ich hab' eh die Schnauze voll. Für sechshundert Mäuse bekomme ich ja fast zweihundert Gramm kolumbianisches Gras und noch dazu die Nutte, von der du mir erzählt hast. Es ist höchste Zeit, daß auch ich wieder auf den Boden der Tatsachen zurückkehre. Fangen wir an.«

Wir gingen ins Haus und trugen das alte Gerät von General Electric in den Garten hinaus. Wir stellten es an eine hervorragende Stelle neben dem Rosenbeet der alten Dame. Dann holte ich die Browning und eine Schachtel Patronen aus dem Kofferraum. Walter sprang vor lauter Vorfreude auf dem Rasen herum. »Drei Schüsse«, sagte ich zu Walter, »dann verpissen wir uns von hier, bevor die Bullen auftauchen. Stell dich hinter mich. Es werden Glassplitter herumfliegen.« Ich ging zwanzig Meter vom Fernseher weg und postierte mich vor Walters Veranda. Walter setzte sich auf die Stufen hinter mir und nuckelte mit klammheimlicher Freude an seiner Flasche. Ich ließ eine Patrone in die Kammer gleiten, zielte und drückte ab. Der Bildschirm implodierte mit einem lauten, nachhallenden Knall. Glasscherben, Holzsplitter und Metallteile flogen durch die Rückwand in die Luft, bevor sie in dem raucherfüllten Garten niedergingen. Es roch stark nach verbrannter Technik. Ich gab noch einen Schuß auf die Holzkiste ab, wodurch sie in zwei Teile geteilt wurde.

Leute waren mittlerweile in den Wohnblocks auf der anderen Straßenseite an die Fenster gekommen, und Walter schrie und grölte wie ein alkoholisierter Irrer. Ich ließ noch eine Patrone in die Kammer gleiten und gab die Kanone Walter. »Du bist dran«, meinte ich, »schieß, wohin du willst, nur nicht in meine Richtung.«

Er nickte anerkennend und marschierte quer durch den Garten, auf der Suche nach einem Ziel. Schließlich hatte er es auf die Garagenwand abgesehen und schoß ein Loch von der Größe eines Volkswagens hinein; der Rückstoß warf ihn sogleich zu Boden. Ich stützte ihn beim Aufstehen, und wir schleppten uns zu meinem Wagen, durch einen Durchgang hindurch, der mit Überresten des Fernsehers übersät war und nach Kordit stank.

Nachdem wir in meiner Wohnung angelangt waren, machte ich Espresso und bestellte telefonisch eine große Pizza mit Anchovis sowie eine Flasche Wodka und einen Mixer für Walter. Die Sachen wurden angeliefert, und wir verschlangen die Pizza innerhalb von zwei Minuten, lehnten uns zurück und redeten, und es wurde das beste, das vernünftigste Gespräch, das wir seit langer Zeit geführt hatten.

Um Mitternacht überreichte ich Walter die sechshundert Piepen und schickte ihn mit dem Taxi nach Hause. Er wollte sich am Sunset Strip ein Motelzimmer nehmen, bis seine Mutter sich beruhigt hatte und ich den Fall abgeschlossen hatte. Danach sollte nur noch Nüchternheit vorherrschen. Diesmal glaubte ich ihm. Es waren deutliche Anzeichen des alten Walter sichtbar geworden, sowie auch Anzeichen für Gewissensbisse darüber, was aus ihm geworden war.

Bevor ich ins Bett ging, machte sich ein übler Gedanke in meinem Kopf breit. Ralston wußte über mich Bescheid und wollte mich mit größter Wahrscheinlichkeit zum Schweigen bringen. Er wußte, wo ich wohnte, und hatte bestimmt auch seine Leute, die mich töten würden. Aber ich ließ diesen Gedanken einfach fallen. Etwas war mir klargeworden. Ich würde mehr tun, als nur am Leben bleiben. Ich würde am Ende als Sieger dastehen.

11

Als ich am nächsten Morgen aufwachte, hatte ich das Gefühl, als hätte ich einen Kater. Während ich zwischen Schlaf und Wachsein hin und her pendelte, vernahm ich von irgendwoher ein aufdringliches Hämmern, das so klang, als würden Schläge durch lärmdämpfende Füllstoffe abgeschwächt. Ich versuchte, mir Janes Gesicht vorzustellen. Diesmal war es leichter, mir ein Bild zu machen. Allmählich wurde mir klar, daß dieses Hämmern nicht von meinem Kopf herrührte, sondern daß es ein lautes Klopfen an der Wohnungstür war. Ich zog schnell ein T-Shirt und ein Paar Levis an und ging zur Tür, um zu öffnen.

Als ich die Tür geöffnet hatte, wußte ich sofort, daß es Cops waren: Ihre Statur, ihre strengen Mienen und ihre Achtzig-Dollar-Anzüge hatten den gleichen Effekt wie eine Leuchtreklame, auf der stand: »Offizielle Handlanger der Stadt auf Autoritätstrip.« Ich begrüßte sie freundlich. »Guten Morgen«, sagte ich. »Was kann ich für Sie tun?«

»Sind Sie Fritz Brown?« fragte mich der größere und kräftigere der beiden.

»Ja.«

»Ich bin Sergeant Larkin von der Dienststelle des County Sheriffs in Riverside. Und das hier ist Sergeant Cavanaugh von der Polizei in L. A.« Sie hielten mir beide ihre Dienstmarken vor die Nase. »Könnten wir wohl mal mit Ihnen reden? Drinnen, wenn's geht.«

»Ja, sicher. Kommen Sie rein.«

Sie traten ein und unterzogen mein Wohnzimmer einer kurzen Prüfung. Cavanaughs Blick blieb an meiner im Halfter befindlichen .28er haften, die auf einem Lampentisch lag. »Haben Sie für diese Waffe einen Waffenschein, Mr. Brown?« fragte er mich.

»Ja, hab' ich. Und ich habe eine Erlaubnis, sie verdeckt mit mir herumzutragen. Ich bin amtlich zugelassener Privatdetektiv.«

»Ah, ich verstehe«, meinte Larkin, während sich beide, ohne dazu aufgefordert worden zu sein, auf die Couch setzten. »Besitzen Sie noch andere Waffen?«

Das war es also. Die alte Hexe Curran hatte mich verpfiffen. Aber was hatte der Typ aus Riverside County damit zu tun? »Ja, ich besitze noch eine Browning .12 Automatik.«

»Können wir sie einmal sehen?« fragte mich Cavanaugh.

»Sicher. Einen Moment.« Ich ging ins Schlafzimmer. Vielleicht war das Spiel sowieso aus, und ich würde wegen Abfeuerns einer Schußwaffe innerhalb der Stadtgrenzen eingelocht werden. Aber das glaubte ich eigentlich nicht. Diese Kerle waren einfach zu reserviert und zu seltsam. Ich nahm die Kanone mit ins Wohnzimmer und reichte sie Larkin, mit dem Griff zuerst natürlich.

Er öffnete den Verschluß und die Kammer des Hinterladers und roch kräftig daran. »Mit dieser Waffe ist vor kurzem geschossen worden«, sagte er.

»Gestern abend«, ergänzte ich ihn. »Ich habe ein Fernsehgerät abgeknallt. Mit der Erlaubnis des Eigentümers. Wenn Sie mich wegen Gebrauchs von Schußwaffen innerhalb der Stadtgrenze festnehmen wollen, dann lassen Sie es uns gleich machen, damit ich sofort eine Freilassung auf Kaution erwirken kann.«

»Deswegen sind wir nicht hier, Brown«, sagte Cavanaugh.

»Das konnte ich mir auch nicht vorstellen, Riverside County kümmert sich doch einen Scheißdreck drum, was ich mit meiner Kanone in L. A. anstelle. Weshalb sind Sie dann hier?« Ich setzte mich in den Sessel ihnen gegenüber.

»Wo waren Sie letzte Nacht zwischen 22.00 und 2.00 Uhr?« fragte mich Larkin. Er trug ein widerliches, gelblich glänzendes Kleidungsstück, das ihn mindestens $ 2,99 gekostet haben mußte. Ich bekam von dem Ding Kopfschmerzen.

»Ich war hier. Im Bett. Warum?«

Cavanaugh übernahm das Wort. »Sind Sie früher einmal Police Officer gewesen, Mr. Brown?«

»Jawohl, war ich. Ich war sechs Jahre lang bei der Polizei von L. A.«

Cavanaugh grinste mich breit an. Sein falscher Gesichtsausdruck sagte mir, daß er die Antwort zu seiner Frage schon im voraus gewußt hatte. »Dann sind wir ja alte Kollegen«, meinte er. »In welchen Dezernaten waren Sie denn tätig?«

»Wilshire Patrol, Hollywood Patrol und Hollywood Vice.«

Cavanaugh und Larkin sahen mich beide mit einem halbherzigen Lächeln an und nickten beifällig. Sie waren schon ein eingespieltes Paar, so wie Abbott und Costello. Larkin lehnte sich schließlich vertrauensvoll nach vorn. »Kennen Sie einen Mann namens Stanley Gaither? Alias ›Stan The Man‹?« fragte er mich.

»Ich bin ihm einmal begegnet, nur kurz, vor nicht allzu langer Zeit. Warum?«

»Wir fanden Ihre Karte bei seiner Leiche.«

»Verflucht noch mal! Wurde er ermordet?«

»Ja, letzte Nacht in Palm Springs. Zusammen mit zwei anderen Männern. Alles Caddies. Sie wurden zusammengeschossen unter einer Freeway-Überführung entdeckt.«

»Oh, Scheiße. Mit einem Revolver?«

»Ja. Sechs abgeschossene Patronenhülsen von einer .10-kalibrigen sind gefunden worden. Die drei Kerle wurden kurz und klein geschossen. Wo haben Sie Gaither kennengelernt? Was für ein Verhältnis hatten Sie zu ihm?«

»Was für ein ›Verhältnis‹? Ich habe ihn in einer Kneipe getroffen. Er hat mir einen ausgegeben und dann von sich erzählt, daß er ein notorischer Autodieb sei und daß er eine Therapie mache, die seine Zwangsvorstellungen unter Kontrolle bringen soll. Ich habe ihm erzählt, daß ich im Repo-Gewerbe bin und daß ich ihm vielleicht helfen könnte, indem er damit anfange, auf legale Weise Autos zu klauen. Ich hab' ihm meine Karte gegeben. Seitdem habe ich ihn nicht mehr gesehen.«

Larkin und Cavanaugh sahen mich teilnahmslos an. Ich hatte keine Ahnung, ob sie mir glaubten. »Sind Sie schon mal einem George Hansen, alias ›Hamburger‹, oder einem Robert Marchion, genannt ›Bobby‹, begegnet?« fragte mich Larkin.

»Nein. Sind das die beiden anderen Toten?«

»Genau. Kennen Sie irgendwelche anderen Caddies?«

»Nein, ich spiele kein Golf. Darauf kann ich beim besten Willen nicht abfahren.«

»Worauf fahren Sie denn ab?«

»Auf großartiger Musik und wunderschönen Frauen. Und Sie?«

»Haben Sie vielleicht ein Problem, Brown?« fuhr Cavanaugh dazwischen. »Normale Menschen ziehen doch nicht durch die Gegend und schießen auf Fernsehgeräte.«

»Was heißt denn schon normal? Ich bin ein ästhetischer Charakter. Ich bin der Spitzenmann bei einem internationalen Kartell von ästhetischen Charaktern, die Fernsehapparate nicht ausstehen können. Pro Treffer zahlen die mir zehntausend. Darum kann ich mir auch ein luxuriöses Leben in Hollywood Hills leisten.«

»Fang bloß nicht an, uns zu verarschen«, sagte Cavanaugh. »Ich habe mir heute morgen deine Personalakte angesehen. Du warst ein Versager und eine Schande für das Department. Wir stellen Ermittlungen über einen mehrfachen Mord an, und wir brauchen uns keinen Blödsinn von so einem Repo-Arschloch anzuhören. Paß gut auf dich auf. Das Staatliche Büro für Berufsnormen steht nicht besonders auf Privatdetektive, die mit ihren Kanonen herumballern. Du könntest ganz schnell deine Lizenz verlieren.«

»Wenn das alles ist, was ihr mir zu sagen habt, warum verschwindet ihr dann nicht?«

Cavanaugh mußte natürlich das letzte Wort haben. »Achten Sie gut auf ihre Schritte, Brown. Wir werden Sie bestimmt noch mal überprüfen.«

»Ich warte mit angehaltenem Atem darauf«, meinte ich noch, als sie zur Tür hinausgingen.

Ralston. Cathcart. Fat Dog. Augie Dougall. Und jetzt noch drei tote Caddies in Palm Springs. Es gibt keine Zufälle. Caddies werden normalerweise nicht im Mafia-Stil abgeknallt. Ich mußte bei Augie Dougall ansetzen.

Als ich nach Hillcrest kam, war Augie Dougall nicht in der Caddiebaracke. Der Koch von der Essensausgabe sagte mir, daß Augie an diesem Tag noch nicht aufgetaucht sei. Versuche es im Tap and Cap, riet er mir. Ich dankte ihm und machte mich aus dem Staub. Beim Verlassen der Hütte merkte ich, daß es darin vor lautem Gerede über die Caddiemorde nur so brodelte, da die Morgenzeitungen wohl darüber berichtet hatten.

Ich fuhr in Richtung Tap & Cap, hielt aber noch an der Ecke Pico und Veteran an, um mir die *L. A. Times* zu kaufen. Es stand auf der zweiten Seite:

DREI TOTE IN PALM SPRINGS
TOD DURCH ERSCHIESSEN

(AP, UPI) 16. Juli – Sprecher der Polizei von Palm Springs und des County Sheriffs von Riverside gaben heute bekannt, daß es noch keine Hinweise über die brutale Ermordung dreier Männer in der vergangenen Nacht gibt. Sie wurden unter einer Freeway-Überführung der Interstate 6 nahe der Stadtgrenze von Palm Springs und Cathedral City erschossen aufgefunden. Der Sprecher des Sheriff Department, Sergeant A. D. Larkin, sagte, daß alle drei Männer, die als Caddies tätig waren, an ihrer Schlafstelle unter der Überführung getrunken und Drogen zu sich genommen hatten.

»Wir entdeckten mehrere leere Whiskyflaschen sowie ein Versteck mit Quaalude-Kapseln«, sagte Larkin. »Zur Zeit sind wir noch der Überzeugung, daß die Morde mit einem Betrug beim Drogenhandel in Verbindung zu bringen sind. Der Mörder kam wegen der Drogen zurück und brach nach der Tat in Panik aus. Wir sind dabei, alle näheren Bekannten der Getöteten zu überprüfen, und erwarten sehr bald eine Klärung des Falles.«

Die Ermordeten sind Stanley Gaither, 41, aus West Los Angeles, Robert Marchion, ein Durchreisender, und George Hansen aus dem Wohnwagenpark Desert Flower in Palm Springs. Die Leichen waren von einer Gruppe Pfadfinder und ihrem Anführer entdeckt worden, als sie von einem Campingausflug mit Übernachtung nach Cathedral City zurückkehren wollten.

Das war nicht gerade viel. Aber die Adresse eines gewissen George Hansen könnte etwas hergeben. Ich riß den Artikel aus der Zeitung aus und steckte ihn mir in die Hemdtasche.

Das Tap & Cap war fast menschenleer, als ich dort hineinging. Der Barmixer und ein alter buckliger schwarzer Zeitungsverkäufer lasen sich gerade den Artikel aus der *Times* laut vor.

»Die armen Schweine«, sagte der Schwarze, »der arme ›Burger‹ Hansen. Der verfressenste Kerl, den ich je gesehen hab'. Ich weiß noch, als . . .«

Ich unterbrach ihn mit einem strengen Blick und einer abrupten Handbewegung. »Entschuldigen Sie, Gentlemen«, sagte ich, »ich bin von der Vereinigten Versicherungsgesellschaft und bin wegen einer dringenden Angelegenheit auf der Suche nach einem Mr. Augie Dougall. Man hat mir gesagt, daß er sich öfters in diesem Etablissement aufhält.«

Der alte Zeitungsverkäufer fing an, etwas zu sagen, aber der Barmixer schnitt ihm das Wort ab. »Das müssen Sie falsch verstanden haben, Mister. Augie Dougall wohnt hier. Er hat hier ein kostenloses Zimmer fürs Saubermachen des Ladens.«

»Ausgezeichnet. Ist Mr. Dougall im Augenblick hier?«

»Nein. Er ist heute morgen ziemlich früh weggegangen. Er sagte, er wolle mit dem Bus nach Palm Springs fahren. Er war wegen dieser drei Caddies, die dort umgebracht wurden, regelrecht schockiert. Er hat sie nämlich gekannt. Er meinte, er wolle den Fall lösen. Aber der hat doch eine Macke. Der wird überhaupt nichts lösen.«

»Ich verstehe. Wie schrecklich. Ich habe nämlich einen beträchtlichen Scheck von einem verstorbenen Onkel für Mister Dougall. Einen sehr beträchtlichen Scheck. Haben Sie vielleicht eine Ahnung, wo sich Mr. Dougall in Palm Springs aufhalten wird?«

»Keine Ahnung, aber er hat da oben einen Cousin, in Cat City. Ach, und übrigens, er hat von ihm heute einen Brief bekommen, den er ganz vergessen hat mitzunehmen, weil er so in Eile war.« Der Barmixer wühlte unter der Theke herum und tauchte mit einem Umschlag wieder auf.

Ich nahm ihn ihm aus der Hand und lief zur Tür, wodurch ich zu meiner Liste der Vergehen nun auch noch Diebstahl von Regierungseigentum hinzufügen konnte. Einen Moment später sah ich noch, wie der bucklige Zeitungsmann hinter mir hergehinkt kam. Er hatte allerdings keine Chance. Als ich im Wagen saß, riß ich den Umschlag auf und las:

Lieber Augie! Ich hoffe, Dir geht's gut. Mir ja, aber es ist viel zu heiß im verdammten Cat City. Meine Klimaanlage hat den Geist aufgegeben, und jetzt werde ich geröstet. Ist es in L. A. auch so heiß? Ich möchte wetten, ja. Die Bösen haben eben keinen Trost verdient, ha! ha! Wie geht's mit dem Caddie-Job? Spielen die Leute bei der Hitze überhaupt Golf? Ohne ein Six-Pack Eiskaltes und ohne Ventilator würde ich mich auf einem Golfplatz nicht blicken lassen. Ha! Ha! Paß mal auf! Gestern ist etwas Komisches passiert. So ein Typ kam vorbei und sagte, er wäre auf der Suche nach ein paar Sachen, die dieser verrückte fette Kumpel von Dir hier liegengelassen haben könnte. Fat Dog, der das Extrazimmer nicht haben wollte, der im Garten geschlafen hat. Der Kerl hat mir 50 Mäuse angeboten, wenn ich ihn nach dem Zeug suchen ließ. Er meinte, daß Fat Dog ihm ein paar wertvolle Dinge geklaut habe, die für ihn Erinnerungswert hätten, und daß er sie zurückhaben wolle. Ich sagte ihm: Vergiß es!!! Fat Dog hat hier nichts liegenlassen. Kam mir sehr verdächtig vor. Er sagte, er hätte mit Dir und Fat Dog als Caddie zusammengearbeitet, wollte mir aber seinen Namen nicht verraten. Später bin ich weggegangen, und als ich zurückkam, war mein ganzes Haus durchwühlt worden. Sie haben nichts kaputtgemacht, aber man konnte sehen, daß sie alles durchsucht haben. Aber das wird mir nicht noch mal passieren!!! Jerry Plunkett verläßt für ein paar Tage die Stadt, und ich leih' mir seinen scharfen alten Dobermann!!! Jeder versucht, in meinem Haus Unordnung zu schaffen, aber Rudolf wird ihnen schon in den Arsch beißen!!! Ha! Ha! Mit was für verrückten Leuten gibst Du Dich eigentlich ab? Was haben diese Witzbolde gesucht? Wohl Golfbälle aus purem Gold, was?!!! Ha! Ha! Wenn du nächstes Mal frei hast, komm mich mal besuchen. Ich kenn' da eine Kellnerin, die auf lange Kerle steht. Sie ist selbst zirka einsneunzig groß. Ha! Ha!   Dein Cousin und Kumpel
Charlie.

Charlie, mein Freund, wenn du wüßtest, mit was für Leuten sich dein Cousin abgibt, würdest du nicht so oft »Ha! Ha!« sagen. Bissige Dobermänner können gegen Kanonen, Brandstifter und linke Cops nicht viel ausrichten.

Ich warf den Brief ins Handschuhfach. Augie Dougall war jetzt also auf dem Weg nach Cathedral City, er sprang aus der Bratpfanne direkt ins Feuer. Wenn er mit dem Bus fahren wollte, müßte er logischerweise an der Greyhound-Station an der Ecke 5th Street und Broadway einsteigen. Mit hoher Geschwindigkeit fuhr ich dorthin.

Die Frau am Schalter sagte mir, daß ein äußerst großer und komisch aussehender Mann um die Fünfzig eine Fahrkarte für den 7.15-Uhr-Bus nach Palm Springs gelöst hätte. Diese Information reichte mir. Ich fuhr auf den Santa Monica Freeway in Richtung Hafen und Pomona. Bald schon fuhr ich mitten durch die deprimierenden Vororte von L. A., das Verdeck hatte ich heruntergeklappt, die Klimaanlage voll aufgedreht, und aus der Stereoanlage dröhnte Wagner. Ich war voller Erwartung und in der beruhigenden Gewißheit, daß, was mich auch immer erwartete, bestimmt nicht langweilig werden würde.

Ich hielt in Riverside an, um aufzutanken, dann hörte ich während dem Rest der Fahrt Radio. Ich stieß auf einen Sender aus Palm Springs, der gerade die neuesten Nachrichten über die Caddiemorde brachte. Es war offensichtlich, daß die Reporter die Wüstensiedlung im Sturm erobert hatten. Der Nachrichtensprecher fuhr mit seiner dramatischen Schilderung fort: Es gab noch immer keine Hinweise, das Motiv für die Tat lag weiterhin »in der Luft«, Gaither und Marchion hatten keine näheren Verwandten, während die Frau von George Hanson über seinen Tod informiert worden war. Ein anderer Nachrichtensprecher übernahm das Mikrofon und kündigte einen besonderen Bericht über die Welt der Caddies an. Ich stellte das Radio lauter.

Mit sentimentaler Stimme legte der Sprecher los:

»Ich bin in meinem Leben schon einer Menge Caddies begegnet. Einer ganzen Menge. Sie sind eine merkwürdige abenteuerlustige Gruppe in unserer Gesellschaft. Eine Gruppe von Männern, für die Freiheit und Liebe zu Golf das höchste bedeutet. Viele unter ihnen haben den Gedanken an Familienleben oder einen Acht-Stunden-Job längst aufgegeben, um dort zu sein, wo Golf praktiziert wird. Caddies lieben Golf über alles und kennen die Golfplätze, auf denen sie arbeiten, wie ihre Westentasche. Und was sie alles für Geschichten über Golf erzählen könnten!

Als ich noch beim Sender KMCP in Los Angeles als Kommentator beschäftigt war, hatte ich das Vergnügen, mit Dick Whittinghill auf dem malerischen Platz vom Lakeside Country Club in Nord-Hollywood zu spielen. Ich kann mich noch gut an den Caddie erinnern, den wir hatten, ein grober Charakter mit Namen Leo. Leo war eine Kapazität in bezug auf Golf, und er verglich bestimmte Aspekte bei Dicks Schlägen mit denen des großen Jimmy Demarit. Dick hatte eine Flasche Wodka in seiner Packtasche, und er lud Leo immer wieder ein, einen mit ihm zu trinken. Leo hatte die Angewohnheit, den Spielern ein Stück vorauszugehen, damit er ihre Bälle besser finden konnte. Dick rief ihm immer zu: ›War das ein guter Schlag, Leo?‹, und Leo ließ dann die Tasche fallen und veranstaltete einen Tanz mitten auf dem Platz. Es war einfach herrlich mitanzusehen! Eines Tages schlug Dick den Ball direkt hinter einen Baum. Es war ein sehr wichtiger Schlag gewesen. Dick und ich spielten nämlich einen Fünf-Dollar-Nassau, und er brauchte nur noch dieses Loch zu gewinnen. Leo machte diesmal keinen Tanz, als er auf Dicks Ball zuging. Als Dick ihm zurief: ›Werde ich einen guten Schlag bis zum Grün haben, Leo?‹, rief Leo zurück: ›Sie haben ja mehrere Schläge bis zum Grün, Mr. Whittinghill!‹ So spricht ein echter Caddie!

Caddies werden immer mehr, so traurig das auch ist, zugunsten von Golfwagen abgeschoben. Es ist wirklich eine Schande. Ein Caddie ist in der Lage, bei einem Spiel mit Kampfrichtern für zehn Schläge weniger zu sorgen. Die Profis könnten auf ihre Caddies nie verzichten. Ich habe eine ganze Menge Caddies kennengelernt, jawohl, Sir. Einige haben zuviel getrunken, andere zuviel geredet, und wieder andere waren zu überheblich. Aber ich habe noch nie einen dummen Caddie getroffen oder einen, der das Golfspiel oder den Club, bei dem er arbeitet, nicht über alles liebt.

Und nun so eine Tragödie, inmitten von Palm Springs, der weltweiten Hauptstadt des Golfs. Die Behörden haben uns mitgeteilt, daß Drogen im Spiel gewesen seien! Ich sage dazu nur ›Alles Quatsch!‹ Ich habe eine Menge Caddies gekannt, die mal einen über den Durst getrunken haben, aber ich habe niemals einen Caddie kennengelernt, der Drogen genommen hat! Niemals traf ich auf einen Caddie, der das Golfspiel bewußt in den Schmutz ziehen würde!

Robert Marchion, George Hansen, Stanley Gaither, das Herz eines jeden Golfanhängers in Amerika trauert um euch und betet für eine schnelle, gnadenlose Bestrafung eurer Mörder. Wir danken euch von Herzen für eure Dienste – für die Beschreibungen der Grüns, für die Zurufe der Abstände, für die geharkten Sandhindernisse und die munter getragenen schweren Taschen. Gott möge euch in eurem letzten Ruhebett segnen. Hier ist Don Castleberry, und ich schließe ab mit diesem Extra-Kommentar. Ich wünsche Ihnen noch einen angenehmen Tag.«

Wegen meiner plötzlich aufkommenden Verärgerung konnte ich gar nicht denken. In meinem Geist war grenzenloser Haß für Amerika aufgekommen. Amerika mit seinem Optimismus, seiner Reklame für alles und seinen »Juchhu«-Rufen, das dem Gefühl immer den Vorzug vor der Wahrheit gibt. Amerika, das die Wahrheit über das Leben und den Tod von drei Männern am liebsten in billige Werbung für ein Brettspiel für Kinder verwandeln würde.

Nach ein paar Augenblicken ließ meine Wut nach. Ich war jetzt in der Wüste angelangt und hatte den Smog hinter mir gelassen. Es war sehr heiß draußen, aber die dürre Landschaft sah sehr malerisch aus. Ich hatte mich in meinem mit Klimaanlage ausgestatteten Kokon eingeschlossen, und in der Angelegenheit Volk gegen Haywood Cathcart, Richard Ralston und Fat Dog Baker war ich der Vertreter der Gerechtigkeit und nicht der Amerikas.

In der Ferne tauchte Palm Springs auf, eine grün schimmernde Oase hinter meiner getönten Windschutzscheibe. Cathedral City war, wenn ich mich recht erinnerte, der südöstliche Ausläufer von Palm Springs, eine Arbeitergemeinde am Rande der Wüstengebirgskette. Ich holte den an Augie Dougall adressierten Brief aus dem Handschuhfach und prägte mir die Anschrift des Absenders ein: Charles Dougall, Eucalyptus Road Nr. 18319, Cathedral City.

Ich durchquerte Palm Springs auf dem Palm Canyon Drive, der stinkvornehmen Hauptstraße der Stadt. Die teuren Boutiquen und Geschenkläden, die die makellosen Bürgersteige säumten, waren den Sommer über geschlossen. Nur ein paar Restaurants, Cafés und Tankstellen schienen geöffnet zu sein. Die wenigen Leute, die ich sah, schienen es eilig zu haben und hetzten auf klimatisierte Zufluchtsstätten zu. Ich fuhr auf der Palm Canyon stadtauswärts, wo sie bald in eine Wüstenstraße überging und sich um Cathedral City und Indio schlängelte.

Cathedral City war genauso wie früher – verstaubte Wohnstraßen aus alten Holzhäusern mit verblaßten Farbanstrichen liefen auf einen mit Büschen bewachsenen Berg zu, der zu unbedeutend ist, um ihn beim Namen zu nennen. Ich bog in die Eucalyptus Road ab, hätte sie beinahe verfehlt, konnte aber das Lenkrad im letzten Moment noch nach rechts herumreißen. Ich legte einen niedrigeren Gang ein und fuhr sie langsam hinauf, dabei achtete ich auf die Hausnummern.

Nr. 18319 befand sich auf halbem Wege zwischen dem Highway und dem Bergkamm. Das Haus war weiß, mit Seitenwänden aus Aluminium, das Traumhaus eines bescheidenen Träumers. Kleine Statuen, die Tiere des Waldes darstellend, bewachten beide Seiten des engen Zugangs. Sie mußten wohl mal rosa gewesen sein, aber nun waren sie von der Sonne fast weiß geworden. Ich hielt vor dem Haus, stieg aus dem Wagen und zog meine Anzugjacke aus, als mich die Sonne wie ein heißer Fön traf. Ich klingelte an der Tür und vernahm als Antwort ein wütendes Hundegebell. Das war ohne Zweifel der alte bissige Rudolf. Ich klingelte noch einmal. Außer Rudolf war wohl niemand zu Hause.

Ich fuhr zu einer Tankstelle und fragte den Tankwart, ob er wüßte, wo diese Freeway-Überführung sei, wo die drei Männer erschossen wurden. Ich grinste ihn dabei mit einer teuflischen Grimasse an. Er erwiderte meinen Blick, und wir fühlten uns einen Moment lang wie konspirative Verbündete.

Bevor er mir eine ausführliche Beschreibung gab, wo diese Stelle war, unterbreitete er mir seine Theorie über die Morde: Die »Mafia« sei dafür verantwortlich. Die drei toten Caddies hätten sie nicht in den Drogenhandel auf den Golfplätzen einsteigen lassen wollen, also mußten sie zum Schweigen gebracht werden.

Ich bedankte mich bei ihm für seine Hilfe und machte mich auf den Weg zum Schauplatz des Verbrechens. Ich brauchte nur fünf Minuten bis dorthin. Die Stelle war bloß eine belanglose Freeway-Ausfahrt, und die breite Überführung spendete reichlich Schutz vor der Sonne. Es sah so aus, als sei es ein guter Ort, um sich zu betrinken und sich den Kopf mit Drogen vollzuhauen. Nur heute waren die Randstreifen aus Sand auf beiden Seiten der Straße mit Autos vollgeparkt, Arbeiter in Bermuda-Shorts waren gekommen, sowie Hausfrauen mit ihren Kindern im Schlepp und Taugenichtse in abgeschnittenen Jeans und Kampfjacken, die sich alle den Schauplatz des Todes aus nächster Nähe ansehen wollten. Ich schloß mich ihnen an und entdeckte den Gesuchten sofort inmitten der Menge, da er einen Kopf größer als alle anderen war.

Ich ging von hinten auf ihn zu und tippte ihm auf die Schulter. Er drehte sich um. Ich bemerkte, daß er mich sofort wiedererkannte. »Hi, Augie«, sagte ich, »kannst du dich noch an mich erinnern?« Er sah sich nach Mitteln und Wegen um, um abhauen zu können. Mir fiel dabei diese unheimliche Intelligenz in seinen Augen auf.

»Ich erinnere mich an dich«, sagte er, »aus dem Tap & Cap. Du warst auf der Suche nach Fat Dog. Was willst du von mir?«

»Ich möchte auf Nummer Sicher gehen, daß das, was Fat Dog passiert ist, dir nicht auch widerfährt.«

»Was ist denn mit Fat Dog passiert?«

»Er ist tot.« Ich nahm meinen Schlips in die Hände, imitierte damit den Strick am Galgen und verzog mein Gesicht mit einer Grimasse. Augies Gesichtszüge verzerrten sich. Er hatte wohl furchtbare Angst. »Eine Menge Leute mußten in letzter Zeit sterben, Augie. Dank deinem alten Kumpanen Hot Rod Ralston. Du bist der nächste, wenn du nicht mit mir redest.«

»Hot Rod hat gesagt, daß Fat Dog einfach nur etwas zugestoßen ist.«

»Ja, ja, der letzte Stoß, der endgültige. Du mußt mit mir reden.«

Augie verschluckte sich und trat vor lauter Angst von einem Fuß auf den anderen. Er schwitzte jetzt, aber nicht aufgrund der Hitze, und ich hatte den Eindruck, daß er jetzt reden wollte. Ich fuhr fort: »Ich habe heute morgen mit dem Barmixer im Tap & Cap gesprochen. Er hat mir gesagt, du würdest hierher fahren, um den Cops bei der Suche nach den Mördern der drei Caddies zu helfen. Der Barmixer glaubt, du bist nicht ganz dicht, du würdest wie ein Kind reagieren. Aber ich bin da anderer Meinung. Ich glaube, daß du ein feiner Kerl bist und daß du 'ne ganze Menge auf dem Kasten hast. Wenn wir zusammenarbeiten, können wir die ganze Sache bestimmt aufklären. Was meinst du dazu?«

»Ich bin einverstanden. Ich meine, Augie Dougall hat genug in seinem Leben einstecken müssen. Ich sage, leckt mich alle am Arsch und laßt die Leichenträger auch noch mal ran.«

»Du bist ein guter Kerl. Laß uns aber jetzt aus der Hitze verschwinden. Ich habe einen Wagen mit Klimaanlage.«

Wir gingen zum Wagen. Wir riegelten uns hermetisch ab, und ich stellte die Klimaanlage auf die höchste Stufe. Augie suchte mit einer Hand nach dem Sitzversteller, schließlich hatte er ihn gefunden und schob den Sitz ganz weit nach hinten, damit er Beinfreiheit hatte. Der Kerl war mindestens zehn Zentimeter größer als ich.

»Eine ganze Menge Leute sind der Meinung, daß du nichts weiter als ein großer Blödmann bist, nicht wahr, Augie? Aber ich weiß, daß das nicht so ist. Ich bin ein geübter Beobachter, und ich kann Intelligenz erkennen, wenn ich sie sehe. Ich erzähl' dir mal, woran ich interessiert bin: Fat Dog, Ralston, irgendwelche Betrügereien mit Sozialhilfeleistungen, und wie das alles in Zusammenhang mit Sol Kupferman steht. Sei offen und ehrlich, Augie. Ich habe gestern der Unterhaltung, die du mit Ralston geführt hast, beigewohnt. Er will dir etwas antun, er glaubt, daß du ihn angelogen hast. Wir sollten das nicht zulassen. Ich fange an, indem ich meine Karten auf den Tisch lege. Fat Dog Baker hat im Jahre '68 den Brandanschlag auf den Club Utopia verübt. Laß uns damit beginnen.«

Augie wurde kreidebleich. Er fing an zu husten und zündete sich eine Zigarette an. Als er dann redete, war seine Stimme ein wenig unsicher. »Mein Gott, du weißt das? Und Hot Rod weiß es und wer weiß wer noch alles? Jesses!«

»Wie hast du es herausgefunden, Augie?«

»Fat Dog hat es mir erzählt, als er betrunken war. Ich habe es ihm auch abgekauft. Er haßte Kupferman, weil Kupferman sich um seine Schwester kümmerte. Ihm ist schon immer furchtbar einer abgegangen, wenn er Feuer sah. Ich habe ihm das echt geglaubt.«

»Hast du Omar Gonzales auf Ralston angesetzt?«

»Klar. Ich wußte, daß irgend etwas Merkwürdiges zwischen Fat Dog und Ralston ablief. Fat Dog hat Hot Rod 'ne Menge Ärger bereitet, und Hot Rod ist nicht gerade der Typ, der so etwas einsteckt. Einmal haben sie sich am ersten Tee herumgestritten, und Hot Rod hat gesagt: ›Vergiß bloß nicht, was ich über dich weiß, du Bastard!‹ Daher dachte ich mir, daß er es auch wußte. Ich dachte mir, daß, wenn er es wußte, er es bestimmt irgendwo aufgeschrieben hatte. Darum habe ich Gonzales angerufen. Ich erinnerte mich noch an ihn von der *Joe Pyne Show*. Ich dachte, vielleicht könnte ich Fat Dog und Hot Rod durch ihn eins auswischen.«

»Warum wolltest du ihnen eins auswischen?«

»Weil sie mich immer wie einen Sklaven behandelt haben! Wie einen Zurückgebliebenen! Weil sie mich wegen meiner Größe immer ausgelacht haben! Augie, die Bohnenstange! Aber ich werd' es ihnen zeigen! Ich werde das Notizbuch beschaffen, und dann werde ich Namen nennen! Ich werde zur Polizei gehen und ein Held sein! Ich werde . . .«

Ich legte vorsichtig eine Hand auf seinen Arm. »Was weißt du über dieses Notizbuch, Augie? Ich habe gestern zum ersten Mal etwas davon gehört.«

»Ich weiß nichts darüber, außer, daß Burger Hansen und Bobby Marchion deswegen umgebracht worden sind. Sie waren beide alte Vertraute von Fat Dog. Burger hat früher mal mit ihm mit Golfbällen Geschäfte gemacht. Darum ist er getötet worden. Das muß der Grund sein. Sie waren nichts weiter als Säufer und Caddies. Niemand bringt solche Leute um. Unter dieser Unterführung haben sie sich immer vollaufen lassen und Dope geraucht. Sie haben niemandem etwas zuleide getan. Und jetzt sind sie tot. Das ist nicht richtig! Das ist entsetzlich!«

»Da hast du recht. Und es wird höchste Zeit, dem Morden ein Ende zu bereiten.« Ich versuchte es mit einem Schuß ins Dunkle. »Erzähl mir was über Ralstons Betrug der Sozialfürsorge, Augie.«

Sein Gesicht wurde ausdruckslos. »Was für einen Betrug?«

»Das sollst du mir erzählen.«

»Ich weiß nichts von einem Betrug der Sozialfürsorge. Hot Rod besitzt dieses Hotel, in dem all diese Brüder, die von der Sozialhilfe leben, wohnen. Alles Schnapsbrüder. Er zieht jeden Monat ihre Schecks ein und zieht davon ihre Miete und ihren Kneipendeckel ab. Ist es das, was du wissen wolltest?«

»Nein, Augie, ich hatte nur laut gedacht.«

»Hot Rod ist ein übler Typ. Man muß schon ein verdammt mieser Typ sein, wenn man so was macht. Hot Rod interessiert sich für nichts anderes als Geld und mit Frauen zu bumsen. Einmal hat er mir diese Nacktbilder gezeigt, die er von Fat Dogs Schwester mit gespreizten Beinen gemacht hatte. Er hat mir erzählt, daß er sie gevögelt hätte. Ich habe sie ganz gut gekannt. Sie war ein süßes junges Mädchen. In dieser Imbißstube für Caddies hat sie immer ausgezeichnete Spaghetti gemacht. Und Hot Rod hat immer über sie geredet, als sei sie der Abschaum in Person.«

»Merk dir meine Worte, Augie, innerhalb von einer Woche wird Hot Rod Ralston nicht einmal mehr einen Topf haben, in den er pissen kann. Vier Leute, die ich kannte, sind durch ihn umgebracht worden, und er wird dafür bezahlen müssen.« Augie sah mich mit furchtloser Heldenverehrung an. »Eine letzte Sache noch«, sagte ich schließlich, »du hast Ralston gestern erzählt, daß Fat Dog von mir durch Cal Myers auf dem Golfplatz erfahren hat. Was hat er damals genau gesagt?«

Augie verzog vor Anstrengung, sich zu erinnern, das Gesicht: »Daß du nur dem Namen nach ein Privatdetektiv bist. Daß du dem Suff verfallen bist. Daß du gar nicht so clever bist, wie du glaubst. Und daß du den Leuten ganz gerne eins auswischst.«

»War das alles?«

»Das ist alles, woran ich mich erinnern kann.«

»Und Fat Dog hat gesagt, er wolle mich für irgend etwas ›benutzen‹, richtig?«

»Genau. Aber er hat mir nicht gesagt wofür.«

»Bist du dir da ganz sicher?«

»Ja, ganz sicher. Ich weiß noch, daß ich ihn danach fragte, und er sagte: ›Nichts für ungut.‹ Fat Dog konnte echt verschlagen und verschlossen sein. Was wirst du jetzt machen?«

»Mit der Witwe von Burger Hansen sprechen, nach dem Notizbuch suchen. Was ist mit dir?«

»Ich versteck' mich bei meinem Cousin. Wenn du zu den Cops gehen solltest, sagst du ihnen dann auch, daß ich dir geholfen habe?«

»Jede Kleinigkeit, Augie. Aber du kannst hier in Cat City nicht bleiben. Irgend jemand hat das Notizbuch schon bei deinem Cousin gesucht. Ihr müßt beide aus der Stadt verschwinden. Hast du Geld?«

»Nicht viel.«

Ich schaute in meine Brieftasche und mußte lachen: Dreiundvierzig Dollar. Im Verlauf der letzten drei Wochen hatte ich mehr Geld an Informationen und Opfer zur Beruhigung meiner schuldvollen, deutschen Seele gezahlt, als ich im ersten Jahr als Cop verdient hatte. »Die Bank hat kein Geld mehr, Augie«, sagte ich zu ihm, »aber ich sag' dir, was du tun kannst. Cal Myers schuldet mir noch etwas – du fährst nach L. A. zurück und rufst ihn an. Sag ihm, Fritz Brown ließe ihm ausrichten, daß er dir einen Tausender geben soll. Erwähn ihm gegenüber auf keinen Fall etwas über die Sache oder wofür das Geld ist. Wenn er dir das Geld nicht geben will, dann sag folgendes: 29. Januar 1971. Dann wird er's dir schon geben.«

»Aber ist das nicht Erpressung? Ich kenne diesen Cal Myers. Er ist eine harte Nuß und ein mieser Golfspieler. Manche nennen ihn auch ›Sandkasten-Cal‹, weil er sich immer an den Sandhindernissen aufhält.«

»Mach dir keine Sorgen. Er wird's schon rausrücken. Ich fahr' dich zum Haus deines Cousins. Wenn er zurückkommmt, sag ihm, daß ihr beide für ein paar Wochen aus der Gegend verschwinden müßt. Hat er ein Auto?«

»Ja.«

»Um so besser. Steigt ein und haut ab.« Ich ließ meine eigene

Schrottkiste an, und wir fuhren zum Haus von Charlie Dougall. »Kennst du die Frau von Hansen, Augie?« fragte ich ihn unterwegs.

»Ja, ziemlich gut sogar«, erwiderte er. »Sie ist ein gutes altes Mädchen. Caddies, die sich irgendwann mal festlegen, haben eine Schwäche für treue Frauen. Sie mußte eine Menge wegen des alten Burger durchmachen. Sie mochte es allerdings überhaupt nicht, wenn er trank. Sie ist selbst bei den Anonymen Alkoholikern, darum hat sich Burger immer unter dem Freeway vollaufen lassen. Marguerita hätte ihm nie erlaubt, das zu Hause zu machen. Weißt du, Fritz, ich fühl' mich jetzt richtig gut. Das ist schon merkwürdig. Ich habe keine Ahnung, was passieren wird, wohin ich gehen werde, aber ich habe trotzdem das Gefühl, etwas getan zu haben. Etwas Richtiges. Zum ersten Mal in meinem Leben.«

»Das hast du auch, Augie. Du hast etwas getan, was nur sehr wenige Menschen hätten tun können.«

»Glaubst du das wirklich, Fritz?«

»Ich weiß es, Augie.« Ich hielt vor dem Haus seines Cousins und gab ihm eine von meinen Geschäftskarten. »Hier ist meine Karte, Augie. Ruf mich in zwei Wochen an, und ich erzähl' dir dann, was aus der Sache geworden ist. Bis dahin, verschwindet aus der Stadt und seid vorsichtig.«

Wir schüttelten uns feierlich die Hände, dann überkam ihn ein breites, liebenswertes Grinsen, und er hievte seine Abraham-Lincoln-Gestalt aus meinem Camaro. Ich wartete noch, bis er sicher drinnen angekommen war, dann fuhr ich davon.

Der »Desert Flower«-Wohnwagenpark befand sich in Abschnitt 14, der Armengegend von Palm Springs. Ich hatte schon vor Jahren von Abschnitt 14 gehört. Mittelständische Aufsteiger-Cops, Kenner der Versager-Szene, hatten mit Ehrfurcht von der schäbigen, unorganisierten Ansammlung von Hütten aus Teerpappe, Wohnwagensiedlungen und stehengelassenen Autos erzählt, die nur eine halbe Meile vom Palm Canyon Drive entfernt war. Jedes Gewerbezentrum muß nun mal sein Elendsviertel haben, wo es seine Mittellosen unterbringen kann, und Palm Springs macht dabei keine Ausnahme. Nur war die Abgrenzung hier noch offensichtlicher, und das Elendsviertel war noch isolierter; zwei Minuten von der Stadtmitte Palm Springs entfernt, mitten auf einer riesigen Sandebene, stand Abschnitt 14; von den breiten Straßen, die drum herumführten, nicht eindeutig ersichtlich, damit den Touristen nicht etwa der Urlaub durch Präsentation der Realität verdorben würde. Es kursiert das Gerücht, daß nachts ganze Hunderotten darin umherziehen, auf der Suche nach Katzen und Wüstentieren zum Fressen. Die meisten Bewohner – Alkoholiker, Sozialhilfeempfänger, Autowäscher und für zwei Dollar die Stunde Beschäftigte der Restaurants – suchen sich im Sommer tagsüber ein klimatisiertes Plätzchen und kehren nur abends in ihre Unterkünfte zurück, um sich schmoren zu lassen.

Als ich von der Ramon Road abbog und auf der mit Abfällen übersäten Zufahrtsstraße zu Abschnitt 14 entlangfuhr, fühlte ich mich zeitlos, so wie ein kapitalistischer Ausbeuter à la Steinbeck. Der »Desert Flower«-Wohnwagenpark lag an der südlichen Begrenzung von Abschnitt 14, was mir den Weg durch den Kern ersparte. Es gab keine Blumen, nur Wüste und ähnliche Landschaftsformen. Nur eine auf Dauer abgestellte Kolonne heruntergekommener, matt gewordener kleiner Wohnwagen, von denen die meisten keine Zugwagen hatten, war zu sehen. Ich schaute auf die Uhr. Es war 19.04 Uhr, und es wurde langsam dunkel. Weit und breit war niemand zu sehen. Ich ließ den Wagen stehen und schloß ihn ab, dabei sah ich ihn mir genauer an. Er war neun Jahre alt und verstaubt. Er paßte genau hierher. Wenn ich Glück hatte, würde ihn niemand aus Neid oder Unmut demolieren.

Am Ende zweier langer Wohnwagenreihen stand eine Hütte, auf der »Büro« stand. Ich hämmerte an die Tür. Eine ältere Frau im Bademantel, die nach Gin roch, öffnete mir. Ich fragte sie nach Marguerita Hansen. Die alte Hexe musterte mich von oben bis unten. »Cop?« fragte sie mich. Ich nickte beifällig. »Ganz am Ende auf der linken Seite, Nummer dreiunddreißig.« Sie knallte die Tür zu, so daß der Staub nur so herumflog.

Der Wohnwagen von Marguerita Hansen war einer von den besseren, mit einer Chromverkleidung, wie sie in den 50er Jahren gängig war. Er sah sehr gepflegt aus, da sich auf dem Chrom nur wenig Staub abgesetzt hatte. Neben der Tür befand sich eine elektrische Türklingel, die schrill ertönte, als ich auf den Knopf drückte. Eine Minute später kam eine Frau um die Fünfzig an die Tür.

Der erste Gedanke, der mir durch den Kopf ging, war, daß sie vor zwanzig Jahren eine richtige Schönheit gewesen sein mußte. Sie war hellblond, groß und untersetzt. Ihr Gesicht hatte rote Flecken vom Weinen. Sie hielt sich an der Tür fest, um sich abzustützen, und blickte auf mich hinab. »Ja?« fragte sie. »Sind Sie von der Polizei? Die haben doch gesagt, daß ich noch ein paar Tage warten könne, bis ich meine Aussage mache.«

»Ich bin nicht von der Polizei, Mrs. Hansen«, entgegnete ich. »Mein Name ist Brown, und ich bin Privatdetektiv. Ich stelle Ermittlungen über die Morde hier in Palm Springs an und auch über andere Dinge, die damit in Zusammenhang stehen könnten. Könnte ich wohl eine Minute mit Ihnen sprechen?« Da sie zögerte, gab ich ihr meine Brieftasche mit der sichtbaren Kopie meiner Lizenz. Sie nahm sie, überflog sie kurz und gab sie mir wieder zurück. »Na gut«, sagte sie, »kommen Sie rein.«

Im Innern des Wohnwagens war es ausgesprochen sauber. Eine Couch, zwei Sessel und ein kleiner Tisch waren ordentlich placiert. An einer Wand standen Kartons mit Männerkleidung. Daneben lehnten drei Golftaschen mit Schlägern. Marguerita Hansen sah meinen abschätzenden Blick. »Das waren Georges Sachen«, sagte sie. »Ich will sie nicht mehr um mich haben.«

Ich nickte, als ich auf der Couch Platz nahm. »Ich werde versuchen, mich kurz zu fassen. Also, ich glaube nicht, daß der Tod von ihrem Mann, von Marchion und von Gaither irgend etwas mit Rauschgift zu tun hatte, wie es wohl von der Polizei angenommen wird.« Sie setzte sich mir gegenüber in einen der Sessel. Ich fuhr fort: »Ich glaube, daß ihr Tod auf zwei Männer zurückgeführt werden kann – auf Richard Ralston und Frederick ›Fat Dog‹ Baker. Ich...« Ich hörte auf zu reden, denn Marguerita Hansen wurde bei der Nennung der beiden Namen lebendiger. »Kennen Sie diese beiden Männer, Mrs. Hansen?«

»Ja. Ja, ich kenne sie. George und ich kennen Dick Ralston schon seit Jahren. Er und George spielten früher Baseball zusammen, als sie noch Teenager waren. Er hat dafür gesorgt, daß George als Caddie anfangen konnte. Und George und ich waren die Pflegeeltern von Freddy Baker und seiner Schwester, als sie kleine Kinder waren.«

»Was?« Ich begann zu zittern.

»Ich sagte, daß Dick Ralston und George alte Freunde waren und daß wir die Pflegeeltern von Freddy Baker und seiner Schwester waren. Meine Güte, warum starren Sie mich denn so an?!« Sie fing an zu weinen. Ich ließ sie eine Zeitlang gewähren, während ich versuchte, meinen eigenen Kopf klarer zu bekommen. Nach einer Minute hatte sie die Kontrolle über sich wiedererlangt. Sie sah mich schuldbewußt an, als schäme sie sich wegen ihres Gefühlsausbruchs.

»Mrs. Hansen«, sagte ich dann, »ich kann ihre Verbindung zu Richard Ralston verstehen. Aber sie erzählen mir, daß Sie und Ihr

Mann die Pflegeeltern von Fat Dog Baker und seiner Schwester waren?«

»Ja, das stimmt.«

»Von seiner Schwester, Jane Baker?«

»Ja.«

»Die heute ungefähr achtundzwanzig Jahre alt sein müßte?«

»Ja, das müßte ungefähr hinkommen.«

»Mein Gott! Wann war denn das?«

»1955. Freddy war zwölf und Jane drei.«

»Wie ist das zustande gekommen?«

»Ein Mann, den ich kannte, hatte das eingefädelt. Warum, werde ich wohl nie erfahren. Es war ein wunderbarer Mann, ein alter Freund, und er wußte, daß George und ich Kinder haben wollten, aber keine bekommen konnten. Er gab uns sehr viel Geld dafür, daß wir für sie sorgten. Wir liebten sie über alles. Sie waren Waisen. Wir waren bereits ihre zweiten Pflegeeltern. Die ersten starben bei einem Brand ein Jahr zuvor.« Bei einem Brand. Gott steh mir bei!

»Wie hieß dieser Mann, Mrs. Hansen? Es ist sehr wichtig.«

Sie zögerte ein wenig. »Sol Kupferman«, sagte sie.

O Gott, du liebe Güte! »Und das war im Jahre 1955?« Ich schrie schon beinahe.

»Ja. Aber warum regen Sie sich so darüber auf?«

»Es tut mir leid, aber was Sie mir da eben erzählt haben – und ich glaube es Ihnen –, widerspricht einem Großteil des Beweismaterials, das ich bisher gesammelt habe. Wie haben Sie Kupferman kennengelernt?«

»Mein Bruder hatte uns miteinander bekannt gemacht. Sol war damals ein sehr erfolgreicher, umsichtiger und reicher Mann. Er sollte angeblich im Wettgeschäft tätig sein, aber das war mir ziemlich gleichgültig. Er hatte gerade die Frau verloren, mit der er seit Jahren zusammengelebt hatte. Sie beging Selbstmord. Das hatte ihm das Herz gebrochen. Wir trösteten uns gegenseitig. Warum er an den Baker-Kindern interessiert war, werde ich wohl nie erfahren. Er hat den Leuten andauernd einen Gefallen getan. Oft anonym. Er sagte damals zu George und mir, daß wir den Kindern *niemals* etwas über ihn erzählen sollten.«

»Und die Adoption hatte er mit Hilfe der Jugendbehörde in die Wege geleitet?«

»Ja. Mit Hilfe des Jugendamtes, das für dieses County zuständig ist.«

»Und was ist dann passiert? Haben Sie schließlich die Kinder aufgegeben?«

»Wir mußten. George trank furchtbar viel, und aus Freddy war ein wilder, schrecklicher Junge geworden. Die Leute von der Behörde nahmen sie uns wieder weg.«

»Und das war das letzte, was Sie von den Kindern seitdem gehört haben? Oder von Kupferman?«

»Nein, Sol und Dick Ralston halfen George wieder auf die Beine, indem sie ihm den Caddiejob im Hillcrest verschafften. Er schickte uns immer Geld zu Weihnachten. Er tut das übrigens noch immer. Aber ich habe ihn schon seit über zehn Jahren nicht mehr gesehen.«

»Und Freddy und Jane wurden dann in andere Pflegeheime gesteckt?«

»Ja.«

»Haben Sie sie seitdem gesehen?«

»Jane nicht. Freddy kam in all den Jahren dann und wann mal vorbei. In letzter Zeit allerdings nicht. Er hat sich zu einem furchtbaren, bösartigen Menschen entwickelt, und ich wollte nichts mehr mit ihm zu tun haben. Er und George nahmen als Caddies immer an denselben Meisterschaften teil, und manchmal hat er Freddy mit nach Hause gebracht, aber ich habe ihn gebeten, das nicht mehr zu tun. Vor Freddy hatte ich immer Angst.«

»Dann haben Sie ihn also in letzter Zeit nicht gesehen?«

»Nein, aber ich wußte, daß er und George sich noch immer trafen. Sie machten sogar ›Geschäfte‹ zusammen, wenn man das so bezeichnen kann. Vor ungefähr zehn Tagen kam Bobby Marchion hier vorbei. Er gab ein paar Schlüssel für George ab, die er für Freddy wegen eines Golfball-Geschäfts abliefern sollte. Freddy hatte nämlich George Tausende von Golfbällen für vierhundert Dollar verkauft. Sie befinden sich in einem Zimmer in diesem billigen Hotel in L. A.«

»Haben Sie noch die Schlüssel?«

»Ja.«

»Kann ich sie wohl haben? Ich würde sie Ihnen auch bezahlen.«

»Sie können sie umsonst haben. Ich habe die Nase von Golf, Golfspielern und Golfbällen gestrichen voll. Ich bin seit drei Jahren trocken dank der A. A.; ich habe viel mehr Kraft, mein Leben weiterzuführen, George dagegen, so sehr ich ihn auch geliebt habe, war immer eine schreckliche Belastung. Es ist Gottes Wille, daß ich von meinen früheren Bekannten Abschied nehme. Jetzt, wo George tot ist, kann ich das endgültig tun. Sie können dann auch die Schlüssel haben, mit den besten Grüßen.« Sie ging zu einer Schublade, holte sie heraus und gab sie mir, drei Schlüssel an einem Schlüsselbund mit einer Kaninchenpfote.

»Können Sie mir den Namen des Hotels sagen?« fragte ich sie.

»Es ist das Westwood Hotel in West L. A. Die Zimmernummer steht auf dem großen Schlüssel.«

Ich bedankte mich bei ihr und steckte meine Beute in die Hosentasche. »Eine Frage noch, bevor ich gehe«, sagte ich. »Wissen Sie etwas über ein Notizbuch, das Freddy Baker gehörte?«

»Nein, tut mir leid.«

»Es braucht Ihnen nicht leid zu tun. Sie waren mir eine unschätzbare Hilfe.« Wir gaben uns die Hand, und ich ging zur Wohnwagentür hinaus.

»Gott segne Sie«, rief sie hinter mir her.

Ich nahm mir den Segensspruch nicht einmal zu Herzen. Ich konnte es gar nicht. Ich befand mich aufgrund meiner Allmacht bereits in höheren Regionen. Ich nahm mir ein billiges Motelzimmer in Indio. Es war schmutzig, hatte aber eine Klimaanlage, und am nächsten Morgen stand ich früh auf und fuhr nach L. A. zurück.

12

Als ich nach L. A. zurückkam, machte ich meinen ersten Halt bei der Einwohnermeldestelle am North Broadway. Ich war mit zwei Geburtsdaten bewaffnet und wollte damit jagen gehen; und zwar nach Geburtsurkunden, die eine Theorie untermauern könnten, die sich in meinem Hinterkopf gebildet hatte. Ich erklärte der zerstreuten, unterbezahlten Schwarzen hinter dem Schalter, daß mein Name Frederick Baker, ich am 14. 7. 43 in L. A. geboren sei und daß ich meine Geburtsurkunde bräuchte, da man mir sämtliche Papiere gestohlen hätte. Und wo ich schon mal da sei, so fuhr ich fort, würde ich auch ganz gern eine Kopie der Geburtsurkunde meiner Schwester mitnehmen. Sie wolle bald nach Europa fahren und brauche die Kopie für einen neuen Paß. Ob das möglich wäre, fragte ich sie. Es war möglich.

Ich nannte der Frau das Geburtsdatum von Jane Baker, 11. 03. 52, und setzte mich hin, um zu warten. Die erwarteten Resultate bekam ich fünfzehn Minuten später. An den Daten, die ich angegeben hatte, waren in L. A. weder ein Frederick noch eine Jane Baker geboren worden. Bis hierher wurde meine Theorie also bestätigt. Ich vertraute darauf, daß die Geburtsdaten, die mir Jensen von der Datensicherungszentrale im Polizeipräsidium gegeben hatte, richtig waren. Wenn mein nächster Schritt keine Früchte tragen sollte, würde mir nichts anderes übrigbleiben, als einen Computervergleich aller Geburten an diesen Daten anzustellen, was sich als schwierig und nutzlos erweisen könnte; denn wenn Jane und Fat Dog außerhalb von L. A. County geboren worden waren, war ich in den Hintern gekniffen.

Ich zog also meine nächste Show ab. Ich suchte mir einen anderen geschäftigen Angestellten und erzählte ihm dieselbe Geschichte, nur ersetzte ich diesmal den Namen Baker mit Kupferman. Ungeduldig trieb ich mich zwanzig Minuten lang in dem überfüllten Wartezimmer herum, bis der Angestellte »Kupferman!« ausrief. Obwohl ich es erwartet hatte, wäre ich doch beinahe aus den Latschen gekippt. Ich gab dem Mann das Geld für die Fotokopien und meine Hand zum Abschied, dann ging ich mit den Kopien in eine stille Ecke und las sie mir durch, wobei ich ein leichtes Beben unterdrücken mußte.

Frederick Richard Kupferman war am 14. Juli 1943 im Lebanon Hospital in Cedars geboren worden. Bei der Geburt wog er achteinhalb Pfund. Ein Fat Dog also von Anfang an. Seine Eltern waren mit Solomon Kupferman aus Los Angeles und Louisa Jane Hall aus Pasadena angegeben. Jane Elizabeth Kupferman wurde in demselben Krankenhaus geboren und hatte dieselben Eltern. Überall besteht ein Zusammenhang. Der Antisemit ist in Wirklichkeit ein Jude. Die über alles geliebte Cellistin ist die Tochter. Das erklärt auch Kupfermans Interesse an den Geschwistern Baker, das von Anfang an vorhanden war, es erklärt auch die überwältigende Vaterliebe Jane gegenüber und die Abneigung gegenüber Fat Dogs Psychosen. Und sie wurden unehelich geboren, von ein und derselben Frau, mit neun Jahren Zwischenraum. Unverheiratete Ehepaare wurden damals schief angesehen. Warum hatten sie nicht geheiratet? Und warum gab es eine Lücke von neun Jahren zwischen den Geburten? Bei wem hatte der kleine Freddy in jenen Jahren, die dazwischen lagen, gewohnt?

Marguerita Hansen hatte erzählt, daß die langjährige Geliebte von Sol Kupferman Selbstmord begangen hätte. Aber warum? Sie hatte mir auch erzählt, daß die ersten Pflegeeltern bei einem Feuer umgekommen seien. Ein von Freddy entfachtes? War er schon psychotisch gewesen, als er noch so jung war? Nur Kupferman könnte Antworten auf all diese Fragen geben, aber ich war noch nicht ganz soweit, daß ich mit ihm reden wollte.

Am Ende eines Durchgangs in der Einwohnermeldestelle entdeckte ich eine Telefonzelle, und von dort rief ich die Jugendbehörde von L. A. County an, die für Adoptionen zuständig ist. Ich gab mich – schon wieder – als Police Officer aus und forderte Informationen über Frederick und Jane Kupferman an. Es lief alles ziemlich glatt, bis ich dem Angestellten die Geburtsdaten nannte. »Tut mir leid, Officer«, teilte mir der Mann mit, »unsere Unterlagen gehen nur bis 1956 zurück.« Ich hing ein, stopfte die beiden Geburtsurkunden in die Jackentasche, stieg auf dem Parkplatz in meinen Wagen und machte mich über den Harbor Freeway auf den Weg zum Westwood Hotel.

Das Westwood war ein solide gebautes braunes Betongebäude und lag am Westwood Boulevard zirka eine Meile südlich des Village. Es gab einen Aufgang in den ersten Stock, wo sich die in L-Form angelegten Hotelzimmer über einer Wäscherei und einem Fotogeschäft befanden.

Hinter dem Gebäude war ein kleiner Parkplatz. Ich stellte den Wagen dort ab und ging die wacklige Hintertreppe hinauf. Das Hotel zu betreten war wie in ein anderes Zeitalter einzutauchen. Die glanzlosen weißen Stuckwände, die schäbigen Perserteppiche im Flur

214

und die Türen aus Mahagoni hatten mich schon beinahe davon überzeugt, daß es 1938 sei und mein fiktionaler Vorgänger Philip Marlowe mir gleich witzige Bemerkungen an den Kopf werfen würde.

Ich fand Zimmer 12 am äußersten Ende des »L«. Im Flur sah ich niemanden, aber aus den Zimmern hörte ich das Plärren von Fernsehern und Radios. Ich schloß die Tür auf und betrat das Reich der Golfbälle. Kartons mit Golfbällen standen auf dem Boden, und obendrauf waren noch Einkaufstaschen mit Golfbällen gestapelt.

Außer einer alten Frisierkommode aus Mahagoni, auf der drei Kartons mit Golfbällen standen, gab es keine Möbel in dem Raum, und als ich die vier Schubladen aufmachte, waren sie, wie sollte es auch anders sein, voll mit Golfbällen. Neben einem Fenster, das zum Parkplatz hinausging, war ein Waschbecken. Bis zum Rand voller Golfbälle. Unter dem Waschbecken stand ein Abfalleimer aus Metall. Auch er war voller Golfbälle. An einer Wand bemerkte ich die Tür zu einer Kleiderkammer, die ich wegen der aufgetürmten Kartons beinahe übersehen hätte. Ich betrachtete sie mit einem unguten Gefühl. Wahrscheinlich schlief dahinter ein Golfballsüchtiger, der mich sofort umbringen würde, wenn ich auch nur einen Ball versehentlich einsteckte.

Ich wollte es trotzdem riskieren und stellte die Kisten mit den Bällen zur Seite. Diese kleinen Dinger waren ganz schön schwer. In der Kleiderkammer lagen große Wäschesäcke aus Plastik voller Golfbälle, die bis zum obersten Regal hochgestapelt waren. Sonst konnte ich auf dem Regal nichts entdecken, fuhr aber mit einer Hand darüber und erbeutete einen Schlüsselbund. Es waren zwei Schlüssel daran, auf denen in winziger Schrift die Namen von Golfklubs aus der Gegend von L. A., gefolgt von einer Nummer, eingefräst waren: Wilshire 71 und Lakeside 16.

Ich beruhigte mich wieder und dachte nach. Fat Dog hatte Zutritt zu sämtlichen Golfplätzen im Raum Los Angeles gehabt, jedoch nur auf Caddie-Ebene. Die Caddiebaracken hatten Spinde, die wahrscheinlich numeriert waren, und diese Schlüssel hatten die entsprechende Größe. Ich hätte das ganze Zimmer auf der Suche nach dem Notizbuch auf den Kopf stellen können und hätte außer Golfbällen wahrscheinlich nichts gefunden, darum verließ ich den Raum und schloß die Tür hinter mir ab.

Nur eine Sache bereitete mir noch Kopfzerbrechen. Marguerita Hansen hatte mir drei Schlüssel gegeben. Wofür waren die beiden anderen? Da durchfuhr mich ein Geistesblitz. Die Gemeinschaftsdusche und -toilette könnten abgeschlossen sein. Ich probierte es bei beiden Türen aus, und siehe da, sie paßten. Ich fühlte mich wie ein Zehnjähriger, der gerade ein schwieriges Puzzle gelöst hat.

Der Wilshire Country Club, auf halbem Wege zwischen Downtown und Hollywood, brachte nichts außer feindlichen Blicken von einer besonders bunt gemischten Gruppe von Caddies, die mich argwöhnisch beobachteten, als ich zielbewußt ihre Caddiebaracke betrat, Spind Nr. 71 aufschloß und nichts anderes als noch mehr Golfbälle vorfand, woraufhin ich direkt wieder ging, glücklich darüber, daß sich meine Theorie bestätigt hatte.

Ich fuhr zum Lakeside hinaus, über den Cahuenga-Paß, an der Hollywood Bowl vorbei und dann über den Hügel. Ich parkte den Wagen in einer Seitenstraße, die zur Einfahrt zum Clubhaus des Lakeside hinaufführte. Das Clubhaus war in altspanischem Stil erbaut worden, mit einem heruntergezogenen Dach aus roten Ziegeln, das eine angenehme Atmosphäre im Innern versprach. Es war 14.00 Uhr, Donnerstag, und das Clubhaus war so gut wie menschenleer. Ich ging einfach mitten hindurch. Da ich einigermaßen angelsächsisch aussah und geschmackvoll gekleidet war, hielt mich niemand an. Ich konnte ein paar Wortfetzen von Golfanekdoten mitbekommen, als ich durch den Speisesaal auf die Terrasse hinausging, von der aus man einen ausgezeichneten Ausblick über den ebenen Golfplatz hatte.

Ich brauchte nicht lange, um die Caddiebaracke auszumachen: Sie war das einzige heruntergekommene Gebäude auf diesem sonst hervorragend gepflegten Anwesen, und die liederlich gekleideten Männer, die dort herauskamen, kamen mir wie tote Opfertiere vor. Ich ging also dorthin und begab mich noch einmal ins Caddieland, die Hände in den Hosentaschen, die Finger über Kreuz, und wünschte mir Glück. Diese Caddiebaracke war relativ sauber, und die Kartenspieler verhielten sich relativ ruhig.

Ich löste den Schlüssel von Spind Nummer 16 vom Bund und ging durch den Aufenthaltsraum nach hinten in den Umkleideraum. Bis auf zwei Kerle, die auf Holzbänken ein Nickerchen machten, hatte ich in dem staubigen Raum freie Bahn. Ich steckte den Schlüssel ins Schloß, drehte ihn um und machte einen Schritt zurück, in der Erwartung, von Golfbällen überschwemmt zu werden, was jedoch nicht geschah. Der Spind war bis auf eine große, extra verstärkte Supermarkttüte leer. Als ich hineinschaute, wußte ich sofort, daß ich es geschafft hatte. In der Tüte befanden sich der große gelbe Einband eines Notizbuches sowie ein paar Dutzend Sparbücher von allen möglichen Geldinstituten. Mir fiel vor Freude ein gewaltiger Stein vom Herzen, und ich knallte die Spindtür zu und ging in den Aufenthaltsraum der Caddies.

Ich konnte es mir nicht verkneifen, der versammelten Caddiegemeinde einen Abschiedsgruß zuzurufen: »Setzt eure Arbeit als Caddies fort, ihr heldenhaften Arschlöcher! Ihr habt einen Platz in meinem Herzen eingenommen, der nur noch mit dem Berliner Philharmonischen Orchester auf eine Stufe zu stellen ist. Lang leben die Annehmlichkeiten der kurzen Schläge aus dem Handgelenk! Lang lebe Stan The Man, Burger Hansen und Bobby Marchion! Laßt die Köpfe der Schuldigen rollen! Caddies sind die Größten!« Ich wartete ihre Reaktion erst gar nicht ab. Ich verließ die Caddiebaracke, wobei meine Arme eine Tüte umklammerten, von der ich wußte, daß sie ein unschätzbares Stück Geschichte der Stadt Los Angeles enthielt.

Ich konnte nicht in meine Wohnung fahren, um das Buch zu lesen. Ich konnte auf gar keinen Fall zu meiner Wohnung fahren, da mir mittlerweile klargeworden war, was Ralston und Cathcart mit mir anstellen würden, deshalb fuhr ich über den Cahuenga-Paß zurück zu dem kleinen Park, der gegenüber der Bowl lag. Ich suchte mir einen schattigen Platz im Gras, holte tief Luft und fing an zu lesen. Das Notizbuch schien in drei methodisch geordnete Abschnitte unterteilt zu sein. Das konnte ich bereits erkennen, bevor ich es aufgeklappt hatte: Das Papier hatte drei unterschiedliche Farben – Weiß, Gelb und Blau. Der weiße Abschnitt war eine Art Buchführungsunterlage, und ich konnte sofort Fat Dogs Schrift wiedererkennen: Sie war viel ordentlicher als in dem Brief an Jane. Dieser Abschnitt bestand offensichtlich aus Eintragungen von Gewinnen bei irgendwelchen Rennen: In der ersten Spalte standen Daten, die bis '62 zurückgingen, in der zweiten die Namen der Pferde, in der dritten die Vorgaben und in der vierten die gewonnenen Geldbeträge. Es mußten Geldbeträge sein, die er gewonnen hatte, da hinter jedem Betrag fröhlich aussehende Ausrufezeichen hingekritzelt waren. Ich holte ein paarmal tief Luft, während ich die weißen Seiten durchblätterte: Fat Dog hatte in den vergangenen siebzehn Jahren ein Vermögen gewonnen.

Ich legte das Notizbuch auf den Boden, holte mir die Plastiktüte heran, zog einige Sparbücher heraus und staunte nicht schlecht: ein Guthaben von $ 11 000 bei der einen Bank, $ 9600 bei einer anderen, $ 8000 wieder bei einer anderen, $ 12 300 bei einer anderen, $ 6000, $ 14 000, $ 8000, $ 9900, $ 13 000, $ 4500, $ 17 000, $ 11 250 und so fort. Insgesamt waren es dreiunddreißig Sparbücher von sämtlichen Bankfilialen im Großraum Los Angeles. Ich machte einen groben Überschlag und kam auf eine ungefähre Gesamtsumme von dreihunderttausend. Mehr als eine Viertelmillion Dollar. Ich verglich die Unterschriften auf den einzelnen Sparbüchern: Frederick R. Baker. Aber die Buchstaben hatten einen zu deutlichen Schriftzug, um von Fat Dog geschrieben worden zu sein. Irgend jemand anderes hatte die Gelder eingezahlt. Aber wer bloß?

Ich wischte mir den Schweiß aus dem Gesicht, krempelte die Ärmel hoch und vertiefte mich wieder in das Notizbuch. Ich merkte, wie mir plötzlich übel wurde, aber ich biß die Zähne zusammen und begann mit dem zweiten Abschnitt, der Zeitungsausschnitte von Bränden im Gebiet von Los Angeles enthielt, hinter die Fat Dog humorvolle Kommentare mit seiner unverwechselbaren Handschrift geschrieben hatte. Es war das Schauderhafteste, was ich jemals gelesen habe. Die Zeitungsausschnitte waren sorgfältig auf dem gelben Papier aufgeklebt, das mit dünner Plastikfolie überzogen war, um einer Vergilbung vorzubeugen. Ich brauchte nur ein paar Minuten, bis ich erkannte, daß Fat Dog sein Leben lang ein Brandstifter und Massenmörder gewesen war, für den es heutzutage keine Parallelen gibt:

Aus dem Los Angeles *Mirror* vom 2. April 1961:

DREIKÖPFIGE FAMILIE KOMMT IN FLAMMENHÖLLE UM

Eine dreiköpfige Familie kam gestern in den Flammen um, die sich in ihrer Garage/Hobbyraum ausgebreitet hatten. Capt. C. D. Finan, Sprecher der Feuerwehr von Los Angeles, sagte, daß Howard Rosenthal, 37, seine Frau Mona, 34, und deren Tochter Eleanor, 11, von der Sandhaven St. Nr. 9683 in Westchester Tischtennis spielten, als das Spielzimmer in Flammen aufging. Sie erstickten fast unmittelbar. Die Ursache des Feuers wird auf eine innere Entzündung, eine tödliche Verbindung von Hitze und mit Benzin vollgesaugten Lumpen, die in der Garage gefunden wurden, zurückgeführt. Die Beerdigungsfeierlichkeiten für die Familie Rosenthal sind bei dem Beerdigungsinstitut Malinow Silverman, Hollywood, zu erfragen.

Aus dem *Herald Express* vom 10. September 1963:

FEUER IN SUPERMARKT FORDERT
ZWEI TODESOPFER

Zwei heldenhafte Supermarktkassierer kamen gestern abend um, als sie in ein flammendes Inferno zurückgingen, das in Ralph's Market an der Ecke Third und San Vincente in West Los Angeles ausgebrochen war. Die beiden Männer, Donald Bedell, 26, und William Jones, 31, hatten versucht, die Kasse des Supermarkts aus den Flammen zu retten, und wurden dabei vom Feuer erfaßt. Über die Ursache des Brandes gibt es bisher noch keine Gewißheit. Der Sachschaden wird auf fast eine halbe Million Dollar geschätzt. Als das Feuer ausbrach, hatten sich mehrere Kunden in dem Geschäft befunden, und Bedell und Jones war es gelungen, sie in Sicherheit zu bringen, bevor sie zurückgingen, um den Safe zu öffnen. Bedell hinterläßt eine Frau, Donna. Jones' nächste Verwandte sind seine Eltern, Mr. & Mrs. Robert Jones aus Long Beach.

Aus der *Times* vom 29. Januar 1964:

ZWEI TOTE NACH AUTOEXPLOSION
AUF FREEWAY

Ein junges Ehepaar fand gestern auf dem San Bernardino Freeway bei einem grotesken Unfall den Tod, als ein undichter Benzintank und Funken von einem überhitzten Motor einen Wagen in der Nähe der Ausfahrt Arcadia in Flammen aufgehen ließen. Das seit kurzem verheiratete Ehepaar waren Mr. und Mrs. Willard D. Jamison aus Santa Monica. Ein vorbeifahrender Autofahrer bemerkte den brennenden Wagen und rief beim nächsten Polizeirevier an, aber es war schon zu spät. Minuten später erschien die Feuerwehr am Schauplatz des Geschehens und löschte den Brand. Die Beerdigung der Familie Jamison wird am 2. Februar auf dem Friedhof Kingsley and Gates, Forest Lawn, stattfinden.

Darunter waren Fat Dogs Kommentare: »Der Fat Dog ist überall!

Ich kann überall hinsehen!!! Ich röste und ich brate sie, bis sie weich werden!!!«

Und das ging immer so weiter. Die Zeitungsausschnitte waren in chronologischer Reihenfolge der Brände bis zum letzten Jahr in dem Notizbuch eingeklebt worden. Es waren Brände, die Menschenleben gefordert, Brände, die Privathäuser, Autos und Industrie- oder Geschäftsanlagen zerstört hatten. Alles wurde restlos ausgelöscht. Sol Kupferman und Louisa Jane Hall hatten ein Genie gezeugt: einen heimtückischen, zweifellos cleveren Fat Dog, der unbeschreiblich gemeingefährlich war.

Ich war bei dem Jahr 1972 angekommen und hatte bis dahin 16 Todesopfer gezählt, dann konnte ich nicht mehr weiterblättern. Äußerlich war ich seelenruhig, aber in mir wollte etwas laut aufschreien. Ich war zornig und ungläubig; ich konnte das alles nicht fassen. Das Böse war einfach überwältigend, der brillante Geist, der hinter dem Ganzen stand, unergründlich. Wenn ihm noch mehr Zeit geblieben wäre, hätte Fat Dog halb Los Angeles County niedergebrannt. Und er hatte *mich,* Fritz Brown, »Detektiv nur dem Namen nach«, dazu auserkoren, ihm bei der Durchführung seines Rachefeldzuges und seiner Erpressungen und so weiter zu helfen, die gegen Kupferman, Ralston und Gott weiß wen sonst noch gerichtet waren. Mein Gott. Es war schon komisch. Es gab doch gar keinen Gott. Aber zum ersten Mal ertappte ich mich dabei, daß ich mir wünschte, es gäbe einen. Ich holte ein paar Minuten lang tief Luft. Das half mir dann auch; und ich fühlte mich ein ganzes Stück ruhiger, als ich zu den blauen Seiten überging.

Die ersten paar Seiten waren dem Brandanschlag auf den Club Utopia anhand von Zeitungsausschnitten gewidmet. Ich ging sie flüchtig durch, auf der Suche nach etwas, das ich noch nicht wußte. Es gab nichts Neues, nur die ersten Berichte über die Tragödie, die Befürchtungen der Brandleger, ihre Geschichte vom »vierten Mann«, ihre Gerichtsverhandlung, ihre Berufungen und Gesuche auf Begnadigung und schließlich ihre Hinrichtung. Lieutenant Haywood Cathcart wurde wegen »nahezu alleiniger Ergreifung der Schuldigen« – so der damalige Bürgermeister von L. A., Sam Yorti – mehrfach belobigt. Cathcart hatte die Geschichte mit dem »vierten Mann« als »reines Gewäsch« bezeichnet. »Ein billiger Trick, um dem grünen Zimmer von San Quentin zu entgehen, was ich allerdings nicht zulassen werde.«

Cathcarts Verwicklung in die Baker-Ralston-Kupferman-Geschichte muß mit dem Brandanschlag begonnen haben: Das war ja auch völlig logisch. Er muß der Hebel, der Puffer und der Ausgleich zwischen Fat Dog und Solly K. gewesen sein. Ich blätterte eine Seite um und entdeckte, welch gewaltigen Schuldenanteil er zu tragen hatte. Im Anschluß an die Utopia-Ausschnitte waren Bemerkungen über Cathcart:

»Etwas Schlimmes ist passiert, aber es wird schon wieder in Ordnung kommen. Cop – H. C., hat mich heute belästigt. Er meint, er könnte mich als den vierten Mann im Utopia-Brand festnageln. Er meint, er kann sich daran erinnern, mich in der Gegend gesehen zu haben. Meint, man könne mich nicht so einfach vergessen. Wahrhaftig – es gibt nur einen Fat Dog!!! Sagt, ihm wäre das egal – die Typen, die die Bombe geworfen haben, werden schmoren. Fragt mich – Wußtest du was über Wetten im Utopia? Alle Caddies würden wetten. Ich sagte ihm, daß ich nicht bei Juden wetten würde. Er meint, er könne auch keine Juden leiden. Warum? Warum, warum, warum hast du die Kneipe in Brand gesteckt? fragt er mich. Also denk' ich darüber nach. Er will auf etwas hinaus. Er haßt Juden (ist selbst ein deutsch aussehender, großer blonder Typ!!!), und er weiß über Solly Kikes Geschäfte Bescheid. Also erzähl' ich ihm von Solly K. Ich hasse ihn!!!! Er grinst. Ich werd' dich zu meinem Wachhund machen, meint er. Wir passen sehr gut zusammen. Dann fragt er mich – bist du der Feuerteufel? Ich wollte nein sagen, aber er schlägt mich. Ich kann deine Gedanken lesen, sagt er. Verarsch mich nicht, und du kannst in Ruhe deine Spielchen spielen. Du brauchst bloß die Schnauze zu halten, und du wirst viel Geld verdienen!!!! Ich hab' Angst vor ihm. Er kann meine Gedanken lesen. Er weiß alles. Nachdem ich bei einem Spielzeugladen im Valley war, gibt mir Hot Rod einen Brief von ihm: ›Du hast es wohl mit Spielzeugläden, Fat Dog?‹ stand darin. ›Denk dran, *Ich kenne dich.* Dein Kumpel.‹ Er kennt mich wirklich.«

Ich kämpfte mich durch weitere fünfundzwanzig Seiten mit antisemitischen und rassistischen Ergüssen, bis Cathcart wieder erwähnt wurde:

»Der Big Man ist überall. Er kennt meine Ziele ganz genau!!! Nach meinen Taten schickt er mir immer Mitteilungen und bezeichnet mich darin als seinen genialen kleinen Jungen. Guter Wachhund! Das sagt er! Er ist einfach überall. Er ist wie ein Baum in Bel Air. Oder wie ein großer Hund im Süden von L. A. Ein gemeingefährliches Eichhörnchen an der Wilshire Ecke Achte. Er läßt mich nicht zu meiner Jane! Hab 'ne Menge Geld. Aber keine Jane. Geld bedeutet nichts, wenn man keine Familie hat. H. Ca. hat Augen wie Röntgenstrahlen, wie

Superman. Er kann auch nachts sehen. Wie eine Katze. Wie eine große gemeine Katze.«

Die restlichen blauen Seiten enthielten noch mehr antisemitische Sprüche. Ich blätterte zu dem gelben Abschnitt zurück, um nach dem Feuer in einem Spielzeugladen zu suchen. Ich fand den Artikel. Es war am 14. Oktober 1973 in Sherman Oaks geschehen. Die Ursache des Brandes wurde nicht festgestellt. Der Eigentümer und sein Sohn hatten schwere Verbrennungen erlitten. Das war mein letzter Beweggrund.

Ich fuhr zu meiner Bank an der Ecke Hollywood Boulevard und LaBrea und holte $ 500 in Zwanzigern aus meinem geheimen Schließfach, danach fuhr ich zu einer Tiefgarage an der Melrose und bezahlte die Parkgebühren für meinen Camaro für zwei Wochen im voraus. Bevor ich ging, holte ich noch die teure Präzisions-Bandmaschine aus dem Kofferraum; dann fuhr ich mit einem Taxi zu einer Autovermietung an der Wilshire und Normandy und mietete mir einen zwei Jahre alten Ford LTD.

Als nächstes machte ich mich auf die Suche nach einer Herberge. Da ich das Bedürfnis nach einer Schönheitsspritze hatte, fiel meine Wahl auf die Küste, wo ich dann auch am Pacific Coast Highway, ein Stück nördlich des Sunset, ein ruhiges Motel aus Flachbauten fand. Das Zimmer war sauber und hatte Blick aufs Meer. Ich bezahlte für eine Woche im voraus.

Dann sprach ich drei Stunden lang in das zuvor noch nicht benutzte Tonbandgerät, wobei ich vier Bandspulen verbrauchte. Ich redete von dem Fall, von Anbeginn an, und fuhr in chronologischer Reihenfolge fort, wobei ich häufig Abschweifungen machte. Ich ließ nichts unerwähnt, auch nicht, daß ich Henry Cruz und Reyes Sandoval getötet hatte. Als ich damit fertig war, lehnte ich mich zurück und dachte über Haywood Cathcart nach und über mich selbst. Wir waren beide Cops. Beide Cops, die, wenngleich auf unterschiedlichen Ebenen, auf die schiefe Bahn geraten waren. Ich stellte mir die Frage nach den Motiven, die ihn wohl zum Eintritt bei der Polizei bewogen hatten, danach untersuchte ich meine eigenen.

Damals hatte ich nach einer Möglichkeit gesucht, meinem Verständnis von Fairplay und meiner Schönheitsliebe Ausdruck zu verleihen. Ich wollte oberschlau sein und denen, die es verdienten, in den Arsch treten. Ich wollte einen zynischen, durch Mitleid angereicherten lebensmüden Ethos ausdrücken, auf den die Frauen stehen würden. Ich wollte zweitrangige, unkomplizierte Macht über das

Leben anderer Leute. Es kam mir wie eine hervorragende Art von Egoismus vor, ein Meter neunzig groß zu sein, einhundertachtzig Pfund zu wiegen und eine blaue Uniform, ein Abzeichen und eine Waffe zu tragen. Tagsüber war ich auf der Straße; nachts bei Beethoven, Alkohol, Walter und den Frauen.

Aber ich war ein schlechter Polizist und konnte mit der Macht nicht umgehen. Mein Einsatz für die Gerechtigkeit war rein willkürlich und von meinen Launen diktiert. Ich nahm ein paar Drogenhändlern ihr Gras weg, rauchte es selbst und beglückwünschte mich noch zu meiner edlen Haltung, weil ich sie nicht hochgehen ließ. Ich überprüfte Prostituierte, damit sie mir auf dem Rücksitz der Einsatzwagen schnell einen blasen konnten. Alles, was ich bei meiner Suche nach Bestätigung anfaßte, ging schief.

Aber angenommen, Cathcart wäre aus ähnlichen Beweggründen Cop geworden, dann war er bei seinem Verlangen nach Macht noch ein paar Schritte weiter gegangen. Er hatte die richtige Macht. Die Macht des Geldes. Er war anscheinend der Big Man beim Betrug der Sozialämter und hielt Sol Kupferman als moralische Geisel fest in Händen – zunächst durch Fat Dog und nun mit Hilfe irgendeines anderen Druckmittels. Und er blieb dabei immer anonym, wie ein republikanischer Parteispender kostete er den echten Einfluß der Macht aus. Man brauchte sich für Haywood Cathcart gar nicht erst mit einem feinen Anzug in Szene setzen, denn er wußte, wo die Leckereien versteckt waren. Und seine Komplizenschaft mit Hilfe von Verschwiegenheit war überzeugend: Er ließ Fat Dog einfach weiter Brände entfachen und Menschen töten und schickte ihm danach noch Mitteilungen, in denen er ihn als seinen »genialen kleinen Jungen« bezeichnete. Ich hatte geglaubt, daß meine Fähigkeit zu echter moralischer Empörung erschöpft gewesen sei, aber jetzt überkam sie mich wie eine schleichende Krankheit. Nein, nein, nein, nein, sagte ich mir immer wieder. Ja, ja, war jedesmal die Antwort darauf.

Ich ging zu Fuß zu einem Liquor Store an der Ecke Sunset und Pacific Coast Highway, kaufte mir eine kleine Flasche Scotch und ging in mein Zimmer zurück. Ich stellte sie auf einen Schrank und stierte sie an. Ich sagte ein paar weitere Dutzend Male nein. Dann ein paar Dutzend Male ja. Dann brach es aus dem Innersten meiner Seele aus mir hervor und schrie es endgültig heraus: Ja! Ja! Ich konnte dem nicht entfliehen. Ich nahm die kleine Flasche Scotch mit nach draußen und warf sie auf dem Pflaster des Pacific Coast

Highway in tausend Stücke. Ja. Ja. Es war zu einer moralischen Verpflichtung geworden: Cathcart mußte sterben.

Ich wachte am nächsten Morgen nach einer unruhigen Nacht auf, während der mir ständig mein alter Streifenkollege Deverson im Traum begegnet war: Er war fanatischer Sammler von Platten aus den 40er Jahren und von Frauen-Schamhaar gewesen. Die Lieder von damals waren alle in meinem Traum vorgekommen: »Runaway« von Del Shannon, »Chanson d'Amour« von Art und Doddie Todd, »Blue Moon« von den Marcells. Ich schluckte drei Excedrin, um die Musik aus meinem Kopf zu vertreiben, fuhr zu einem Bekleidungsgeschäft in der Santa Monica Mall und kaufte mir vier Garnituren neuer Sachen – kurzärmelige Hemden, Hosen und Sokken sowie Rasierzeug. Von einer Telefonzelle aus rief ich die Auskunft an und besorgte mir die Anschrift von Richard Ralston: Hildebrand Street Nr. 8173 in Encino.

Dann überlegte ich: Sollte ich ihn mir in seiner Wohnung schnappen? Das wäre zu riskant. In Hillcrest? Da waren zu viele Leute in der Nähe. Ihn überwachen – abwarten und auf einen passenden Augenblick warten? War auch zu riskant. Ralston war auf dem laufenden und würde mich früher oder später erkennen. Ich brauchte einen »Insider«, jemanden, der Ralston und seine Verhaltensweise genau kannte. Nach einem Augenblick fiel mir der aufgebrachte alte Caddie wieder ein, mit dem ich vor zwei Tagen in der Caddiebaracke vom Hillcrest gesprochen hatte.

Dann rief ich im Hillcrest an, und mir wurde mitgeteilt, daß Ralston heute nicht auf dem Platz, daß Freitag sein freier Tag sei und daß sein Assistent Rudy als Starter fungieren würde. Das war eine göttliche Eingebung. Ich fuhr sodann nach Hillcrest und stellte den Wagen in einer Seitenstraße der Pico ab.

Der Alte war nicht schwer zu finden – er war der einzige Caddie, der noch in der Baracke war, was auf seinen niedrigen Status hinwies. Er sah mich näher kommen und verzog das Gesicht. »Hallo, Opa, erinnerst du dich noch an mich?«

»Ich erinnere mich an dich«, entgegnete er, »ich bin doch nicht senil. Und nenn mich gefälligst nicht Opa, sonst nenn ich dich Sonny Boy.«

Ich mußte darüber lachen. »Das ist mehr als fair. Wie soll ich dich denn nennen?«

»Nenn mich Alex.«

»Okay, Alex, ich bin Jack. Was ist los mit dir? Heute keinen Job als Caddie bekommen?«

»Scheiße, nein. Rudy, dieser Lump, schickt all diese Duckmäuser vor mir auf den Platz. Der kann doch nicht mal einen guten Caddie von einem Rhinozeros unterscheiden. Dieses dreckige Arschloch.«

»Plauderst du mit mir für Bares?«

»Ich plaudere mit jedem für Bares.«

»Hast du Lust, eine schnelle Runde mit mir zu machen? Die schnellste Runde deines Lebens? Vielleicht zehn Minuten für fünfundzwanzig Mäuse?«

»Du sprichst genau meine Sprache, Jackie-Boy. Was muß ich dafür tun?«

»Dich einfach mit mir unterhalten. Laß uns lieber hinaus auf die Veranda gehen.« Alex ging mir nach und feuchtete sich die Lippen an. »Du haßt doch Ralston, nicht wahr, Alex?« fragte ich ihn.

»Ich hasse dieses Arschloch durch und durch. Warum?«

»Ich kann ihn selbst nicht sehr gut leiden. Er hat mich mal bei einer Wette übers Ohr gehauen. Ich möchte mich bei ihm dafür bedanken. Dazu muß ich ihn irgendwo allein zu fassen kriegen. Ich muß etwas über seinen Tagesablauf herausbekommen, damit ich weiß, wann ich zuschlagen kann.«

Alex sah mich ängstlich an und nickte dabei mit dem Kopf. »Und du gibst mir Geld, wenn ich dir diese Informationen gebe?«

»Genau.«

»Und Hot Rod wird niemals herauskriegen, daß ich dir das erzählt habe?«

»Ich gebe dir mein Wort drauf.«

»Hast du etwas gegen unbefugtes Betreten eines Grundstücks zu später Stunde?«

»Nein.«

»Dann erzähl' ich dir was. Ich weiß den Zeitpunkt, und ich kenne den Ort. Aber ich brauche fünfunddreißig Mäuse. Meine Miete ist nämlich fällig.«

»Du kriegst sie. Erzähl schon.«

»Heute nacht ist genau der richtige Zeitpunkt, Langer. Hot Rod spielt jeden Freitag hier in der Hütte mit seinen Lieblingsziegen Poker. Die Spiele gehen immer mindestens bis zwei Uhr morgens. Die Caddies fahren danach nach Hause, und Hot Rod übernachtet hier, weil er ganz weit draußen im Valley wohnt und außerdem samstags morgens um halb sieben wegen ganz wichtiger Spiele am ersten Tee sein muß. Er schläft in dem Werkzeugschuppen beim achten Loch. Er hat sich dort ein kleines Zimmer mit einem Feldbett eingerichtet. Es ist niemand in der Nähe. Bis sechs Uhr morgens wird kein Mensch auf dem Platz sein. Du kannst ihn dann ganz für dich allein haben.«

Das hörte sich ja ganz gut an, darum machte ich mit Alex einen kleinen Rundgang. Als wir zirka zweihundert Meter vom Ziel entfernt waren, blieb Alex stehen und packte mich am Arm. »Da ist es«, sagte er, »das ist der Werkzeugschuppen. Hot Rod muß aus dieser Richtung kommen. Siehst du diese kleine Tür dort? Dahinter schläft er immer. Ich will lieber nicht weiter gehen. Ich will nicht, daß mich jemand dabei erwischt, wenn ich dich herumführe. Okay?«

»Okay.« Ich holte meine Brieftasche heraus und gab Alex zwei Zwanziger. »Vielen Dank, du warst mir eine große Hilfe. Paß gut auf dich auf.«

Alex setzte ein zahnloses Grinsen auf. »Du auch auf dich, Langer, und wenn's hart auf hart kommt, dann tritt ihm auch einmal von mir kräftig in die Eier, aber sag ihm nicht, von wem es kommt.« Er grinste noch einmal und rannte zurück in Richtung Caddiebaracke.

Ich verweilte einen Moment lang und beobachtete zwei Frauen beim Putten ins erste Loch. Das Bild kam mir zeitlos und trotzdem ein wenig fremdartig vor. Bei der Truppe war auch ein Caddie, ein großer blonder Junge Anfang Zwanzig. Ich fragte mich, ob er wohl eine Laufbahn als Caddie einschlagen würde. Ich wünschte mir für ihn, daß er es nicht tun würde. Die Arbeit als Caddie war nicht nur trübsinnig, sie war auch eine Möglichkeit, sich vielen Dingen zu widersetzen – angefangen mit der Einkommensteuer bis hin zu Barkreditgesellschaften. Aber das Konto wird trotzdem nie ausgeglichen sein. Am Ende eines Lebens als Caddie ist man den Dingen mehr davongelaufen, als daß man die kleinen Freiheiten, die man dabei hatte, genutzt hat.

Ich fuhr zu einem Elektronikgeschäft in Century City und kaufte mir leere Bandspulen für drei Stunden, danach fuhr ich in mein Motel zurück. Ich durchwühlte die Einkaufstüte, in der sich Fat Dogs Horroraufzeichnungen und Sparbücher befanden, verbrannte den Inhalt des Notizbuches im Waschbecken und sah zu, wie eine ganze Serie unbesungener Vergehen so, wie es sich gehörte, in Flammen aufging. Nachdem die bösartigen Zeilen vernichtet waren, übergoß ich die verbrannten Seiten mit Wasser und trug die klitschige Masse zum Mülleimer hinaus. Ich steckte mir zwei Sparbücher in die Tasche und verstaute die übrigen unter der Matratze.

Dann rief ich bei der Hotelrezeption an und bat darum, mich um zehn Uhr abends zu wecken. Danach legte ich mich hin und fiel in einen tiefen, traumlosen Schlaf.

Um halb zwölf dieses Abends saß ich bereits auf dem kühlen Rasen am ersten Loch des Hillcrest Country Clubs und wartete siegesgewiß auf Hot Rod Ralston. Die Nacht war warm, aber das feuchte Gras senkte die Außentemperatur um mindestens fünf Grad. Ich hatte rundum ein gutes Gefühl, ich vertraute darauf, daß sich der Fall zum Guten wenden würde, und ich war sowohl mit Fakten als auch mit Waffen ausgerüstet. Vor allem hatten sich meine Motive geändert. Was als Versuch der Selbstverherrlichung angefangen hatte, sollte als anonymer moralischer Sieg enden, denn ich hatte nicht mehr die Absicht, meine Verwicklung in den Fall bekanntzumachen und für den Tod von Cathcart noch zu bezahlen.

Ich wartete über drei Stunden. Um zwanzig vor drei schließlich hörte ich einen Mann husten, der aus der Richtung der Caddiebaracke auf mich zukam. Er pfiff leise, und sein Kopf war meinem Liegeplatz unter den Bäumen zugewandt. Es war eigentlich klar, daß er mich weder sehen noch hören konnte, aber ich tat dennoch ein paar Schritte zurück, um Platz zu schaffen zwischen uns, dann schlich ich mich leise von hinten an ihn heran, als er über die kurzgeschnittene Rasenfläche vor dem neunten Loch ging, stieß ihm meine Pistole in den Rücken und legte den anderen Arm um seinen Brustkasten. Er wollte sich aus Reflex von dem Griff befreien, ließ es aber sein, als ihm bewußt wurde, daß Metall in seinem Rücken steckte. Er meinte: »Was zum Teu . . .«, dann schwieg er.

Wir blieben einen Augenblick ganz ruhig stehen, er war ziemlich verblüfft, und ich hatte einen vollen Adrenalinschub. »Das ist richtig, Ralston«, sagte ich, »das ist ein Schießeisen. Es ist auch geladen, was ich eigentlich auch bin. Wir werden jetzt ein wenig spazierengehen und uns unterhalten. Nächste Haltestelle ist der Werkzeugschuppen. Los, Bewegung!« Ich packte ihn mit der linken Hand am Gürtel, die Pistole richtete ich mit der rechten auf sein Rückgrat. Dann marschierten wir los.

»Ich will dir nur sagen, daß ich nur fünfundsechzig Dollar bei mir habe«, meinte Ralston. »Ich habe heute abend verloren. Du hättest besser abgeschnitten, wenn du dir einen von den anderen Typen am Parkplatz geschnappt hättest. Ich bin so gut wie blank, Kollege.«

Mir gefiel seine Bemerkung nicht. Sie war herablassend und zeugte von Respektlosigkeit gegenüber meinem Intellekt. Ich antwortete ihm so lange nicht, bis wir auf dem asphaltierten Weg waren, der zu dem Schuppen führte. Dann zerrte ich fest an seinem Gürtel, so daß er mit dem Kopf zuerst auf den Zementboden stürzte. Als er benommen auf dem Boden lag und immer wieder versuchte, aufzustehen, trat ich ihn vor den Kopf, in den Rücken und in die Rippen. Er unterdrückte seine Schreie, so gut es ging. Er versuchte mit aller Macht, Fassung zu bewahren. Ich hockte mich neben ihn und legte ihm die Kanone auf seine mittlerweile blutende Nase. »Finde dich mit zwei Dingen ab, Ralston. Erstens, daß du heute abend für vergangene Stunden bezahlen wirst, und zweitens, daß du mir alles über Haywood Cathcart, Fat Dog Baker, Omar Gonzales, Sol Kupferman, Betrug der Sozialversicherung und über Brandstiftungen erzählen wirst. Und das eine sage ich dir, Ralston – wenn du nicht redest, bring' ich dich um. Und nun werden wir es uns in deinem kleinen Zimmer gemütlich machen. Los, steh auf!«

Er erhob sich langsam. Ich packte ihn wieder am Gürtel, und er bewegte sich vorwärts, dann, als wir die Tür erreicht hatten, fummelte er in seinen Hosentaschen herum. Nachdem der Schlüssel im Schloß und die Tür offen war, ließ ich seinen Gürtel los und trat ihm mit voller Wucht in den Hintern, so daß er kopfüber in den dunklen Raum schoß. Er landete in irgend etwas Hölzernem. Diesmal schrie er richtig laut auf. Ich fand den Lichtschalter und machte Licht. Ich blickte in Ralstons gutaussehendes, blutüberströmtes Gesicht. Er hatte wohl ziemliche Angst, wie er so neben einem umgekippten Nachttisch zusammengekauert dasaß.

In dem Raum war es unangenehm feucht, und es standen kaum Möbel darin; ein Feldbett, ein Wasserspender, der Nachttisch und ein Klappstuhl. Ich sagte Ralston, er solle aufstehen und sich auf die Kante des Feldbetts setzen. Das tat er dann auch, allerdings sehr langsam. Ich machte die Tür hinter mir zu und zapfte einen Pappbecher voll Wasser aus dem Spender. Ich reichte ihn Ralston, der ihn gierig hinunterstürzte. Ich packte den Kassettenrecorder aus, stellte ihn neben einer Steckdose auf den Nachttisch und steckte den Stecker hinein. Dann setzte ich mich auf den Klappstuhl und sah Ralston an. Ich wußte gar nicht recht, womit ich anfangen sollte. Es gab so viel, das ich wissen wollte.

Ralston brach schließlich das Schweigen. »Sieh mal«, sagte er, seine Stimme hatte er dabei wieder unter Kontrolle, »mir etwas anzutun wird dir auch nicht weiterhelfen. Fat Dog ist tot. Die Leute, die ihn umgebracht haben, sind auch tot. Er war ein Brandstifter. Er hat in seinem Leben 'ne ganze Menge Brände gelegt. Er hat auch Kupfermans Geschäft niedergebrannt. Ich weiß, daß Fat Dog dich angeheuert hat, warum weiß ich allerdings nicht, aber der ganze Äger fing ungefähr zu dieser Zeit an. Sol Kupferman ist ein großzügiger Mensch. Er würde sich dir gegenüber bestimmt dankbar erweisen. Ich könnte ja ein gutes Wort für dich einlegen.«

Das hätte er nicht sagen dürfen. Ich holte meinen Schlagring aus Messing aus der Jackentasche, während Ralston und ich uns ansahen und er mit seinen Verhandlungsangeboten weitermachte. »Solly K. war schon immer dafür bekannt, daß er anderen Leuten eine Karriere eröffnet, richtig gute Sachen«, gab er gerade von sich, als ich mich auf ihn stürzte und ihm meine spitze Faust mehrmals in weiche Rückenpartien bohrte. Er fing an zu schreien, dann besann er sich eines Besseren und wimmerte.

Er zitterte am ganzen Körper, und ich legte meine Hand auf seine Schulter und sagte leise zu ihm: »Ralston, das meiste weiß ich doch. Aber du kannst ein paar Teile für mich zusammensetzen. Ich möchte verstehen, wie das alles zusammenhängt. Wenn du jetzt nicht redest, werde ich auf deine Innereien zurückgreifen. Ich werde dir so lange vor die Nieren treten, bis es mit dir aus ist. Wenn du nicht redest, werde ich dich erst verstümmeln und dann umbringen. Heute nacht noch. Machst du dir wegen Cathcart Sorgen? Hast du Angst, daß er dich dafür bestraft, weil du mit mir geredet hast? Du brauchst nur zu nicken, wenn ich recht habe.« Ralston nickte heftig. »Schön, das hab' ich mir schon gedacht. Aber mit Cathcart werde ich schon fertig werden. Ich weiß, daß er ein brutaler, äußerst rücksichtsloser Bursche und ein Killer ist. Aber ich bin noch schlimmer. Cathcart könnte dich zwar umbringen, weil du ausgepackt hast, aber das ist ein ziemlich ungewisser Faktor. Wenn du aber nicht mit mir reden willst, wirst du sterben, und dieser Faktor ist absolut. Und Cathcart hat auch verspielt. Ich hab' Fat Dogs Notizbuch, ich hab' mir Cathcarts Palast in Baja angesehen; ich weiß, daß er der große Drahtzieher bei diesem Sozialhilfebetrug sein muß. Er kann dir sowieso nicht mehr helfen. Aber wenn du mir hilfst, wirst du weiterleben. Wirst du nun reden?« Ralston nickte wieder.

Ich gab ihm eine Minute Zeit, um sich zu sammeln, während ich eine Leerspule in den Kassettenrecorder einlegte. Ich stöpselte das Kondensator-Mikrofon ein und hielt es zirka einen halben Meter von seinem Gesicht entfernt. Er zuckte zusammen, als er es sah, aber dann räusperte er sich, als wolle er sich aufs Reden vorbereiten. Er machte einen extrem demoralisierten und geknickten Eindruck. Ich machte eine Sprechprobe und ließ das Band zurücklaufen. Die Aufnahmequalität war gut. Ralston bewegte sich unruhig auf dem Bett hin und her, als ich mich auf dem Band vorstellte und sagte, daß dies das Begleitinterview zu meinen zuvor aufgenommenen Aufzeichnungen sei. Ich hielt das Mikrofon in der linken Hand, während ich an meiner rechten noch den Schlagring hatte, den ich vor Ralstons Gesicht hin und her schwenkte. »Die Wahrheit, Ralston«, sagte ich. »Mach dich bereit. Wie ist Ihr Name?« sagte ich ins Mikrofon.

»Richard Ralston.«

»Ihr Alter?«

»Siebenundvierzig.«

»Wo sind Sie beschäftigt?«

»Im Hillcrest Country Club.«

»In welcher Funktion sind Sie dort beschäftigt?«

»Als Starter und Meister der Caddies.«

»Seit wann üben Sie diese Tätigkeit schon aus?«

»Seit 1958.«

»Wie sind Sie zu dem Job gekommen?«

»Durch Sol Kupferman.«

»Wie haben Sie Kupferman kennengelernt?«

»Durchs Baseballspielen. Wir sahen uns oft auf dem damaligen Sportplatz von Gilmore Field. Ich war damals Shortstopper* bei den Hollywood Stars. Kupferman war ein großer Anhänger von ihnen.«

»Haben Sie Kupferman bei seinen Wettgeschäften im Club Utopia unterstützt?«

Ralston wand sich und ging mit einem Ärmel über sein schweißnasses Gesicht. »Ja. Ich habe die Wetteinnahmen kassiert und die Kerle zur Rennbahn geschickt, um den Einsatz zu machen, so ungefähr lief es ab. Es sprang nicht viel dabei heraus, aber Solly hat mich gut bezahlt.«

»Haben Sie noch immer mit Buchmacherei zu tun?«

»Ja. Aber immer noch im kleinen Rahmen.«

»Wann haben Sie Frederick ›Fat Dog‹ Baker zum ersten Mal getroffen?«

Ralston öffnete langsam den Mund, dann überlegte er's sich anders. Er schien mit seinem Einfallsreichtum zu experimentieren. Ich hob die

---

* Anmerk. d. Übers.: Spieler zwischen dem 2. und 3. Mal

rechte Hand, die mit dem Schlagring, und hielt sie ihm ein paar Zentimeter vors Gesicht. »Ich habe gesagt: die Wahrheit, Ralston«, drohte ich ihm, »ich weiß alles über Fat Dog und Solly.«

Ralston nickte resigniert. »Sol Kupferman sagte mir, ich solle Fat Dog nach Hillcrest hinausbringen. Das war, als er vierzehn oder so war. Aus irgendeinem Grund wollte er Fat Dog um sich haben. Ich sorgte dafür, daß er als Caddie anfangen konnte. Da gab es noch einen anderen Caddie, George Hansen hieß er, der Solly leid tat und dem er auch einen Job im Hillcrest besorgte. Er war Fat Dogs Pflegevater gewesen. Auch das hatte Solly arrangiert. Später hab' ich dann herausgefunden, daß Fat Dog in Wirklichkeit Sollys Sohn war, der unehelich geboren wurde.«

»Wer hat den Brandanschlag auf den Club Utopia im Dezember 1968 verübt?« fragte ich ihn.

Ralston überkam ein Schauder, und er zitterte, als er antwortete: »Na ja, Fat Dog Baker hatte es geplant und hat die drei Typen, ich weiß ihre Namen nicht mehr, die deswegen geschnappt wurden, dazu benutzt, die Tat auszuführen.«

»Wußte Kupferman, daß sein Sohn den Anschlag verübt hat?«

»Er hat es später herausbekommen. Cathcart hat es ihm erzählt. Das war Cathcarts Druckmittel gegen Solly. Er überführte Fat Dog des Anschlags, ließ ihn aber laufen, weil er Solly ausquetschen wollte. Cathcart kam dann zu mir und brachte mich zum Reden. Ich kannte ihn noch von der Sitte an der 77. Straße her. Er hatte mich ein paarmal hochgehen lassen, als er bei einer Einheit zur Verbrechensbekämpfung war. Ich hab' ihm erzählt, daß Fat Dog in Wirklichkeit Sollys Sohn sei. Er sagte, daß Fat Dog das niemals erfahren dürfe. Er meinte, daß er mit Solly große Pläne hätte und daß er mich als Hilfe ganz gut gebrauchen könnte.«

»Welche Art von Plänen hatte er denn mit Kupferman?«

»Das Ding mit der Sozialhilfe. Er hatte es damals geplant. Er brauchte einen Schreiberling. Und Solly war eben der perfekteste Buchhalter an der Westküste. Er hat ein Vermögen durch Fälschen und Unterzeichnen von Überweisungen an den Pöbel verdient. Cathcart wollte, daß er die Schecks unterzeichnete, um an das Geld zu kommen.«

»Sie meinen die Sozialhilfeschecks, die die Leute durch Betrug erhalten?«

»Klar. Die Unterschriften mußten alle verschieden sein.«

Das verwunderte mich. »Aber müssen diese Schecks nicht in

Gegenwart einer Person unterschrieben werden, die das Geld ausbezahlt?«

»Ja, sicher, aber Solly besitzt doch über zwei Dutzend Liquor Stores und ist Teilhaber von etlichen anderen. Die Schecks werden alle dort eingelöst.«

»Wie funktioniert diese Sache genau?«

»Cathcart hat acht oder neun Sachbearbeiter, die für ihn arbeiten. Auch ein paar Leute, die Nachforschungen anstellen. Solly fälscht die Anträge, die Sachbearbeiter legen sie zur Genehmigung vor, die Ermittler, die eigentlich nur Schreibtischhengste sind, geben sie weiter, und die Leiter der Ämter, die auch für Cathcart arbeiten, genehmigen die Zahlungen. Er hat sogar einen Typen in Sacramento, der die per Computer erstellten Schecks kontrolliert. Die ganze Sache ist idiotensicher.«

»Woher bekommen Sie die Namen der falschen Antragsteller? Sind die irgendwo aufgeführt?«

»Von vorne bis hinten. Solly übernimmt das Erstellen und Unterzeichnen aller gefälschten Sozialversicherungskarten, der Geburtsurkunden, der ganzen Unterlagen. Er ist ein wahres Genie.«

Ich ließ mir das Ganze durch den Kopf gehen. »Das Buch mit den Eintragungen, das Fat Dog bei Ihnen gestohlen hatte, enthielt das Aufzeichnungen darüber?«

»Ja. Aber woher wissen Sie davon?«

»Ist doch egal. Sie haben die Eintragungen in dem Buch gemacht, nicht wahr?«

»Richtig.«

»Warum in Spanisch?«

»Da gab's keinen besonderen Grund. Um sicherzugehen.«

»Seit wann ist dieser Betrug schon im Gange?«

»Seit acht Jahren. Seit '72.«

»Wieviel Geld springt dabei monatlich heraus?«

»Das weiß ich nicht. Tausende von Dollar, Cathcart ist stinkreich.«

»Wer hat Fat Dog Baker umgebracht?«

»Zwei Mexikaner. Cathcart hat es ihnen aufgetragen.«

»Warum?«

»Fat Dog drehte allmählich durch. Er stellte wahnwitzige Forderungen an Cathcart. Er verlangte von Cathcart, daß er Solly dazu bringen solle, Jane aufzugeben. Die beiden wohnen zusammen, das wissen Sie ja. Sie ist seine Tochter, nur weiß sie nichts davon. Er hatte Cathcart immer wieder gedroht, die ganze Sache an die große Glocke zu hängen, wenn er Solly nicht befehlen würde, Jane freizugeben. Als Fat Dog dann Sollys Geschäft ansteckte, war sein Schicksal besiegelt. Cathcart ließ ihn umbringen.«

»Welches Druckmittel hatte Cathcart gegen Kupferman genau?«

»Jane. Er weiß, daß sie Sollys Tochter ist. Er würde ihr die ganze traurige Geschichte erzählen, wenn Solly auf die Idee käme, die Zusammenarbeit in Frage zu stellen. Sie weiß ein paar Kleinigkeiten aus Sollys Vergangenheit, die Vorladungen vor die Grand Jury, daß er verbotene Geschäfte mit kleinen Leuten gemacht hat, aber das ist auch schon alles. Aber es würde sie umbringen, wenn sie erführe, daß Solly in Wirklichkeit ihr Vater ist. Dazu kommt noch, daß Janes Mutter drogenabhängig war, eine sehr verrückte Frau. Sie hatte, direkt nachdem Jane geboren wurde, Selbstmord begangen. Solly betet den Boden an, auf dem Jane geht. Er würde es sich niemals mit Cathcart verderben und das Risiko eingehen, daß Jane diese ganzen Dinge erfährt.«

Der Gedanke an Jane ging mir wie ein Messerstich durch den Kopf. »Cathcart ist doch ein netter Kerl, oder etwa nicht?«

»Cathcart ist wie ein verdammter Eisberg. Und das weiß er auch. Er hat mal zu mir gesagt: ›Ich bin wie ein Eisberg – eiskalt und zu sieben Zehnteln unter der Oberfläche.‹«

»Haben Sie schon mal was von Omar Gonzales gehört?«

»Ja.«

»Er ist in Ihr Haus eingebrochen. Irgend jemand hat versucht, ihn hier in L. A. umzubringen. Wer war das?«

»Cathcart. Ich hab' ihm erzählt, daß jemand bei mir eingebrochen ist und die Bücher mitgenommen hat. Er hat meine Wohnung daraufhin auf Fingerabdrücke untersucht und herausgefunden, daß es die von Omar Gonzales waren. Er kannte Omar noch von den Ermittlungen über das Utopia. Er hat irgendeinen Kerl mit einer Schußwaffe hinter ihm hergeschickt, aber der Kerl hat's vermasselt.«

»Wie ist Fat Dog an Ihr Buch mit den Eintragungen auf Spanisch gekommen?«

»Wenn ich das verdammt noch mal wüßte! Fat Dog konnte Dinge anstellen, die man kaum glauben konnte.«

»Wer hat die drei Caddies in Palm Springs umgebracht?«

»Cathcart ließ es von ein paar Profis machen. Er wußte, daß Fat Dog dieses Notizbuch hatte. Ich war mir sicher, daß Fat Dog es niemals Augie Dougall anvertraut hätte, und außerdem habe ich das Haus von Augies Cousin in Cathedral City durchsuchen lassen.

Cathcart war der Meinung, daß Hansen oder Marchion es haben mußten. Ich habe Hansens Wohnwagen selbst durchsucht. Es war nicht dort. Seine Frau ist nicht der Typ, um damit etwas zu tun zu haben, und Marchion war nur auf der Durchreise. Ich habe das Cathcart alles erzählt, aber er hat trotzdem zu diesem Schlag ausgeholt.«

Allmählich müde werdend, stellte ich meine nächste Frage: »Wer hat Ihnen erzählt, daß ich in den Fall verwickelt bin?«

»Jane Baker. Wir sind schon seit Jahren befreundet. Sie hat mit der ganzen Sache überhaupt nichts zu tun. Sie ruft mich immer an, wenn sie sich wegen irgend etwas Sorgen macht. Sie . . .«

Ich ballte die rechte Hand und schlug Ralston kräftig in den Nacken. Die Spitzen der Messingdornen hinterließen kleine Stichwunden, aus denen sofort Blut schoß. Ralston schrie auf. Ich schaltete die Bandmaschine ab. »Du sollst sie *nie mehr* in meiner Gegenwart erwähnen«, sagte ich laut. »Hast du mich verstanden?« Ralston nickte und nahm vor einem erneuten Schlag Deckung. »Und jetzt sag mir noch«, forderte ich ihn auf, »ob Cathcart mich kennt?«

»Ja«, wimmerte er.

»Hat er bereits einen Plan, um mich auszuschalten?«

»Ja. Er hat einen Typen angeheuert, der auf der Suche nach Ihnen ist. Er überwacht Ihre Wohnung.«

»Hat er sich auch meine Personalakte von der Polizei kommen lassen?«

»Ja«, erwiderte Ralston und wischte sich dabei über den blutenden Nacken. »Er ist der Meinung, daß Sie sich vollaufen ließen und in irgendeinem Loch verkrochen haben. Und daß Sie Angst hätten.«

»Sie und Cathcart sind ganz gute Kumpel, nicht wahr?«

»Er vertraut mir. Er weiß, daß ich Angst vor ihm habe.«

»Im Augenblick hängt Ihr Überleben von zwei Dingen ab: das zu tun, was ich Ihnen sage, und Cathcarts Vertrauen aufrechtzuerhalten. Mit diesem Fall werden sich wohl nie die Cops oder die Gerichte beschäftigen. Das ist einzig und allein mein Fall. Cathcart gehört mir. Ich werde dieses Band an einem sicheren Ort aufbewahren. Wenn ich mich an einer bestimmten Stelle nicht in regelmäßigen Abständen melde, werden meine gesamten Aufzeichnungen der Presse zugespielt; darin enthalten sind vollständige Berichte über Ihre Beteiligung an dem Betrug der Sozialversicherung, über Beihilfe zu Mord, über Ihre Kenntnis vom Utopia-Brand und über Ihre Wettgeschäfte. Wenn ich gesund bleibe, bleiben Sie in Sicherheit. Ich möchte, daß Sie

Cathcart anrufen und ihm erzählen, daß Sie irgendwer angerufen und Ihnen mitgeteilt hätte, daß ich in Palm Springs beim Fragenstellen gesehen worden wäre. Und zwar völlig betrunken.« Ralston nickte, beinahe heftig.

»So. Ich habe da noch eine ganze Menge Sparbücher mit Fat Dogs Namen«, fuhr ich fort, »aber die Unterschriften stammen nicht von ihm. Wissen Sie etwas darüber?« Als er den Kopf schüttelte, wußte ich genau, daß er log. »Das ist aber schade«, sagte ich, »weil da nämlich ein Vermögen in bar rauszuholen wäre. Warum unterschreiben Sie nicht ein paarmal mit ›Frederick R. Baker‹ für mich, nur so aus Spaß?«

Ich holte einen Notizblock und Kugelschreiber aus meiner Jacke und gab sie Ralston. Er schrieb den Namen dreimal, dann fuhr er zurück, weil er einen Hieb von mir befürchtete. Ich holte eines der Sparbücher hervor und verglich die Unterschrift mit denen von Ralston; sie stimmten haarscharf überein. »Keine Sorge, Hot Rod«, meinte ich zu ihm, »ich werd' Sie nicht noch mal schlagen. Sie haben Fat Dogs Geld für ihn verwaltet, war das so?« Er nickte. »Woher hat er das ganze Geld gehabt?« fragte ich ihn.

»Er hat auf Pferde gesetzt; er war ein ganz guter Handicapper. Er hat auch Geld von Cathcart bekommen. Außerdem hat er als Caddie nicht schlecht verdient. Und er hat nie was ausgegeben. Er war im Grund ein geiziges, billiges Arschloch.«

»Das glaub' ich Ihnen gern. Am Montag werden wir den Großteil des Geldes abheben. Ich werde das meiste davon für mich behalten, aber Sie werden auch einen ordentlichen Betrag bekommen. Ich werde um zehn Uhr morgens bei Ihnen zu Hause sein. Und jetzt werde ich Sie zu dem kleinen Krankenhaus unten an der Straße bringen. Die werden Sie schon wieder nett herrichten. Sie werden sich wohl krank melden müssen, aber warum auch nicht, nach zweiundzwanzig Jahren bei dem gleichen Job können Sie sich auch ab und zu mal einen Tag freinehmen.«

Ich sah ein Handtuch auf dem Nachttisch und gab es Ralston, der sich damit das Gesicht abwischte. Dann packte ich meinen Kassettenrecorder ein, schaltete das Licht in dem kleinen Zimmer aus, und wir verließen gemeinsam die Hütte und gingen zu meinem Wagen, der am Century Park stand. Ich setzte Ralston am L. A. New Hospital an der Ecke Pico und Beverly Drive ab. Er gab die ganze Zeit über keinen einzigen Ton von sich. Ich konnte es ihm auch nicht verdenken. Er befand sich nun mal in einer unangenehmen Zwickmühle.

Als ich vor der Notaufnahme stehenblieb, sagte ich noch: »Rufen Sie morgen Cathcart an. Erzählen Sie ihm, was ich Ihnen gesagt habe. Überzeugen Sie ihn. Ich werde am Montag um zehn bei Ihnen sein. Seien Sie dann fertig.«

Er nickte nur zustimmend, als er aus dem Wagen stieg. Er war furchtbar blaß im Gesicht.

13

Ich verbrachte den nächsten Vormittag damit, wieder zu mir selbst zu finden, und zwar während eines langen Spazierganges am Strand, dem idealen Ort zur Selbstfindung. Das Raubtier hatte sich vor mir aufgebaut, aber ich wehrte es ab. Ich hatte das, was ich Ralston angetan hatte, mit gutem Gewissen getan, sonst hätte er niemals ein Geständnis abgelegt, und außerdem brauchte ich ihn, um Cathcart zu bekommen. Aber trotzdem, es war der brutalste Vorfall von Gewalt in meinem Leben gewesen, seitdem ich Blow Job Anderson die Beine gebrochen hatte, und ich war beruhigt, weil sich Richard Ralston völlig ändern würde. Der bestimmend wirkende Manipulator mit der kräftigen Stimme, der bei dem Verhör von Augie Dougall eine so gute Figur abgegeben hatte, war schon bald unter dem physischen Druck zusammengebrochen. Falls er sich ein Image als unerschütterlicher Pragmatiker aufgebaut hatte, so hatte es nun Risse bekommen.

Aber diese Dinge waren eigentlich zweitrangig, denn es gab nur eins, das zählte: Um zu überleben, mußte Richard Ralston mein Verbündeter sein und nicht der von Haywood Cathcart. Er sollte mir dabei helfen, Cathcarts mühevoll errichtetes Kartenhaus, bestehend aus Fälschung von Sozialhilfeschecks, Erpressung und Mord, zum Einsturz zu bringen, und das allein zählte.

Während meines Spaziergangs beschloß ich, nicht mehr für Cal Myers zu arbeiten. Ich empfand ihm gegenüber keinen Groll wegen seiner schlechten Meinung über mich, die, Fat Dog gegenüber geäußert, die unglaublichen Ereignisse der vergangenen Wochen ins Rollen gebracht hatte. Auf merkwürdige Art und Weise war ich ihm sogar dankbar: Er war der Katalysator gewesen, der mir Jane Baker ins Leben gerufen hatte und die Kraft, mit außerordentlichen Situationen fertig zu werden, freisetzte, die ich mir gar nicht zugetraut hätte. Die Kenntnis dieser Kraft und meine Fähigkeit zu moralischen Entscheidungen, die ich in letzter Zeit zu treffen gezwungen war, hatten mich von etwas überzeugt: Ich war mir zu schade, weiterhin Repo-Mann zu sein. Außerdem würde ich ja durch Fat Dogs unrechtmäßig erworbene Gewinne bald schon reich genug sein, und die hatte ich mir als Belohnung für meine gute Arbeit, die leider anonym bleiben mußte, auch verdient.

Jedenfalls holte ich dann den Mietwagen vom Parkplatz des Motels, hielt an einer Telefonzelle am Pacific Coast Highway und rief den alten Cal an. Seine Sekretärin sagte mir, daß er draußen sei und sie ihn erst holen müsse. Er war sehr gespannt und mißtrauisch, als er den Hörer abnahm. Im Hinterkopf rechnete er ständig mit einem Erpressungsversuch von mir, und zwar wegen der Vorkommnisse vom Januar '71. Das war zu jener Zeit gewesen, als ich bei der Hollywood Vice gearbeitet, schwer getrunken und jede Menge Aufputschmittel geschluckt hatte. Die Zentrale hatte eines Nachts einen Anruf von einer empörten Vermieterin bekommen, die davon überzeugt war, daß ein »böser Mann« ein von ihm kürzlich gemietetes Appartment, in dem er wohl gar nicht fest wohnte, dazu benutzte, kleine Mädchen zu verführen. Sie verlangte, daß wir der Sache mal auf den Grund gingen.

Es war ein typischer, hektischer Samstagabend in Hollywood, deshalb gab der Officer von der Zentrale den Anruf an die Sitte weiter, anstatt den Streifendienst zu informieren, der sich sonst um solche Fälle kümmert; und der Vice Sergeant, der sowieso glaubte, daß der Anruf reine Zeitverschwendung und ich ein Dummkopf sei, gab den Auftrag an den entbehrlichsten Officer der Sitte weiter: Officer Brown. Ich war eigentlich auch der Meinung, daß es sich dabei um einen falschen Alarm handelte, folglich setzte ich mich in einen ungekennzeichneten Polizeiwagen, fuhr zu der Wohnung eines Informanten, den ich ganz gut kannte, wo ich mir den Kopf mit Hasch zurauchte, bevor ich schließlich zu der Adresse an der Sycamore nahe der Fountain fuhr.

Der Vermieterin kam ich zunächst äußerst verdächtig vor, da ich keine Uniform trug und von dem Dope, das ich geraucht hatte, ein wenig schwankte, aber als ich ihr dann die Polizeimarke zeigte, war sie beruhigt. Sie teilte mir mit, daß der »böse Kerl« sich in Appartment Nr. 12 aufhalte, und zwar mit zwei jungen Mädchen. Ich meinte zu ihr, sie solle sich die Lawrence Welk Show weiter ansehen, ich würde mich schon darum kümmern.

Als ich mich der Tür von Nummer 12 näherte, hörte ich schon das Gekicher eines jungen Mädchens und das lustvolle Gestöhne eines Mannes. Die Tür sah sehr zerbrechlich aus, also zog ich die Kanone und trat die Tür ein. Ich hatte ihn sofort erkannt: Cal Myers von Cal Myers' Ford, etc. Er lag nackt auf dem Boden, ließ sich gerade von einem frühpubertären, pausbäckigen blonden Mädchen einen blasen, das sofort damit aufhörte und zu schreien anfing. Das andere Mädchen war in demselben Alter, auch nackt, brünett und hatte einen Fotoapparat in der Hand. Sie fing auch an zu schreien. Ich bekam sofort eine Erektion, und sie ließ die Kamera fallen, während Cal Myers seine Hose holte. Nach ein paar Minuten hatte ich die beiden Mädchen beruhigt, und sie zogen sich schließlich an. Meine Erektion war noch immer da, ohne daß sie sich auch nur ein bißchen abgeschwächt hatte. Ich durchsuchte das Appartment und fand Dutzende von Aufnahmen, auf denen Myers und die beiden Mädchen vögelten und leckten. Das wäre ein schwerwiegender Grund gewesen, Myers anzuzeigen, aber ich wollte es nicht tun. Ich *konnte* es nicht tun; es widersprach einfach meinem Gefühl verständlicher Geilheit.

Ich ging mit Myers erst mal in die Küche und las ihm die Leviten. Als ihm bewußt wurde, daß ich ihn nicht anzeigen würde, veranstaltete er vor mir einen Freudentanz. Ich riet ihm, sich *nie* mehr in meinem Bezirk erwischen zu lassen. Ich sammelte die Aufnahmen ein und steckte sie mir in die Tasche. Das machte ihm angst, aber er war insgesamt so erleichtert, von einem gerichtlichen Nachspiel noch mal davongekommen zu sein, daß alles, was diesseits von Kastrierung lag, ihm wie gewährte Gnade vorkam. Er fragte mich mehrere Male nach meinem Namen, und ich sagte ihn ihm. Ich ahnte schon, daß er auf die Idee kommen könnte, sich für meine ihm gewährte Gnade erkenntlich zu zeigen. Folglich gab ich ihm genauere Angaben: Officer Fritz Brown, Polizei von L. A., Division Hollywood, Polizeimarke Nr. 1193. Er prägte es sich ein und stürzte zur Tür hinaus.

Ich setzte die beiden Mädchen auf dem Sunset Boulevard in der Nähe des »Gold Cup« ab. Der Abend war ja noch jung, und sie hatten noch genug Zeit, sich nach anderen Aktivitäten umzusehen.

Ungefähr einen Monat später bekam ich auf dem Revier einen Anruf. Ein unbekannter Anrufer hatte eine Telefonnummer für mich hinterlassen. Ich probierte sie aus, und siehe da, es war die von Cal Myers. Er schlug vor, daß wir uns irgendwo treffen sollten. Das taten wir dann auch. Er wollte mir ein Auto schenken. Ich sagte ihm, er solle die Sache vergessen, ich würde ihn wegen seines Interesses an blutjungen Mädchen weder beneiden noch verurteilen. Er bestand aber darauf. Ich gab also nach, meinte jedoch zu ihm, daß ich statt dessen lieber eine gute Stereoanlage hätte. Ich erzählte ihm auch, daß ich die Fotos zerrissen und nicht die Absicht hätte, ihn jemals zu erpressen; wenn er mir allerdings aus Dankbarkeit ein paar Sachen zukommen ließe, dann, was sei schon dabei, wäre ich ihm natürlich dankbar und würde sie akzeptieren. Er grinste, aber ich merkte, daß er mir nicht recht glaubte.

Eine Woche später rief er mich zu Hause an und teilte mir mit, daß ich in einem erstklassigen Stereo-Fachgeschäft im Valley grünes Licht hätte. Ich fuhr kurzerhand mit Walter dorthin und bestellte mir eine Traumanlage, die zwei Tage darauf von einem Techniker, der sie gleich installierte, geliefert wurde.

Ich rief Cal an, um mich bei ihm zu bedanken und ihm zu versichern, daß sein Geheimnis bei mir gut aufgehoben sei. Ich merkte, daß er es mir noch immer nicht abkaufte. Ich wollte unbedingt, daß er es mir glaubte, und deshalb rief ich ihn immer wieder an, meist betrunken, um ihm meine Zusicherung zu geben, die er nie für voll nahm. Allmählich wurden wir Freunde, obwohl ich wußte, daß er eine tief verwurzelte Furcht vor mir hatte, und wir trafen uns alle paar Wochen und ließen uns gemeinsam vollaufen. Unsere Beziehung war eine merkwürdige Mischung aus gegenseitigem Respekt und einer gegenseitigen Zuschreibung von Qualitäten, die wir überhaupt nicht besaßen: Cal dachte, ich sei kaltblütig, hartgesotten, intelligent und verschlossen, was absoluter Schwachsinn war. Ich lebte in dem Glauben, daß er unter seinem geschäftsmännischen Äußeren sehr feinfühlig und ein potentieller Ästhet sei, was genauso ein Blödsinn war. Alles, was wir beide vom Leben erwarteten, war, einigermaßen durchzukommen, wobei wir über Art und Weise völlig unterschiedliche Ansichten hatten.

Als ich dann 1975 vom Polizeidienst ausgeschlossen wurde, tat sich die Frage erst gar nicht auf, womit ich meinen Lebensunterhalt bestreiten würde. Sobald ich ohne Arbeit war, entfachte sich Cals Paranoia aufs neue. Ich fing also an, für ihn Autos zu beschlagnahmen, um einerseits seine Furcht zu lindern, aber auch um Geld zu verdienen.

In mancher Beziehung war es schon ein angenehmes Arbeitsverhältnis gewesen, aber nun war es damit vorbei. Und Cal war von vornherein auf dem Holzweg gewesen. Ich hatte die Aufnahmen tatsächlich vernichtet, und zwar noch am selben Abend.

Als Cal etwas aufgeregt ans Telefon kam, wußte ich sofort, daß er verstimmt war. Vielleicht wegen Augie Dougall und der tausend

Dollar. »Schön, schön«, sagte er, »Fritz Brown ist also wieder in der Gegend. Wo zum Teufel hast du gesteckt?«

»In der Nähe«, erwiderte ich. »Hat sich Augie Dougall mit dir in Verbindung gesetzt?«

»Das hat er. Diese elende Bohnenstange à la Abraham Lincoln. Das war aber ein mieser Zug von dir. Fritz, ihm von der Sache zu erzählen. Das hätte ich nicht von dir gedacht.«

»Tut mir leid, Cal, wirklich. Aber ich habe ihm einzig und allein das Datum genannt. Hast du ihm das Geld gegeben?«

»Höchst ungern. Aber ich hab' mir gedacht, daß er dich schon kennen wird. Was sollte das Ganze eigentlich?«

»Das kann ich dir nicht sagen. Aber trotzdem besten Dank. Falls es dir ein Trost ist, du hast Augie echt aus der Patsche geholfen.«

»Schöner Trost. Weißt du, ich glaube, ich hab' ihn früher schon mal gesehen. Ist er nicht Caddie? Ich glaube, er hat mal im Lakeside meine Tasche gepackt.«

»Er ist Caddie. Wie laufen die Geschäfte. Wie macht sich Irwin?«

»Das Geschäft läuft bestens. Irwin leistet auch gute Arbeit. Für einen Juden ist er wirklich ein dufter Kerl. Dieser Neffe von ihm ist als Repo-Mann ein wahres Naturtalent. Der läßt sich von niemandem etwas gefallen. Wann kommst du wieder arbeiten?«

»Überhaupt nicht, Cal. Betrachte den Tausender, den du Augie gegeben hast, als meine Abfindung.«

»Das kannst du doch nicht machen, Fritz! Du bist doch mein bester Mann! Wir sind schon seit so langer Zeit zusammen. Sieh mal . . .«

Ich unterbrach ihn in seinem plötzlichen Anflug von Panik und versuchte, einen bestimmten Eindruck auf ihn zu machen: »Doch, Cal, das kann ich. Ich muß es sogar. Als du mich das letzte Mal gesehen hast, habe ich ein ganz anderes Leben geführt. Es hat sich viel geändert, und ich habe mich auch verändert. Ich will keine Pfändungen mehr vornehmen. Ich werde außerdem bald heiraten. Ich bin nebenbei auch zu etwas Geld gekommen. Ich möchte ein neues Leben anfangen. Ich muß unsere Beziehung abbrechen, andernfalls wird mir der Neubeginn nicht gelingen. Laß Irwin und seinen Neffen den Job machen. Du wirst noch mal stolz auf sie sein. Und noch etwas, Cal! Ich habe niemals irgend jemanden von dir und den beiden Mädchen erzählt. Ich hatte diese Fotos noch in der Nacht verbrannt, in der es geschehen war. Deine ganzen Ängste in all den Jahren waren völlig grundlos. Ich würde dich niemals hintergehen. Ich bin dir auch für alles dankbar, das du für mich getan hast. Du bist mir ein guter Freund gewesen, aber es ist jetzt für mich an der Zeit, weiterzuziehen, und Gebrauchtwagen zu beschlagnahmen ist nicht die Art von Leben, die ich mir vorstelle. Kannst du das akzeptieren?«

»Ich weiß nicht recht, Fritz, ich . . .« Seine Stimme war sehr leise.

»Du wirst es akzeptieren müssen, Cal. Nochmals vielen Dank, und mach's gut!« Ich legte den Hörer auf und hatte damit mit einem langen Abschnitt meines Lebens abgeschlossen.

Nachdem ich die Telefonzelle verlassen hatte, kam mir zum ersten Mal der Gedanke, daß Cal mich vielleicht auf seine Art mochte und mich aus Gründen gern um sich hätte, die mit Angst gar nichts zu tun hatten. Wenn sich kleine Dinge ändern, ändert sich oft alles. Es wird ein vollkommen neues Spiel gespielt, und dir wird auf einmal klar, was du früher einmal gehabt hast.

Ich fuhr dann über den Santa Monica Freeway nach Downtown L. A. in das Büro von Mark Swirkal. Ich deponierte bei ihm das Original-Bandmaterial mit meinen vollständigen verbalen Aufzeichnungen über den Baker-Cathcart-Fall sowie das Band mit Ralstons Geständnis und teilte ihm mit, was ich von ihm wollte; Aufbewahrung der Bänder in seinem Bankschließfach, und zwar auf unbegrenzte Zeit oder bis ich anderweitig darüber verfügen würde. Sollte ich mich nicht alle vierundzwanzig Stunden bei seiner Telefonzentrale mit den Worten »Crazy, Daddy-O!« melden, verpflichtete er sich, von den Bändern drei Kopien zu machen und diese persönlich dem Bezirksstaatsanwalt von L. A., der Verbrechensredaktion der L. A. *Times,* sowie der Internen Untersuchungsbehörde des Polizeipräsidiums von L. A. und der Nachrichtenredaktion des Fernsehsenders KNTX T. V. zu übermitteln. Seine Gebühren dafür würden einhundertfünfzig Dollar pro Monat betragen, eventuell auf Lebenszeit. Fasziniert von der Rätselhaftigkeit des Auftrags willigte er bereitwillig ein. Ich machte ihm zur Auflage, daß er unter gar keinen Umständen die Bänder abspielen dürfe. Er nickte dazu mit ernster Miene. Ich traute ihm. Er war ein solider und guter Mensch.

Von Marks Büro aus rief ich Kupferman an. Sein Hausmädchen nahm den Hörer ab und sagte, daß sie ihn holen wolle. Einen Moment später war er bereits am Apparat. Er hatte eine leise Stimme mit New Yorker Akzent. »Ja, hallo?« sagte er.

»Mr. Kupferman, hier ist Fritz Brown. Hat Jane Baker Ihnen von mir erzählt?«

»Ja, das hat sie.«

»Schön. Ich muß Sie irgendwo treffen. Heute noch. Es ist außerordentlich wichtig. Können Sie sich heute nachmittag mit mir treffen?«

»Ich glaube schon. Wo denn?« Seine Stimme klang weit entfernt und sehr beunruhigt.

»Am Griffith Park, auf dem Parkplatz bei der Sternwarte, um vierzehn Uhr.«

»Warum ausgerechnet dort, Mr. Brown? Warum nicht bei mir zu Hause oder in Ihrem Büro?«

»Um ehrlich zu sein, Mr. Kupferman, weil Haywood Cathcart Sie verfolgen lassen könnte und ich mir eine Begegnung mit dem alten Haywood einfach noch nicht leisten kann.«

»Ich sehe schon, Sie wissen eine ganze Menge aus meinem Leben, nicht wahr?«

»Ich weiß, was sich in den vergangenen zehn Jahren so alles ereignet hat. Werden Sie kommen?«

»Ja. Wie kann ich Sie erkennen?«

»Ich habe Sie schon mal gesehen. Ich werde an der Sternwarte um zwei Uhr auf Sie zukommen.«

»Ja, gut. Ich werde dort sein.«

»Schön. Kommen Sie aber allein.«

»Das werde ich. Auf Wiederhören, Mr. Brown.«

»Auf Wiederhören.« Ich legte auf und schaute auf die Uhr. Viertel vor elf. Ich verabschiedete mich von einem verständnislosen Mark Swirkal und fuhr zum Griffith Park. Ich wollte dort auf jeden Fall früher eintreffen, um mir die Szenerie genauer anzusehen. Wenn Kupfermans Telefon angezapft wurde und es eine Schaltung zu Cathcart gab, würde er sofort jemanden hinter mir herschicken. Außerdem bestand noch die Möglichkeit, die ich allerdings nicht für sehr wahrscheinlich hielt, daß Kupferman, der daran gewöhnt war, von Cathcart terrorisiert zu werden, in Panik geraten könnte, jetzt, wo die Gefahr bestand, daß ich die ganze Sache auffliegen lassen könnte, und daß er Cathcart selbst informierte, um mich ans Messer zu liefern.

Der Parkplatz an der Sternwarte füllte sich nach und nach, als ich dort eintraf: Busse mit Schülergruppen, Familien mit kleinen Kindern, die einen Ausflug machten, und gelangweilte Schwänzer der High-School, die anderweitige Ablenkung suchten. Aber es gab nichts Verdächtiges. Von meinem Aussichtspunkt auf dem Hügel wirkte Los Angeles wie eine außerirdische Stadt, wie ein heißes, glitzerndes Tal, das in Smog eingehüllt war.

Ich setzte mich neben einem Wasserspender auf eine Bank und

wartete. Um genau 14.03 Uhr kam Kupfermans weißer Cadillac in mein Sichtfeld. Ihm folgten keine anderen Fahrzeuge. Ich sah zu, wie er einparkte, seinen Wagen abschloß und umherspazierte. Während er das tat, überschaute ich den belebten Parkplatz nach Anzeichen auf eine Überwachung genau. Es war nichts zu sehen. Ich stand auf und ging auf ihn zu. Er reckte seinen Hals in alle möglichen Richtungen. Er wäre beinahe vor Schreck umgefallen, als ich ihn leise ansprach: »Mr. Kupferman? Ich bin Fritz Brown.«

Er erholte sich schnell von dem Schock, sah zu mir auf und gab mir einen kräftigen Händedruck. »Mr. Brown«, war alles, was er sagte. Ich suchte in seinem Gesicht nach Hinweisen auf eine Ähnlichkeit mit Jane und Fat Dog. Außer den blassen blauen Augen war ihm nichts anzusehen, aber das reichte mir auch. In dieser Hinsicht waren sich alle drei Kupfermans gleich.

»Lassen Sie uns doch einen Spaziergang machen, Mr. Kupferman«, schlug ich vor, »wir wollen ein wenig ungestört sein.«

Er nickte bloß mit ernster Miene und ließ mich vorangehen. Wir gingen auf einen Wanderweg zu, der in die Hügel des Griffith Parks führte. Kupferman war makellos gekleidet, er trug einen olivfarbenen Anzug aus Gabardinestoff, ein Leinenhemd und eine breite Krawatte. Er war das Abbild unerschütterlicher Würde. Sogar seine Zweihundert-Dollar-Krokoddilederschuhe fügten seinem Image keinen Schaden zu. Sein Gesicht, in einem Sonnenstudio gebräunt und jüdisch aussehend, sprach ganze Bände von Ruhe und Geduld angesichts seiner Not, und die glänzenden blauen Augen zeugten von kultivierter Raffinesse. Ich wußte, daß ich ihn mögen würde. Wir gingen auf dem Weg den Hügel hinauf. Kupferman begann zu schnaufen und nach Luft zu schnappen, darum verringerte ich mein Tempo ein wenig. Nachdem wir das zirka hundert Meter oberhalb des Parkplatzes gelegene Plateau, von wo man in alle Richtungen blicken konnte, erreicht hatten, blieb ich stehen. Als eine Art Vorstellung sagte ich zu ihm: »Wir sind uns schon mal begegnet, Mr. Kupferman. Und zwar im Club Utopia, ungefähr zwei Wochen bevor der Anschlag verübt wurde. Sie haben damals an der Theke gesessen und einen Drink über meine Kleidung geschüttet. Ich besitze ein außergewöhnliches Erinnerungsvermögen. Wenn ich das nicht hätte, wäre ich bestimmt nicht so tief in die Sache verwickelt worden.«

Kupferman nickte beifällig. Er schien von meiner Anspielung auf den Club Utopia nicht besonders beeindruckt zu sein. »Ich verstehe«, sagte er. »Das ist in der Tat außergewöhnlich. Ich kann mich natürlich nicht mehr daran erinnern. Was wissen Sie über diese, wie Sie es nennen, ›Sache‹ eigentlich genau, Mr. Brown?«

»Nennen Sie mich Fritz«, forderte ich ihn auf. »Ich weiß eigentlich alles, bis auf ein paar kleine Lücken, die Sie eventuell für mich schließen können. Ich weiß alles über den Utopia-Brandanschlag, über die gefälschten Sozialhilfeschecks, über Cathcart, Ralston, und ich weiß, daß Freddy und Jane Baker in Wirklichkeit Ihre Kinder sind.«

Sol Kupferman wurde ganz blaß, und einen Augenblick lang fing er an zu schwanken. Ich legte ihm zur Stärkung meine Hand auf die Schulter. Allmählich beruhigte er sich wieder, und die Sonnenstudiobräune kam wieder. »Und was beabsichtigen Sie mit diesen Informationen anzufangen?« fragte er mich.

»Nichts«, meinte ich. »Ich werde sie wohl mit in mein Grab nehmen. Jane wird nie etwas erfahren. Und über Freddy brauchen Sie sich nicht mehr den Kopf zu zerbrechen, der ist tot.«

»Ich weiß. Jane hat es mir erzählt.«

»Cathcart hat ihn umbringen lassen.«

»Das hab' ich mir schon gedacht.«

»Was fühlen Sie dabei?«

»Ich fühle mich irgendwie erleichtert. Freddy war mein Sohn, aber er war eben ein Tier, und es war nun mal alles meine Schuld. Ich hatte ihn als Kind bereits aufgegeben. Ich bin der Schuldige. Freddy ist nur seinen Instinkten nachgegangen, und die waren krankhaft.«

»Erzählen Sie mir mehr darüber, Mr. Kupferman. Da gibt es eine Lücke in meinen Nachforschungen: Sie haben gesagt, Sie hätten Freddy als Kind aufgegeben. Warum? Wer waren seine ersten Pflegeeltern? Zwischen den Geburten Ihrer beiden Kinder lag ein Zeitraum von beinahe neun Jahren. Was hat sich während dieser Zeit ereignet?«

»Was würden Sie tun, wenn ich es Ihnen nicht erzählte?«

»Nichts. Sie sind genug herumgestoßen, gedemütigt und ausgesogen worden. Ich möchte diese Sache in meinem Kopf ganz gern abschließen, damit ich tun kann, was ich tun muß, und damit ich darüber hinwegkomme.«

Sol musterte mich mit klugen blauen Augen.

»Und Jane wird es niemals erfahren?«

»Nein, niemals.«

Ich beobachtete, wie Sol das Für und Wider eines Bekenntnisses gegeneinander abwog. Schließlich seufzte er und begann: »Also gut.

Die Mutter von Freddy und Jane, Louisa Hall, war meine große Liebe. Sie war die schönste Frau, die Gott je erschaffen hat. Aber sie war sehr verstört; sie hatte oft Selbstmordgedanken. Sie liebte mich, war aber auf ungewöhnliche Weise an ihren Vater gebunden, der mich haßte, weil ich Jude war. Er wußte von unserem Verhältnis und quälte sie seelisch deswegen. Und Louisa ließ es über sich ergehen, sie widersetzte sich den Qualen aus Liebe. Sie konnte ihren Vater ebensowenig fallenlassen, wie sie mich fallenlassen konnte. Aber sie wollte mich nicht heiraten: Sie wußte, daß eine Heirat das Verhältnis zwischen ihr und ihrem Vater für immer zerstört hätte. Nachdem Freddy geboren war, versagten ihre Nerven. Sie hatte unbedingt ein Baby gewollt, wir hatten es ja geplant, und ich hatte auch damit gerechnet, daß wir nach der Geburt heiraten würden. Das war 1943. Aber nach Freddys Geburt drehte sie völlig durch. Sie haßte ihn von Anfang an, und er wies sie auch zurück. Sie wollte ihn schließlich loswerden. Sie war auch nicht mehr bereit, ihn zu füttern. Ich mußte mir schließlich eine Amme suchen. Dann stellte sie mir ein Ultimatum: ›Gib ihn zur Adoption frei, oder ich werde dich für immer verlassen.‹ Dieses Risiko wollte ich natürlich nicht eingehen, folglich tat ich es. Aber nicht mit Hilfe der Jugendbehörde, es war keine formelle Adoption. Ich gab ihn zu einem alten Geschäftspartner und seiner Frau. Sie wohnten in der Nähe von Monterey. Sie waren aus Rußland eingewanderte Juden. Sie hatten ihre Namen zu Baker veramerikanisiert. Sie gaben ihren Namen auf legale Weise an Freddy weiter. Dieser Baker schickte mir die ganzen Jahre über regelmäßige Berichte. Freddy war demnach ein wilder und sadistischer Junge. Er brachte kleine Lebewesen um. Ich fühlte mich deshalb verantwortlich, versuchte aber diesen Gedanken zu verdrängen. Ich machte damals eine ganze Menge Geld mit illegalen Geschäften. Ich wollte mich da nicht hineinsteigern. Mit Louisa verlief eigentlich alles ganz gut. Es ging ihr immer besser, sie hatte immer weniger Depressionen. Im Jahre 1951 sagte sie mir, daß sie noch ein Kind wolle. Nach der Geburt wolle sie mich dann auch heiraten. Ich glaubte es ihr. Wir bekamen das Kind, Jane wurde im März 1952 geboren. Zirka einen Monat lang ging alles ganz gut. Wir machten bereits Pläne für die Hochzeit, und ich zog mich aus den illegalen Wettgeschäften zurück. Dann nahm sich Louisas Vater das Leben. Louisa wurde wahnsinnig. Eines Abends erwischte ich sie dabei, als sie gerade versuchte, Jane in ihrem Kinderbett zu erwürgen. Der Blick in ihren Augen, mein Gott!!«

Sol zögerte einen Moment, seine Stimme hatte sich gesenkt, dann zapfte er neue Quellen an und fuhr fort: »Ich stellte einen männlichen Kinderbetreuer für Jane ein. Ich schickte Louisa zum besten Psychiater an der Westküste. Seine Diagnose war: Schizophrenie. Ich brachte sie in ein privates Sanatorium. Als sie einmal für einen Tag zu Besuch kam, Jane war damals vielleicht anderthalb, machten wir einen Ausflug ans Meer und gingen auf der Uferpromenade spazieren. Ein junges Pärchen, das einen Kinderwagen mit einem Baby vor sich herschob, kam uns entgegen. Louisa sah das Paar und fing sofort an zu schreien. Sie rannte zur Steilküste, kletterte über die Brüstung und stürzte sich hinunter. Sie landete unten auf dem Pacific Coast Highway. Sie war natürlich auf der Stelle tot. Ich war furchtbar traurig damals und gab mir die Schuld für alles; und auch der kleinen Jane. Ich konnte mit ihr einfach nicht mehr zusammenleben. Ich brachte sie zu den Bakers nach Monterey, damit sie mit ihrem Bruder zusammensein konnte. Ich sagte Stas Baker, er solle Freddy davon überzeugen, daß Jane seine Schwester sei, obwohl Freddy alt genug gewesen war, um mitzubekommen, daß Bakers Frau nicht mit ihr schwanger war. Irgendwie war es ihm dann gelungen, Freddy zu überzeugen. Freddy wußte in jedem Fall, wenn auch nur intuitiv, daß Jane und er Blutsverwandte waren.

Im darauffolgenden Jahr, 1954, bekam ich ein Telegramm von Bakers Bruder. Im Haus der Bakers war ein Feuer ausgebrochen. Baker und seine Frau waren dabei umgekommen, aber Freddy und Jane hatten überlebt. Ich flog hin, aber ich hielt mich von den Kindern fern. Ich schämte mich zu sehr, die beiden zu sehen, bestach jedoch die beiden Officers der Jugendbehörde, damit ich Freddy und Jane bei Freunden von mir in Los Angeles unterbringen konnte. Ich kannte die Frau ganz gut, wir hatten mal ein Verhältnis miteinander gehabt, und ich wußte, daß ihr Mann sehr anständig war, darum waren die Kinder dort bestimmt sehr gut aufgehoben. Nachdem ich das alles klargemacht hatte, erkundigte ich mich in Monterey über Baker und seine Frau. Irgendwie fühlte ich mich auch für ihren Tod verantwortlich. Dann fand ich die Wahrheit über Stas Baker heraus: Er war ein Sadist gewesen, ein Tyrann, der seine Frau seelisch und Freddy körperlich gequält hatte. Als ich ihn in den 30er Jahren kennengelernt hatte, war er ein ganz einfacher Typ gewesen – ein Kurier in der Buchhaltung. Er war einer von der ruhigen, anständigen Sorte gewesen. Ein Mann, der es zu bedauern schien, daß er und seine Frau keine Kinder haben konnten. Aber ich hatte mich in ihm völlig getäuscht. Er war der Teufel in Person und hat einen anderen Teufel großgezogen. Meinen Sohn.«

Kupfermans Stimme hatte während seines Monologs Klangformen angenommen, die ich bisher noch nie gehört hatte. Je mehr er von seiner Vergangenheit sprach, desto tiefer wurde seine Stimme, bis sie zu einem heiseren Geflüster abfiel, das sich kläglicher als sämtliches Schluchzen und Klagen anhörte. Ich konnte ahnen, daß er die Geschichte nicht zu Ende erzählen wollte. Er setzte sich völlig erschöpft auf den schmutzigen Weg, ohne auf seinen teuren Anzug zu achten. Ich setzte mich neben ihn. Gedankenverloren in seiner selbstverschuldeten Geschichte starrte er auf den Boden.

»Lassen Sie mich die Geschichte zu Ende erzählen«, sagte ich, wobei ich ihm meinen Arm um die Schulter legte. »Freddy und Jane wohnten dann bei den Hansens. Freddy wurde größer und immer verrückter, und aus Jane wurde die Jane, die wir beide lieben. Sie wollten Ihren Kindern nahe sein, ohne Ihre eigene Anonymität aufzugeben, also veranlaßten Sie Richard Ralston, Freddy nach Hillcrest zu bringen. Jane folgte ihm. Freddy war unnahbar. Sie jedoch wurden Janes treuer Ratgeber und liebster Freund. Dann verübte Freddy den Brandanschlag auf den Club Utopia. Cathcart wußte von Ihrem Verhältnis zu Freddy, und zwar durch Ralston, und entwickelte einen Erpressungsplan. Seitdem zapft er Sie gnadenlos an. Habe ich recht?«

Sol Kupferman befreite sich von meinem schützenden Arm. »Ja, genauso ist es«, war seine Antwort.

Ich beschloß, ihm meine weiteren Kenntnisse über die Brandstiftungen und Morde seines Sohnes vorzuenthalten.

»Haben Sie den Verwandten der Utopia-Opfer regelmäßig Geld geschickt?« fragte ich ihn.

»Ja«, antwortete er sehr leise.

»Übergibt Jane den Leuten das Geld?«

»Ja.«

»Haben Sie häufigen persönlichen Kontakt zu Cathcart?«

»Eigentlich kaum. Ralston ist sein Verbindungsmann.«

»Wie kommt das?«

»Was wissen Sie über die Sache mit dem Sozialhilfebetrug?«

»Ich weiß, daß Sie die ganzen gefälschten Dokumente unterzeichnen, einschließlich der Schecks, und daß sie in Ihren Liquor Stores eingelöst werden, und daß Cathcart die Operation aus der Behörde für öffentliche und soziale Dienste heraus an jeder Stelle überwacht.«

»Das ist auch ungefähr richtig so. Ralston ist jedoch auf jeder Ebene der Verbindungsmann zwischen mir und den Beteiligten.

Cathcart zieht einfach nur die Fäden und verbreitet Angst und Schrecken.«

»Dann wird Ralston wohl auch die Unterlagen über sämtliche beteiligten Personen haben?«

»Jawohl.«

»Nicht schlecht. Das haut ja ganz gut hin. Ralston und ich haben uns neulich miteinander bekannt gemacht. Ich habe dabei ein Geständnis aus ihm herausgeholt. Er hat im Augenblick mehr Angst vor mir als vor Cathcart.«

Sol warf mir einen merkwürdigen, fragenden Blick zu, in dem ich auch einen Hauch Ehrfurcht bemerkte. »Was wollen Sie eigentlich bei der ganzen Sache herausholen? Ich habe gar keine Vorstellung, was Sie für Motive haben«, meinte er. »Jane hat mir erzählt, daß Freddy Sie zuallererst angeheuert hat, aber das paßt irgendwie nicht zusammen. Was wollen Sie eigentlich?«

Ich stand auf. Sol tat dasselbe und klopfte sich dabei den Dreck von der Hose. Ich zeigte mit dem Finger nach Süden auf das smogüberzogene Los-Angeles-Becken. »Ich möchte ein kleines Stück davon, ein kleines Stück des Geheimnisses, des Wahnsinns und des Lebens. Ich möchte mich rächen, für Sie. Ich möchte Cathcart fallen sehen. Und ich will Ihre Tochter. Ich möchte sie heiraten. Ich liebe sie. Ich glaube, daß sie noch im Begriff ist, mich lieben zu lernen. Hat Sie mit Ihnen darüber gesprochen, was sie für mich empfindet?«

Zum ersten Mal seit unserer kurzen Begegnung grinste Sol. »Sie hat mir erzählt, daß sie sich emotional von Ihnen sehr angezogen fühlt, daß sie aber irgendwie ein wenig Angst vor Ihnen hat. Sie hat Sie als ›wandelndes Ambivalent‹ bezeichnet.«

Ich grinste ihn auch an und lachte dann kurz auf. »Eine scharfsinnige Äußerung. Sie ist eine sehr intelligente Frau. Ich kann diese Ambivalenz, die sie in mir sieht, gut verstehen. Sie hat mich genau am Ende meines alten und am Anfang meines neuen Lebens erwischt. Dieser Fall bildet nämlich genau die Grenze. Aber er wird schon bald der Vergangenheit angehören, und wir werden mit aller Ernsthaftigkeit miteinander flirten können. Dann wird sie die beständige, schönheitsliebende Seite in mir erkennen.«

»Dieser Fall wird nie vorbei sein, Fritz.«

»Wie meinen Sie das?«

»Cathcart hat mich in der Hand. Ich muß tun, was er von mir verlangt. Wenn ich das nicht tue, wird Jane alles erfahren, und ich werde ruiniert sein. Jetzt, wo Freddy tot ist, wird keiner mehr Stunk machen, und niemand wird mehr sterben müssen. Die Zeit der Gewalt ist vorüber, Gott sei Dank. Aber Cathcart ist zu gut abgeschirmt, zu gut isoliert. Er steht jenseits von Recht und Gesetz. Er *ist* das Gesetz.«

Ich schaute über meine Stadt. Alles, was ich sehen konnte, waren die Gebäudespitzen, die aus einem braunen Dunst hervortraten. Danach sah ich wieder Sol an. »Ich werde ihn töten«, sagte ich zu ihm.

Ich mußte eine ganze Weile auf seine Reaktion warten. Er starrte so verbissen auf den Boden, als versuche er sich einen Ausweg mit den Augen zu graben. »Tu das nicht, Fritz«, meinte er schließlich. »Cathcart hätte es zwar verdient, aber es ist nicht richtig. Ich habe auch Menschen umgebracht, vor vierzig Jahren, und ich habe deshalb ein äußerst schuldbeladenes Leben führen müssen. Wenn du Cathcart umbringst, wirst du niemals aufhören, den Preis dafür zu bezahlen, auch wenn du so einfach davonkommst. Vergiß das Ganze einfach. Wenn dir an Jane liegt, dann tu es lieber nicht. Sie hat etwas Besseres als einen Killer verdient.« Sols Augen und seine ganze Seele beschworen mich mit der ganzen Kraft seiner Lebenserfahrung.

Ich nahm das, was er gesagt hatte, vollkommen ernst, aber moralisch gesehen war er auf dem falschen Dampfer. Der Tod Cathcarts war der einzig mögliche Ausgang dieser Tragödie. »Nein, Sol«, sagte ich schließlich, wobei ich wieder über die Stadt schaute, »er wird sterben. Und als Folge davon werden eine ganze Menge Leute wieder frei leben können. Das ist bestimmt nicht zu leugnen.«

Sol schüttelte nur noch mit dem Kopf, wollte die Wahrheit also leugnen. Er sah aus wie ein Gelehrter aus dem Alten Testament, der einen jungen Zeloten heftig zurechtweist. »Nein, nein, nein«, sagte er, »es ist nicht richtig. Kannst du das denn nicht begreifen? Wie um alles in der Welt willst du dem aus dem Wege gehen? Cathcart ist ein Hai, und du bist ein Aal. Das kann nicht gutgehen.«

Plötzlich wurde ich sauer. Ich packte ihn an seinen zitternden Schultern und zog ihn zu mir: »Jetzt reicht's mir aber, Sol! Ich kann nämlich genauso gemein werden wie Cathcart. Er wird sterben. Vielleicht bist du schon seit so langer Zeit auf deinem Schuldtrip, daß du Cathcart brauchst, damit er dich für deine Sünden bestraft. Dieses falsche Geschwätz von Schuld trifft mich nun mal nicht. Er wird sterben, und wenn du versuchen solltest, ihn zu warnen oder mich hinters Licht zu führen, gehe ich an die Öffentlichkeit. Ich werde dann die ganze Angelegenheit der Presse übergeben, einschließlich der Beweise über die Geburt deiner Kinder. Das meine ich ernst ... Ich habe mir nämlich eine todsichere Methode ausgedacht. Wenn ich diesen Fall nicht überleben sollte, wird alles an die Öffentlichkeit kommen!« Ich ließ ihn los und drückte seine Schulter dabei ein wenig sanfter. Jetzt fühlte ich auch mich schuldig. Sol Kupferman war ja fast schon ein Heiliger, aber er schien Schuldgefühle zu verbreiten wie andere eine ansteckende Krankheit. Er war wieder leichenblaß geworden.

Ich versuchte, unser Verhältnis wieder ein bißchen aufzulockern. »In ein paar Jahren werden wir über das alles lachen. Jane wird sich über unsere geheimnisvolle geistige Beziehung wundern, aber sie wird nie etwas erfahren. Ich werde dann dein inoffizieller, nichtjüdischer Schwiegersohn sein.«

Sol hörte mir nicht einmal mehr zu. »Ich muß jetzt gehen«, sagte er, als er sich auf den Pfad zubewegte, der bergab führte.

Schweigend gingen wir zum Parkplatz hinunter. Als wir dort angekommen waren, sagte ich: »Sag Jane bitte, daß ich sie anrufen werde, sobald alles vorüber ist, und das wird schon bald sein. Sag ihr auch, daß wir uns nur am Telefon unterhalten hätten. Ich möchte nicht, daß jemand weiß, daß ich in L. A. bin. Und erzähl ihr nicht, worüber wir geredet haben.« Sol nickte, er war bleich wie bei einem Begräbnis. »Sei ein wenig fröhlich«, fuhr ich fort, »bald wird das alles nur noch eine unangenehme Erinnerung sein, wie ein erfolgreich entferntes Krebsgeschwür. Versuch doch mal, auf diese Weise darüber nachzudenken.«

Sol sagte noch: »Ich werd's versuchen«, und zwang sich dabei zu einem gequälten Lächeln, aber ich nahm es ihm nicht ab. Er stieg in seinen Cadillac und fuhr davon, seinen jahrhundertealten jüdischen Pessimismus nahm er mit.

Ich fuhr zu meinem Motel am Meer zurück, meldete mich ab und nahm meine Reiseutensilien – Kassettenrecorder, Sparbücher, Kleidung und Schießeisen – mit auf den Weg nach Ventura, wo ich mir eine andere Zuflucht am Meer, diesmal ein sogar noch besseres Motelzimmer, suchte.

Ich rief Ralston zu Hause in Encino an und teilte ihm mit, daß sich unsere Pläne geändert hätten: Er solle mich an der Zweigstelle der Bank of America an der Ecke Van Nuys und Tujunga in Nord-Hollywood um zehn Uhr am Montag morgen treffen, und er solle eine Liste mit sämtlichen Beteiligten an der Betrugssache mitbringen. Ich fragte ihn, ob er sich mit Cathcart in Verbindung gesetzt hätte, und er sagte, daß er alles erledigt und er Cathcart erzählt habe, daß ich völlig betrunken und fragenstellend in Palm Springs gesehen worden sei. Cathcart schien es gefallen zu haben, das zu hören. Ralston hatte seine Sache wirklich gut gemacht, deshalb warf ich ihm noch einen Knochen hin, indem ich ihn darauf vorbereitete, daß am Montag ein kleiner Geldsegen auf ihn niedergehen würde. Danach legte ich auf.

Ich schlug die restliche Zeit damit tot, mir mein weiteres Leben als reicher Mann auszumalen. Eine Viertelmillion in bar würde mich, vernünftig angelegt, für den Rest meines Lebens von der Straße fernhalten. Ich dachte über diverse Investitionsmöglichkeiten nach, und zwar über kreative, und kam dabei auf eine großartige Idee: ein Musikgeschäft nur für Klassik. Mit Schallplatten und Bändern von den prosaischsten bis hin zu den esoterischsten Musikern. Ein Musikgeschäft, wie es kein zweites geben würde: mit Biographien von Komponisten, Bildbänden und Noten. Eine kulturelle Oase am Hollywood Boulevard. Die Rock and Roll-Trottel würden höflich, aber bestimmt vor die Tür gesetzt. Ich würde dann den Laden managen, und Walter wäre meine zweite Hand. Ich würde natürlich meine Privatdetektivlizenz und das Büro zur steuerlichen Absetzung weiterhin behalten. Ich würde mich auch nach einigermaßen guten Spielern von Streichinstrumenten umhören, mit denen Jane zusammen Kammermusik spielen könnte. Das Zusammenspiel von Leuten mit ähnlichen Fähigkeiten hätte bestimmt eine förderliche Wirkung auf Jane ...

Dann würde ich mir eine große Villa in den Bergen kaufen sowie mehrere freundliche Hunde anschaffen. Jane und ich würden unser Leben unabhängig voneinander führen, doch würde sich darin alles um Musik drehen – Jane hätte ständig ihre Cellostunden und müßte üben, und ich müßte mich um den Laden kümmern. Abends würden wir dann im Wohnzimmer sitzen und der Musik lauschen, danach nach oben gehen und miteinander schlafen. Vielleicht würden wir auch Kinder haben, am liebsten Töchter. Es würde ein schönes Leben werden. Nun wäre es ja möglich.

Am Montag morgen um halb acht verließ ich schließlich Ventura. Um Viertel vor zehn stand ich auf der anderen Straßenseite der Bank in Nord-Hollywood. Ich war reichlich nervös, fühlte mich aber ziemlich sicher: Außerhalb der Bank gab es nichts Auffälliges, das auf eine Falle hätte hindeuten können. Ich hatte Ralston ja auch völlig in der Hand.

Ein paar Minuten später tauchte er auf. Er fuhr auf den Parkplatz der Bank, stieg aus und stand unruhig neben seinem Wagen. Er trug eine Sonnenbrille, wahrscheinlich um sein angeschlagenes Gesicht zu verbergen. Ich ging über die Straße auf ihn zu. Er gab keinen Ton von sich, sondern starrte mich nur durch die dunklen Gläser an. »Guten Morgen, Ralston«, meinte ich zu ihm.

Er richtete den Kopf auf. »Guten Morgen«, entgegnete er.

»Fühlen Sie sich in Ordnung?« fragte ich. Er nickte wieder. »Schön«, sagte ich. »Nehmen Sie die Sonnenbrille ab. Wir werden einige größere Geldbeträge abheben, und ich möchte nicht, daß Sie dabei aussehen wie ein Gangster, der gerade dabei ist, das Land zu verlassen.«

Er nahm sie ab, und ich war doch erstaunt: Seine Nase war kaum noch geschwollen, obwohl sie an einigen Stellen rot angelaufen war, und seine Augen waren kaum mehr schwarzgerändert.

»Ich möchte Ihnen zunächst meinen Plan erläutern«, sagte ich dann. »Ich möchte, daß Sie mit Ihrem Wagen fahren. Wir werden zu jeder Bank fahren, von denen ich Sparbücher habe. Sie werden dann von jedem Konto alles bis auf fünfhundert Dollar abheben. Lassen Sie sich nur Hunderter und Fünfziger geben. Zwanziger sind auch okay, wenn sie nichts anderes da haben. Versuchen Sie sich so unauffällig wie möglich zu verhalten. Die Schalterangestellten sind dazu verpflichtet, hohe Einzahlungen zu melden, jedoch keine Auszahlungen. Sie haben das Geld doch eingezahlt, oder?«

»Ja, hab' ich.«

»Schön. Dann werden sich ja einige der Angestellten an Sie erinnern. Ich habe unsere Route schon ausgearbeitet. Wir haben einen langen Tag vor uns. Haben Sie mir die Informationen mitgebracht, um die ich Sie gebeten hatte?«

»Ja.« Ralston griff in seine Manteltasche und überreichte mir eine sorgsam geschriebene Liste mit Namen. Ich kniff ein Auge zu, gab ihm ein blaues Sparbuch und deutete auf die Eingangstür der Bank.

»Tue, was du tun mußt, Daddy-O«, sagte ich.

Während er sich um die Bankgeschäfte kümmerte, überflog ich die Liste mit den Namen, die in Spalten geordnet war, und zwar so wie in den Buchmacherbüchern, die ich gesehen hatte. Hinter den Namen, es waren alles Männernamen, waren Telefonnummern vermerkt. Da sich einige Nummern überschnitten, folgerte ich, daß es Büroanschlüsse sein mußten.

Ralston kam nach ein paar Minuten zurück und deutete mir an, in den Wagen zu steigen. Im Innern langte er in die Manteltasche und übergab mir ein Bündel nagelneuer Banknoten. Ich zählte nach und brach in Gelächter aus: dreiundneunzig Hunderter. Er ließ den Wagen an. »Weiter, Hot Rod«, forderte ich ihn auf.

Wir fuhren von einem Ende des Valleys zum anderen, dann über den Coldwater Canyon nach Beverly Hills und von dort zur Glitzermeile, und dabei wurden wir immer reicher. Bevor wir das Valley verließen, hielten wir noch vor einem Supermarkt, und ich holte mir eine große, braune Einkaufstasche. Bald darauf war sie schon bis obenhin mit Bargeld gefüllt.

Während Hot Rod an der Wilshire in einer Bank Geld abhob, stopfte ich die Einkaufstasche unter meine Jacke und ging auf der gegenüberliegenden Straßenseite in ein Lederwarengeschäft, wo ich mir einen großen Lederkoffer kaufte, den ich mit vier nagelneuen Hundertern bezahlte. Als ich wieder im Wagen war, packte ich das Geld liebevoll von der Tasche in den Koffer um. Ich fühlte mich unheimlich high, vergleichbar etwa mit dem ersten Mal, als ich betrunken war.

Hot Rod kam zurück, legte mir $ 7400 in Hundertern und Fünfzigern in den Schoß und machte ein gequältes Gesicht.

Wir hatten uns ausgesprochen wenig unterhalten. Er hatte mir das bestätigt, was ich von den Telefonnummern bereits vermutet hatte – es waren die Nummern der Mittäter bei ihrer Arbeitsstelle. Alle anderen Versuche meinerseits, eine Konversation zu betreiben, hatte er ignoriert. Ich hatte diesen Mann kastriert, und er wollte mir nicht noch die Hand reichen oder mir die Genugtuung geben, seine Kapitulation auszukosten.

Somit hatte ich eine Pause. Ich *brauchte* ihn, um an Cathcart heranzukommen. Wenn er mich dem alten Haywood auslieferte, wäre er der Unterzeichner meines Totenscheins.

Ich sah auf die Uhr und zählte die übriggebliebenen Sparbücher. Es war 14.10 Uhr, und neun Bücher waren noch übrig, mit einem Gesamtguthaben von mehr als $ 70000. Ich schätzte, daß ich mindestens $ 265000 in meinem Koffer hatte. Ich sah Ralston an und stieß ihm vor die Schulter, dann warf ich ihm die Sparbücher in den Schoß. »Das ist für dich, Hot Rod«, meinte ich zu ihm. »Über siebzigtausend. Gib es für etwas Vernünftiges aus.«

Ralston lächelte kurz, dann schüttelte er mit dem Kopf. »Du mußt verdammt bescheuert sein, wenn du denkst, daß du so einfach davonkommst«, bemerkte er. »Du kennst Cathcart nicht. Der ist ja auch bescheuert, aber auf eine andere Art. Du solltest jetzt schnellstens das Land verlassen, solange du noch eine Chance hast, weil er dich früher oder später ausfindig machen wird. Dann ist es aus mit dir.«

»Nein, das hast du wohl falsch verstanden. Ich werde den Spieß nämlich umdrehen. Früher oder später werde ich *ihn* finden. Und dann wird es mit *ihm* aus sein.«

»Du bist ja verrückt, Brown.«

»Glaub' ich nicht. Erzähl mir was über Cathcart. Ich weiß, daß er ein brillanter Mann und ein Eisberg ist. Aber was heißt das schon? Es gibt da eine Sache, die mich besonders neugierig macht: Mit dem ganzen Geld, das er hat, warum bleibt er da weiterhin Cop?«

Ralston brauchte sich die Antwort auf diese Frage nicht sehr lange zu überlegen. »Weil er seinen Beruf mag ... Die Schlechten gegen die Guten. Er mischt da voll mit. Er haßt die Nigger. Er redet immer davon, daß man die Neger unter Kontrolle halten müsse, damit sie nicht mit Revolten anfangen. Er sagt, er trage gern seinen Teil dazu bei, daß der Wohlfahrtsstaat zahlungsfähig bleibt, daß das eine konterrevolutionäre Variante von ihm persönlich sei. Er meint, daß sich die Nigger früher oder später bis zu einem Punkt weitervermehren werden, an dem man ihnen nur noch mit Gewalt begegnen kann, aber bis dahin werden sie die Rolle des Sündenbocks für die weißen Trottel übernehmen müssen, und es sei äußerst wichtig, sie drogenabhängig, im Knast oder auf Sozialhilfe zu halten. Das ist schon komisch. Ich mag die Neger zwar nicht besonders, aber warum sollte ich ihnen etwas antun? Cathcart ist auf diesem Gebiet sehr eigenwillig.«

»Hat er Henry Cruz und Reyes Sandoval das Heroin als Bezahlung für die Ermordung Fat Dogs gegeben?«

»Woher weißt du davon? Sie sind doch tot?«

»Ich weiß. Ich habe sie ja getötet.«

Ralstons Reaktion war eine Verzerrung seines ganzen Gesichts. »Wirst du Cathcart umlegen?« fragte er mich ungläubig.

»Cathcart umlegen? Cathcart umlegen?« entgegnete ich ebenso ungläubig. »Was glaubst du eigentlich, wer ich bin? Vielleicht Marlon Brando in *Der Pate?* Ich will Cathcart nicht abknallen, ich will sein Kumpel werden. Ich bin nämlich ein Negerausbilder mit Ambitionen. Alles, was ich von ihm will, ist ein Eine-Million-Dollar-Scheck von der Sozialhilfe und ein Vorrat an Seelennahrung, der für den Rest meines Lebens reicht. Dann werd' ich zum Judentum übertreten und Mitglied im Hillcrest werden. Du kannst mir dann einen guten Caddie besorgen, wenn ich anfange, Golf spielen zu lernen.«

»Du bist ja verrückt.«

»Halt's Maul. Erzähl mir mehr von Cathcart. Was hat er für Hobbies?«

»Er mag das Hochseeangeln in Baja. Er hört gern diese unheimlich ernste Musik. Er redet darüber, daß die Cops eine Schlüsselstellung beim Inschachhalten der Nigger einnehmen. Das ist auch schon alles. Familie hat er keine. Er ist auch nicht hinter Frauen her, soviel ich weiß.«

»Wo wohnt er?«

»Er hat ein Appartment in Van Nuys. Er versucht, bescheiden zu leben, damit es so aussieht, als habe er nur das Gehalt eines Cops.«

»Wie oft fährt er zur Baja hinunter?«

»Alle paar Wochen, glaube ich.«

»Wie kommt er dorthin?«

»Mit dem Wagen. Er hat da auch noch so eine Art Tarnung eingebaut. Außerhalb von Del Mar besitzt er noch ein kleines Haus. Den Leuten, mit denen er arbeitet, erzählt er, daß er dorthin fahre. Er sagt, das sei ein Teil seiner Tarnung nach außen: Als Captain verdiene er ja nicht schlecht, und er könne sich dort unten ein kleines Häuschen ruhig leisten.«

»Hält er sich überhaupt in diesem Haus in Del Mar auf?«

»Ich glaube, er übernachtet dort, damit es echt aussieht. Danach fährt er zur Baja. Die Typen, mit denen er arbeitet, wissen, daß er ein fanatischer Hochseeangler ist. Er hat sich das alles ganz raffiniert ausgedacht.«

»Für einen vorsichtigen Menschen scheint er aber 'ne ganze Menge zu erzählen.«

»Er vertraut mir. Er weiß, daß ich große Angst vor ihm habe.«

Ich ging nicht weiter darauf ein, sondern richtete meinen kältesten und erbarmungslosesten Blick auf Ralston. Als er anfing, ihm auszuweichen, sagte ich: »Fürchte dich auch weiterhin vor mir, dann wirst du überleben. Du hast immer noch dein Hotel, deine Kneipe, deinen Job, deine Gesundheit plus siebzigtausend und wer weiß was sonst noch. Und jetzt bring mich zu meinem Wagen zurück.«

Schweigend fuhren wir über Coldwater wieder ins Valley zurück, mit einem Vermögen zwischen uns auf dem Sitz. Als wir wieder bei der Bank in Nord-Hollywood waren, sagte ich zu ihm: »Verhalt dich ganz normal, Hot Rod. Ich verschwinde für eine Weile aus der Stadt. Ich ruf' dich an, wenn ich wieder zurück bin.«

Er streckte mir seine Hand entgegen, was mich doch sehr überraschte, und ich nahm sie gern. »Ich glaube noch immer, daß du verrückt bist«, bemerkte er.

Ich lachte. »Manchmal muß ich mich über mich selbst wundern.«

Ich ließ seine Hand los, nahm den Koffer, und Ralston machte sich davon.

Ich verließ noch am gleichen Abend die Stadt, und zwar ließ ich den Leihwagen auf einem Parkplatz am Flughafen stehen und nahm den 20.00-Uhr-Flug nach San Francisco. Ich bestand darauf, meinen nagelneuen Lederkoffer mit in die Kabine zu nehmen. Die Leute von der Gepäckabfertigung und die Stewardeß im Flugzeug hatten vollstes Verständnis dafür. Der Koffer sei ein Kunstwerk und viel zu schön, um im Gepäckraum des Flugzeugs eingequetscht zu werden. Wenn die gewußt hätten!

Die Stewardeß brachte mir einen Kaffee, der sehr gut war, aber irgendwie fühlte ich mich dennoch unwohl. Zum ersten Mal seit Jahren war ich unbewaffnet. Ich hatte meine Pistole in einem Schließfach im Flughafen einschließen müssen, da sie sonst von den Metalldetektoren bei der Sicherheitsüberprüfung entdeckt worden wäre. Aber während ich meinen Kaffee schlürfte, verschwand das Unwohlsein allmählich, und ich genoß von meinem Fensterplatz aus den Anblick des Lichtermeers von Los Angeles.

Als das Flugzeug neunzig Minuten später auf dem San Francisco International Airport gelandet war, war ich wegen meiner Vorfreude äußerst aufgeregt. Es war immer dasselbe mit dieser Stadt. Der Hochbetrieb und die Hektik von San Francisco machten mich immer wieder nervös. Als ich mich nun meiner Lieblingsstadt näherte, merkte ich, wie das ganze Trauma und die Müdigkeit der letzten Monate über mich kam. Frisco! Nur diesmal war es ein Frisco im neuen Leben, das nüchtern und wohlhabend war, und ich hatte dort auch etwas Wichtiges zu erledigen.

Als ich vorm Flughafen in ein Taxi einstieg, fühlte ich mich, als verspüre ich die Wirkung von vier Martinis beim Hören von Beethovens Fünfter, nur war es diesmal Browns Fünfte. Die fünf »B«s – Bach, Beethoven, Brahms, Bruckner und Brown – waren allesamt germanischen Ursprungs, sie alle hatten eine innere Berufung, ihre war musikalischer Natur, meine war die Zerstörung von Bösem. Plötzlich wollte ich mit einer Frau zusammensein und äußerte das direkt gegenüber dem Taxifahrer. Ein letztes Abenteuer vor einem Leben in glückseliger Treue. Der Fahrer hatte Verständnis dafür. Ich beschrieb ihm sogar, wie ich sie mir vorstellte. Dreihundertundfünfzig Mäuse für eine Frau, die die ganze Nacht bliebe, bot ich an, plus einen Hunderter für denjenigen, der alles in die Wege leitet.

Der Taxifahrer, der alt und aller Wahrscheinlichkeit nach Grieche oder Italiener war, wandte sich mir zu, wobei ihm der Speichel beinahe schon aus den Mundwinkeln lief. Wo ich absteigen würde? fragte er mich. Ich sagte ihm, im Mark Hopkins. Ich sagte ihm auch, er solle das Mädchen in Mr. Bruckners Suite schicken. Er kannte nur diese eine Frau. Sie würde in weniger als einer Stunde an meine Tür klopfen. Dem Taxifahrer wurde regelrecht schwindelig, als ich ihm beim Aussteigen einen nagelneuen Hunderter gab.

Ich mietete mir eine Suite für eine Woche, zu siebenundneunzig Dollar pro Nacht, und zahlte selbstverständlich in bar. Ein Page tauchte plötzlich aus dem Nichts auf und schnappte sich meinen Koffer. Ich beobachtete ihn ganz genau, während wir mit dem Fahrstuhl in den elften Stock zu meiner Suite hinauffuhren, die aus zwei geräumigen, altmodischen Zimmern mit pseudoantiken Möbeln bestand und riesige Fenster hatte, die einen sagenhaften Ausblick auf Nob Hill gewährten.

Ich gab dem Pagen einen Fünfziger, der daraufhin fast zusammenbrach. Ich meinte noch zu ihm, er solle mal richtig die Sau rauslassen und sich eine Tüte mit gutem Gras kaufen, ich würde mich auch in den nächsten Tagen großzügig zeigen. Außerdem sagte ich ihm, er solle Champagner und eine Kanne Kaffee heraufschicken lassen. Nachdem er sich überschwenglich bei mir bedankt hatte, rannte er hinaus, wobei er den Schein noch immer auf Echtheit untersuchte.

Die Nutte war die reine Enttäuschung. Sie war nicht besonders groß, hatte nicht besonders große Brüste, eher muskulöse Beine und ein uninteressantes Gesicht. Wir redeten eine gute halbe Stunde miteinander, wobei ich bereits das Vorspiel genoß. Bei mir ist ein Teil des Reizes von Prostituierten die Gewißheit, daß man vögeln wird, gefolgt von der Vorfreude und schließlich der Routine, die mich am meisten aufgeilt: ihr beim Ausziehen zuzusehen. Als Danielle (offensichtlich ihr Künstlername) einen langsamen, verführerischen Strip hinlegte, war ich bereits mehr als bereit. Aber es wurde ein schneller, heftiger und enttäuschender Geschlechtsakt: Ich dachte die ganze Zeit über nur an Jane und Cathcart. Nachdem wir fertig waren, gab ich ihr das Geld und fügte hinzu, sie solle verschwinden. Sie war von dem Dreihundert-Dollar-Quickie völlig begeistert, gab mir noch einen Kuß und machte sich davon.

Nachdem sie weg war, konnte ich nicht einschlafen, deshalb rief ich Walter in L.A. an. Er nahm nach dem ersten Klingeln bereits den Hörer ab; er war sternhagelvoll. Durch seine lallende Stimme hindurch konnte ich die plärrenden Töne eines Fernsehkrimis mitbekommen. Ich versuchte zwanzig Minuten lang, ein vernünftiges Gespräch mit ihm zu führen, aber es war zwecklos, er wollte nur über Jimmy Carter und die Kreditkarte aus Antimaterie reden. Schließlich hatte ich keine Lust mehr, ich sagte ihm, ich hätte ihn gern, und legte langsam auf.

Als nächstes rief ich bei Mark Swirkals Telefondienst an und nannte das Kennwort, dann legte ich mich aufs Bett und schlief ein.

In dieser Nacht hatte ich einen sehr merkwürdigen Traum. Da waren Fat Dog und ich in vertauschten Rollen: Fat Dog trug eine blaue Uniform und eine Schußwaffe und hielt Fußgänger an, die am Hollywood Boulevard bei Rot über die Ampel gingen; und ich schleppte Golftaschen, deren Gewicht meine Muskeln zu zerreißen drohten. Kurz bevor ich aufwachte, streifte ein Gedicht, oder ein Bruchstück davon, meinen Traum:

Im Auge des Orkans
herrscht knisternd gespannte Stille,
Überwirklich belebt, sicher und warm.
Trete dort heraus
Und versuche dich zu besinnen,
Vor dem Übel gibt es kein Entrinnen,
Du hast nun die Wahl.
Es liegt jetzt an dir,
Doch du zögerst noch.
Es ist deine, meine, unsere und ihre Wahl.
Sittliche Werte waren noch das Lot,
auf der anderen Seite steht der sichere Tod.

Mein Traum endete mit einem flammenden Inferno und lautem Geschrei: Ein 57er Chevy war gerade auf einem Freeway in Flammen aufgegangen. Der hohe Turm der City Hall von Los Angeles war eingestürzt und hatte einen Riesenhaufen Schutt gebildet, und abgetrennte Körperteile flogen auf mich zu. Ich wachte schweißgebadet auf und versuchte, mir die Worte des Gedichts zu merken. Ich holte einen Stift und Hotelbriefpapier aus dem Nachttischchen. Allmählich fielen mir die Worte wieder ein, und ich schrieb sie mir auf. Anscheinend war das Gedicht ein Wiederaufleben eines seit langem vergessenen und verborgenen Gedichts gewesen, das ich während meiner Zeit des Gedichtelesens an der High-School entdeckt hatte. Aber wer hatte es wohl geschrieben? Ein Erinnerungsvermögen wie meines sollte sich eigentlich auch daran erinnern können.

Ich las die Worte auf dem Papier: Orkane, Besinnung und sittliche Werte. Genau diese Begriffe waren der Inhalt meines dreiunddreißigsten Lebensjahrs.

Ich duschte, zog mir saubere Sachen an und machte mich auf die Suche nach einem sicheren Versteck für mein frisch erworbenes Vermögen. Ich wählte eine unauffällige, stinknormale Zweigstelle der Bank of America an der Ecke Market und Kearney, spazierte hinein und erkundigte mich nach einem sicheren Bankschließfach. Der Zweigstellenleiter war äußerst hilfsbereit, nahm die Gebühren für drei Fächer für einen Zeitraum von fünf Jahren im voraus entgegen, händigte mir die Schlüssel aus und ließ mich allein, damit ich die rechteckigen Metallkästen mit Geld vollpacken konnte. Ich behielt zehntausend Dollar für laufende Ausgaben, weshalb ich eine zum Bersten volle Brieftasche mit mir herumtragen mußte.

Als nächstes suchte ich mir eine US-Paßbehörde. Ich fand eine Zweigstelle an der Montgomery Street, wohin es von der Bank aus kein weiter Fußweg war. Der Angestellte dort nahm meinen Paßantrag entgegen und bemerkte, daß normalerweise eine Geburtsurkunde als Identifikation erforderlich sei, aber da ich lizenzierter Privatdetektiv sei, könne er noch mal davon absehen. Er sah immer kurz unter meinen linken Arm, sicherlich um herauszufinden, ob ich wohl ein Schießeisen trug. Er verwies mich an einen Fotografen, der sein Geschäft ein paar Häuser weiter hatte, und meinte, ich solle ein paar Stunden später ein Foto von mir vorbeibringen. Mein Paß wäre dann wohl in etwa zehn Tagen fertig.

Ich machte daraus eine schnelle Runde: zum Fotogeschäft, um die Aufnahmen machen zu lassen, dann wieder mit dem Foto zurück zum Paßbüro, das Ganze innerhalb von einer Stunde. Der ganze Vorgang führte mir meine merkwürdige Situation vor Augen: allein in San Francisco mit zehntausend Dollar in der Tasche, einem leeren teuren Lederkoffer, ohne das Bedürfnis, mich vollaufen zu lassen oder rumzuhuren, und dazu noch mit einem aufkommenden Gefühl der Langeweile in dieser meiner Lieblingsstadt.

Da ich nicht wußte, was ich unternehmen sollte, wanderte ich durch die Straßen. Als ich am Hauptgebäude der Stadtbibliothek von San

Francisco an der Larkin und McAllister vorbeikam, wußte ich sofort, was ich zu tun hatte. Ich ging direkt in den zweiten Stock zur Poesieabteilung. In den nächsten sechs Stunden ging ich Hunderte von Gedichtbänden auf der Suche nach dem Gedicht aus meinem Traum durch. Es war nirgends zu finden, weder als vollständiges Gedicht noch als Teil eines Ganzen. Ich gab auf, als sich ein aufkommendes Hungergefühl und der Druck auf den Augen in kolossale Kopfschmerzen verwandelten.

Ein exquisites Mahl in Chinatown und der Spaziergang zurück zum Hotel durch die frische Nachtluft brachten mich wieder auf klare Gedanken. Aber mit dem Schlaf kamen noch mehr Alpträume – diesmal ohne Gedichte, aber dafür genauso gewalttätig: Monster schwangen Golfschläger und tauchten aus Sandhindernissen auf, um mich anzugreifen. Als ich am nächsten Morgen aufwachte, wünschte ich mir nichts sehnlicher als ein Versagen meines Erinnerungsvermögens, denn wenn diese Träume auch nach dem Tode Cathcarts weitergehen sollten, würde ich mit Sicherheit durchdrehen.

Es gab noch drei Dinge, die ich in San Francisco erledigen mußte: Ich mußte Dope auftreiben, vorzugsweise Heroin, dann mußte ich mir eine Handfeuerwaffe besorgen, natürlich illegal, und ich mußte mir einen Plan zur Eliminierung Cathcarts zurechtlegen. Ich fing also an, mir in einem Second-hand-Laden in der Haight-Ashbury Kitsch der Subkultur zu besorgen. Unten weit ausgeschnittene Hosen, Sandalen, ein T-Shirt, das einen Aufdruck hatte, der einem gewissen Rock and Roller namens Neil Young ähnelte, und eine ausgediente Armyjacke. Nachdem ich mir im Hotel wieder meine normalen Klamotten angezogen hatte, wurde mir klar, daß es so nie klappen würde. Es war einfach unmöglich. Ich hatte nun mal dieses übergroße, schnurrbärtige, arrogant-snobistische Aussehen, das nur Cops haben. Auf der Straße würde man mir nicht einmal einen Chinakracher verkaufen, geschweige denn eine größere Menge Heroin.

Ich machte mich an den Pagen heran, dem ich ein nicht gerade schlechtes Trinkgeld gegeben hatte. Das Beste, was er auftreiben konnte, war Kokain oder Quaalude. Ich faßte den Entschluß, auf zweitklassige Drogen zu verzichten und statt dessen zu versuchen, mir Smack in L.A. zu besorgen, wo ich das Territorium genau kannte und ein paar alte Verbindungen wieder aufleben lassen konnte.

Am späten Nachmittag rief ich Ralston im Hillcrest an. Das Mädchen von der Zentrale stellte mich zum ersten Tee durch. Als er

»Erstes Tee, was kann ich für Sie tun?« sagte, hörte sich seine Stimme sehr mitgenommen an.

»Hier ist Brown«, sagte ich. »Sind Sie sehr beschäftigt?«

»Nein, nicht besonders«, erwiderte er.

»Gut. Was macht unser Freund? Haben Sie mit ihm gesprochen?«

»Ja, heute sogar. Er glaubt, daß Sie in Mexiko sind. Er hat irgendwie erfahren, daß Cruz und Sandoval tot sind. Er ist davon überzeugt, daß Sie es waren. Er ist stinksauer und vielleicht auch ein bißchen ängstlich. Er will dieses Wochenende selbst runterfahren, um Sie zu suchen.« Das war ja fast zu schön, um wahr zu sein, aber ich kaufte es ihm ohne Bedenken ab. Einige Augenblicke lang drehten sich meine Gedanken im Kreise. Endlich unterbrach Ralston das Schweigen: »Brown? Sind Sie noch dran?«

»Ja. Eine Frage, wann glauben Sie, wird er sich auf den Weg nach Baja machen?«

»Ich weiß nicht so genau. Gewöhnlich fährt er freitagabends los, wenn er seinen Dienst beendet hat. Aber vielleicht ist es diesmal anders, weil dieser Trip ausdrücklich zum Dienst gehört. Warum?«

»Kennen Sie seine Anschrift in Del Mar?«

»Nein, ich bin bisher noch nie dortgewesen. Und ich werde ich ihn auch nicht danach fragen, falls Sie daran gedacht hatten, mich darum zu bitten. Ich stehe weiß Gott nicht auf seiner Seite, ich will nur nichts unternehmen, was mich verdächtig machen könnte. Ich bin ihm in letzter Zeit aus dem Weg gegangen. Als er mich heute anrief, sagte er, er wolle mich sehen, aber ich konnte ihn noch mal abwimmeln. Wenn er sieht, daß ich zusammengeschlagen worden bin, weiß er sofort, daß irgend etwas nicht stimmt.«

»Hör mal zu, Daddy-O, halt mich bloß nicht zum Narren! Hast wohl Angst um deinen Hintern, Hot Rod?«

»Genau das hab' ich. Weil ich Grips im Kopf habe. Haben Sie etwa keine Angst?«

»Doch, hab' ich, aber bald ist alles vorbei. Ich ruf' Sie an, wenn es soweit ist.«

Bevor er auflegte, sagte Ralston mindestens ein halbes Dutzend Mal, daß ich vorsichtig sein solle. Wie ein Speichergerät nahm ich jede einzelne Warnung in mir auf, während das Räderwerk in meinem Hirn schon längst dabei war, einen Plan auszuarbeiten.

Ich holte mir meinen Freund, den Pagen, heran, und wir machten eine kleine Aufnahme auf Band. Mein Plan fing langsam an, feste

Gestalt anzunehmen. Ich flog um 7.15 Uhr von San Francisco nach San Diego und mietete mir am Flughafen bei Hertz einen Wagen.

Der Rest war denkbar einfach. Ich rief die Auskunft in Del Mar an und erkundigte mich nach Anschrift und Telefonnummer von Haywood Cathcart. Es dauerte keine zehn Sekunden, bis ich beides hatte: Camino de la Costa No. 8169, Tel. 651-8291. Cathcarts Mentalität als Polizist und Krimineller und sein Sinn für das Unauffällige hatten ihn zu einem Eintrag ins Telefonbuch veranlaßt. (»Ich bin doch hochrangiger Police Officer und ein anständiger amerikanischer Bürger. Was sollte ich da schon zu verbergen haben?«)

Ich fuhr über den Coast Highway nach Del Mar. Del Mar ist eigentlich eine reiche Stadt, die auf weiche Hügel, die sich vom Meer her erheben, gebaut wurde, die aber auch einen Strandstreifen für die Mittelklasse aufzuweisen hat, und genau dort fand ich den Camino de la Costa. Es klappte alles so gut, daß ich vor Dankbarkeit fast einen Schock erlitt. *Vielleicht* gab es doch einen Gott?

Eine kurvenreiche Straße führte mich zu einem riesigen Parkplatz. Ich stellte den Wagen dort ab, ging über den Sand und sah mir die Hausnummern an. Die Häuser, die eigentlich große Bungalows waren, sahen alle gleich aus: Sie hatten weiße Holzrahmen und waren offensichtlich als Teil einer Neubausiedlung vor fünfzig oder sechzig Jahren gebaut worden, und sie waren alle, durch Sanddünen voneinander getrennt, zirka sechzig Meter voneinander entfernt. Dann entdeckte ich No. 8169. Es war das am besten erhaltene Haus am Strand. Um den kleinen hinteren Garten, der aus einer Art synthetischem Rasen bestand, war ein durch eine Kette unterbrochener Stacheldrahtzaun gezogen worden. Der alte Haywood. Er wollte den Wert seines Besitzes bewahren und die Nigger draußen halten. Durch den Zaun konnte ich erkennen, daß die Hintertür zu einer Art Veranda führte. Das wäre bestimmt ein guter Ausgangspunkt, und ich freute mich über eine derartige Vereinfachung meines Plans.

Ich fuhr nach San Diego zurück und verbrachte die Nacht in einem Hyatt Motel. Am nächsten Morgen, einem Donnerstag, gab ich den Wagen wieder am Flughafen ab und flog nach L. A., wo der andere Leihwagen noch auf dem Parkplatz stand.

Ich brauchte einen ganzen Tag, um alles zu erledigen, was ich mir vorgenommen hatte, aber ich war mit der Ausbeute sehr zufrieden. Ein kurzer Besuch mit gezogener Waffe bei Larry Willis und zwei weiteren schwarzen Händlern hatte mir knapp hundert Gramm Heroin, einen großen Beutel Kokain und ein Sortiment von Aufputsch- und Beruhigungspillen eingebracht. Der Betrag von siebenhundertfünfzig Dollar, den ich einem früheren Informanten von meiner Zeit des Streifendienstes an der Wilshire gab, bewaffnete mich mit einem .38er Iver-Johnson-Revolver mit Schalldämpfer.

Nachdem ich alles hatte, was ich brauchte, bekam ich langsam kalte Füße: Alles, was ich nun noch zu machen hatte, war die Tat auszuführen.

Ich gab den längst überfälligen Leihwagen bei der Agentur ab. Die machten ein Heidentheater und wollten die Bullen holen. Ich gab ihnen jedoch ohne zu zögern das Aufgeld, nahm mir ein Taxi zum Flughafen und bestieg ein Flugzeug nach San Diego.

Nachdem ich in einem Motel in der Nähe von Escondido abgestiegen war, fing ich an, richtige Beklemmungen zu bekommen. Ich wollte unbedingt etwas trinken, traute mich jedoch nicht. Wenn ich das getan hätte, wäre ich bestimmt auf der Stelle tot umgefallen. Ich versuchte also, die ganze Nacht über zu schlafen, und tröstete mich mit dem Gedicht, das ich allem Anschein nach selbst gedichtet hatte:

> Im Auge des Orkans
> herrscht knisternd gespannte Stille,
> Überwirklich belebt, sicher und warm.
> Trete dort heraus
> Und versuche dich zu besinnen,
> Vor dem Übel gibt es kein Entrinnen,
> Du hast nun die Wahl.
> Es liegt jetzt an dir,
> Doch du zögerst noch.
> Es ist deine, meine, unsere und ihre Wahl.
> Sittliche Werte waren noch das Lot,
> auf der anderen Seite steht der sichere Tod.

Das tat sehr gut. Endlich konnte ich einschlafen. Aber ich hatte wieder diese Alpträume, die alle wirr durcheinanderliefen: Fat Dog in seiner Uniform als Streifenpolizist, in Flammen aufgehende Chevys und Monster vom Golfplatz. Ich erwachte schließlich um zwei Uhr mittags des großen Tages. Ich hatte sage und schreibe neun Stunden geschlafen.

Ich verbrachte den Rest des Nachmittags damit, das Gedröhne aus meinem Kopf zu vertreiben. Das Gedicht half mir wiederum dabei. Allmählich und sehr undeutlich verspürte ich so etwas wie knisternd gespannte Stille, und ich ließ mich von ihr treiben.

14

Die praktische Anwendbarkeit meines Mordplans stand an erster Stelle, und während ich mich darum kümmerte, wurde meine Ruhe noch intensiver. Ich gab den Leihwagen wieder zurück, kaufte mir ein Paar hautenge Plastikhandschuhe, wie Chirurgen sie tragen, und zog den Arbeitsanzug eines Fernsehreparaturdienstes an, den ich aus dem Second-hand-Laden in San Francisco wohlweislich mitgenommen hatte. Ich nahm den Pendlerbus nach Del Mar, wo ich mir mit Herumlaufen die Zeit totschlug und dabei versuchte, nicht nachzudenken. Aber das funktionierte nicht richtig. Ich dachte viel zuviel nach, krampfhaft suchte ich bei meinem Plan nach verborgenen Fehlern und pumpte mich mit logischen Schlüssen voll. Ich lief Gefahr, meine knisternd gespannte Stille zu verdrängen.

Außer der grundlegenden Annahme, daß Cathcart in seinem Haus übernachten würde, rechnete ich fest mit einer anderen Tatsache: daß nämlich seine Intelligenz, Monomanie und seine berechtigte Paranoia ihn davon abgehalten hatten, irgendwelche Aufzeichnungen von seinen Missetaten der vergangenen zehn Jahre zu hinterlassen. Ralston und Kupferman waren seine ausführenden Organe, die mit Hilfe von Erpressung und aus Angst an ihn geektet waren. Solly unterzeichnete die Dokumente, Hot Rod kümmerte sich um die Bücher. Aber jetzt trugen sie beide ein zweischneidiges Schwert, von dem Cathcart nichts wußte. Sie waren jetzt meine Verbündeten, Opfer meiner gutgemeinten Erpressungsversuche.

Bei Anbruch der Dunkelheit zog ich den Arbeitsanzug wieder aus, woraufhin ich mich gleich besser fühlte. Er war eine gute Tarnung gewesen – ich hatte darin wie ein übergroßer Fernsehelektriker ausgesehen –, aber die Sachen, die ich darunter anhatte, waren für Nachtarbeit besser geeignet: Levi-Cordhose, Cowboy-Stiefel und ein Sporthemd aus Baumwolle mit Ausschnitt. Die .38er hatte ich gut versteckt. Die batteriebetriebene Bandmaschine, die ich mitgenommen hatte, sah völlig unauffällig aus. Ich war Weißer und fühlte mich wohl.

In der Nähe vom Strand entdeckte ich eine Telefonzelle und übermittelte Mark Swirkals Telefondienst das Kennwort. Um genau acht Uhr ging ich mit Herzklopfen und leicht schwankend meinem Schicksal entgegen. Es wehte ein frischer Wind, und die Sterne wurden vom stockdunklen Himmel leuchtend hervorgehoben. Ich ging zunächst einmal zu dem großen Parkplatz am Strand. Ein Landcruiser war jetzt dort geparkt, der mit dem identisch war, den ich vor Cathcarts Villa in Baja gesehen hatte. Ich ging in die Hocke, zündete ein Streichholz an und sah auf das Nummernschild. Es war der Wagen von Cathcart.

Ich schritt über den Sand und zählte dabei genau die Anzahl der Häuser. Cathcarts war das sechste vom Parkplatz aus gewesen, und das Licht darin war jetzt eingeschaltet. Ich duckte mich und ging ums Haus zum Garten, dort sprang ich über den Zaun. Ich zerriß mir dabei das Hemd und schnitt mir an dem Stacheldraht die Hände auf, aber meine Anspannung ließ mich jegliche Schmerzen vergessen.

In dem kleinen Garten herrschte absolute Ruhe. Ich holte die Pistole hervor und löste den Sicherungshebel. Ich zählte bis hundert, dann stellte ich mitten im Garten den Kassettenrecorder auf den Boden und betätigte den »Play«-Schalter. In den sechs Sekunden bis zum Beginn des Bandes lief ich zur Hintertür und drückte mich an die Hauswand. Dann ging es los. Zuerst kamen die lauten Geräusche von klirrendem, zerbrechendem Glas, dann die kreischende Stimme des Pagen: »Ich hab' dir doch gesagt, du sollst das Abendessen fertig haben, wenn ich nach Hause komme, du alte Schlampe! Wie oft hab' ich dir das schon gesagt?« Noch mehr zerbrechendes Glas – mein nachgemachtes Frauengekreische – noch mehr klirrendes Glas – dann wieder der Page – »Mach mir jetzt das Abendessen, du blöde Kuh! Oder ich bring' dich um!«

In diesem Augenblick wurde die Hintertür aufgestoßen. Cathcart stand dort und blickte in die Nacht hinaus. Ich zielte und schoß in Richtung Brust. Die Kanone ging mit einem lauten Hämmern los. Cathcart taumelte auf mich zu und zeigte mit dem Arm in meine Richtung. Ich versuchte, mich zu bewegen, aber da war es schon zu spät. Ich hörte einen lauten Knall, sah einen roten Blitz und verspürte einen Schlag oberhalb meiner Brust. Ich fuhr zurück und begann mich über den Boden zu rollen, hielt dabei die Kanone fest in der Hand. Cathcart stand auf der Veranda, drehte seinen Kopf hin und her und versuchte, seine Augen an die Dunkelheit zu gewöhnen. Ich zielte und feuerte. Diesmal hatte es geklappt. Cathcart duckte sich, aber nicht rechtzeitig. Ich traf ihn irgendwo am Oberkörper, denn er faßte sich an die Brust, als er rückwärts durch die Tür flog.

Ich stand auf und rannte ohne über die möglichen Konsequenzen nachzudenken, zu ihm hin. Als ich bei ihm war, lag er auf dem Boden. Ich gab ein herrliches Ziel ab, eingefaßt vom Türrahmen. Cathcart hob den Arm, um zu schießen, aber ich stürzte mich auf ihn, bevor er den Abzug betätigen konnte. Ich drückte mit beiden Händen seinen Arm auf den Boden und rammte ihm mein Knie mit voller Wucht in den Unterleib. Einmal. Dann noch einmal. Dann ein drittes Mal. Endlich machte er schlapp und lockerte den Griff um seine Waffe.

Ich keuchte, schwitzte, blutete, und vor lauter Hysterie schleuderte ich seine Kanone ins dunkle Innere des Hauses. Draußen war es jetzt ganz ruhig. Das Band war abgelaufen. In der Dunkelheit fing ich an, Selbstgespräche zu führen. Es war vorbei, aber ich hatte es verpatzt. Ich war der Gewinner und der Verlierer. Es war einfach zu laut gewesen. Die Bullen würden mit Sicherheit bald aufkreuzen. Also wartete ich ab, während ich auf dem blutüberströmten Teppichboden neben Cathcart lag.

Ich lauschte seinem Atem, wenn mein eigener seinen nicht übertönte. Ich versuchte, mein Gedicht aufzusagen, konnte mich allerdings nicht mehr an die Worte erinnern. Einmal dachte ich, daß sich Cathcart bewegte, darum schlug ich ihm mit dem Pistolengriff vor den Kopf. In Schweiß gebadet, wie ich spürte, begann ich zu fröstein. Plötzlich fiel mir meine Wunde wieder ein. Ich war ja gar nicht in Schweiß gebadet, sondern in Blut. Ich befühlte die Wunde. Sie befand sich neben dem Schulterblatt, oberhalb des Herzens. Über meinem Herzen! Etwas Düsteres fuhr mir durch den Kopf. Ich zerriß mein Hemd und ging mit einer Hand über meinen Rücken. Als ich es gefunden hatte, fing ich an zu lachen. Ich empfand es als noch lustiger als Walter in Höchstform oder als den gegrillten Hund. Es war eine Ausgangswunde, und das Blut, das sie bedeckte, hatte schon zu gerinnen begonnen. Ich lachte, bis ich wegen des Schocks bewußtlos wurde.

Als ich wieder aufwachte, sah ich auf die Leuchtziffern meiner Digitaluhr. Es war 22.14 Uhr. Ich fuhr hoch und versuchte mich zu sammeln. Ich hatte Cathcarts Grundstück um zwanzig nach neun betreten. Seitdem war fast eine Stunde vergangen, und die Polizei war noch immer nicht am Tatort erschienen. Einen Moment lang hörte ich Cathcarts ungleichmäßiges Atmen, sagte ein paar Bruchstücke meines Gedichts auf und nahm dann alle meine Kräfte zusammen und stand auf. Ich schwankte zuerst, in meinem Kopf drehte sich alles, aber ich blieb aufrecht stehen. Ich holte tief Luft, was mir wieder mehr

Selbstvertrauen gab. Nun hatte ich die Gewißheit, daß keines meiner lebenswichtigen Organe getroffen worden war.

Mit einer enormen Anstrengung nahm ich Cathcarts Arm und zog ihn ein Stück weiter ins Haus. Das ging sehr langsam vor sich; denn er war ein kräftig gebauter Mann. Ich zog ihn durch die Küche in einen mit Teppichen ausgelegten Raum. Ich riskierte sogar, das Licht anzuschalten. Ein bescheiden eingerichtetes Wohnzimmer mit Couch, Tisch und Stühlen wurde sichtbar. Ich ging zurück und sammelte die beiden Schießeisen ein. Das von Cathcart war eine Spezialanfertigung mit kurzem Lauf.

Ich setzte mich in einen Sessel und schaute auf den trägen Körper. Er war ein sehr gutaussehender Mann gewesen, mit gräulichblondem Haar und festen Konturen. Er hatte den Körperbau eines fünfundfünfzig Jahre alten Athleten. Ich kniete mich über ihn und knöpfte ihm das Hemd auf. Ich hatte ihn in die linke Brustseite getroffen. Fast wie auf Befehl wurde Cathcart wach und spuckte erst mal eine Menge Blut. Er sah mich an, und ich sah ihn wieder an. Ich erkannte sofort, daß er wußte, wer ich war. Und das war auch gut so. Ich wollte nämlich, daß er vollen Durchblick hatte, wenn ich ihn tötete. »Hi, Haywood«, sprach ich ihn mit heiserer Stimme an, »möchtest du 'nen Schluck Wasser?«

Er blickte mich noch gebannter an und nickte dann schließlich. Ich brachte zwei Gläser Leitungswasser. Das erste schüttete ich ihm übers Gesicht, was auch seinen Zweck erfüllte. Er stöhnte kurz auf, spuckte noch mehr Blut und stützte sich mit zusammengebissenen Zähnen auf die Ellbogen. Ich setzte mich neben ihn, legte eine Hand hinter seinen Kopf und setzte das Glas an seinen Lippen an. Er nahm zögernd einen Schluck, spuckte das Wasser mit Blut dann wieder aus und schluckte das restliche Wasser hinunter, was ihm dabei half, zumindest einen Teil seiner früheren Boshaftigkeit zurückzuerlangen. Als er zu sprechen begann, war seine Stimme kräftig, kaltherzig und beinahe überlaut: »Ihnen ist doch wohl klar, Brown, daß Ihnen das alles über den Kopf gewachsen ist, oder?«

»Nein, Captain, glaub' ich nicht. Ich würde eher sagen, Sie sind zu weit gegangen.«

»Ich hab' mir Ihre Personalakte angesehen, Brown. Demnach waren Sie der schlimmste Stinkbeutel, der sich jemals ins Department eingeschlichen hat.«

»Ich würde sagen, das ist relativ, Captain. Im Gegensatz zu

Ihnen war ich wohl eher der Ersatzspieler einer Fußballmannschaft aus dem Busch.«

»Vergleiche mit Drecksäcken aus dem Stinkermilieu interessieren mich nicht. Was genau wollen Sie eigentlich?«

»Sie meinen, den Preis für mein Schweigen?«

»Ja.«

»Einen Eine-Million-Dollar-Scheck von der Sozialfürsorge. Und zwar von Ihnen persönlich im Fernseh-Abendprogramm überreicht. Nach der feierlichen Übergabe können Sie dann eine kleine Rede halten und Ihre Theorie über das Inschachhalten der Nigger näher erläutern. Danach können Sie sich vom Polizeidienst zurückziehen und eine Laufbahn in der Politik einschlagen.«

»Brown, so prosaisch eingestellte Leute wie Sie geben ja des öfteren auch gute Polizisten ab, aber Sie waren ja nicht einmal das. Was ist das eigentlich für ein Gefühl zu wissen, daß das, was Sie mit mir gemacht haben, letztlich als die größte Dummheit in Ihrem blödsinnigen Leben beurteilt wird?«

»Ich würde sagen, das ist auch relativ zu sehen, Captain. Ich würde eher sagen, daß das, was ich getan habe, der einzige Lichtblick in meinem blödsinnigen Leben ist. Ich bin in meinem Leben mit einigen Leuten verdammt mies umgesprungen, viele habe ich dabei auch verletzt und ihnen Schmerzen zugefügt. Aber verglichen mit Ihnen? Fat Dog Baker einfach in der Welt frei herumlaufen zu lassen? Daß Sie uns beide so einfach miteinander vergleichen können, ist mir unbegreiflich. Erkennen Sie denn nicht, was Sie in Wirklichkeit sind?«

Cathcart grinste und spuckte noch mehr Blut aus. »Wir haben alle unsere Lichtblicke, Fritz«, meinte er, »selbst Sie. Ich habe mir einen Ihrer Fitness-Berichte angesehen. Einer Ihrer Vorgesetzten schrieb darin: ›Dieser Officer scheint nur an zwei Dingen interessiert zu sein: sich vollaufen zu lassen und klassische Musik zu hören.‹ Ich habe Ihnen gegenüber ein merkwürdiges Mitgefühl empfunden, als ich das las. Ich liebe nämlich auch diese großartige Musik.«

»Das hat Hitler auch«, entgegnete ich.

Cathcart nickte beifällig. »Was wollen Sie, Brown? Sich für Ihr verkorkstes Leben rächen?«

»Ich möchte Sie von der Erdoberfläche verschwinden sehen.«

»Ich verstehe. Würden Sie mich wohl in mein Arbeitszimmer bringen? Ich hab' da etwas, das ich Ihnen zeigen möchte.«

Ich dachte einen Moment lang darüber nach und entschied mich, es zu tun. Ein letzter Gnadenakt. Ich half ihm auf die Beine, die Pistole hielt ich ihm dabei in die Rippen. Er taumelte zuerst, aber er schaffte es, die zehn Meter ins Nachbarzimmer hinüberzuhumpeln. Ich betrat es zuerst, hielt ihn dabei in Schach und knipste das Licht an. Es war ein mit Holz getäfeltes Zimmer mit einem reichlich verzierten Schreibtisch aus Walnuß und zwei Ledersesseln. Ich zwang Cathcart, in einem von ihnen Platz zu nehmen. Er schrie dabei kurz auf. Dann sah ich mich in dem Zimmer genauer um. An den Wänden hingen gerahmte Fotografien mit Gruppen von Polizisten: Gruppen von uniformierten Streifenpolizisten standen lächelnd neben schwarzweißen Polizeiwagen aus den 50er Jahren, andere Gruppen von in Zivil gekleideten, ernst blickenden Männern hatten sich vor Polizeirevieren aufgestellt, und mit versteckter Kamera aufgenommene Aufnahmen zeigten Cops beim Berichteschreiben an ihren Schreibtischen. Eine Welle von Nostalgie überkam mich. Dieses war auch einmal meine Welt gewesen. Ich zeigte auf die Wände. »Ist es das, was Sie mir zeigen wollten?« fragte ich ihn.

»Nein«, erwiderte Cathcart.

»Dann ist's gut«, meinte ich, »weil ich ja dabeigewesen bin. Obwohl ich *ein* Foto ja ganz gern sehen würde.«

»Was für eins?«

»Eins, auf dem Sie und Fat Dog sich vor einem brennenden Haus umarmen. Sie und Ihr ›kleines Genie‹. Sagen Sie mir doch mal eines: Wie ist es Ihnen eigentlich gelungen, Fat Dog den Brandanschlag auf das Utopia nachzuweisen?«

»Das war doch nicht schwer. Ich bin ja ein guter Polizist, im Gegensatz zu Ihnen. Ich hatte Freddy schon seit Wochen in der Gegend beobachtet. Von seiner Kleidung her wußte ich, daß er Caddie war. Als die drei Männer, die ich festgenommen hatte, den ›vierten Mann‹ beschrieben, wußte ich sofort, wer es gewesen ist. Ich habe mich daraufhin in den einzelnen Golfclubs von L. A. herumgetrieben, bis ich ihn gefunden hatte. Dann hab' ich ihn zu einem Geständnis gezwungen, und das hat mir zu denken gegeben.«

»Sie schmieriger Drecksack«, meinte ich bloß.

Cathcart grinste. »Würden Sie mal bitte die oberste Schublade von meinem Schreibtisch öffnen, Brown?«

Ich öffnete sie vorsichtig und entnahm ihr einen purpurnen buchähnlichen Bilderhalter, in denen normalerweise Hochzeitsfotos aufbewahrt werden. Ich öffnete ihn und staunte nicht schlecht. Innen waren liebevoll zwei Bildnisse von Anton Bruckner eingeklebt. »Wissen Sie, wer dieser Mann ist?« fragte mich Cathcart.

»Sicher«, antwortete ich. »Das ist ein Freund von mir.«

»Von mir auch. Aber er ist mehr als das. Gefällt Ihnen seine Musik?«

»Sehr gut sogar.«

»Schön. Ihnen gefällt also Bruckner. Aber Sie verstehen ihn nicht. Was seine Musik ausdrückt. Sie handelt vom Inschachhalten. Von kultivierten Emotionen. Von Opferbereitschaft. Selbstbeherrschung. Pflichtgefühl. Eine wortlose Melancholie geht durch alle seine Symphonien. Wie ein Ruf zu den Waffen. Ein Polizist, dem Bruckner gefällt; und Sie können den wesentlichen Kern nicht einmal erkennen. Er hat nie geheiratet, Brown. Er hat nie mit Frauen gevögelt. Er hätte nicht ein Gramm seiner kreativen Energie für irgend etwas anderes als seine Vision weggegeben. *Ich bin in der Person von Anton Bruckner gewesen,* Brown. Das könnten Sie auch. Sie sind von guter Herkunft, Sie sind ein großer, kräftiger Mann. Sie könnten gute Dienste leisten, es wäre nur eine Frage der Umerziehung. Ich sage Ihnen, was ich tun werde. Ich werde . . .«

Ich hatte genug gehört. Das Blut schoß mir so heftig durch den Kopf, daß er beinahe zu explodieren schien. Ich richtete die Pistole auf Cathcart und schoß ihm viermal ins Gesicht.

Ich ging ins Wohnzimmer und legte mich auf die Couch. Dort schlief ich einen Augenblick später ein. Vier Stunden später wachte ich wieder auf und fühlte mich schmutzig. Eine Dusche sorgte für Abhilfe. Ich zog eine Hose von Cathcart sowie eines seiner Hemden an. Dann kämmte ich mir die Haare. Ich holte den Kassettenrecorder aus dem Garten und packte ihn in eine Papiertüte, die ich in der Küche gefunden hatte, zusammen mit der schallgedämpften .38er. Ich verteilte die Drogen, die ich Larry Willis abgenommen hatte, überall im Wohnzimmer. Die Schlüssel vom Landcruiser lagen auf dem Tisch, und ich steckte sie mir in die Tasche. Meine Hände wurden schon allmählich taub, weil ich die ganze Zeit über diese Plastikhandschuhe getragen hatte, aber ich behielt sie weiterhin an.

Ich sah mir Cathcart noch ein letztes Mal an, bevor ich ging. Sein Gesicht war völlig entstellt, ein riesiges Loch klaffte über seinem Hals, und sein ganzer Körper war blutüberströmt.

Ich nahm die Bilder des einsamen Anton mit und steckte auch sie in die Tüte. Ich verließ das Todeshaus, schloß die Tür hinter mir ab, fuhr zum Motel und holte meinen Koffer.

Es wurde bereits hell, als ich nach L. A. zurückkam. Vom Schock und vom Blutverlust fühlte ich mich ziemlich benebelt. Ich ließ

Cathcarts Wagen in einer Seitenstraße in Santa Monica stehen und fuhr die ganze Strecke bis zum Ambassador Hotel an der Wilshire mit dem Bus. Das Hotel war nur einige Minuten von Walters Haus entfernt. Meine Schulter war ganz taub, aber abgesehen von diesem tauben Gefühl und der vom Schock verursachten Müdigkeit, fühlte ich mich ganz in Ordnung.

Nachdem ich die Plastikhandschuhe ausgezogen hatte, bekam ich langsam wieder Gefühl in den Fingern. Es war ein symbolisches Gefühl, als würde ich zu neuem Leben erwachen. Ein paar Sekunden nachdem ich »Crazy, Daddy-O« für Mark Swirkals Telefondienst in den Hörer gekrächzt hatte, fiel ich auf dem frischgemachten Hotelbett in einen Tiefschlaf.

An die nachfolgenden Tage kann ich mich nur noch recht schwach erinnern. Ich weiß noch, daß ich furchtbare Schmerzen in der Schulter hatte, als ich aufwachte, und daß ich unbedingt etwas dagegen unternehmen mußte. Ich kann mich noch entsinnen, daß ich mit einem Taxi zu Irwins Wohnung in der Nähe der Melrose und der Fairfax fuhr. Er hatte einen Bruder, der Arzt war, von dem er mir schon seit Jahren erzählt hatte, und nun war der Zeitpunkt gekommen, ihn zu konsultieren. Ich weiß noch, daß er vorbeikam, zusammen mit Irwins Neffen Uri, und daß er mir sofort eine Spritze mit irgend etwas verpaßte, die mich in eine Traumwelt versetzte. Uri hatte mich noch umarmt, weil er von seinem neuen Job als Cal Myers Repo-Mann so begeistert war, und er ließ den Bund mit den Nachschlüsseln vor meinen Augen hin und her tanzen und bezeichnete mich als den »einzigen guten Deutschen in der Geschichte«.

»Ich bin Amerikaner, du Idiot«, hatte ich ihm noch an den Kopf geworfen. »Brown ist ein amerikanischer Name!«

Irwins Bruder schnitt herum, reinigte die Wunde, verband sie und verabreichte mir ein paar Schmerztabletten. Die hatten eine seltsame Wirkung. Ich hatte angenommen, daß meine permanente Orientierungslosigkeit auf den Schock und das Mordtrauma zurückzuführen sei, aber ich hatte mich geirrt. Der Grund dafür war mein mit Kodein vollgepumpter Kreislauf. Nach zwei Tagen schließlich setzte ich die Tabletten ab. Ich konnte mir einfach nicht leisten, ständig benebelt zu sein. Ich mußte noch ein paar Dinge erledigen, bevor ich offiziell sagen konnte: »Es ist vorbei.«

Ich bekam wieder Gefühl in der Schulter. Von Montag an konnte ich mich wieder ohne übermäßige Schmerzen bewegen. An jenem

Vormittag fing ich an, nach Meldungen über Cathcarts Tod zu fahnden, indem ich mir sämtliche lokalen Tageszeitungen kaufte und mich vor Walters neuerworbenen Fernseher setzte. Es gab aber keine Meldungen über seine Ermordung, nur den üblichen Kram – Jimmy Carter hatte einen Wahlkampf auf der Grundlage seiner »Leistungen« angekündigt. Reagan wollte den Wahlkampf anhand von »Kernfragen« führen, und Walter gab laufend Kommentare dazu ab, die mich dermaßen zum Lachen brachten, daß mir die Schulter weh tat.

Am Dienstagmorgen rief ich Ralston an und teilte ihm die gute Nachricht mit. »Cathcart ist tot«, sagte ich in den Hörer, »es ist alles vorüber.«

Ralston sagte nur »Gott sei Dank« und legte den Hörer wieder auf.

Am Dienstagabend versenkte ich sämtliche Beweise für den Mord im Pazifischen Ozean: die Waffe, meine blutige Kleidung, Cathcarts Sachen, die ich mitgenommen hatte, den Kassettenrecorder und die Porträts von Anton Bruckner. Ich hatte eine plötzliche Eingebung, die Bildnisse des einsamen Anton zu behalten, ihnen ein gutes, sicheres Zuhause zu geben, aber es waren doch ziemlich gespenstische Gegenstände für mich geworden. Ich riß die Fotos in Fetzen und warf sie ins Meer.

Am nächsten Tag ging ich mit einer Hosentasche voller Zehn-Cent-Stücke in eine Telefonzelle und rief alle Personen an, die auf der Liste standen, die Ralston mir gegeben hatte. Beim ersten Stimmengeräusch am anderen Ende der Leitung sagte ich jeweils: »Cathcart ist tot. Die Sache ist aufgeflogen. Ich habe Beweise, die Sie mit Betrug und Erpressung in Verbindung bringen. Stellen Sie sofort sämtliche Zahlungen ein.« Bevor der jeweilige Gesprächspartner antworten konnte, hatte ich schon wieder aufgelegt. Ich telefonierte mit allen bis auf drei, die auf der Liste standen. Das mußte ausreichen. Ralston mußte sich sowieso ihr Gezeter über Furcht und Kummer anhören, und das sollte er ruhig. Er war eigentlich noch viel zu glimpflich davongekommen.

Die Nachricht von Cathcarts Tod wurde Mittwochabend in den Medien bekanntgegeben. Sein Ableben wurde auf Selbstmord zurückgeführt. Ich guckte gerade mit Walter Fernsehen, als ich die Worte aufschnappte: Haywood Cathcart, 56, Captain beim Los Angeles Police Department, ist am Wochenende an den Folgen von auf sich selbst abgegebenen Pistolenschüssen in seinem »Ferienhaus« in Del Mar gestorben. Er leistete seit achtundzwanzig Jahren Dienst bei der Polizei von L. A., hatte einen Ruf als beispielhafter Officer und war durch seine »Ein-Mann-Aufklärung des berühmt gewordenen Brandanschlags auf den Club Utopia im Jahre 1968, wodurch die Schlächter von sechs Bargästen in die Gaskammer geschickt wurden« bekannt geworden. Seine Vorgesetzten teilten mit, daß er keinen Abschiedsbrief hinterlassen habe und daß er in letzter Zeit aufgrund von Familienangelegenheiten sehr zerstreut gewesen sei.

Nachdem der ernst klingende Nachrichtensprecher seinen Bericht beendet hatte, fing ich an zu weinen. Die Sache war also gelaufen. Die Polizei von L. A. hatte Wind davon bekommen, was los war, und eine Nachrichtensperre verhängt. Wenn Cathcart keine Aufzeichnungen hinterlassen hatte, war ich ein freier Mann.

Walter war völlig verblüfft, weil ich weinte. Er hatte mich noch niemals zuvor heulen sehen und hatte keine Ahnung, warum ich es jetzt tat. Aber er tat sein Bestes, um mich zu trösten, er umarmte mich und strich mir unbeholfen über den Kopf. »Was ist denn los, Fritz?« fragte er mich. »Hast du diesen Cop, der sich erschossen hat, gekannt? War er ein alter Freund von dir?«

Ich gab ihm darauf gar keine Antwort, ich ließ mich einfach trösten. Es war vorbei. An diesem Abend ging ich nach Hause in meine Wohnung, in der Erwartung, sie durchwühlt vorzufinden. Das war sie aber gar nicht. Sie war tadellos in Schuß und empfing mich wie einen alten Freund. Ich schaute auf den Kalender überm Schreibtisch. Auf dem Feld für den 30. Juni hatte ich notiert: »Fred Baker – eine Woche für einhundertfünfundzwanzig Dollar pro Tag.« Jetzt war der 1. August. Ich war fünf Wochen lang im Niemandsland gewesen, hatte drei Männer umgebracht und Dinge erfahren, die nur wenige wußten. An dem Morgen, als alles angefangen hatte, hatte ich recht gehabt. Mein Leben hatte sich tatsächlich geändert, da gab es gar keinen Zweifel.

Am nächsten Morgen fuhr ich mit dem Taxi zur Tiefgarage und holte meinen alten Camaro. Ich war mit einem weiteren alten Freund wiedervereint, und während meiner Abwesenheit hatte man ihn sogar gewaschen und poliert.

Ich rief im Haus der Kupfermans an. Es war höchste Zeit für das einzige Wiedersehen, das wirklich zählte. Das Hausmädchen kam an den Apparat und hörte sich ziemlich verstört an. »Mr. Kupferman hatte letzte Nacht einen Herzanfall. Er befindet sich im Krankenhaus. Er ist sehr krank und wird vielleicht sterben.«

Sie fing an, draufloszureden, aber ich unterbrach sie. »In welchem Krankenhaus?« schrie ich.

»Im Cedar Sinai«, erwiderte sie.

Ich legte auf und machte mich auf den Weg dorthin. Das Krankenhaus war in West-Hollywood, auf der Beverly nahe La Cienega, und bei grüner Welle und über Seitenstraßen würde ich in fünfzehn Minuten dort sein. Ich parkte im Parkverbot und lief hinein, zeigte der Dame vom Empfang irgendeinen falschen Ausweis vor und erkundigte mich nach Sol Kupferman. Sie nannte mir die Zimmernummer 583, im Westflügel.

Ich hetzte in einen Fahrstuhl und rannte hastig einen Flur hinunter, bis ich Jane auf einem Stuhl vor einem Raum sitzen sah, in dem er wohl liegen mußte. »Liebling«, rief ich, während ich auf sie zulief, »ist alles in Ordnung mit Sol?«

Sie kam sofort auf mich zugerannt und rief: »Mörder, Mörder! Du Lump! Du Mörder!«

Wir prallten aufeinander, und mit Tränen in den Augen schlug sie mit Fäusten auf mich ein. Ich versuchte, sie zu beschwichtigen, aber es war zwecklos. Ich hatte keine Lust, anmaßend zu werden, darum ließ ich sie gewähren. Aber sie hörte nicht auf, und ihr »Mörder! Mörder!«-Geschrei zog eine Gruppe von Krankenhausangestellten an.

»Ich hasse dich, ich bereue den Tag, an dem ich mit dir geschlafen habe!« schrie sie, dann griff sie in meine Jacke, nahm meine Pistole aus dem Halfter und richtete sie auf mich. Wir rührten uns beide nicht, und eine ganze Weile herrschte völlige Stille im Flur. Sie rief noch ein letztes Mal »Mörder!«, schleuderte die Waffe gegen die Wand und lief weg.

Ich hob die Waffe wieder auf und ging in Richtung Fahrstuhl, dabei dachte ich nur: O Gott, o Gott, war das alles umsonst gewesen? War Sol tot?

Ein großer junger Arzt holte mich kurz vorm Fahrstuhl ein. Er war wohl noch ein wenig eingeschüchtert, aber er wollte trotzdem wissen, was vor sich gegangen war. Ich zeigte ihm meine Privatdetektivlizenz, sagte ihm, daß ich an einem Fall arbeite und dazu berechtigt wäre, eine Waffe zu tragen. Er schien sich damit zufrieden zu geben. Dann fragte ich ihn: »Ist Sol Kupferman tot?«

»Nein«, erwiderte er, »er wird durchkommen.«

Ich kann mich nicht mehr so genau daran erinnern, was ich für ein

Gefühl hatte, als ich das Krankenhaus verließ, außer der Gewißheit, daß ich in Los Angeles nichts mehr verloren hatte. Selbst wenn Sol weiterleben würde, so bedeutete Janes Haß mir gegenüber doch eine schreckliche Endgültigkeit. Unsere letzten gemeinsamen Augenblicke waren so häßlich gewesen, daß ich sie niemals überwinden könnte. Ich stieg in meinen Wagen und fuhr nach San Francisco.

15

Ich verbrachte eine Woche in San Francisco, wartete auf meinen Paß, ließ mich impfen und kaufte mir Sachen zum Anziehen sowie andere Dinge für die Reise nach Europa. Ich flog am Abend des 10. August los, und zwar zunächst nach New York, mit zwei Koffern und fünfundzwanzigtausend Dollar in bar und Reiseschecks. Zuvor schickte ich Mark Swirkal noch fünftausend Dollar in Reiseschecks und wies ihn an, die Bänder zu vernichten.

Während des Fluges fing ich langsam an, mich zu betrinken, und in einem Hotelzimmer in der Nähe des Kennedy-Flughafens ließ ich mich dann richtig vollaufen.

Am darauffolgenden Tag flog ich mit der Lufthansa nach München. Ich verbrachte zwei Monate in Deutschland, teils betrunken, teils nüchtern. Ich sah die Berliner Philharmoniker unter der Leitung von Karajan. Sie waren einfach großartig, aber leider war ich nur halb bei der Sache. Ich sah mir die Beethovenhalle in Bonn an und besuchte Beethovens Grab. Ich empfand dabei nicht das, was ich eigentlich erwartet hatte. Ich schlief auch mit einer Menge sehr gutaussehender, teurer deutscher Prostituierter. Bei den Wagner-Festspielen in Bayreuth schlug ich zwei englische Studenten zusammen, die offensichtlich ein junges Fräulein belästigten. In Stuttgart brach ich in einer Bierhalle mit einem Weinkrampf zusammen und wurde wegen Verdachts auf Delirium tremens ins Krankenhaus gebracht.

Ende Oktober flog ich wieder nach Amerika zurück und ließ mich in San Francisco nieder. Ich mietete mir in Pacific Heights ein Appartment und hielt Ausschau nach Investitionsmöglichkeiten, nach irgendetwas Kreativem. Ich konnte aber nichts finden, und außerdem fiel mir Frisco allmählich auf den Wecker. Die Stadt war einfach zu schön, zu heidnisch, zu verschieden. Die Leute, die mir auf der Straße entgegenkamen, schienen sich gegenseitig für ihren guten Geschmack, in dieser Stadt zu wohnen, zu beglückwünschen.

Im Mai des darauffolgenden Jahres kehrte ich nach L. A. zurück. Dort eingetroffen, kümmerte ich mich erst einmal um die Organisation meines Alltags. Ich kaufte ein Haus in Hollywood Hills, in der Nähe der Yamashiro-Sternwarte. Meine erste Investition war grauenhaft. Zunächst versuchte ich es als Sandwich-Unternehmer mit einem kleinen Restaurant nahe der Musikhalle. Es war für mittags und nach Konzertschluß gedacht und hatte Riesen-Sandwiches im Angebot, die nach Komponisten benannt waren. Ich hatte gehofft, daß der Laden zu einem Treff für Musiker der Philharmonie werden würde, aber leider wurde nichts daraus. Nach einer Investition von achtzig Riesen und elf Monaten meiner wertvollen Zeit mußte ich den Laden letztendlich zumachen. Meine nächste Investition war sicherer angelegt und alles in allem ein Bombenerfolg: Ich erwarb einen Liquor Store an der 3rd und Western, mitten im Herzen der Alten Nachbarschaft. Ich habe da einen cleveren Schwarzen, der den Laden für einen Tausender im Monat und zehn Prozent Beteiligung schmeißt, und einen raffinierten Steuerberater, der auf mein Geld aufpaßt. Ich brauch' mich nur zurücklehnen und es zählen. Während ich das hier schreibe, besitze ich siebenhundertsechsundfünfzigtausend Piepen.

Kurz nachdem ich nach Los Angeles zurückgekehrt war, erhielt ich einen in New York abgestempelten Brief von Jane Baker:

Lieber Fritz!
Ich habe lange gebraucht, bis ich mich dazu durchgerungen habe, diesen Brief zu schreiben, weil ich ebensolange dazu gebraucht habe, mir über meine Gefühle Dir gegenüber klarzuwerden. Ich möchte mich für mein Verhalten am 2. August entschuldigen. Es war einfach absurd, Dich einen Mörder zu schimpfen. Damals machte ich Dich für Sols Herzanfall verantwortlich, was zwar lächerlich war, aber vielleicht auch verständlich. Für mich warst Du der Auslöser all dieser schrecklichen Ereignisse in diesem furchtbaren Sommer. Erst später erfuhr ich, daß sie schon viele Jahre vorher in Bewegung gesetzt worden waren und daß Du dort zufällig hineingestolpert bist und versucht hast, den Betroffenen, so gut es ging, zu helfen. Hab vielen Dank dafür! Sol hat mir erzählt, daß Du Dich sehr mutig verhalten und ihm eine sehr große Belastung abgenommen hast.
Sol geht es übrigens sehr gut, und mir ebenso. Ich bin an der Juilliard-Schule und werde immer besser! Eines Tages werde ich bestimmt eine gute Cellistin sein, die die Stradivari, auf der ich

spiele, und auch Sols Liebe verdient hat. Sol wohnt auch hier in New York, er genießt sein Rentenalter und hat eine neue Begeisterung für Modern Art entwickelt.

Ich habe kein gutes Gefühl, wenn ich an Dich denke, Fritz, und irgendwie habe ich ein Schuldgefühl, weil ich Dich nicht lieben konnte. Ich weiß, daß Du große Hoffnungen in uns beide gesetzt hast. Ich fühlte in Dir eine verzweifelte Einsamkeit und viel Liebe für Schönheit, die der Gewalttätigkeit, die Deinen Charakter prägt, völlig widerspricht. Versuche Deinen Sinn für das Schöne beizubehalten, Fritz, versuch es.

Vielleicht würde Dir weniger ungestüme Musik dabei helfen. Beethoven und die Romantiker neigen manchmal dazu, bei gewalttätig veranlagten Menschen noch mehr Emotionen der Gewalt zu verursachen. Höre ein bißchen mehr Barock, genieße die Feinheiten. Und hör Dir mal die Impressionisten an, sie drücken wirklich etwas aus, was Dir bestimmt gefallen wird.

Ich muß jetzt gehen. Vielen Dank für die Hilfe, die Du Sol und mir gewährt hast. Sol will mir nicht die ganze Geschichte erzählen, aber ich weiß, daß Du tapfer gehandelt hast, wobei Du uns einen großen Gefallen getan hast. Versuche zu lieben. Ich werde Dich immer in guter Erinnerung behalten.

Deine
Jane Baker

Ich versuche wirklich zu lieben. Manchmal ist es leicht und manchmal schwer. Manchmal bin ich betrunken und manchmal nüchtern. Manchmal denke ich an Fat Dog und seinen »Auftrag« für mich, und dann wache ich zitternd auf. Manchmal vergesse ich auch vollends seine boshaften Taten. Warum ausgerechnet ich? Seit jenem Sommer habe ich bestimmt hundert Leute, die Fat Dog gekannt haben, danach befragt, und ich habe noch immer keinen Schimmer.

Walter starb letztes Jahr an Leberzirrhose. Er war vierunddreißig Jahre alt geworden. Seine Mutter ließ ihn mit einer Zeremonie der Christlichen Wissenschaft beerdigen. Ich betrank mich und störte das Spektakel. Die Bullen kamen und nahmen mich mit, aber ich brauchte nur hundert Dollar Strafe zu zahlen. Ich vermisse Walter sehr. Eines Nachts werde ich seinen Sarg stehlen und ihn zum Strand bringen, wo ein großes Floß bereitstehen wird. Ich werde Walter dann auf das Floß legen, es anstecken und aufs Meer hinausschieben. Am ganzen Strand werde ich Lautsprecher aufstellen, aus denen Wagner ertönt, während mein geliebter Freund einer brennenden Hölle zutreibt.

Manchmal werde ich nachts unruhig und unternehme lange Spaziergänge auf Golfplätzen. Während ich über die kurzgeschnittenen Rasenflächen spaziere, fühle ich mich immer mit einer anderen Welt verbunden.

Wenn ich über die Ereignisse jenes Sommers nachdenke, denke ich nicht an mich selbst, sondern an die Leute, die darin verwickelt waren. Nichts vorher Geschehenes oder spätere Ereignisse sind mit diesem Sommer vergleichbar, in dem ich die Trauermusik hörte, die so viele Leute das Leben gekostet hat. Dieser Sommer war mein Konzert für Orchester – jedes Musikinstrument des Orchesters hatte den gleichen Klang, und trotzdem unterschieden sie sich voneinander.

Folglich mache ich weiter und höre auf Janes Rat. Ich habe seit meiner Begegnung mit den beiden Jungen in Bayreuth keinem Menschen mehr Gewalt angetan. Ich versuche, auf das Schöne Wert zu legen. Meistens gelingt mir das auch, doch manchmal gehen die Gedanken auch mit mir durch und verwandeln sich in wilde Phantasien, in denen andere knisternd gespannte Ruhezustände und sittliche Werte vorkommen, die mir die endgültige Erlösung versprechen. Wenn ich an diese Dinge denke, verlassen mich Vernunft und Schönheitsliebe, und ich bekomme das Gefühl, als hinge ich wie ein seltsames Raumschiff in Wartestellung über Los Angeles. Ich warte dann einfach ab, bis die Vision wieder vorüber ist.

Ich höre immer noch sehr viel Musik.

Nachwort

Ein Interview mit JAMES ELLROY
von Duane Tucker

Nach nur drei Romanen muß James Ellroy bereits als bedeutender *hardboiled* Autor betrachtet werden, eine Beurteilung, die von den Beifallsbekundungen seiner ersten beiden Bücher herrührt. *Brown's Requiem* (Avon, 1981) wurde für eine »Shamus«-Verleihung der Private Eye Writers of America nominiert; *Clandestine* (Avon, 1982) wurde für den »Edgar« der Mystery Writers of America nominiert und erhielt von der *West Coast Review of Books* eine Bronze-Medaille. Sein dritter Roman, *Blood on the Moon* (Mysterious Press) wurde erst kürzlich veröffentlicht.

Alle drei Romane spielen in Los Angeles und zeichnen sich durch gewalttätige, von Sex getriebene Helden aus, Männer, die auf gefährliche Art unsympathisch sind. Darüber hinaus unterscheiden sie sich deutlich in Struktur und Wirkungskreis: *Brown's Requiem* ist die Geschichte des Fritz Brown, der als ehemaliger Cop Autos beschlagnahmt und nur dem Namen nach ein »Privatdetektiv« ist, dessen Persönlichkeit von einer Nebenfigur bezeichnenderweise als »Großstadtbarrakuda« beschrieben wird. Als Anfangdreißiger und Alkoholiker hat er, abgesehen von rückständigen Abzahlungsraten für Autos, noch nie in Kriminalfällen ermittelt. Seine Geschichte beginnt nach neunmonatiger, angsteinflößender Nüchternheit mit der Hoffnung, daß etwas geschehen möge. Als dann tatsächlich etwas passiert, gerät Brown in einen Teufelskreis aus Mord, Brandstiftung und Veruntreuung von Sozialgeldern. Er löst das Rätsel, indem er es als Racheaktion für sein eigenes verpfuschtes Leben anpackt, füllt seinen Geldbeutel und gewinnt die Liebe einer Frau, die die ganze Zeit über dem Fall steht. Am Ende ist er durch das Geld, an dem Blut klebt, ein reicher Mann, hat aber die Frau verloren. Für sich selbst hat er das Beste dabei herausgeholt, wobei seiner brutalen Art Einhalt geboten wurde. Der Gewinner nimmt nun mal nichts umsonst.

Clandestine ist ein langer Roman, der Anfang der 50er Jahre in Los Angeles spielt. Der Held, Fred Underhill, ist ein junger Cop, der Golfpartien hinterherjagt, um einen schnellen Dollar zu machen, und jungen Frauen, um eine Nacht mit ihnen zu verbringen. Als eine seiner Verflossenen ermordet aufgefunden wird, beginnt Underhill, angestachelt durch bei ihm selten vorhandenen Gewissensbisse, mit den Ermittlungen. Bald schon kommen seine wahren Motive zum Vorschein: Er ist auf der Suche nach Erfolg und der Beförderung zur Kriminalpolizei.

Der Ehrgeiz von Underhill verschafft ihm (vorübergehend) das, was er wollte – aber der Preis an unschuldig vernichtetem Leben ist hoch. Auf dem Wege zur Ergreifung des Killers verliebt er sich, und das Verhältnis zwischen Underhill und Lorna Weinberg, einer gelähmten Staatsanwältin, sorgt für die Tiefgründigkeit und den Horizont, durch die sich *Clandestine* erheblich von *Brown's Requiem* abhebt.

Blood on the Moon, ein kontrapunktisch strukturierter Thriller von heute, der aus der Perspektive eines krankhaften Frauen-Massenmörders und des Police Detectives, einem Frauenheld, der von seiner Ergreifung besessen ist, geschildert wird, ist eine thematische und stilistische Abhebung von Ellroys vorangegangenen Werken – die unbarmherzige Geschichte einer zwanzig Jahre andauernden Terrorherrschaft. Das Buch ist soeben veröffentlicht worden, liest sich wie eine Mischung aus Cornell Woolrich, Joseph Wambaugh und Sensationsjournalismus und wird aller Voraussicht nach wegen der anschaulichen Schilderung des Cop/Verbrecher-Alltags in L. A. einige Kontroversen hervorrufen.

Ich traf mich mit James Ellroy in seiner möblierten Kellerwohnung, die sich in einem Haus neben einem Golfplatz in Eastchester, New York, befindet. Er ist ein großer, kräftig gebauter Typ, 36 Jahre alt, trägt auffällige, billige Kleidung und grinst ständig übers ganze Gesicht. Während unserer Unterhaltung starrte uns die Siamkatze seiner Vermieterin mit einer Mimik an, die Ellroy mit den »Augen einer Statue« verglich.

D.T.: Vielen Dank, daß Sie sich zu diesem Interview bereit erklärt haben.

J.E.: Ich danke *Ihnen,* daß Sie mir die Gelegenheit geben, meinen Mund über meine beiden Lieblingsthemen aufzumachen – über meine Bücher und mich selbst.

D.T.: Ha! Aber lassen Sie uns zur Sache kommen, Sie haben mit den drei Romanen eine ganze Reihe von Elementen sowohl narrativer als auch stilistischer Natur abgedeckt. *Brown's Requiem* ist ja eine in sich geschlossene Privatdetektivgeschichte, *Clandestine* ein weit ausschweifendes Bild einer bestimmten Periode und *Blood on the*

Moon ein Psycho-Thriller *plus* Polizeiroman. Die meisten jungen Schriftsteller dieses Genres bleiben bei einem Schema. Sie nicht. Warum nicht?

J.E.: Die Rahmenhandlungen meiner drei Romane machten unterschiedliche Techniken einfach notwendig, und ich habe ganz einfach das zu Papier gebracht, was die Themen mir diktierten. Das Thema kommt bei mir immer zuerst, und dann diktiert *es* mir das Ausmaß der Charakterstudien. Was die unterschiedlichen Thematiken in meinen Büchern angeht, so ist es auch wieder die Geschichte, die Stoff und Aussage bestimmt. Darüber hinaus habe ich natürlich nach der kräftigsten Ausdrucksweise Ausschau gehalten. Zur Zeit glaube ich, daß ich sie gefunden habe.

D.T.: Sie meinen die Erzählerperspektive in *Blood on the Moon?* Den allwissenden Erzähler in der dritten Person? Was man vielleicht auch als einen »neo-noir« Horrorroman der Großstadt bezeichnen könnte?

J.E.: Sehr gut ausgedrückt und in allen Punkten korrekt. Ich habe gerade meinen vierten Roman, *Because the Night,* fertiggestellt. Darin habe ich viele Themen aus *Blood on the Moon* verfeinert – ich habe sie vertieft, indem ich dabei meinen Stil verfeinerte. Sämtliche guten Schriftsteller verfügen im Unterbewußtsein über eine thematische Einheitlichkeit. Meine ist mit der Kenntnis über die Erfordernisse der Kriminalliteratur eng verflochten, welche sind: die Komplexität des Plots, das Tempo und die Spannung. Ein in der dritten Person geschriebener Kriminalroman gestattet dem Leser, sowohl in die Seele des Verfolgers als auch in die des Verfolgten einzutauchen, und, wie im Falle meiner beiden letzten Romane, er ermöglicht *mir,* Spannung durch Charakterbeschreibungen zu erzeugen, da die Identität des Killers bereits zu Beginn der Geschichte preisgegeben wird. Ein Gefühl von Weltuntergangsstimmung durchzieht sowohl *Blood on the Moon* als auch *Because the Night,* die beide kontrapunktisch angelegt sind: Killer-Cop, Killer-Cop, und so weiter. Der Leser weiß, daß die beiden Kräfte irgendwann aufeinandertreffen werden, aber an welcher Stelle in der Geschichte? *Und Wie?*

D.T.: Sie haben zuvor den Ausdruck »Thema« gebraucht und schienen damit anzudeuten, daß es Ihnen bei der Entwicklung eines guten Plots zufällig eingefallen sei. Haben Sie –

J.E.: Nein, da irren Sie sich. Die Themen entstehen aus den Plots und stecken in ihnen drin. Das ist schon ein interessanter Aspekt. Ich schreibe nun seit fünf Jahren, und erst kürzlich bin ich an einem Punkt angelangt, an dem ich sagen konnte: »Das sind die Dinge, die mir als Schriftsteller und Mensch wichtig sind.«

D.T.: Ha! Und, was sind das für Dinge?

J.E.: Na, wir selbst. Sie haben soeben einem unverfrorenen Erfolgsjäger eine Rednerbühne zur Verfügung gestellt. Schönen Dank dafür, Daddy-O.

D.T.: Dafür sind Interviews doch da. Und?

J.E.: Ich interessiere mich für Leute, die sich außerhalb der Grenzen der konventionellen moralischen Grundsätze bewegen: Romantiker, die sich in den 80er Jahren fehl am Platze fühlen; Leute, die auf einen großen Teil der Annehmlichkeiten im Leben verzichten, um nach der Musik, die in ihren eigenen Köpfen spielt, zu tanzen. Der Preis für diese Musik ist hoch, sehr hoch sogar, und noch nie ist jemand davongekommen, ohne dafür zu bezahlen. Cops und Killer fallen auch unter diese Kategorie, allerdings in unterschiedlichem Maße, und sie bewegen sich auf dem schmalen Grat zwischen ihrer eigenen Musik und der konventionellen Musik der sie umgebenden Welt. Denken Sie doch nur mal an all die möglichen Konflikte. Der Polizist von heute, ausgestattet mit Technologie und einer gehörigen Portion Pessimismus, ein Mann, der im Mittelalter gut einen Krieger oder Ritter abgegeben hätte, trifft auf einen psychopathischen Killer, der den Alltag gut bewältigt, jedoch von einer nicht zu entschlüsselnden Symbolik angetrieben wird – mit anderen Worten: von purem Wahnsinn. Ich habe damit zugegebenermaßen ein ziemlich extremes Beispiel angeführt und einen kurzen Abriß von *Blood on the Moon* gegeben, doch denken Sie in diesem Rahmen mal an die Möglichkeiten, die sich ergeben, Psyche und moralische Grundwerte unter unglaublichen Zwängen zu erforschen. Denken Sie doch mal darüber nach, wie kostbar physische Opfer und menschliche Liebe dastehen können, wenn sie einer stark eingeschränkten Welt, so wie ich sie gerade beschrieben habe, gegenüber gestellt werden.

D.T.: Eine Welt, die Sie selbst aber als extrem bezeichnen.

J.E.: Extrem nur aus dem Grunde, weil deren Fakten deutlich gemacht werden. Darüber hinaus ist sie höchst prosaisch, manchmal sogar vulgär. Man könnte die Sensationen vollständig weglassen, nehmen Sie sich doch nur mal irgendeine Zeitung vor. Darin finden Sie fast immer unvollständige Berichte über psychopathische Schlächter.

D.T.: Ein furchtbarer Gedanke. Gibt es einen herausragenden Motivationsfaktor in Ihrer »Welt«?

J.E.: Ja, Sex. Ich habe mir vor kurzem noch mal alle meine vier Romane durchgelesen und war erstaunt darüber, wie nahe an der Oberfläche Sex von Anfang an auftaucht. In dieser besonderen »Welt«, auf die Sie gerade hingewiesen haben, ist die Trennungslinie klar erkennbar: Bei der teuflischen Einbildungskraft eines Psychopathen ist Sex eine Waffe; in der verschobenen Quasi-Realität eines romantischen Cops ist es die Liebe unerreichbarer Frauen. Unerreichbar deshalb, weil der Cop verwundbar werden müßte, um ihre Liebe zu gewinnen, was er natürlich nie im Leben tun würde. Ich gebe Ihnen noch einmal ein Beispiel, ein extremes. Pauline Kael hat einmal geschrieben: »Sex ist der großartige Gleichmacher, probiere es mal mit dem großen Entzweier.« Da diese Themen bei meiner Arbeit immer dominierender werden, werde ich lernen müssen, sie mit feinen Varianten zu kompensieren und, allgemein gesprochen, ihre sogenannte »Welt« mit einem höheren Maß an erkennbaren menschlichen Verhaltensformen zu durchsetzen. Die Literatur ist kompliziert und knifflig, Daddy-O. Gerade wenn du denkst, du hättest etwas parat, wird dir auf einmal klar, daß du schnell umschalten mußt, wenn etwas nicht abgedroschen klingen soll. Knifflig, das alles.

D.T.: Um auf ein anderes Thema zu kommen – haben Sie ein allgemeines oder ein höchstes Ziel in Ihrer Arbeit als Schriftsteller?

J.E.: James M. Cain hat einmal gesagt, sein Ziel sei es, »das Tragische abzugrasen«. Mein Ziel ist es, dem Tragischen mit einem Zehn-Kilo-Vorschlaghammer auf die Schnauze zu hauen.

D.T.: In anderen Worten ausgedrückt?

J.E.: In anderen Worten ausgedrückt, ich will einen sehr fein skizzierten tragischen Weitblick entwickeln und ihn während meiner Laufbahn als Kriminalromanschriftsteller aufrechterhalten, um so immer bessere Bücher schreiben zu können.

D.T.: Wie sieht es mit Ihrem Werdegang aus? Können Sie mir eine kurze Beschreibung Ihres Lebens geben?

J.E.: Sicher. Ich bin 1948 in L. A. geboren worden. Mein Vater war so ein Macher aus Hollywood – ein Buchhalter bei den Filmstudios und gelegentlich Theaterunternehmer. Meine Mutter war gelernte Krankenschwester. Ich war ihr einziges Kind. Mein Vater brachte mir mit drei Jahren das Lesen bei, und Bücher wurden zu meinem Lebensinhalt; seitdem las ich nur noch.

Als ich zehn war, wurde meine Mutter ermordet. Ein Mann hatte sie in einer Bar aufgelesen und erdrosselt. Mein Lesen konzentrierte sich daraufhin auf bestimmte Themenbereiche: Krimis und Tatsachenberichte über Verbrechen. Ich las sie kiloweise. Der Mörder meiner Mutter ist nie geschnappt worden. Übrigens ist *Clandestine* eine stark fiktionalisierte Interpretation ihrer Ermordung – eine Verbindung von Realität und Fiktion. Mein unersättlicher Lesehunger hielt an, bis ich knapp zwanzig war, mein Geschmack wurde dabei mit zunehmendem Alter immer besser. Ich begann mit dem Lesen der Hardy Boys und Sherlock Holmes, dann ging ich über zu Nero Wolfe und Mickey Spillane, nebenbei verschlang ich Hunderte minderwertiger Bücher. Als ich fünfzehn war, wurde mein Vater, der schon ziemlich alt war, schwer krank. Ich nutzte seine Krankheit aus und schwänzte bei jeder Gelegenheit die Schule, klaute in Buchhandlungen in Hollywood Detektivromane, las sie dann im Griffith Park und träumte davon, selbst mal ein großer Schriftsteller zu werden.

1965 wurde ich wegen Prügeleien und Schulschwänzerei von der High-School geworfen. Mein Vater ließ mich daraufhin zum Wehrdienst verpflichten. Er starb, als ich in der Grundausbildung war. Ich haßte die Army. Sie haben mir meine Nero-Wolfe-Bücher weggenommen und zwangen mich, um fünf Uhr morgens aufzustehen und Liegestütze zu machen. Ich zog Nutzen aus dem Tod meines Vaters und täuschte einen Nervenzusammenbruch vor, der für eine vorzeitige Entlassung wegen Untauglichkeit sorgte.

Ich kehrte dann nach L. A. zurück, in die alte Nachbarschaft, und fuhr auf Alkohol und Drogen ab. Fortan hatte ich *zwei* Lieblingsbeschäftigungen: voll zu werden *und* Krimis zu lesen. In den Jahren von '65 bis '77 lebte ich meist auf der Straße, trieb mich in den Parks herum und handelte mir zirka fünfzig Festnahmen wegen Trunkenheit, Betreten fremden Eigentums, Ladendiebstahls, ruhestörenden Lärms und ähnlicher Bagatelldelikte ein, die alle mit Alkohol in Zusammenhang standen. Ich glaube, ich habe insgesamt vielleicht sechs Monate in Bezirksgefängnissen verbracht. Ich wurde dort übrigens nicht traumatisch geschädigt: Ich war nämlich groß und verrückt genug, so daß niemand im Knast »buh« zu mir sagen konnte.

Zu Beginn der 70er Jahre las ich Chandler und Ross MacDonald und flippte wegen ihrer tragischen Ausdruckskraft beinahe aus. Ich habe jedes Buch von MacDonald mindestens zehnmal gelesen. Ich betrachte ihn, zusammen mit Joseph Wambaugh, als meinen besten Lehrmeister.

Um zum Ende zu kommen, wegen einer Serie von Krankheiten, die auf Alkohol- und Drogenkonsum zurückzuführen waren, wäre ich Anfang '77 beinahe abgekratzt. Da ich mich fürs Leben oder für den

Tod entscheiden mußte, wählte ich das Leben. Ich bin jetzt seit August 1977 trocken. Ich brauche wohl nicht zu sagen, daß sich meine Aussichten schlagartig änderten. Im Januar 1979 fing ich an, *Brown's Requiem* zu schreiben, das war kurz vor meinem einunddreißigsten Geburtstag. Den Rest wissen Sie ja.

D.T.: Ich könnte mir denken, daß Sie meine nächste Frage schon ahnen.

J.E.: Ja, ja. Ursache und Wirkung liegen ja nun mal auf der Hand. Wenn meine Mutter nicht ermordet worden wäre, wäre ich vielleicht Autor von Kinderbüchern à la Disney geworden. Wer weiß das schon? Es ist seltsam, vielleicht auch pervers, aber ich habe einen wirklichen Respekt vor den eher düsteren Ereignissen, die mich zu dem gemacht haben, was ich bin. Vom Standpunkt reiner Zweckmäßigkeit aus gesehen, haben diese Begebenheiten mit Sicherheit erheblich dazu beigetragen, daß aus mir der gute Autor wurde, der ich heute bin.

D.T.: Das hört sich ziemlich abgebrüht an.

J.E.: Da bin ich anderer Meinung. Für mich ist das ein klassischer Fall von einem Menschen, der aus Tragik Geld macht. Wie gefällt Ihnen das? Das hört sich doch an wie eine Definition von Literatur in einer Nußschale.

D.T.: Glauben Sie, daß Literatur eine gesellschaftliche Verantwortung hat?

J.E.: Wenn Sie meinen, daß ich glaube, das Fernziel der Literatur sei eine Herbeiführung notwendiger sozialer Veränderungen, nein. W. H. Auden sagte einmal: »Denn die Poesie kann nichts geschehen machen. Sie lebt weiter, als ein Weg des Sich-Zutragens, eine Art Sprachrohr.« Da wir es hier speziell mit Kriminalliteratur zu tun haben, würde ich sagen, daß die einzige Verpflichtung, die ein Autor von Kriminalromanen *im allgemeinen* hat, die Unterhaltung ist.

D.T.: Was ist dann mit Ihrer individuellen Verpflichtung als Autor?

J.E.: Den Leser unterhalten zu wollen, steht bei mir an letzter Stelle. Darüber hinaus möchte ich eine Wahrscheinlichkeit schaffen, die meinen Lesern das Gefühl gibt, aus ihrem täglichen Leben herausgerissen und mitten in eine Obsession hineingezogen zu werden. Ich habe es mir zur Pflicht gemacht, die natürliche, rohe Gewalt des Kriminalromans mit meinen eigenen narrativen Eingebungen zu verbinden, um eine derartig unwiderstehliche Obsession aufzubauen, daß der Leser sich mittreiben läßt – ohne Rücksicht darauf, wohin er getrieben wird.

D.T.: Und wohin führt das?

J.E.: Das ist unterschiedlich. In *Brown's Requiem* führt uns das zum Herzen eines einsamen Mannes, eines anständigen Mannes, der zu korrupt und paradoxerweise unschuldig ist, um als tragische Figur bezeichnet werden zu können. In *Clandestine* werden wir ins Los Angeles der frühen 50er Jahre geführt. In *Blood on the Moon* und *Because the Night* ist es grenzenloser Terror; Menschen jenseits von Liebe und Vernunft, und mit *ihren* Obsessionen.

D.T.: Können Sie einen allgemeinen Trend erkennen, der sich aus der *hardboiled* Romanliteratur entwickelt?

J.E.: Leider lese ich nicht genug aus dem Bereich, um Trends ausmachen zu können. Ich habe einfach keine Zeit zum Lesen. Schade. Mein Instinkt sagt mir jedoch, daß der Cop den Privatdetektiv als hartgesottenen Helden ersetzen wird.

D.T.: Warum?

J.E.: Lassen Sie uns die Leser von Kriminalromanen in zwei Kategorien unterteilen: Die, die lesen, um der Realität zu entfliehen, und diejenigen, die lesen, um sich ihr zu stellen und den Pulsschlag auf der Schattenseite des Lebens zu fühlen. Ordnen Sie die Leser von *hardboiled* Romanen der zweiten Kategorie zu, und betrachten Sie einmal die Tatsache, daß die Zahl der Verbrechen in den USA immer mehr eskaliert und so viel bizarre Formen annimmt, wie es geisteskranke Täter gibt, die die Delikte formen. Der Leser, der darauf aus ist, seine finstere Neugierde zu befriedigen und sich selbst über die ihn umgebenden Gewalttätigkeiten zu informieren, wird sich einen Held oder einen Anti-Held wünschen, der den Ansprüchen einer realistischen Phantasiewelt entspricht. In einem der Bücher von Ed McBain aus der Reihe »87. Polizeirevier« stellt der Held der Serie, Steve Carella, Überlegungen an, wann ihm das letzte Mal ein Privatdetektiv über den Weg gelaufen ist, der Ermittlungen über einen Mordfall anstellte. Und seine Antwort lautete: Nie.

D.T.: Würden Sie sich selbst als einen Nihilisten bezeichnen?

J.E.: Nein, obwohl ich absolut nicht den Wunsch hege, die soziale Struktur in Amerika zu verbessern oder irgendeine Art sozialer Veränderungen herbeizuführen. Ich glaube, daß bei aller Vorliebe für literarische Fantasiewelten ein Hang zur Befürwortung des bestehenden Systems vorhanden sein muß. Schreibe es so nieder, wie es in Wirklichkeit ist, schau in deiner eigenen Seele nach, wenn es dir hilft, die Erleuchtung zu finden, und gib es an den Leser weiter. Vielleicht wird deine Phantasiewelt Mitleid erwecken, vielleicht aber auch nicht. Das Wichtige ist, die Dinge so zu betrachten, wie sie sind, und sie nicht zu verleugnen. Dann mußt du dich anschauen, so wie du bist, und solltest nichts von dir verschweigen. Nur der Leser sollte mal zurückschrecken – aber nur vorübergehend. Man muß ihn dazu bringen, so wißbegierig zu werden, wie man selbst ist.

D.T.: Sie hören sich in diesem Punkt sehr besessen an.

J.E.: Ich bin in diesem Punkt sehr besessen.

D.T.: Um zum nächsten Punkt zu kommen, was sind Ihre Schreibpläne für die Zukunft?

J.E.: Ich werde noch drei weitere aktuelle Polizeiromane, die in L. A. spielen, schreiben, von denen keiner psychopathische Killer aufweisen wird. Danach beabsichtige ich, meinen Horizont in großem Umfang zu erweitern. Wie wär's zur Abwechslung damit: einen langen Polizeiroman, der im Jahre 1946 in Sioux City, South Dakota, spielt; oder einen langen Roman mit politischen Intrigen und Massenmorden in Berlin, der zur Zeit von Hitlers Bierhallenputsch spielt; oder die erste *vollständige* Schaffung eines Romans über den 1947 in L. A. geschehenen »Blaue Dahlie«-Mordfall; sowie die Überarbeitung, das Überdenken und die Neuschreibung meines unveröffentlichten Manuskripts *The Confessions of Bugsy Siegel,* eines epischen Romans über jüdische Gangster in der Zeit um 1925 bis '45.

D.T.: Ist das Manuskript bereits fertig?

J.E.: So halbwegs. Vierhundert Seiten. Es geht heillos durcheinander. Sogar mein großmütiger Agent mag es nicht.

D.T.: Wie alt werden Sie sein, wenn Sie all diese Projekte verwirklicht haben?

J.E.: Ungefähr fünfzig.

D.T.: Werden Sie dann weicher geworden sein?

J.E.: Nein. Weich sein ist ja nicht schlecht, wenn Sie wollen, daß aus Ihnen ein Stück Käse wird. Das Problem ist, wenn man ein Stück Käse ist, wird man wahrscheinlich auf einen Kräcker gelegt und gefressen.

D.T.: Ha! Lassen Sie uns mit einigen letzten Fragen und Antworten zum Abschluß kommen. Haben Sie irgendwelche Hobbies oder andere Lieblingsbeschäftigungen, die mit Schreiben nichts zu tun haben?

J.E.: Ich liebe klassische Musik und Boxen, und ich gehe gern ins Kino.

D.T.: Was ist Ihr größter Wunsch?

J.E.: Müssen Sie das noch fragen? Die Liebe der unerreichbaren Frau zu gewinnen, die hoffentlich irgendwann mal erreichbar sein wird. Vielleicht liest sie dieses Interview und pirscht sich an mein Herz heran. Wer weiß?

D.T.: Warum starrt uns diese Katze die ganze Zeit über so beharrlich an?

J.E.: Das ist Chico, mein Maskottchen. Er prägt Sie sich ein. Wenn Sie irgend etwas Schlechtes über mich schreiben, wird er mein Rächer sein. Er hat sehr scharfe Zähne.

D.T.: Ich werd' schon auf der Hut vor ihm sein. Möchten Sie noch ein letztes Wort sagen?

J.E.: Ja. Ein Gelübde an die Leser von Kriminalliteratur in der ganzen Welt. Ich verspreche, daß ich meine Entschlossenheit, mir nichts zu verkneifen und nie abgedroschen zu werden, nie fallenlassen werde. Ich werde nie weniger als mein Bestes geben.